해바라기가 피지 않는 여름

해바라기가 피지 않는 여름

ⓒ 들녘 2009

초판 1쇄	2009년 10월 19일
초판 10쇄	2013년 1월 8일
중판 1쇄	2014년 9월 5일
중판 29쇄	2024년 11월 15일

지은이	미치오 슈스케
옮긴이	김윤수

출판책임	박성규	펴낸이	이정원
편집주간	선우미정	펴낸곳	도서출판 들녘
기획이사	이지윤	등록일자	1987년 12월 12일
편집	이동하·이수연·김혜민	등록번호	10-156
디자인	하민우	주소	경기도 파주시 회동길 198
마케팅	전병우	전화	031-955-7374 (대표)
경영지원	김은주·나수정		031-955-7381 (편집)
제작관리	구법모	팩스	031-955-7393
물류관리	엄철용	이메일	dulnyouk@dulnyouk.co.kr

ISBN	978-89-7527-006-2 (04830)

값은 뒤표지에 있습니다. 잘못된 책은 구입하신 곳에서 바꿔드립니다.

해바라기가 피지 않는 여름

미치오 슈스케 지음
김윤수 옮김

들녘

유지매미가 우는 소리를 듣고, 바로 매미의 모습을 떠올리는 사람은 거의 없을 것이다. 빗소리를 듣고 빗방울이 한 방울씩 땅에 떨어지는 순간을 떠올리는 사람이 없는 것처럼.

  대부분의 사람들에게 유지매미의 소리는 수많은 개체에서 나오는 소리가 서로 섞이고 겹쳐서 탄생하는, 바로 그 탁하고 물결치는 듯한 소리로 들릴 것이다.

  나는 그 소리를 좋아하지 않는다.

  어딘가 이상하다. 어딘가가 잘못되어 있다. 더운 계절이 되면 나는 언제나 매미 소리를 들으며 그런 생각을 한다. 녹음이 우거진 공원 옆은 최대한 빠른 걸음으로 지나가고, 방 안 창문 너머로 느티나무 가로수를 노려보면서 명치에 힘을 준다. 그리고 소리를 지르고 싶은 충동에 휩싸인다. 제발 그 소리 좀 멈춰, 라고.

  그 사건이 발생한 여름, 나는 초등학교 4학년이었다. 당시 내게는 세 살짜리 여동생이 있었다. 세월이 흘러서 나는 어른이 되었지만,

여동생은 아니다. 사건이 일어난 지 딱 1년 뒤, 여동생은 네 살 생일을 맞이하고 바로 죽어버렸다.

생각하기에 따라서 여동생은 행복했는지도 모른다. 이런 세상을 수십 년이나 살아가는 것보다는 나을 테니까. 나는 가끔 생각한다. 나도 이 세상에 태어나지 않았더라면, 하고.

나는 아직까지 여동생의 유골 일부를 소중하게 간직하고 있다. 당시 내가 사용하던 기다란 유리컵에 넣어서 랩을 씌우고 책상 위에 놓아두었다. 그것을 볼 때마다 나는 떠올린다. 작은 손가락이 붙은 사랑스러운 손. 라텍스로 만든 모형처럼 매끈매끈한 배. 죽을 때 내 무릎 위에서 온몸에 경련을 일으키며 "잊지 마"라고 말하던 예쁘고 동그란 눈.

여름이 되면 나는 그 유골을 책상 서랍에 넣어둔다.

유지매미의 울음소리를 들으면서 동생을 떠올린다면, 분명히 또다시 나 자신이 부서져버린다는 사실을 알고 있기 때문에.

교실

7월 20일.

바람 소리가 무서웠다. 내 왼쪽에 늘어서 있는 창문 밖에서 아까부터 끊임없이 들렸다.

지금까지 한 번도 들어본 적 없는 소리. 으스스한 모습을 한 요괴들이 외치는 소리가 마구 뒤섞인 것처럼.

"자, 모두 조용히 해라. 여러분은 이제 4학년이다. 다나베, 똑바로 앞을 보고 앉아라. 자, 다시 한 번 말한다."

교단에서 파란색 운동복을 입은 이와무라 선생님이 송충이처럼 짙은 눈썹을 위아래로 꿈틀거리며 여름방학 주의 사항을 전달하고 있었다. 나는 턱에 힘을 주며 입을 벌리지 않도록 온 힘을 기울였다. 자칫 입이 벌어지면 목 속 깊숙이 억누르고 있는 비명이 이 사이를 빠져나와 한꺼번에 흘러나올 것만 같았다.

무서웠다.

내 자리가 창 쪽에 가장 가깝기 때문일까. 그래서 이렇게 무서운 소리가 들리는 걸까. 그런 생각이 들어 나는 살며시 뒷자리의 스미다를 돌아보았다. 하지만 역시 그 애는 창밖에 아무런 흥미를 보이지 않고, 그저 멍하니 앉아 있을 뿐이었다.

……왜?

나른한 듯이 잠긴 목소리로 스미다가 속삭였다. 나는 멋쩍어서 바로 앞을 보았다.

"이건 부모님께 전달하도록 한다. 방학 중에 무슨 일이 생기면, 반드시 학교에 연락할 것."

(우리 집, 전화 끊겼어요.) (우하하하.) (정말이야?) (뻥이야. 우리 집이 S집이냐?) (그 녀석 집은 진짜 끊겼대.)

"자, 모두 조용히 해라. 아직 여름방학이 아니다."

창밖. 낮인데도 잿빛 하늘. 거친 바다를 뒤집어놓은 것 같은 구름이 언제까지나 끝없이 빙글빙글 펼쳐지면서 엄청난 속도로 창틀 안을 왼쪽에서 오른쪽으로 흘러가고 있었다.

"연락처는 조금 전에 나눠준 프린트 제일 아래쪽에, 굵은 글씨로 쓰여 있다."

(1294요.) (엇, 그게 뭐야?) (답이야.) (답?) (앗, 이거 뺄셈 문제 아니야?)

"그래. 그건 전화번호다. 그런데 방금 그거 재미있구나. 더구나 계산도 맞고."

(우-후훗.) (쿡쿡 쿡쿡.) (뭐냐, 너.) (아얏.)

조금 있으면 벨 소리가 울린다. 그러면 나는 이 교실에서 나가야 한다. 교실을 나서면 이 무서운 바람 속에서 혼자 맞서야만 한다.

뭔가 다른 생각을 하면서 마음을 가라앉히기 위해 나는 샤프펜슬을 꺼내들었다. 책상 구석에 그림을 그리며 집중하려고 했다. 그런데 손끝이 잘 움직이지 않았다. 선을 그으면 한결같이 비뚤거리며 흔들렸다.

"야, 뭐해, 책상에 낙서나 하구." 옆에 앉은 하치오카가 머리를 낮추며 말했다. "그거 뭐야, 악어?"

"상관 마."

"아아, 도마뱀이구나."

"아냐!"

나도 모르게 소리를 질렀다. 한 순간, 모든 시선이 우리에게 쏠렸다.

"그럼, 뭔데?" 심심하다는 듯이 조르는 목소리를 내며 하치오카는 목을 움츠렸다.

"바다에 놀러가는 사람은 특히 주의하도록 해라. 매년 뉴스에서 봤을 거다. 바다에서 놀던 아이가 파도에 휩쓸려서……."

(헤엄치면 되잖아.) (헤엄을 못 치니까 그렇지.) (왜?) (파도가 세니까.) (왜?)

바람이 창문에 쿵 부딪혔다. 눈에 보일 정도로 유리가 흔들렸다. 나는 나도 모르게 샤프펜슬을 떨어뜨리고 창밖을 바라보았다. 그리고…….

그리고 나는 보았다.

정말 한 순간이었다. S가 바람을 타고 창밖을 가로질러 가고 있었다. 왼쪽에서 오른쪽이었다. 여기는 학교 건물의 2층이다. 회색 티셔츠에 짙은 갈색 반바지를 입은 S의 몸이 종잇장처럼 바람에 펄럭이며 엄청난 속도로 날고 있었다. 창을 가로지를 때 S는 두 눈을 크게 뜨고 교실 안을 힐끗 보더니, 갑자기 슬픈 표정을 짓고…….

그러고는 휙 날아갔다.

자리에서 일어나 창문에 얼굴을 바싹 붙였다. S가 날아간 방향을 쳐다봤다. S는 이미 어디에도 보이지 않았다. 바람에 날아오른 운동장의 흙먼지만 자욱하게 흩날리고 있을 뿐이었다.

"개학 직전에 숙제를 한꺼번에 하려는 사람 있나?"

(네에.) (네! 네!) (숙제는 매일 해야 하는 거야.) (너나 잘 해.)

나는 S의 자리를 돌아보았다. 내 자리에서 오른쪽으로 네 번, 그리고 뒤로 두 번 간 자리.

그 자리만 비어 있었다. 다른 자리는 모두 반 친구들이 앉아 있는데, S의 자리만이 잊힌 것처럼 덩그러니 비어 있다.

"숙제를 나중에 한꺼번에 하려면 힘들 거다. 매일은 아니더라도 이틀에 한 번 꼴로 조금씩 하도록 해라."

(네에.) (무리예요.) (왜 그래야 하는데요?) (할머니 집에 간단 말이에요.) (가져가면 되잖아.)

"그리고, 오늘은 S가 결석을 했는데, 누구, 유인물하고 숙제를 S에게 가서 전해줄 사람?"

(너, 가라.) (싫어. 냄새나.) (우하하핫.) (으윽, 냄새야.)

아아, 그렇다. S는 학교에 오지 않았다. S는 본래 건강이 좋지 않아서 학교를 쉬는 날이 많다. 그래서 오늘도 나는 별로 신경 쓰지 않았다.

"자, 조용히 해라. 아무도 없나? S네 집, 아는 사람?"

(선생님, 마스카와가 알아요.) (아냐, 나, 몰라.) (너네 집에서 가깝잖아.) (싫어.)

다시 한 번 창문에 얼굴을 가까이 했다. S는 대체 어디로 간 것일까?

…….

정신을 차리니, 교실은 쥐죽은 듯 조용했다.

모두 나를 쳐다보고 있었다. 이와무라 선생님도 굵은 눈썹을 어중간하게 모으고 교단 위에서 가만히 내 얼굴을 내려다보고 있다. 모두가 뭔가에 놀란 표정들이었다.

"미치오, 네가 간다고?"

이와무라 선생님이 나에게 물었다. 아무 목소리도 들리지 않았던 교실은 이와무라 선생님의 말에 한층 더 조용해진 느낌이었다.

그리고 나는 비로소 알아차렸다. 어느새 나는 오른팔을 들고 있었다. 그러고 보면 아까 손을 들어야 한다고 순간적으로 생각한 것 같았다.

"너, S네 집이 어딘지 아냐?"

나는 선생님의 얼굴을 바라보며 고개를 끄떡였다. 이와무라 선생님은 눈썹 양 끝을 쭉 내리고, 이번에는 울면서 웃는 듯이 어색한 표정을 지었다.

"그렇구나. 그래, 잘됐어. 그럼 나중에 S의 유인물과 숙제를 주마. 그래, 잘됐어."

이와무라 선생님은 혼자서 계속 고개를 끄떡였다. 그리고 다시 학생들을 바라보면서 약간 상기된 목소리를 냈다.

"그래, S의 집에는 미치오가 유인물과 숙제를 갖다 주기로 했다. 너희 모두, 친구가 결석을 하거나 어려울 때에는 미치오처럼 자진해서 도와주도록 해라. 알겠냐?"

(저 녀석, S랑 친해?) (몰라.) (냄새 안 나나.) (야, 쟤가 쳐다본다.)

나와 눈이 마주치자, 같은 반 친구 두 명이 거북한 듯이 시선을 피했다. 한 명은 갑자기 이와무라 선생님한테 주목했고, 다른 한 명은 책상 위에 놓인 자신의 필통 속에서 뭔가 재미있는 것이라도 발견한 양 갑자기 눈썹을 치켜 올리며 들여다봤다.

"미치오, S 집에 가다가 살해당하지 않게 조심해라."

앞자리의 이비사와가 뚱뚱한 몸을 비틀며 돌아봤다. 본래 올라간 양 눈이 볼살로 한층 밀려 올라가서 거의 실처럼 보였다.

"조심하지 않으면, 너도 다리뼈가 부러져서 풀숲에 버려질 거야."

이비사와가 무슨 말을 하려는지 알았다. 약 1년 전부터, 이 N마을에서 이상한 모습으로 죽어 있는 개와 고양이가 계속 발견되고 있었다. 신문에도 '악질적인 장난'이라며 게재되었다. 덕분에 마을이 좀 소란스러워졌다. 죽은 동물은 마을 경계의 강가에서 시작해서 민가의 정원수, 노지의 배수로, 그리고 건물 사이 등에서 발견되었는데, 그 수가 현재 총 여덟 구에 이르렀다. 개와 고양이가 각각 네 구로, 버려진 것도 있고 애완인 것도 있었다. 여덟 구째는 바로 닷새 전인 7월 15일에 발견되었다. 이튿날 아침 신문에 그 기사가 실렸고, 기사 가장자리에 인쇄된 N마을의 지도에는 그동안 시체가 발견된 장소가 모두 동그라미로 표시되어 있었다. 각 동그라미 표시의 옆에 시체가 발견된 날짜가 적혀 있었다. 죽은 지 얼마 안 된 것도 있었고, 발견 당시에 이미 뼈만 남은 것도 있었기에 날짜는 별 의미가 없었다. 지도상의 동그라미는 마을 곳곳에 흩어져 있었다. 다음에는 시체가 어디서 발견될지 몰랐으므로 우리는 모두 겁에 질렸다. 정신이상자의 소행으로 추측되어 학교에서도 학생들에게 수상한 사람을 조심하라며 주의를 주었다.

—그저 죽어 있는 거라면, 정신이상자보다는 오히려 교통사고나 하천의 오염을 더 의심하겠건만.—

언젠가 이와무라 선생님이 조례 시간에 이야기했다.

—그런데 그건 역시 누군가가…… 하고 있다고밖에 생각할 수가 없다.—

그 이유는 간단하다. 왜냐하면 모든 시체에는 두 가지 공통된 특징이 있었다. 하나는 뒷다리 관절 즉, 사람으로 치면 무릎 부분의 관절이 모두 반대 방향으로 꺾여 있다는 점. 그리고 다른 하나는 죽은 개와 고양이가 하얀 비누를 입에 물고 있었다는 점이다.

"연극 발표회도 잊지 않도록. 방학이 끝나고 일주일밖에 시간이 없다. 여름방학 동안에 연습할 수 있는 사람은 연습하도록 해라."

이때 벨 소리가 울렸다.

S의 집

교문까지 가려면 한 바퀴가 100미터나 되는 교정을 가로질러야 한다.

따가운 여름 햇볕에 교정의 자갈은 바싹 말라 있었다. 일제히 하교하는 학생들에 섞여 교문으로 향했다. 왼손에는 S에게 전해줄 물건들을 들고 있었다. 연락 사항이 적힌 유인물 두 장과 과제물 네 권, 그리고 갈색 봉투가 한 장.

봉투 안에는 아마 작문이 들어 있을 것이다.

정확히 일주일 전, 국어 숙제로 제출했던 자유 작문을 오늘 모두 되돌려받았다. 작문의 마지막에는 빨간 글씨로 이와무라 선생님의 감상이 적혀 있다. 나는 올해 세 살이 된 여동생 미카가 엄마 뱃속에서 나왔을 때의 일을 썼다. 병원 분만실 밖에서 아빠와 둘이서 기다란 의자에 앉아 안절부절못하며 기다리던 때의 추억이다. 이와무라 선생님은 '그때의 마음이 잘 전달되는구나'라고 적어주었다.

하늘을 올려다보니, 조금 전까지 보이던 낮은 구름은 어느새 사라지고 새하얀 여름 태양이 나타나 있었다. 그토록 세차게 불던 바람도 이제는 잠잠해졌다.

"미치오."

뒤에서 이와무라 선생님이 빠른 걸음으로 다가왔다. 조금 전에는 운동복 차림이었는데, 지금은 반팔 와이셔츠로 갈아입고 있었다. 옆에 양복 윗도리와 가방을 같이 든 모습이다.

"S 집에 가는구나. 더우니까 열사병에 걸리지 않게 주의해라. 어째 너, 얼굴이 땀으로 흠뻑 젖었구나. 손수건은?"

"없어요."

"그러면 선생님 것을 빌려줄게. 자, 여기 있다. 방학 끝나고 돌려줘도 되니까 신경 쓰지 말고. 이걸로 땀 좀 닦으면서 가거라." 이와무라 선생님은 나에게 파란 바탕에 하얀 줄무늬가 들어간 손수건을 건네주었다. "그럼 선생님은 좀 급해서 먼저 가마. 방학 중이라도 으슥한 곳에는 가지 마라."

내 등을 가볍게 토닥거리고, 이와무라 선생님은 다시 잔 달음질로 가버렸다. 무척 서두르고 있었던지 내가 교문을 나섰을 때에는 벌써 그림자도 보이지 않았다.

바로 머리 위에서 이글거리며 내리쬐는 태양에 머리를 쏘이면서 느티나무 거리를 걸어갔다.

느티나무 거리는 교문에서 똑바로 뻗은 길로 양쪽에 키 큰 느티나무 가로수가 이어져 있는 넓은 도로다. 이름이 정말로 느티나무 거리인지는 모르지만, 우리는 모두 그렇게 불렀다. 언제나 이 길을 따라 걷다 보면, 앞에 걸어가던 학생들의 수가 점점 줄어들었다. 모두 곳곳에서 갈라지는 골목으로 들어간다. 아마 집으로 가는 지름길일 것이다.

길의 중간쯤에는 오른편으로 어린이공원이 있었다. 그곳을 지날 무렵, 내 앞에 가던 학생들의 모습이 모두 사라졌다. 공원 시계탑을 보니, 커다란 바늘이 열두 시 20분을 가리키고 있었다.

걸어가면서 S에게 전해줄 물건들을 내려다봤다. 손에서 배어나온 땀이 갈색 봉투에 손가락 자국을 만들고 있었다. 안에까지 스민 것은 아닌가 하고 걱정이 되어서 봉투를 들여다봤는데, 원고지는 괜찮아 보였다.

「나쁜 임금님」

칸칸이 그려진 원고지 가장자리에 그런 제목이 보였다.

느티나무 거리가 끝나는 T자 길을 오른쪽으로 돌았다. 그 길은 우리 집으로 가는 왼쪽 길보다 훨씬 좁다. 돼지풀이 우거진 공터와 자갈이 깔린 주차장이 길 양쪽을 차지하고 있었고, 사람들도 거의 보이지 않았다.

왼쪽 공터에서 미지근한 바람이 불었다. 그런데 그 바람 속에 이상한 냄새가 섞여 있었다.

손으로 코를 감싸며, 바람이 부는 방향을 바라보았다. 공터에 올려놓은 것처럼 자동차 한 대가 버려져 있었다. 아주 오래되었는지, 회색 도장이 부슬부슬 벗겨진 채였다. 누가 장난을 쳤는지 유리가 모두 산산조각 나 있었다. 자동차에 다가가서 유리가 없는 뒷좌석 창으로 안을 들여다봤다. 그 순간, 나는 마치 얼굴을 얻어맞은 것처럼 상체를 뒤로 홱 젖혔다.

고양이가 한 마리 죽어 있었다.

뚱뚱한 어른 고양이였다. 비바람을 맞아 가슬가슬하게 갈라진 시트 위에서 위를 보고 딱딱하게 굳어 있었다. 흰색과 연갈색의 털이 드문드문 빠져서, 군데군데 분홍빛 살이 보였다. 두 눈은 완전히 말라버린 게 검은 매실 장아찌를 집어넣은 것 같았다. 반쯤 벌린 입의 양 끝은 귀를 향해서 자른 듯이 올라가 있었는데 그 모습이 마치 뭔가를 상상하며 소리 없이 웃는 것처럼 보였다. 콧구멍으로는 개미들이 들락날락거렸다.

죽은 고양이는 이상한 자세를 취하고 있었다. 텔레비전 게임의 인베이더 같은 모습. 두 개의 앞다리는 만세를 하듯이 머리 옆으로 각각 올라가 있고, 뒷다리도 앞다리와 똑같은 방향으로 갈고리처럼 구부려져 있다. 몸 전체가 한자 '나올 출(出)'자와 비슷한 모양이었다. 앞발이 위를 향한 건 자연스러운 일이다. 하지만 뒷다리마저 그런 각도로 구부러질 수는 없다. 분명히 관절이 본래와 반대 방향으로 구부려져 있다. 그리고…….

저건 뭘까. 처음에는 뭔지 몰랐다. 고양이 입 속에 뭔가 하얀 게 살짝 보였다. 손가락을 뻗어서 만져봤다. ……비누다. 고양이의 웃는 입 속에서 바싹 말라 작은 균열이 생긴 하얀 비누가 머리를 내밀고 있었다.

"으으으……."

나는 마침내 상황을 파악했다. 바로 그 살해 방법이었다.

"으아아아악!"

어느새 정신없이 뛰고 있었다. 심장이 목구멍에서 튀어나올 정도로 가슴속에서 난동을 부렸다. 앞에는 대밭이 무성하게 가로막고 있고 길은 좌우로 나뉘어 있다. 왼쪽으로 꺾이면 좁은 자갈길은 5미터도 채 못 가서 대밭으로 이어진다. 그 좁은 길이 끝나는 곳에 S의 집이 있다. 수많은 대나무가 벽처럼 좌우로 이어지는 좁은 길을 나는 단숨에 빠져나갔다.

대문 앞에 도착하자 나는 양 무릎을 붙잡고 숨을 헐떡거렸다. 머릿속이 바늘로 찌르는 것처럼 욱신거리며 아팠다. 아무리 공기를 들이마시고 또 마셔도 계속 부족한 느낌이었다.

고개를 들고 S의 집을 봤다.

문패는 보이지 않았다. 대신에 오른쪽 담의 한곳에 문패가 있던 것 같은 장방형의 흔적이 보였다. 슬라이드 식 검은 철제문이 조금 열려 있었다. 사람 한 명이 지나갈 수 있는 틈이다.

문 옆에 있는 초인종을 눌렀다. 안쪽 스프링이 고장 났는지, 초인종은 손끝에서 움푹 들어가 나오지 않았다. 벨 소리도 들리지 않는다.

그때 바로 옆에서 무슨 소리가 났다. 고개를 돌리자, 현관 왼쪽에 있는 개집에서 다이키치가 몸을 반쯤 내밀고 이쪽을 보고 있었다.

다이키치는 S가 기르는 개로 갈색에 흰색 털이 섞인 마른 체구의 잡종이다. 1학년 무렵 처음 이곳에 놀러왔을 때, 다이키치를 만났다. 그때 다이키치는 아직 어린 강아지였는데, S의 말에 따르면 어느 날부턴가 우연히 같이 살게 되었다고 했다. 처음에는 럭키라는 이름을 붙였지만, 아무리 봐도 이름과 어울리지가 않아서 결국 다이키치로 바꾸었다고 했던가.

다이키치는 자세를 낮추고, 목 깊숙한 곳에서 으르렁거리며 신음 소리를 내고 있었다.

나는 깜짝 놀랐다. 다이키치가 나를 보고 으르렁거린 것은 처음이었기 때문이다. 바로 얼마 전에 근처에서 S가 데리고 가는 모습을 봤을 때도 꼬리를 빙글빙글 돌리면서 내 얼굴을 핥았는데.

내가 대문 안으로 한 발을 내밀자마자 다이키치가 쏜살같이 개집에서 뛰쳐나왔다. 문에 부딪히듯 격자 틈으로 코를 내밀더니, 엄청난 기세로 나를 향해서 짖기 시작했다. 나를 올려다보는 눈빛이 무시무시하고 사나웠다.

"왜 그래……?"

다이키치의 목줄은 개집 옆에 세워진 말뚝에 걸려 있었다. 별로 긴 줄이 아니어서 똑바로 현관을 향하면 다이키치가 덤비지는 못할 것 같았다.

문틈으로 들어가서 곧장 현관으로 갔다. 그동안 다이키치는 줄을 팽팽하게 당기며 나를 향해서 목을 내밀고, 입 가장자리로 하얀 거품을 흘리면서 미친 듯이 짖어댔다.

문 옆에 바깥과 똑같은 초인종이 있었다. 눌러보았더니, 이번에는 제대로 소리가 울렸다.

잠시 기다렸지만 아무런 대답이 없었다. 다시 한 번 초인종을 눌렀지만, 역시 대답은 없다. 혹시나 싶어서 문손잡이를 돌려보았다. 문은 쉽게 열렸다.

"안녕하세요." 문을 살짝 열고, 소리쳤다. "S, 있어요?"

아무런 대답도 없다. 어두컴컴한 집 안에서 S가 옆을 지나갈 때 풍기는 S의 냄새가 났다.

현관에 S의 신발이 보였다. 안에 있는 걸까?

마당으로 돌아가보기로 했다. 문을 닫고는 왼쪽 벽을 따라서 걸어갔다.

S의 집 마당에는 셀 수 없을 정도로 나무가 많았다. 하지만 공들여 심었다기보다는 멋대로 자라도록 내버려둔 것 같았다. 손질을 하지 않아 모든 가지가 마음대로 뻗어 있다. 키가 큰 나무도, 낮은 나무도, 모두 화가 난 듯이 사방으로 가지를 내밀고 있다.

마당 바로 바깥쪽으로 넓은 상수리나무 숲이 이어졌고, 그 경계에는 낮은 대울타리가 서 있었다.

시끄러울 정도로 유지매미가 울어댔다. 그 유지매미 소리에 섞여서 희미하게 끼익끼익 하는 이상한 소리가 들렸다. 붙잡힌 쥐가 소리를 지르는 것처럼 높고 가늘고 거슬리는 소리다.

뭘까. 고개를 갸우뚱거리면서 마당에 접한 마루를 따라서 슬금슬금 발을 떼었다.

끼익끼익.

마당으로 난 유리문은 대부분 닫혀 있었지만, 가장 안쪽의 문만은 왠지 열린 것 같았다. 바람에 흔들리는 황토색 커튼 자락이 창틀 아래쪽으로 가끔씩 나부꼈다. 그 정면에 수많은 해바라기들이 활짝 피어 있었다.

끼익, 끼이익.

이상한 소리는 걸음을 뗄 때마다, 점차 또렷해졌다.

무슨 소리지?

가장 안쪽 문 앞에 섰다. 방 안을 들여다보니 거기에 S가 보였다.

S는 태양이 쨍쨍 내리쬐는 밝은 마루와 해가 들지 않는 어두컴컴한 다다미방의 경계선에 정확히 서서 나를 내려다보고 있었다. S의 눈은 엄청난 사시였기에 두 눈이 똑바로 나를 쳐다보고 있지는 않았지만, 한쪽 눈은 분명히 나를 가만히 응시하고 있었다. 회색 티셔츠에 짙은 갈색 반바지를 입은 모습이 내가 교실 창문에서 본 것과 똑같았다. S는 나에게 몸을 정면으로 향한 채 이상한 자세로 온몸을 흔들고 있었다. 작게 원을 그리듯이 흔들흔들…….

"뭐 해?"

나는 물어보았지만 S는 대답하지 않았다. 보랏빛 입술은 꿈쩍도 하지 않는다. 목이 사람 같지 않게 길게 늘어나 있다.

심장이 높은 곳에서 떨어진 것처럼 쿵 하고 소리를 냈다. 짧게 숨을 들이킨다. 이 사이에서 공기가 날카로운 소리를 낸다. S의 두 다리는 허공에 떠 있다.

"아아, 아……."

반바지에서 뻗어 나온 S의 허벅지 안쪽에서 진흙 같은 것이 흘러 내리고 있었다. 그것은 S의 거무스름한 가는 다리를 따라 내려가다가, 이윽고 맨발인 발끝에서 툭 떨어졌다. 정확히 다다미와 문지방 사이에 떨어져서 복잡한 색의 작은 웅덩이를 만들고 있었다.

한 번씩 숨을 쉴 때마다 호흡이 가빠졌다. 숨을 내뱉을 때마다 목 속에서 아, 아, 아 하며 떨리는 소리가 새어 나왔다. 유지매미의 높은 소리에 머리가 눌린 것처럼 나는 그 자리에서 꼼짝할 수가 없었다.

등받이가 있는 의자 하나가 S의 바로 뒤에 뒹굴고 있었다.

S의 목에 묶인 밧줄은 바로 위에 있는 채광창으로 이어져서 그 격

자 사이를 한 바퀴 감은 다음에 실내로 비스듬하게 내려왔다. 팽팽
하게 당겨진 밧줄은 방의 안쪽으로 이어진 채 마당을 향해서 놓인
커다란 옷장 문의 손잡이에 묶여 있었다. S의 무게로 당겨진 한쪽
문이 활짝 열려 있고, 옷장 자체도 아주 약간 원래 위치에서 비켜
있다. 그 때문에 S의 몸은 바닥과 아슬아슬하게 떨어져 있었다. 만
약 옷장이 조금 더 가벼웠거나 문이 조금 더 컸더라면 S의 두 다리
는 바닥에 닿았을지도 모른다.

배에서 가슴으로 이유 모를 감정이 솟구쳐 올랐다. S에게 다가가
려고 한 걸음 내디딘 순간, 온몸이 마비되는 것 같은 느낌이 나를 덮
쳤다. 무릎이 힘없이 툭 꺾이면서 땅에 털썩 주저앉았다.

흙은 태양빛을 받았을 텐데도 차가웠다. 나는 두 손을 마루 위에
얹은 상태로 S를 올려다봤다. 뒤에서 불어온 미지근한 바람이 내 머
리를 스친 다음, 또다시 S의 몸을 흔들었다. 끼익 하는 소리가 날카
로운 칼처럼 위에서 내 귀를 찔렀다.

나는 S의 모습을 더 이상 볼 수 없었다. 두 눈을 꽉 감고, 천천히
손발을 주워 모으듯이 일어섰다.

다리를 움직였다. S를 등지고, 마루를 따라서 왔던 길을 돌아갔다.
콧속이 실룩거리며 경련을 일으킨다. 턱이 떨리고 입속에서 이가 탁
탁 부딪힌다. 다리에 힘이 들어가지 않아 잘 걸을 수가 없다. 뒤에서
삐걱거리는 밧줄 소리가 나를 쫓아오는 것처럼 들린다.

마루를 절반쯤 지났을 때, 나는 딱 한 번 뒤를 돌아보았다.

S의 모습은 벽에 가려서 보이지 않았다.

많은 해바라기가 눈에 들어왔다. 모두 커다란 꽃을 피우고 있었는
데, 그 꽃들은 하나같이 S가 있는 방을 향하고 있었다. 조금 전에 S

는 나를 내려다보고 있던 것이 아니라, 그 활짝 핀 해바라기를 보고 있던 것인지도 모른다. 그런 생각을 하는데, 갑자기 눈물이 뚝뚝 떨어졌다.

학교

학교는 쥐 죽은 듯이 조용했다. 지나다니는 사람이 없는 복도는 어딘지 모르게 다른 건물의 일부 같았다.

1층 복도를 따라가서 교무실 문을 열었다.

"무슨 일이냐?"

6학년을 맡고 있는 니시카키 선생님이 돌아보며 물었다. 마르고 앙상한 얼굴에 네모난 안경을 걸친 니시카키 선생님은 자리에서 일어나 근심스러운 얼굴로 나에게 다가왔다.

"우는 거냐? 무슨 일인데? 너는 아마 4학년의……."

"이와무라 선생님 계세요?"

목소리가 떨렸다. 말을 한 뒤, 폐가 벌룩거리며 멋대로 움직였다.

"아아, 이와무라 선생님은 안 계시는데. 그런데, 이와무라 선생님이 아니면 안 되는 거냐? 무슨 일인지 선생님이 들어줄게. 자, 이제 그만 울음을 그치려무나."

그리고 니시카키 선생님은 내 어깨를 토닥거렸다.

"미치오, 누구하고 싸운 거니?" 음악 담당인 도미자와 선생님이 걱정스러운 얼굴로 다가왔다. "이와무라 선생님은 퇴근하셨단다. 뭔가 일이 있으신 거 같던데."

어느새 교무실에 있던 선생님들의 시선이 모두 나를 향하고 있었다. 나는 당황했다. 내가 본 광경을 누구에게 어떻게 설명하면 되는 걸까?

"엇, 뭐 하냐? 미치오."

뒤에서 목소리가 들렸다. 돌아보니, 이와무라 선생님이 서 있었다. 내가 대답하기 전에 니시카키 선생님이 먼저 입을 열었다.

"엇, 이와무라 선생님. 볼일은 다 끝나셨어요?"

"아, 그게 말이죠. 약속이 있었는데, 그쪽에 일이 생겨서요. 그냥 돌아왔어요. 사실은 아직 업무가 남아서요. 여기니까 하는 말이지만."

"오늘은 차 가지고 오셨죠?"

"네, 그래요. 그 사람하고 그대로 차를 타고 어디 좀 가려고 했거든요. 차는 괜히 가지고 왔어요. 이럴 줄 알았으면 평소대로 전철로 올걸." 이와무라 선생님이 나를 쳐다봤다. "그건 그렇고, 미치오. 너, 아까 운동장에서 보지 않았나? S 집에 갔잖아, 뭐야, 너, 우는 거냐?"

"선생님, 저기……"

말을 하려다가 나는 우물쭈물했다. 여기서 S의 이야기를 하면 분명히 큰 소동이 벌어질 것이다. 폐가 또다시 벌룩거렸다. 이와무라 선생님은 힐끗 주변을 훑어보더니, 내 어깨에 손을 얹었다.

"여기서는 말하기 곤란하냐? 그래, 그럼 저쪽으로 가자. 자, 이리 따라오너라."

이와무라 선생님은 나를 교무실 안쪽으로 데리고 갔다. '응접실'이라고 써진 문을 열고 안으로 들어갔다. 가죽 소파 끝에 나를 앉히고, 이와무라 선생님도 내 옆에 자리를 잡고 앉았다.

"무슨 일, 있던 거냐?"

나는 크게 심호흡을 했다. 그리고 바로 조금 전에 S의 집에서 본 상황을 이와무라 선생님에게 설명했다. 이야기하는데 또다시 눈물이 뚝뚝 떨어졌다.

"그게 사실이냐?"

이와무라 선생님은 이야기 중반부터 반쯤 엉거주춤하고 있던 자세에서 완전히 일어나서 심각한 표정으로 나를 내려다봤다. 나는 눈물 맛이 나는 침을 삼키며, 딱 한 번 고개를 끄떡였다.

"일 났네, 우와……, 이거 보통 일이 아닌데." 이와무라 선생님은 내 얼굴을 내려다본 채, 손바닥으로 이마를 문질렀다. "선생님은 지금 바로 S의 집에 가봐야겠구나. 너는 당장 집으로 가거라. 아니, 잠깐만. 누구, 다른 선생님께 데려다달라고 해야겠어. 그래, 그게 좋겠어."

이와무라 선생님은 응접실 문을 열고 나가서 누군가에게 작은 소리로 말을 걸었다. 목소리를 죽인 말소리들이 마구 뒤섞여서 들리기 시작했다. 그 웅성거리는 소리는 가끔 높아지기도 하고 갑자기 낮아지기도 하면서, 한동안 이어졌다. 발소리 하나가 쿵쾅거리며 멀어졌다. 문을 노크하는 소리. 교장 선생님의 목소리. 방금 들린 노크 소리는 응접실 반대쪽에 있는 교장실 문일 것이다.

입구에서 이와무라 선생님이 몸을 반쯤 들이밀고는 나보고 재빨리 손짓을 한다. 일어나서 응접실을 나가자, 교장 선생님이 심각한 얼굴로 서 있었다. 교장 선생님의 이런 심각한 얼굴은 작년 여름, 학생 한 명이 교통사고를 당했을 때 이후로 처음이다. 교장 선생님 주변에 다른 선생님들이 모여 있었다. 모든 시선이 나에게 집중되었다.

이와무라 선생님은 자신의 가방을 옆에 들고 있었다.

"미치오. 선생님은 지금 바로 S 집에 갈 건데, 도미자와 선생님이

23

너를 집까지 데려다주실 거야. 집에 아버지나 어머니는 계시냐?"

나는 고개를 저었다. 지금 집에는 미카밖에 없다.

"세 시가 넘으면 엄마가 돌아오실 거예요."

"지금 한 시 반이니까, 아직 꽤 남았는걸? 어머니는 일 나가셨냐?"

"파트타임이에요. K역 앞의 스파게티 집이요."

"전화번호는?"

나는 또 고개를 저었다.

"그럼 가게 이름은?"

내가 스파게티 가게 이름을 말하자, 이와무라 선생님은 바로 수화기를 들고 전화번호 안내에 물어보았다. 목과 어깨 사이에 수화기를 끼우고 종이에 전화번호를 받아 적더니, 일단 전화를 끊었다가 바로 다시 전화번호를 때리듯이 탁탁 누른다.

"네, 예……, 아뇨, 애는 지금 여기에……. 네. 아아, 네……."

잠시 엄마와 통화를 한 이와무라 선생님은 이윽고 수화기를 내려놓고 나를 쳐다봤다.

"어머니, 바로 집으로 오신단다. 자, 도미자와 선생님이 집에 데려다주시면 어머니가 오실 때까지 밖으로 나가지 마라."

이와무라 선생님은 교장 선생님을 향해서 고개를 살짝 끄떡이고는 잔달음질로 복도로 나갔다. 그런데 갑자기 걸음을 멈추더니, 다시 교무실로 돌아와서 근처 책상 위에 놓인 수화기를 집어 들었다.

"교장 선생님, 경찰에는 제가 신고하겠습니다. 중간에 합류해서 같이 가는 게 좋을 거 같습니다."

교장 선생님이 고개를 끄떡인다. 이와무라 선생님은 등을 돌리더니, 책상을 덮는 것 같은 자세로 전화를 걸었다.

"여보세요, 저, N초등학교의 이와무라라고 합니다만……."

손으로 입가를 막고 낮은 목소리로 속삭이듯이 이와무라 선생님은 사정을 설명했다. 구체적으로 뭐라고 설명을 하는지는 잘 들리지 않았다.

잠시 후 전화를 끊고 이와무라 선생님은 교장 선생님한테 인사를 한 다음 다시 교무실을 나갔다.

우리 집

"미치오, 정말 괜찮겠니?" 도미자와 선생님이 고개를 살짝 기울이면서 내 눈을 들여다봤다. "선생님 이대로 학교로 돌아가도 되겠어?"

현관에서 도미자와 선생님은 허리를 굽히며 내 쪽으로 얼굴을 가까이 댔다. 선생님이 된 지 아직 2년밖에 되지 않았다는 도미자와 선생님은 엄마보다 훨씬 젊다.

"여동생이 있으니까 괜찮아요."

선생님은 엄마가 돌아올 때까지 같이 있어주겠다고 하셨다. 하지만 나는 가족 이외의 사람들이 집에 들어오는 게 싫었다. 이 집 안, 즉 거실과 부엌 상태를 다른 사람들이 보지 않기를 바랐다.

"미치오, 여동생이 있었구나. 몇 살이니?"

현관 가장자리에 가지런히 놓인 분홍색 작은 운동화를 보면서 도미자와 선생님이 물었다.

"올 7월에 세 살이 되었어요."

"그래, 그럼 내년부터 유치원 다니겠네? 그렇게 어린 여동생이 항상 혼자서 집을 보는구나."

"네, 저희 집은……." 나는 고개를 돌려 도미자와 선생님의 시선을 피하며 대답했다. "저희는 언제나 그래요."

도미자와 선생님의 시선이 계속 내 옆으로 쏟아지는 것을 느꼈다. 내 집인데도 순간 불편해졌다.

"애들끼리 있을 때에는 집에 있어도 조심하렴. 문단속 잘해야 하구. 그, 요즘에 이상한 소문이 있잖니. 개하고 고양이가……."

계단 위에서 미카가 나를 불렀다. 그 소리에 나는 구원받는 기분으로 2층을 올려다본다. 도미자와 선생님도 그쪽을 바라봤다.

"저기가 너희들 방이구나."

계단을 올라가 제일 처음에 있는 방이 나와 미카가 같이 사용하는 방이다.

"저기, 저요, 동생 밥 차려줘야 하는데요."

"미치오가 밥을 하니?"

"아뇨, 밥은 엄마가 일 가시기 전에 준비해놓고 가세요. 저는 전자레인지에 데우기만……."

미카가 2층에서 다시 한 번 나를 불렀다.

"선생님, 정말로 이제 괜찮아요. 엄마도 분명히 곧 오실 거고요."

도미자와 선생님은 잠시 망설이는 표정으로 나를 내려다보더니, 마침내 털썩 어깨 힘을 뺐다.

"그럼 정말 조심하구. 만약 무슨 일이 있으면 바로 학교에 연락하렴. 나중에 이와무라 선생님이나, 어쩌면 경찰 아저씨가 오실지도 모르겠구나. 아마 이것저것 물어보실 거 같은데……."

더 이상 할 말이 생각나지 않는지, 도미자와 선생님은 그저 딱하다는 듯한 눈으로 나를 바라봤다.

도미자와 선생님이 현관 밖으로 나간 뒤, 나는 현관문을 단단히 잠갔다. 계단을 올라가다가 S에게 전해줄 물건들을 아직도 가지고 있다는 사실을 깨달았다. 이것은 나중에 이와무라 선생님한테 돌려 줘야 하는 걸까?

"나, 왔어."

문을 열었더니 방 안이 후끈거렸다. 코로 숨을 들이쉬기만 해도 실내 온도가 높다는 사실을 알 수 있다.

나는 잠긴 창문을 풀고 활짝 열었다. 바깥 소리, 냄새와 함께 상쾌한 바람이 들어와서 노란색 커튼이 펄럭였다.

"엄마는 왜 창문을 모두 닫는 거야?"

2층 침대의 아래 칸에서 뒹굴던 미카가 지겹다는 듯이 물었다. 엄마는 외출을 하여 아이들만 집에 있게 되면 온 집 안의 창문을 꽉 닫고는 모두 잠가버렸다. 그리고 더워도 절대로 열면 안 된다고 나에게 엄하게 주의를 준다. 방금 열어둔 창문도 엄마가 돌아오면 다시 닫아야 한다. 겨울에는 괜찮지만 여름엔 정말 참기 힘들다.

"분명히, 위험해서 그럴 거야."

"떨어지니까?"

"아니, 우리가 떨어지는 걸 걱정하는 게 아니야. 안 그러면 뭐 하러 1층 창문까지 닫겠어? 요즘 이 근처에 이상한 사람들이 있잖아. 개나 고양이를 죽이는 사람 말이야."

"아아, 미카도 알아. 다 합쳐서 여덟 마리 죽었어."

나는 말없이 고개를 끄떡였다. 조금 전에 아홉 마리째를 본 사실은 말하지 않았다.

책가방을 책상 옆 고리에 걸었다. S에게 전해줘야 했던 물건은 책장의 오른쪽 가장자리가 비어 있기에 일단 거기에 꽂아두었다. 도감이 꽂힌 칸이다.

"오빠, 오늘은 늦었네."

"응. 일이 좀 있어서."

S의 이야기를 해야 할까? 나는 망설였다.

"그런데 아까 그 사람은?"

"아아, 선생님이야. 음악 담당하는 도미자와 선생님."

"오빠, 말썽 부렸구나."

미카는 짓궂으면서도 어딘지 모르게 진심으로 걱정하는 투로 말했다. 요즘 들어 미카는 부쩍 자주 그런 태도를 보였는데, 예전의 엄마 모습 그대로다. 예전이라는 것은 미카가 태어나기 전이다.

그런 미카를 보는 동안, 왠지 가슴이 차츰 미어졌다. 이어서 계속 억누르고 있던 긴장과 불안이 급격하게 나를 덮쳤다. 눈물이 와락 쏟아질 것 같았고, 창피하게도 세 살짜리 여동생에게 의지하고 싶은 마음이 일었다.

"미카, 사실은 오늘 말이지."

바닥에 책상다리를 하고 앉아서 나는 미카와 마주보았다. 내가 본 일들을 미카에게 이야기했다.

"우왓!"

미카의 반응은 내 예상을 훨씬 뛰어넘었다. 미카가 S에 대해 "눈 사이가 멀지 않아?"라고 물었기에 나는 조금 놀랐다.

"미카, 본 적 있어?"

"개하고 같이 가는 거 본 적 있어."

그러고 보면, 전에 다이키치를 산책시키는 S와 마주쳤을 때 미카도 같이 있었다.

"S 오빠, 왜 죽었는데?"

"몰라. 그런데……."

"그런데, 뭐?"

미카는 얼른 되받았다. 미카의 대화 속도는 사실 같은 반 친구들보다 훨씬 빠르다. 이 상태로 아홉 살이나 열 살이 되면 도대체 어떻게 되는 걸까? 그때는 내 머리가 따라가지 못할지도 모른다.

"그런데 어쩐지 알 거 같긴 해."

나는 미카에게 S가 반 친구들과 잘 지내지 못한 일을 이야기했다.

미카는 이야기를 다 듣고 잠시 가만히 있다가 나에게 물었다.

"오빠는 그런 짓 하지 않았지?"

"그런 짓?"

"S 오빠를 괴롭힌다거나……."

나는 바로 대답을 못 했다. 물론 반 친구들, 특히 이비사와나 하치오카처럼 일부러 S를 괴롭힌 적은 단 한 번도 없다. 하지만 S가 슬퍼 보일 때 자진해서 먼저 말을 걸거나 웃어 보인 적이 있냐고 물으면 고개를 저을 수밖에 없었다.

"S하고는 사이가 괜찮은 편이었던 거 같은데." 미카의 시선을 피하며 나는 대답했다. "나쁘지는 않았던 거 같은데. S가 나 말고 다른 친구들하고 이야기하는 건 거의 본 적이 없으니까."

나의 모호한 대답에 미카는 아무런 대꾸도 하지 않았다. 나는 눈길을 돌린 채, 가만히 입을 다물고 있었다.

S의 일이 생각나서 마음이 점점 무거워졌다. 나는 정말 S하고 사이좋게 지냈던 걸까? 누군가와 비교해보고서야 비로소 괜찮은 사이였다는 식으로 생각되는 관계는 아니었을까? 반 친구들은 S가 자살했다는 소식을 듣고 어떤 표정을 지을까? 모두 S의 이야기를 할 때면 한결같이 입을 히쭉거렸다. S가 죽은 일도 역시 히쭉거리는 얼굴로 이야기할까? 지저분한 농담을 섞어가면서 웃을까? 그 모습을 보면 내 기분은 어떨까?

"오빠, 밥 먹자."

"어?"

내가 고민하거나 슬퍼할 때 미카는 항상 이렇게 전혀 상관없는 말을 꺼낸다. 마치 나를 불러 세우는 것 같은 미카의 말에 나는 언제나 구원받는 기분이 들었다.

"그래. 배고프지?"

우리는 같이 식당으로 내려갔다. 식탁 위에 볶음밥 두 그릇이 랩에 싸여 있었다. 그릇 위에 놓인 숟가락 중에서 하나는 플라스틱 손잡이 부분에 토레미짱이라는 음표 모양의 머리를 한 아기가 프린트되어 있다. "미카는 토레미짱을 아주 좋아하니까"라며 엄마는 이 캐릭터가 그려진 물건들을 사오지만, 그건 어디까지나 엄마 혼자만의 생각이다.

전자레인지에 볶음밥을 넣고 타이머를 적당히 맞춘 다음, 나는 마당으로 나가는 유리문을 열었다. 잡초가 무성한 잔디에서 숨 막힐 듯한 풀 냄새가 났다. 그와 함께 음식물 쓰레기 썩는 냄새가 코를 찔렀다. 창 바로 바깥에 쓰레기가 가득 찬 봉투가 잔뜩 놓여 있다.

그렇다고 해서 모든 쓰레기를 마당에 내던지지는 않는다. 저 마당에 놓인 쓰레기는 집에서 넘쳐흐른 것들이다. 우리 집은 식당, 부엌, 거실도 모두 쓰레기투성이였다. 엄마가 버리지 않기 때문이다. 나는 수거 일에 맞춰서 몇 번이나 쓰레기를 내다놓으려고 시도했지만, 그때마다 엄마는 함부로 그런 짓 하지 말라며 소리를 질렀다. 아빠도 쓰레기를 버리려고 했지만, 나처럼 한 번 엄마가 화내는 것을 본 뒤로는 완전히 포기해버렸다. 무슨 일에든지 아빠는 포기가 빠르다.

샌들을 적당히 발에 끼고 마당으로 나갔다. 빗물이 들어가서 안이 질척해진 쓰레기봉투를 들여다보았더니, 반투명한 비닐 안쪽에 작은 파리가 윙윙 날아다니고 있었다. 쭈그려 앉아서 봉투의 주둥이를 푸는데, 뒤에서 땡 하고 전자레인지 소리가 들렸다.

"오빠, 볶음밥."

미카가 부르는 소리에 나는 다시 집으로 들어갔다.

엄마

"그러면, 오는 거야?" 미카가 입을 오물거리면서 묻는다.

"뭐가?" 나도 볶음밥이 입에서 흘러나오지 않도록 조심하면서 반문했다.

"그 선생님. 이와……."

"이와무라 선생님? 응, 오지 않을까? 아까 도마자와 선생님이 그랬거든. 어쩌면 경찰 아저씨도 올지 모르겠다고."

나는 바닥을 힐끔 쳐다봤다. 바싹 마른 노란색 밥알들이 붙어 있었다. 이러한 상태를 다른 사람이 본다고 생각하니, 한숨이 절로 나왔다.

"뭔가 적당히 둘러대서 우리 방으로 올라오게 할까? 현관에서 곧바로 계단을 올라오게 말이야." 이 집에서 당당하게 남에게 보일 수 있는 곳은 우리 방밖에 없다. "엄마도 분명히 그걸 더 좋아할 거야."

"엄마는 신경 안 써."

우리가 밥을 거의 다 먹어갈 때 현관문을 여는 소리가 들렸다. 나는 당황하여 벌떡 일어나 마당으로 나가는 유리문을 쾅 하고 닫았다.

"오빠, 2층 창!"

미카가 짧게 말했다. "앗." 내가 소리를 냈을 때 엄마는 이미 부엌 입구에 서서 들여다보고 있었다. 땀에 젖은 긴 머리카락 몇 가닥이 해초처럼 얼굴에 붙어 있었다.

"지금, 뭐하고 있었니?"

차가운 목소리가 귀에 꽂혔다. 나는 마치 심장을 움켜잡힌 것 같았다.

"파리가 있었어요." 나는 적당히 둘러댔다. "유리창 밖에 파리가 붙어 있는 게 기분 나빠서 쫓아버렸어요."

"파리가 기분 나쁘니?"

엄마는 그 자리에서 나를 내려다본 채, 입술 양 끝을 끌어올렸다. 두 눈이 심술궂게 올라가서 사마귀 같았다. 그렇게 엄마는 잠시 가만히 있는가 싶더니, 너무 많이 들어서 이제는 무심히 흘려듣게 된 말을 내뱉었다.

"기분 나쁜 건 너야."

나는 아무 대답도 하지 않고, 그저 아래를 보고 의자에서 자세를 고쳐 앉았다.

"우리 미카야, 집 잘 봤니? 엄마 왔어."

도저히 같은 입에서 나온다고 생각할 수 없을 정도로 높고 정다운 목소리. 마치 노래의 한 마디 같았다.

"어머나, 치마가 다 구겨졌네. 이러면 안 돼요. 미카는 여자애잖니. 단정해야지."

엄마는 의자 위로 몸을 굽히고는 손으로 털듯이 치마 끝을 잡아당겼다. 그리고 그 자세 그대로 얼굴만 나를 향한 채, 다시 무미건조한 차가운 목소리를 냈다.

"정말이니?"

"뭐……."

"그 S라는 애 말이야. 정말이니? 네가 발견했다는 게."

S가 죽은 사실보다도 내가 그것을 발견한 점이 훨씬 중요한 것처럼 엄마는 나를 노려보았다.

"학교에서 전해줄 물건이 있어서 S집에 갔는데, 현관에서 불러도 대답이 없기에 마당으로 돌아가……."

"멍청한 것." 엄마가 내 말을 가로막았다. "대답이 없으면 현관이나 신발장 위에 놓고 나왔으면 되잖아. 뭣 때문에 너는 그렇게 멍청한 짓만 하는 거냐? 너 때문에 엄마는 일도 중간에 그만두고 왔잖아. 이제 곧 선생님과 경찰들이 올 텐데. 너 말이야. 엄마를 괴롭히려는 거지? 일부러 그러는 거지?"

"일부러 그런 거 아니에요. S가 죽어 있을 줄 몰랐어요."

"너는 입만 열면 거짓말이니까."

엄마가 무슨 말을 하려는지 나는 알고 있었다. 그 거짓말을 말하는 것이다. 오래전에 엄마가 나를 싫어하게 된 그날, 내가 했던 거짓말을 말하는 것이다. 그날 이후 엄마는 나를 전혀 믿지 않게 되었다. 나는 그 뒤로 한 번도 거짓말을 하지 않았는데. 나는 진심으로 반성하는데.

목 깊숙한 곳에서 감정이 북받쳐 올랐다. 아무 말도 못 하고 나는 식탁만 내려다보았다.

"너는 음침해."

그리고 엄마는 입에서 흙덩어리라도 뱉는 것 같은 어조로 멍청이, 하고 덧붙였다. 내가 하루에 몇 번씩 듣는 단어다. 스스로 정신을 똑바로 차리고 나는 멍청하지 않다고 확인하면서 생활하지 않으면 어느 순간 내가 정말 멍청하다고 여기게 될 것 같았다. 하지만 지금은 내가 멍청하지 않다는 사실을 알고 있다.

"미카야." 엄마의 목소리가 다시 바뀌었다. "미카는 영리하니까 오빠처럼 되면 안 돼요. 알았지?"

나는 마지막 남은 볶음밥 한 숟가락을 마저 떠먹고는 식탁에서 일어났다.

"잘 먹었어요. 미카, 2층으로……."

말을 하려는데 엄마가 소리쳤다.

"미카라고 부르지 마!"

목소리가 반은 뒤집어져 있었다.

"왜……." 나는 엄마 얼굴을 보지 않고 중얼거렸다. "미카를 미카라고 부르면 왜 안 되는데요? 엄마도 그렇게 부르잖아요."

엄마는 또 뭐라고 소리 지르려다가 멈췄다.

결국 나는 미카와 같이 2층으로 올라갔다. 곧 엄마의 낮은 목소리가 들렸다.

"선생님이 오시면 바로 내려와라. 나는 아무 말도 하지 않을 거야."

S의 몸

"2층 창문은 안 들켜서 다행이야."

아무렇지 않게 말하는 미카의 말투에서 나에 대한 마음 씀씀이가 묻어나왔다.

"응. 엄마가 왔으니까 이제 그냥 열어두자."

"선생님이 오면 어떻게 여기까지 올라오게 해?"

"현관에서 바로 이 방으로 올라오게 하려면 내가 밑에서 기다리는 게 나을지도 몰라. 그런데 언제 올지도 모르고. 일단 여기 있지, 뭐."

그런데 오래 기다릴 필요도 없었다. 10분도 채 되지 않아서 현관 벨 소리가 울렸고, 이와무라 선생님의 목소리와 엄마 목소리, 그리고 처음 듣는 남자 목소리가 나직이 들려왔다. 엄마는 정말로 필요한 말 이외에는 하지 않았는지, 바로 계단을 올라오는 발소리가 들렸다.

노크 소리가 들리고, 이와무라 선생님의 얼굴이 나타났다.

"미치오, 잠깐 들어가마."

이와무라 선생님의 표정은 내가 예상하던 모습과 달랐다. 나는 당연히 심각하고 슬픈 얼굴을 상상하고 있었는데, 그때 이와무라 선생님은 곤란하고 화가 난 것 같기도 하고, 잘 표현할 수 없지만 어딘지 모르게 어중간한 표정이었다.

"그럼, 형사님들도 들어오시죠."

이와무라 선생님이 슬쩍 뒤를 돌아봤다. 선생님의 커다란 몸에 숨는 것처럼 하면서 양복 차림의 두 사람이 방으로 들어왔다. 한 사람은 아빠와 나이가 비슷해 보였다. 마른 체격이었고 등을 구부정하게 해서 눈을 치뜨며 이쪽을 보기 때문에 햇볕에 그을린 이마에 주름이 가득 졌다. 다른 한 사람은 아직 대학생, 아니면 더 어려 보였다. 그런데 가까이에서 자세히 보니, 그 사람의 얼굴에도 의외로 주름이 많았다. 나는 결국 두 사람 모두 비슷한 나이일지도 모른다고 생각했다.

세 사람은 카펫이 깔린 바닥 위에 책상다리를 하고 나와 마주앉았다. 이와무라 선생님이 내 정면에 앉았고, 두 형사는 선생님보다 약간 뒤에 자리를 잡았다.

—여기에 있어도 될까?

미카가 나한테 속삭였다. 약간 긴장한 목소리다. 나도 잘 모르면서 고개를 끄떡였다.

"아마 금방 끝날 거야."

이와무라 선생님이 우리를 번갈아 보면서 곤란한 표정을 지었다.

형사들이 자기소개를 했다. 나이 들어 보이는 사람은 다니오라고 했다. 젊어 보이는 사람은 다케나시라는 것 같았는데, 나이처럼 확실하지 않았다.

"어떻게 할까요, 먼저 저부터?"

이와무라 선생님이 좌우를 번갈아 돌아보면서 물었다. 다니오 형사가 고개를 끄떡이며 대답했다.

"네, 그러시죠. 저희는 좀 있다가. ……괜찮지?"

"네, 먼저 이와무라 선생님께서 설명을 해주시죠."

자기들끼리 시선을 몇 번 주고받은 후 이와무라 선생님이 나를 쳐다보았다.

"미치오, 그게 말이지." 다박수염이 자란 볼을 엄지손가락으로 쓰다듬으면서, 이와무라 선생님은 내 쪽에 얼굴을 가까이 댔다. "먼저, 질문부터 하자. S 말인데, 네가 S 집에서 S가, 그러니까, 목을 매고 죽은 것을 본 게 맞지?"

내가 고개를 끄떡이자, 이와무라 선생님은 다시 한 번 물었다.

"마루 안쪽에서 목에 밧줄을 걸고 매달려 있던 거지?"

"네. 난간에서 늘어진 밧줄이 S 목에 걸려 있었고, 그 뒤에 등받이가 있는 의자가 넘어져 있었고……."

이미 학교에서 했던 이야기였다. 형사들이 있어서 다시 한 번 같은 이야기를 시키는 걸까?

"단도직입적으로 말하마. 단도직입, 무슨 말인지 알지?"

이와무라 선생님은 좀처럼 본론으로 들어가지 않았다. 헛기침을 하기도 하고 넓적다리를 자꾸만 움직이는 게 마치 이야기를 계속하고 싶지 않아서 일부러 미루고 있는 것처럼 보였다. 그리고 겨우 이와무라 선생님이 말을 꺼내는가 싶었지만, 그것은 내가 전혀 이해할 수 없는 소리였다.

"없었단다."

나는 고개를 갸우뚱거리며 이와무라 선생님의 얼굴을 쳐다보았다.

"없었……?"

"그래. 선생님이 경찰 아저씨들하고 같이 S 집에 달려갔는데 말이지. S의 시체는 없었어. 어디에도 없었단다."

이와무라 선생님의 뒤에서 형사 두 명이 내 반응을 확인하는 것처럼, 각기 머리를 내미는 모습이 보였다.

"S의 시체가 없었어요?"

"시체만이 아니야. 밧줄도, 넘어진 의자도 없었단다. 난간에서 늘어진 것도 선생님 눈에는 전혀 보이지 않았고, 의자는 모두 부엌에 제대로 놓여 있더구나. 다다미방에 있던 건……."

잠시 말을 끊고 이와무라 선생님은 형사들을 돌아보았다.

"배설물이었어." 다니오 형사가 말하며 내 얼굴을 쳐다보았다. "배설물이 있었단다. 그런데 배설물 자체가 아니라, 그것을 닦은 흔적만 말이지. 난간 아래, 정확히 다다미와 문지방 사이에 있더구나."

"옷장은 어땠어요? 한쪽 문이 열려 있고, 옷장도 앞으로 약간 나와 있었어요. S의 무게 때문에요."

다니오 형사가 고개를 저었다.

"우리도 확인했단다. 옷장은 아무렇지 않더구나."

계단 아래에서 전화벨 소리가 울렸다. 계단을 올라오는 발소리가 다가오더니, 엄마 목소리가 들렸다.

"형사님, 전화 받으세요."

다니오 형사의 눈짓에 다케나시 형사가 방을 나갔다.

"아무튼, 확인하고 싶은 건……." 이와무라 선생님이 다시 입을 열었다. "네가 정말로 S가 목을 매고 있는 걸 보았느냐 하는 거야."

이와무라 선생님은 지금 무슨 말을 하는 걸까?

"지금 경찰 사람들이 S 집에서 여러 가지를 조사하고 있단다. 바닥에 떨어진 배설물 흔적이라든지, 난간에 무슨 홈집이 남아 있지 않나. 다시 말해, 거기서 S가 정말 목을 맨 건지를 조사하고 있단다. 하지만 만약 네가 본 것이 무슨 착각이었다면, 경찰은 그런 일을 할 필요가 없는 거지."

나는 어리둥절해서 이와무라 선생님의 얼굴을 유심히 바라보았다. 내가 잘못 보았다고 말해주기를 바라는 걸까? 하지만 그게 착각일 리가 없다. 그런 걸 잘못 볼 리가 없다. 밧줄이 삐걱거리는 소리도 확실하게 기억했다. 흔들거리던 S의 몸도 이 두 눈으로 똑똑히 봤다.

"S는 정말로 목을 매고 죽어 있었어요. 난간에서는 밧줄이 늘어져 있고, 그 밧줄을 목에 매고. S의 바로 밑에 질척한 것이 떨어져 있는 것도 그때 봤어요."

"음, 그래……"

이와무라 선생님은 입을 굳게 다물고는 집게손가락으로 귀 뒤를 긁었다.

다케나시 형사가 돌아왔다. 아까와 같은 자리에 앉더니, 이와무라 선생님 뒤에서 다니오 형사에게 뭐라고 귀엣말을 했다. 다니오 형사는 입을 '오'하고 벌리고는 잠시 천장을 올려다보았지만, 이윽고 천천히 이와무라 선생님에게 시선을 돌렸다.

"뭔가, 아셨습니까?"

이와무라 선생님의 질문에 다니오 형사는 주저하듯이 고개를 끄떡였다.

"꽃시장에서 일하는 S의 어머니하고 연락이 된 모양입니다. 이미 집에 들어가신 거 같은데요."

"그게 전부인가요?"

"네, 아니, 뭐……" 다니오 형사는 잠시 틈을 둔 다음, 우물거리는 말투로 말을 이었다. "정말로 있던 모양입니다. 난간에 정확히 밧줄 정도의 굵기로 아래에서 잡아당긴 것 같은 자국이요. 그리고 옷장

앞 다다미에는 옷장을 잡아끈 것 같은 흔적도 발견된 모양이고요."

그 말에 이와무라 선생님은 아주 의외라는 얼굴을 했다. 그 모습에 나는 화가 났다.

이번에는 다케나시 형사가 입을 열었다.

"배설물 흔적에 대해서는 아직 본격적인 분석을 시작하지 않은 거 같습니다만, 수박씨가 섞인 걸 확인한 모양입니다."

수박씨, 하고 이와무라 선생님이 중얼거렸고, 다니오 형사가 설명을 덧붙였다.

"S의 어머니에게 확인한 바에 따르면, S는 어젯밤에 수박을 한 조각 먹었답니다."

"으음."

이와무라 선생님은 목 속에서 신음 소리를 냈다. 책상다리를 한무릎 위에 두 손을 올려놓고 힘껏 버티는 것처럼 가만히 아래를 내려다보았다. 나는 어지간히 짜증이 났다. 난간에 밧줄의 흔적이 있는 것은 당연하다. 그리고 당연히 바닥 배설물은 S의 것이다. 내가처음부터 말하지 않았는가.

— 오빠는 거짓말 같은 건 안 해요.

미카가 나직한 소리로 조그맣게 말했다. 나는 보란 듯이 크게 고개를 끄떡였다.

"당연하죠. 친구가 목을 맸다는 거짓말을 제가 왜 해요."

이와무라 선생님은 놀란 듯이 고개를 들었다. 두 손바닥이 나를향하게 하고는 고개를 연신 젓는다.

"아니, 미치오, 그게 아니란다. 너를 의심하는 게 아니라, 그게, 너무 갑작스러운 일이라서 조금 혼란스럽다고나 할까, 가능하면 믿고 싫지 않았다고나 할까……."

말끝을 모호하게 흐리며, 이와무라 선생님은 다시 어깨를 축 늘어뜨렸다.

다니오 형사가 나에게 몇 가지 질문을 했다. 내가 S 집에 간 시각, 내가 정확히 무엇을 봤는가 등등. 나는 모든 질문에 정확하게 대답했다. 대부분의 질문들은 도미자와 선생님한테 경찰이 집에 올지도 모른다는 말을 듣고 예상했던 내용들이었다. 그런데 의외의 질문이 두 가지 있었다. 내가 본 S는 정말로 죽은 것 같았는가. 그리고 S의 집 안과 그 주변에 아무도 없었는가.

"S는 죽어 있었을 거예요. 왜냐하면 완전히 몸에서 힘이 빠져 있었고, 목이 엄청나게 늘어나 있었고……."

내 대답에 다니오 형사는 입을 굳게 다물었고, 다케나시 형사는 어깨를 움츠렸으며, 이와무라 선생님은 한숨을 내쉬었다.

"누가 있었는지는 모르겠어요. 하지만 저는 아무도 보지 못했어요."

"무슨 소리가 나거나 하지는 않았니?"

"안 났을 거예요. 매미 소리가 시끄러워서 자신할 수는 없지만요."

다니오 형사는 매미 소리, 라고 반복하고 코 옆을 긁적였다.

"이 정도면 될까요?"

수첩에 볼펜으로 적고 있던 다케나시 형사가 앞뒤 페이지를 넘겨 확인하면서 말했다. 다니오 형사는 눈썹을 치켜 올리며 끄떡였다. 두 사람이 먼저 일어났고, 다음에 이와무라 선생님도 천천히 일어났다.

"고맙구나, 여러 가지 알려줘서." 다니오 형사가 눈 옆의 주름이 깊게 파이게 웃었다. "혹시 나중에 뭔가 생각나거나 알게 되면, 연락 주면 고맙겠구나."

윗도리 안주머니에서 명함을 꺼내 나한테 내밀었다. 이름 옆에 '형사부 수사 제1과'라고 인쇄되어 있었다. 나는 그것을 받아서 일단 내 지갑에 집어넣었다.

"선생님은 이제 어디로?" 다니오 형사가 이와무라 선생님을 쳐다봤다.

"학교로 돌아가봐야 합니다. 대책을 강구해야죠."

"그럼 중간까지 같이 가시죠. 우리는 현장에 돌아가거든요. 사람들을 모아서 빨리 주변을 수색해야 해서요. 뭐, 이미 소수 인원으로 시작되었지만요. 이 지역에서 외부로 나가는 차선을 대상으로 검문 준비도 진행되는 것 같고……"

"검문? 아아, 그렇군. S의……"

이와무라 선생님은 힐끔 나를 보고 뒷말을 삼켰다.

엄마의 말

형사들과 이와무라 선생님을 현관까지 배웅하려고 나는 세 사람 뒤를 따라서 방문을 나섰다. 문득 왼쪽을 보자, 어둠 속에 엄마가 서 있었다. 벽을 등진 채 꼼짝도 하지 않고 가만히 나를 내려다보고 있다.

"아, 어머니, 거기 계셨어요? 실례했습니다."

계단을 내려가던 이와무라 선생님이 돌아보며 말했다. 이어서 다니오 형사가 폭 고꾸라지듯이 멈춰 서서 머리 옆으로 손을 들어 보였다.

"이거 실례 많았습니다. 이만 가보겠습니다. 아드님이 많이 놀랐을 거예요. 뭔가 즐거운 이야기라도 해주세요."

엄마는 아무 대답도 하지 않고, 단지 입술 가장자리를 살짝 올렸다. 다니오 형사는 약간 고개를 숙이는 시늉을 하고는 다케나시 형사와 눈짓을 교환했다. 나는 계단 위에 선 채, 세 사람이 현관을 나서는 모습을 지켜봤다.

"너, 또 거짓말했구나."

아무 억양도 없는 목소리가 갑자기 날아왔다. 나는 무슨 말인지 이해하지 못하고 엄마 얼굴을 올려다봤다.

"엄마, 여기서 다 들었어. S가 목을 매고 죽어 있었다는 건 모두 거짓말이었던 거야. 너, 또 엄마를 속였어."

"아니에요, 정말이에요. 하지만 S의 시체가 없어졌어요." 이곳에서 이야기를 들었다면 알고 있을 것이다. "배설물이니, 밧줄 자국이니, 형사 아저씨가 벌써 다 말했잖아요."

"그런 거, 네가 한 짓이지? S가 목을 맨 것처럼 보이기 위해서, 네가 한 짓이지?"

"제가 뭣 때문에요? 제가 뭣 때문에 그런 짓을 하는데요? 저는 정말로……"

"거짓말 마!"

엄마가 오른손을 높이 쳐든다. 나는 몸에 힘을 주며 각오했다. 엄마는 퍽 하고 소리를 내며 손바닥으로 벽을 쳤다.

"어쨌든 네가 하는 말 따위는, 엄마는 안 믿어." 엄마의 목소리는 떨렸다. "너는 입만 열면 거짓말이잖아. 거짓말만 하고 남에게 폐만 끼치고……"

거기까지 말하고 엄마는 갑자기 말을 끊었다. 잠시 가만히 있는가 싶더니, 다시 입을 열었다.

"사실을 말할까?" 이번에는 완전히 바뀌어서 낮은 목소리를 냈다. "엄마는 선생님한테 연락이 와서 S의 이야기를 들었을 때 생각했단다. ……네가 □□□□□□고."

마지막 말은 내 귓속에서 윙하고 크게 반향을 일으켰다가 산산조각으로 부서졌다. 나에게 너무나도 충격적인 말이었다. 내 마음은 그 말을 수용하기를 거부했다. 나 자신을 지키기 위해서 언제부터인가 익힌 방법이다. 의식적으로는 아니지만, 그렇게 거부할 수 있었다. 그러지 못하면 나는 이 집에서 지금쯤 벌써 부서졌을 것이다.

이윽고 엄마는 천천히 계단을 내려갔다.

그 뒷모습을 멍하니 바라보면서 나는 생각했다.

항상 내 가슴속에 있는 생각이다.

이 세상은 어딘가 이상하다.

2

도코 할머니

"어떻게 된 거지? 왜 시체가 없어진 걸까?" 침대에 기대어 앉아서 나는 팔짱을 끼었다.

"누가 가져간 거야?" 옆에서 미카가 말했다.

물론 그것 말고 또 있을까? S가 혼자서 움직이지 않았다면, 누군가가 움직였다.

"그런데 그렇다면 엄청 빨랐어야 해. 왜냐하면 나는 S의 시체를 발견하고 바로 학교에 알리러 갔거든. 내가 S의 시체를 발견했을 때, 주변에 아무도 없었어. 마당에도, 집 근처에도 없었어. 집 안은 쥐죽은 듯 조용했고, 더구나 현관에는 S의 신발밖에 없었거든. 있던 건 다이키치뿐이었어."

"그래도 몰라. 누가 숨어 있던 건지도."

"왜?"

"S 오빠의 시체를 가져가고 싶어서."

나는 잠깐 동안 천장을 올려다보았다. 그리고 미카를 쳐다보고 다시 똑같은 질문을 했다.

"왜?"

미카는 조그맣게 한숨을 쉬었다.

"그건 몰라. 미카는 그냥 말해본 거란 말이야."

"으음."

우리는 똑같이 신음 소리를 내고 입을 다물었다.

잠시 후, 미카가 갑자기 높은 소리를 냈다.

"좋은 생각이 났어!"

"뭐?"

나는 미카를 돌아보았다. 미카가 이런 말을 할 때는 대체로 정말 좋은 생각이 떠올랐을 때다.

"도코 할머니한테 물어보는 거야."

"바로 그거야!"

나는 나도 모르게 손뼉을 쳤다.

도코 할머니는 근처에 사는데 우리와 친하다. '도코'라는 이름을 한자로는 어떻게 쓰는지 모른다. 아무튼 우리는 항상 뭔가 어려운 일이 있으면 일단 도코 할머니한테 의논을 했다. 도코 할머니는 우리가 마음에 드는지, 항상 당신 일처럼 이야기를 들어준다.

"왜 그 생각을 못했을까? 그래, 도코 할머니라면, 이 수수께끼를 꼭 풀어줄 거야. 만약 도저히 풀지 못하면, 그때는 그 힘을 사용해달라고 하면 돼."

나하고 미카는 바로 출발하기로 했다. 계단을 내려가 현관에서 신발을 신는데, 열어둔 문 너머로 식당 의자에 앉아서 텔레비전을 보는 엄마의 등이 보였다. 가능하면 소리를 내지 않으려고 주의했지만, 내가 문손잡이를 돌렸을 때 뒤에서 엄마의 목소리가 날아왔다.

"어디 가려고?"

"잠깐, 도코 할머니 집에……"

엄마는 갑자기 눈살을 찌푸렸다. "아아." 그리고 입을 삐죽했다.

"그 정신 나간 데를……"

나는 그대로 문을 나섰다.

뜨거운 뙤약볕 아래, 우리는 유지매미의 소리를 들으면서 도코 할머니 집으로 향했다. 호주머니에 있던 손수건으로 땀을 닦으면서 걸었다.

"오빠, 그런 손수건 있었어?"

"담임인 이와무라 선생님이 빌려줬어. ……아 참, 아까 돌려드릴걸."

동네를 벗어나서 학교와 반대 방향으로 큰길을 5분 정도 가면 상점가가 나온다. 그 입구에 '오이케 국수공장'이라는 간판이 걸린 건물이 있다. 공장과 살림집이 이어진 형태로, 바로 앞쪽의 콘크리트로 된 정사각 모양의 건물이 할머니의 아들과 종업원들이 일하는 작업장, 그리고 그 건너편에 있는 목조 건물이 살림집이다. 현관문 옆에는 먹으로 '軍茶利明王(군다리명왕) 기도소'라고 적힌 오래된 나무 간판이 걸려 있다. 내가 처음 이곳에 왔을 때, '軍茶利'는 '군다리'라고 읽는다고 도코 할머니가 가르쳐줬다. 옛날 인도어로 '뱀이 몸을 서린 것'이라는 뜻이라고 한다. 그때는 엄마도 나하고 같이 있었다. 미카가 태어나기 전에는 나도 엄마하고 자주 외출하곤 했다.

"엇, 오랜만이구나."

47

공장 입구에 아저씨가 있었다. 도코 할머니의 외아들로 우리는 언제나 '국수 아저씨'라고 불렀다. 바닥에 포개놓은 평평한 나무상자 하나를 구호 소리와 함께 양손으로 들어 올린 뒤 아저씨는 턱으로 집 쪽을 가리켰다.

"요즘 통 오지 않아서 우리 노친네가 쓸쓸해한단다."

아저씨는 'ㄹ' 발음을 할 때 대체로 혀끝을 굴리듯이 말했다. 나는 그 발음이 좋았다.

"지금 계세요?"

"그래, 항상 있는 거기에 계실 거야."

나는 살림집 창 쪽으로 갔다. 열린 창문으로 도코 할머니의 옆얼굴이 보였다. 도코 할머니는 거의 언제나 그 자리에 있었고, 밖에 다니는 모습은 거의 본 적이 없다.

—저 창문에서 밖을 내다보는 게 할머니의 취미란다.—

언젠가 국수 아저씨가 말했다.

—취미는 돈 안 드는 게 최고야.—

"할머니, 안녕하세요?"

창문 너머로 인사를 하자, 도코 할머니는 아주 기쁜 목소리로 우리를 반겼다.

"어머나, 미치오, 와줬구나. 너무너무 쓸쓸했는데."

텔레비전에 나오는 게이처럼 눈을 치뜨며 나를 봤다.

"얼마 전, 그건 해결됐니? 선로 소리 문제."

도코 할머니의 질문에 나는 자신 있게 고개를 끄떡였다.

"철이 줄어드는 거죠?"

도코 할머니는 빙그레 웃은 다음 말했다.

"딩동댕."

나는 예전부터 전철을 타면 계절에 따라서 선로 소리가 다르게 들리는 이유가 궁금했다. 그래서 한 달쯤 전에 미카와 같이 이곳에 와서 도코 할머니한테 물어보았다. 그때 할머니는 이렇게 말했다.

—미치오는 추우면 어떻게 하니?—

언제나 도코 할머니가 가르쳐주는 방식이다. 힌트만 주고, 정작 중요한 부분은 가르쳐주지 않는다. 내게는 그 점이 불만이이면서도, 반대로 즐거움이기도 했다.

나는 그때의 도코 할머니의 대답이 무슨 의미인지, 집과 학교에서 계속 생각했다. 그리고 바로 얼마 전 마침내 알게 되었다.

"철은 여름에는 늘어나고 겨울에는 줄어드니까 노선을 연결할 때 군데군데 간격을 둬요. 겨울에는 그 틈이 벌어지니까 쿵쿵하는 소리도 커진다. 맞죠?"

"제법이구나, 미치오."

도코 할머니는 자못 감탄한 듯이 내 얼굴을 다시 봤다. 그리고 아래를 보더니, 갑자기 높은 목소리를 냈다.

"어머, 미카도 있었구나!"

"네, 있었어요. 할머니, 안녕하세요?"

"좀 큰 거 같은데?"

"한 달밖에 안 됐는데요."

내가 끼어들자, 도코 할머니는 미카를 내려다본 채로 말했다.

"그런가?"

"그보다 할머니한테 또 여쭤볼 게 있어요."

"어머, 뭔데?"

할머니 목소리는 어떠한 짓궂은 장난이라도 생각난 듯이 희미한 웃음을 띠었다. 하지만 바로 내 얼굴이 평소와 다르다는 사실을 알아챘는지, 갑자기 목소리를 낮췄다.

"심각해 보이는구나."

"네. 아주 많이요."

나는 도코 할머니에게 S가 죽은 사실을 이야기했다. 도코 할머니는 S를 모르지만, 내 친구가 죽었다는 사실에 처음에는 놀라고 이어서 아주 슬프게 말했다.

"왜, 그런 일이 일어나는 걸까……."

그러면서 자신의 손등을 가만히 응시했다. 그리고 잘 안 들리는 소리로 중얼거렸다. 그 모습을 보면서 나도 새삼 눈시울이 따가워지고 눈물이 솟구쳐 올라오는 느낌이 들었다.

"오빠."

미카는 내 기운을 북돋우려는 듯이 조그맣게 불렀다. 나는 턱에 힘을 주고 고개를 들었다.

나는 도코 할머니에게 S의 시체가 사라진 사실을 이야기했다.

"사라져……?"

"네. 시체하고 밧줄도요. 의자는 부엌에 제대로 놓여 있었고, 옷장도 원래 있던 자리에 있었나 봐요. 하지만 제가 봤을 때, S는 정말로 죽어 있었어요. 그래서 누군가가 S의 시체를 가져가고 밧줄도 숨기고 의자와 옷장을 제자리에 놓았다고밖에 생각할 수 없어요. 배설물도 분명히 그 누군가가 닦은 거예요."

"배설물을 닦은 흔적이 있었다는 거지?"

"네. 그건 S의 것이라고 형사 아저씨가 말했어요."

도코 할머니는 잠시 가만히 있었다. 그리고 천천히 나한테서 시선을 돌리더니 말했다.

"처음부터 다시 생각하는 게 좋겠구나."

"처음이요?"

"그래, 제일 처음부터. S가 죽은 시점부터."

"죽은 시점이요? 시체가 사라진 시점이 아니고요?"

나는 반문했지만, 도코 할머니는 아무 대답도 하지 않았다.

그대로 약 1분의 시간이 흘러갔다. 나와 미카, 그리고 도코 할머니가 말없이 있는 모습이 이상했는지, 상점가를 오가는 사람들이 흘끔흘끔 우리 얼굴을 훔쳐보며 지나갔다.

"할머니, 그 힘, 써주시면 안돼요?"

"요즘 통 써보지 않아서." 미카의 부탁에 도코 할머니는 몹시 곤란하다는 듯이 중얼거렸다. "잘할 수 있을지 모르겠는데."

"시험 삼아 해주세요. 저희, 정말로 어떻게 해야 할지 모르겠어요."

내 부탁에 도코 할머니는 생각에 잠기는 것처럼 눈을 감았다.

나는 슬쩍 도코 할머니의 뒤를 봤다. 방 한구석은 마루로 되어 있는데, 그 자리에 높이가 1미터 반이나 되는 목조 불상이 보인다. 바로 군다리명왕이다. 정면을 노려보는 그 얼굴은 뭐라 형용할 수 없는 무서운 형상이었다. 바위 대좌에 놓인 것처럼 보이지만, 들은 바에 따르면 그 대좌 부분도 목조라고 한다. 군다리명왕은 눈이 세 개, 팔이 여덟 개로 각각의 팔이 창과 불꽃 등 여러 가지를 들고 있다. 모든 팔, 그리고 다리를 여러 마리의 뱀이 둘둘 감고 있다. 그 뱀들은 환생을 의미한다나.

"온 아밀티……."

갑자기 도코 할머니 입에서 이상한 소리가 흘러나왔다. 나는 놀라서 도코 할머니를 쳐다봤다. 전에 들은 적이 있는 소리다. 도코 할머니는 그 힘을 사용하고 있었다.

"온 아밀티 은 팟타…… 온 아밀티 은 팟타……온 아밀티 은 팟다……."

계속 반복해서 도코 할머니는 같은 주문을 되뇌었다. 눈을 감고 열심히 낮은 목소리로 반복했다. 내 심장이 마치 다른 생물처럼 가슴속에서 쿵쿵하고 커다랗게 고동쳤다.

갑자기 도코 할머니가 주문을 멈췄다.

나는 숨을 죽이고, 할머니의 얼굴을 응시했다.

도코 할머니는 잠긴 목소리로 조그맣게 속삭였다.

"냄새가……."

그게 전부였다.

"냄새? 그게 무슨 말이에요?"

그러나 도코 할머니는 대답하지 않았다. 우리가 아무리 물어도 도코 할머니는 입을 열려고 하지 않았다. 많이 지치고 넋 나간 것처럼 어딘가 한곳을 그저 가만히 응시할 뿐이었다.

어떠한 기적

그날 밤, 아빠는 일이 일찍 끝났는지 웬일로 8시 경에 벌써 퇴근해 있었다. 엄마는 아빠에게 S의 이야기는 전혀 하지 않았다. 이러면 S의 시체가 사라진 일은 어떻든 간에, S가 죽은 일 자체가 아무 상관없다는 생각이 들어서 나는 속이 상했다. 그렇다고는 해도 엄마 앞에서 S의 이야기를 꺼내면 어차피 또 거짓말쟁이니, 속였느니 하는 말을 들을 것이 뻔했다. 그래서 나도 아무 말 하지 않았다.

저녁은 카레라이스였다. 식사를 시작하자마자 엄마는 바로 자리에서 일어났고, 식탁에는 나와 미카 그리고 아빠만 있었다. 그 틈을 노려서 나는 아빠한테 S의 이야기를 꺼내려고 했다. 그러나 유감스럽게도 엄마는 금방 돌아왔다.

"미카야, 오늘은 엄마가 말이지, 토레미짱 컵을 사왔단다." 어질러진 바닥 사이를 이리저리 요령 있게 걸으면서 노래하듯이 말했다. "이거 보렴, 귀엽지?"

엄마는 내 건너편에 흰색 머그컵을 놓았다. 표면에 폴짝 뛰어 오르는 토레미짱이 찍혀 있었다. 이미 집에는 토레미짱의 밥공기, 젓가락, 숟가락, 포크가 있었기 때문에, 거의 모든 식기가 다 갖춰져 있다고 할 수 있다. 식사를 할 때마다 내 눈앞은 토레미짱으로 가득 찬다.

"이 컵에 뭘 넣을까? 주스? 보리차?"

—항상 주스잖아.

미카가 조그맣게 말했다. 엄마는 춤추는 것 같은 몸짓으로 냉장고에서 사과주스를 꺼내 머그컵에 따랐다. 나도 내 유리컵을 그 옆에 슬쩍 내밀었지만, 역시 엄마는 단번에 내쳤다.

"너는 물 마셔."

나는 일어나 개수대에서 컵에 물을 담았다. 식탁에 돌아왔을 때 아빠가 안경 너머로 힐끔 나를 쳐다보았다. "아휴." 작게 입을 열어 웃는 표정을 짓고는 곧바로 다시 눈길을 돌렸다. 아빠는 언제나 평온함을 최고로 생각한다.

아빠를 보면 나는 종종 거북이 생각난다. 졸린 것 같기도 하고 피곤한 것 같기도 한 눈을 하고, 모래와 물 사이에서 멍하게 있는 남생이다. 윗입술이 약간 돌출된 점도 비슷하다. 아빠는 항상 느릿느릿 움직였다. 어떠한 경우에도 당황하는 모습을 본 적이 없다.

카레라이스를 먹으면서 나는 안절부절못했다. 이대로 있다가는 S의 일을 아빠에게 이야기할 기회가 없어진다. 어차피 언젠가 아빠는 분명히 S의 일을 알게 될 것이다. 그러면 내가 연관된 사실도 알게 된다. 그때 아빠는 얼마나 많이 놀랄까? 내가 그 이야기를 아빠한테 하지 않았다고 얼마나 충격을 받을까? 아빠가 나를 싫어하게 만들고 싶지 않았다.

"저기, 아빠." 망설인 끝에, 나는 에둘러 이야기를 꺼냈다. "사람은 죽으면 어떻게 돼요?"

이런 식으로 말을 하면 엄마도 괜한 말을 하지 않을 테고, 아빠도 나중에 S의 일을 알게 되더라도 내가 그때 무슨 말을 하려고 했는지 알 것이다. 잘하면 '친구가 죽은 사실에 충격을 받고 감수성이 예민한 아들은 그 일을 직접 이야기할 수 없었다'고 생각해줄지도 모른다. 내가 생각해도 참으로 근사한 아이디어였다.

"죽으면? 글쎄, 아빠가 듣기로는 사람은 죽으면 다른 걸로 다시 태어난다고 하더구나. 일본에는 그러한 사상이 있단다. 할아버지 장례식 때 스님이 말씀 하셨는데. ……그래, 그때 너도 같이 있었잖니?"

"네. 그런데 기억이 잘 안 나요."

사람이 다시 태어난다는 내용만은 기억했다. 그러나 그 다음은 어쩐지 어려운 이야기가 나왔던 느낌만 희미하게 남아 있을 뿐이다.

"그렇구나, 그때 너는 네 살이었으니까. 다섯 살이었나?" 아빠는 안경 너머로 힘없이 눈을 연신 깜빡거린 다음, 말을 이었다. "사람은 죽으면 몸에서 영혼이 빠져나가는데, 그 영혼은 이 세상과 저 세상 사이를 어슬렁거리며 헤맨단다. 헤매는 기간을, 뭐더라……중유(中有)라고 부른다더구나. 다시 말해, 영혼이 저세상과 이 세상 사이에 있다는 거지."

바람이 부는 대로 종잇장처럼 하늘을 날던 S의 모습을 떠올렸다. 그렇다면 그것은 S의 영혼이었을까?

"중유 상태에 있는 영혼은 7일마다 다시 태어날 기회를 갖는대. 처음 7일째에 다시 태어나지 못하면 다음 7일째, 그래도 안 되면 다시 다음 7일째, 그런 식으로 말이지."

"우와, 일주일마다네."

"그래, 일주일마다란다. 그 기회에 다시 태어나는 사람이 있는가 하면, 그렇지 못한 사람도 있어."

"그럼 계속 새로 태어나지 못하는 사람도 있어요?"

"아니, 몇 번째에 다시 태어나는가는 사람에 따라서 다르지만, 그래도 7곱하기 7, 다시 말해서 49일째에는 모두 반드시 어떤 걸로 다시 태어날 수 있다더라. 뭐, 종파에 따라서 사고방식은 다르지만."

말을 마치고 아빠는 엄마 얼굴을 힐끔 쳐다봤다. 엄마는 짜증 나는 모습으로 말없이 카레를 먹고 있었다. 나는 마침내 가슴속 답답함이 사라진 기분이 들었고, 다시 밥을 먹기 시작했다. S가 다시 태어난다면 뭐가 될까? 멍하니 생각해보았다. 아빠는 분명히 거북이 되지 않을까? 엄마는 틀림없이 사마귀다.

바로 그때 아빠가 이상한 행동을 보였다.

"어?"

아빠는 식당 문 밖의 복도를 바라보더니, 미간을 찌푸렸다. 손에 들고 있던 숟가락은 허공에 멈춘 채 목을 조금 내민 모습으로 불이 꺼진 어두운 복도를 가만히 응시했다.

"왜요?" 내가 의아하다는 듯이 물었다.

"아니, 꼭 왜라기보다는……."

시선은 그대로 복도를 향한 채였다.

"당신, 뭐예요?"

엄마가 심기가 불편한 듯이 아빠의 얼굴과 그 시선이 향하는 곳을 번갈아 봤다. 복도에는 아무것도 보이지 않았다. 어두웠고 벽에 걸린 시계가 여덟 시 15분을 가리키고 있었을 뿐이다.

"아버지 산소에 가본 지도 꽤 되었는데……."

그런 말을 하면서 아빠는 다시 밥을 먹기 시작했다. "뭐가 있어요?" 나는 다시 한 번 물었지만, 아빠는 천천히 눈을 깜빡이면서 어깨를 움츠릴 뿐이었다. 그리고 식사가 끝날 때까지 아빠는 아무 말도 하지 않았다. 복도 쪽을 다시 쳐다보는 일도 없었다. 그 옆얼굴은 뭔가를 열심히 생각하는 것 같기도 했고, 그냥 멍해 보이기도 했다. 아빠는 무엇을 본 걸까? 나는 자꾸만 신경이 쓰였다.

카레라이스를 다 먹자, 화장실에 가고 싶어졌다.

"잠깐, 화장실 좀 다녀올게요."

아휴, 더러워. 미카가 정말 싫다는 듯한 목소리를 냈다.

화장실에 가면서 나는 어두운 복도와 계단 뒤를 무심히 한 번 들여다봤다. 그러나 그림자와 먼지 이외에는 아무것도 보이지 않았다. 화장실 문을 닫고 변기에 앉아 있는데…….

복도에서 발소리가 들렸다. 사람의 보통 걸음걸이보다 조금 느렸다. 발소리가 이쪽을 향해 들려왔기에 나는 아빠나 엄마가 화장실에 내가 있다는 사실을 잊어버리고 일을 보러 왔다고 생각했다.

발소리는 문 앞에서 멈췄다.

"안에 있어요."

나는 말했지만 상대는 대답을 하지 않았다. 계속 그 자리에 서 있는 것 같았다. 물을 내리고 문을 열었다. 복도에는 아무도 없었다.

고개를 갸웃거리면서 식탁으로 돌아갔다.

"조금 전에 누가 화장실에 왔었어요?"

아빠는 고개를 저었고, 엄마는 말없이 숟가락질을 하면서 단지 귀찮다는 듯이 콧소리를 냈다. 너무 끈덕지게 물으면 엄마가 또 화를 낼 수 있어서, 나는 내가 사용한 식기를 개수대에 가져다 둔 뒤에 미카와 함께 2층으로 올라갔다.

방문을 열지 않고 가만히 문 앞에 서 있었다.

"안 들어가?" 미카가 이상하다는 듯이 물었다.

"아니, 들어가. 그런데……."

어쩐지 문을 열기가 망설여졌다. 그 이유를 물어도 모르겠다. 그저 단순히 그때의 나는 눈앞의 문을 열고 싶지 않았다.

그렇다고는 하지만 이곳에 계속 서 있을 수도 없다. 나는 손잡이를 잡았다. 하지만 역시 갑자기 문을 열 용기가 나지 않아서 나는 문을 조금만 열어보았다. 그 틈으로 살며시 들여다본다. 불이 꺼진 방 안은 어두컴컴했다.

순간 거기에 거울이 있는 줄 알았다.

바로 눈앞에 얼굴이 보였다. 눈을 크게 뜨고 있었다. 뭐라고 큰 소리를 지르는 것처럼 입을 벌리고, 그 위아래에 치열이 고르지 못한

이가 들쑥날쑥 보였다.

나는 그대로 천천히 문을 닫았다.

"왜 닫아?"

미카가 물었지만, 나는 아무 말도 하지 못했다.

"오빠, 왜 그래?"

"어떡해, 미카……?" 나는 간신히 말을 내뱉었다. "S가 온 거 같아."

"S 오빠가? 어디에?"

나는 대답하는 대신에 한 손을 들어 눈앞에 있는 문을 가리켰다.

"그게 무슨 말도 안 되는 소리야……?" 미카의 목소리가 굳었다.

조금 전, 그 얼굴은 분명히 S였다. 눈을 크게 뜨고 나를 쏘아보고 있었다. 소리는 들리지 않았지만, 나를 향해서 뭐라고 소리 지르고 있었다.

"아냐. 그럴 리가 없어."

나는 머리를 흔들었다. 아까 아빠한테 영혼이 어쩌고저쩌고 하는 이야기를 들은 탓이다. 그래서 있지도 않은 허깨비를 본 것이다. 나는 스스로에게 그렇게 타일렀다. 그리고 다시 손잡이를 잡는데, 손끝이 희미하게 떨렸다.

"열게, 미카."

"응……."

손잡이를 돌리고 단숨에 힘껏 문을 열었다. 방 안의 공기가 소리를 내며 흘러나와서 한꺼번에 얼굴에 부딪혔다. 나는 상체를 뒤로 빼면서도 방 안을 똑똑히 바라봤다.

아무것도 없었다.

팔을 뻗어서 전등 스위치를 눌렀다. 천장의 형광등이 두세 번 깜빡거린 다음, 실내를 밝게 비추었다. 방 입구에 선 채, 나는 방 구석 구석을 꼼꼼하게 둘러보았다. 역시 S의 모습은 어디에도 없었다.

"그럼 그렇지."

"아이 참⋯⋯."

S의 작문

그날 밤, 책상 앞에 앉아서 내가 무슨 생각에 잠겨 있는데, 창가에서 방충망 너머로 밖을 내다보던 미카가 말했다.

"이러고 있으면, 어쩐지 도코 할머니의 기분을 알 거 같아." 나는 의자를 돌려서 미카를 돌아보았다. 어디선가 힘없는 귀뚜라미 소리가 들렸다. "같은 취미를 갖기에는 아직 어리지 않아?"

"오빠도 이리 와봐. 재밌어."

나는 일어나서 미카와 나란히 창밖을 봤다. 바로 옆집의 베란다와 작은 마당이 보였다. 그밖에는 짙고 옅은 어두운 하늘뿐이었다.

"뭐가 재밌어?"

"재밌어. 저기 봐봐, 투구게 같아."

"어디⋯⋯. 아아, 옆집 감나무? 투구게라니, 미카는 기특하게 그런 이름도 아는구나."

"텔레비전에서 같이 봤잖아."

"그랬나?"

"하늘도 참 신기해. 별이 떠 있잖아. 떨어지지도 않아."

"아아, 그건 중력이 없어서야."

내 말에 미카는 쳐다보지도 않고 중얼거렸다.

"꿈도 없어."

별이 떨어지지 않는 것이 꿈하고 무슨 상관이 있는지 이해가 가지 않았다. 의자에 돌아와서 등받이를 안은 모습으로 반대 방향이 되게 앉았다.

"그건 그렇고 말이야, 냄새가 난다는 게 도대체 무슨 말이었을까?"

"도코 할머니가 한 말?"

"응. 그리고 처음부터 생각하는 게 낫다는 말도 무슨 말인지 도통 모르겠어."

그 말투는 마치 "S의 시체가 없어진 일만 생각하면 절대 해결 안 된단다"라고 말하는 것 같았다.

"미카야, 냄새가 난다는 건, 어쩌면 S의 배설물 이야기일까? 수박 씨가 섞여 있었다는 거 말이야."

"냄새났어? 오빠가 발견했을 때?"

나는 그때의 상황을 떠올렸다. 난간에서 늘어진 밧줄 끝에서 흔들리던 S의 모습. 바로 그 아래에 있는 배설물 덩어리.

"응, 냄새가 좀 나긴 났어. 그때는 잘 몰랐지만. 그래도 그 일이랑 S의 시체가 없어진 일이 무슨 관계가 있는 걸까……?"

고개를 갸웃거렸다. 그 순간 갈색 봉투가 눈에 들어왔다. 책꽂이의 도감 오른쪽에 꽂아둔 S에게 전해주기로 했던 봉투다. 팔을 뻗어서 그것을 집었다.

"오빠, 그거 뭐야?"

"S가 쓴 작문이야. 오늘 원래 S한테 전해주기로 했었거든."

봉투에서 원고지를 꺼내 S가 쓴 지저분한 글씨를 봤다. 「나쁜 임금님」이라는 제목의 작문이었다. 하지만 그것은 S의 경험담이 아니라 아무래도 하나의 이야기 같았다.

첫 번째 원고지에 흐릿하니, 작은 × 자국이 보였다. 천장 형광등에 비춰보니, 그 표시는 하나가 아니라 종이 위에 흐트러뜨린 것처럼 여기저기에 있었다. × 표가 붙은 글자는 '가, 은, 신, 한, 것, 에, 어, 니'였다.

"이게 뭐지?"

"그거 암호야?"

미카의 목소리는 약간 즐거워 보였다. "설마." 나는 웃으며 형광등 아래에서 원고지의 각도를 이리저리 바꾸어보았다. × 표는 종이에 직접 그린 것이 아니라, 희미하게 남은 자국이었다. 예를 들면, 아무것도 안 쓴 원고지에 연필로 한 번 × 표를 그렸다가 지우고, 그 위에 작문을 썼다면 이렇게 되지 않을까?

"낙서라도 했던 걸까?"

미카가 작문을 읽어달라고 하기에, 나는 별로 내키지 않았지만 읽어주기로 했다.

"옛날에 나쁜 임금님이 살았습니다."

미카는 창밖을 바라본 채, 내가 더듬거리며 읽는 소리에 귀를 기울였다.

"그 임금님은 3개월에 한 명, 영토 내 어디선가 사람을 잡아와서는 그 사람들을 성 옆에 있는 높은 탑 꼭대기에 가두었습니다. 잡혀오는 사람들의 신분은 다양했습니다. 신발장수, 선생님, 철학자, 신임병사 등등. 그들이 잡혀올 이유라곤 전혀 없었습니다.

사실은 누구든지 상관이 없었습니다. 임금님은 그들이 지니고 있는 먹을 것이 갖고 싶었는데, 사실 모두가 가지고 있는 것이었기 때문입니다.

사람들을 가두는 탑 꼭대기는 이러한 곳이었습니다. 벽돌로 둘러싸인 작은 방으로 마차의 짐받이 정도의 넓이였습니다. 누워서 잘 수도 없습니다. 창은 전혀 없어서 아주 캄캄합니다. 그 대신에 벽의 한 부분에서 두 개의 관이 안팎으로 뻗어 있습니다. 마치 쌍안경처럼 그 두 개의 관은 사람의 두 눈 너비와 똑같았습니다. 깜깜한 방안에서는 두 관의 끝이 조금씩 반짝였습니다.

잡혀온 사람들은 고독과 불안에 사로잡히면서도 이것은 뭘까, 하고 반드시 그 관을 들여다봅니다. 그리고 그 두 개의 관 이외에는 아무것도 없는 방이었기에 날마다 들여다보게 됩니다. 그들은 하루에 한 번 배급되는 작은 빵조각과 물만으로 버텨나가면서 하루도 빠짐없이 온종일 두 관을 들여다보면서 지냈습니다.

관 너머로 성의 지붕이 보였습니다. 그 지붕의 끝에는 언제나 삼각형의 국기가 펄럭이고 있었습니다. 갇힌 사람들은 매일매일, 아침부터 밤까지 성의 지붕과 국기를 바라봅니다. 그들은 그 제한된 경치 속에 자신들을 구해줄 뭔가가 언젠가는 나타나기를 꾹 참고 기다렸습니다. 비가 오나, 바람이 부나, 관 너머로 보이는 경치를 바라보면서 구해줄 사람이 나타나기를 기다리며 야윈 몸으로 하루하루를 보냈습니다.

그들은 그렇게 3개월 동안, 거기에 갇혀 있습니다. 아침마다, 눈을 뜨자마자 그들은 관을 들여다봅니다. 그리고 전날과 똑같이 아무것도 변하지 않은 경치를 보고는 슬퍼서 눈물을 흘립니다.

3개월이 지나면, 임금님은 마침내 그들로부터 임금님이 아주 좋아하는 어떠한 먹을 것을 뺏습니다.

3개월째 되는 날 아침, 아무것도 모르는 그들은 평소처럼 간절한 마음으로 두 개의 관을 들여다봅니다. 그리고 반드시 앗, 하고 소리를 질렀습니다.

성의 지붕에 펄럭이는 깃발. 그것은 평소에 보던 그 국기가 아니었습니다. 잡혀온 사람들은 놀라서 두 개의 관에 두 눈을 바싹 대고 그 깃발을 다시 봅니다. 그리고 가슴이 철렁 내려앉았습니다.

국기 대신에 꽂힌 깃발에는 이렇게 쓰여 있습니다.

'기다려라. 곧 구하러 간다.'

그것을 한번 본 사람들은 기쁨에 겨워 몸을 부르르 떱니다. 마침내 왔다, 마침내 그날이 왔다며 희망에 찬 눈을 반짝입니다.

그때 임금님은 아침 식탁에 앉아 있습니다. 시간을 보고 식탁 위의 버튼을 누릅니다. 버튼을 누르면 기계가 작동을 합니다.

그 기계는 바로 거대한 청소기입니다. 청소기의 파이프는 탑의 꼭대기까지 이어져 있습니다. 그리고 그 파이프 끝은 그 두 개의 관에 연결되어 있습니다.

마침내 임금님 앞에 놓인 접시 위에 둥근 것이 두 개 대굴대굴 떨어집니다. 바로 탑 꼭대기에 잡혀온 사람들의 눈알입니다.

임금님은 그것을 포크로 찔러서 날름하고 맛있게 먹어버립니다. 그리고 말을 합니다.

'아아, 희망이여. 나는 이것을 먹는 걸 정말 좋아한다네.'

임금님이 좋아하는 것은 희망이었습니다. 임금님은 그것을 먹고 나라를 크게 하고 있었습니다. 그러나 마침내 그 나라는 멸망했습니다."

7월 20일 오전 일곱 시 50분.

새우처럼 허리를 구부리고 후루세 다이조는 갈색 가랑잎을 밟으며 걸어가고 있었다. 위아래로 회색 작업복을 입고, 왼손에 작은 수첩과 연필을 하나 들고 있다.

"오늘은 어째 허리가 유난히 아픈 걸." 마른 나뭇가지처럼 앙상한 손으로 허리를 슬슬 문질렀다. "이 일이 없으면 귀찮아서 밖에도 안 나가겠지."

일이라고 해도 아르바이트다. 다이조는 매일 아침, 정확히 8시에 이 상수리나무 숲 속에 설치된 백엽상을 들여다보러 갔다. 백엽상 안에는 온도계와 습도계가 하나씩 있는데, 다이조는 그 눈금을 읽고 수첩에 기록했다. 이 아르바이트를 시작한 지 거의 1년이 다 되었다.

아르바이트는 기후 현에 있는 모 농업대학의 연구실에서 들어온 일이다. 전국에 있는 상수리나무 숲 중 몇 곳에서 딱 1년 동안 온도와 습도를 측정한 데이터를 수집해서 어떠한 연구에 이용하는 것 같았다. 그 데이터 수집을 대행하는 아르바이트를 모집하는 기사가 신문의 지역란에 실렸고, 다이조는 거기에 지원을 했다. 그 이외에도 여러 명이 지원을 했지만, 그중에서 상수리나무 숲하고 집이 가장 가깝다는 이유로 다이조가 선발되었다. 다이조의 집은 상수리나무 숲의 가장자리에 위치해 있었다. 연구실에서 설치한 백엽상은 다이조의 집 뒤편에서 상수리나무 숲으로 들어가 그 길을 따라서 20분 정도 걸어간 곳에 있다.

온도와 습도 데이터는 한 달 동안의 기록을 모아서 착불로 대학에 보냈다. 그리고 매달 8천 엔의 현금등기우편을 받았다.

굳이 돈을 벌고 싶었던 것은 아니다.

10년하고도 조금 더 전에, 다이조는 스무 살부터 일했던 회사에서 무사히 정년을 맞이했다. 월급쟁이 시절부터 헛된 돈은 쓰지 않았기에 지금도 자신의 노후를 보낼 수 있을 정도의 저금은 있었고, 연금도 전액을 받고 있었다. 애당초 돈이 많다고 해도 딱히 쓸 곳도 마땅히 떠오르지 않는다. 아내는 먼저 세상을 떠났고, 외동딸도 이미 결혼한 지 오래다.

필시 어떠한 형태로 사람들과 교류를 하고 싶었던 것이다.

"그런 일, 생각하고 싶지도 않지만……."

말을 하면서도 이처럼 혼잣말이 많아진 게 2년 전에 아내가 떠났을 때부터라는 사실을 깨닫고 다이조는 입을 꾹 다물었다.

바람이 머리 위의 잎 끝을 흔들었다.

아침의 상수리나무 숲은 약간 땀이 배는 정도의 기분 좋은 공기로 가득 차 있었다. 상수리나무의 무성한 가지가 여름 태양을 가로막으며 바닥에 쌓인 가랑잎 위에 빛으로 된 불규칙적인 모자이크 무늬를 만들었다.

이윽고 다이조는 목적지에 도착했다. 길 가장자리에 백엽상이 홀로 쓸쓸하게 서 있다.

이 백엽상은 학생이 직접 만든 것 같은데, 상당히 잘 만들어져 있다. 1미터 정도의 다리 네 개가 백엽상을 지탱하고, 상자의 크기는 각 60센티미터 정도로 보였다. 제대로 설계를 했는지, 비가 새거나 바람에 흔들린 적도 없다. 전체를 흰색 페인트로 칠해서 어딘지 모르게 난장이의 별장처럼 보인다. 상자의 4면은 미늘창살로 그중 한

면이 중앙에서 양쪽으로 여닫게 되어 있다. 문이 북측에 있는 이유는 열었을 때 직사광선이 들어가는 것을 차단하기 위해서라고 했던가.

다이조는 주머니에서 작은 열쇠를 꺼내서 문에 걸린 자물쇠를 익숙한 솜씨로 열었다. 안을 들여다보며 온도계와 습도계의 눈금을 확인하고 수첩에 적어 넣는다.

"이상 없음."

특별히 이상을 찾으려고 오는 것은 아니지만, 다이조는 항상 작업을 마치고 중얼거렸다.

문을 꼭 닫고는 다시 원래대로 자물쇠를 걸었다. 왔던 길을 돌아가려고 발길을 돌렸을 때…….

―내가 □□□□□□□?―

아이의 목소리가 들렸다.

엇, 하고 다이조는 돌아보았다.

가만히 귀를 기울였다. 하필 그때 바람이 불어서 상수리나무 잎을 흔들었다. 잎사귀 소리는 바로 그쳤지만, 아이의 소리도 더 이상 들리지 않았다.

주름투성이 입술을 꼭 오므리고, 다이조는 길을 따라 눈길을 돌렸다. 상수리나무 숲은 10미터쯤 가다가 끝나고, 거기에 낮은 대울타리가 좌우로 펼쳐져 있다.

"방금 그건 S 소리였는데."

까맣고 마른 몸집에 다듬지 않은 새까만 머리가 항상 부스스한 남자아이. 반바지에서 쑥 뻗어 나온 가느다란 두 다리는 심한 O자형이었고, 그 때문인지 걸음걸이도 겅둥겅둥한 게 좀 이상했다. 두 눈도 심한 사시여서 다이조는 소년을 볼 때마다 안쓰럽다고 생각했다.

S의 집은 상수리나무 숲을 끼고 다이조의 집에서 정반대에 위치해 있었다. 백엽상이 있는 이곳에서는 아주 가까웠다. 저 대울타리 너머는 이미 S네 집 공간이다. S는 거기서 어머니와 둘이서 살았다. 아버지는 상당히 오래전에 돌아가셨다나.

목을 길게 빼고 대울타리를 바라보았다.

나뭇잎들 너머로 S네 마루가 보였다. 마루 쪽으로 커다란 유리문들이 있는데, 가장 오른쪽 유리문만이 활짝 열려 있다.

그곳에 S가 보였다. S의 모습은 사각의 유리문 틀 안에 들어가 있어서, 다이조가 있는 곳에서는 마치 작은 텔레비전을 보는 것 같았다.

"뭐하는 거지……?"

그때 S가 무엇을 하고 있는지 다이조는 깊이 생각하지 않았다. 나중에 다이조는 그 점을 몹시 후회하게 된다. 몇 발자국만 걸어가서 S가 있는 방을 똑똑히 두 눈으로 봤다면 이런 일은 없었을 텐데, 하고 말이다.

"아아, 아앗……."

목을 빼고 눈을 가늘게 뜨며 보다가, 다이조는 허리에 묵직한 통증을 느꼈다. 얼굴을 찡그리고 다시 새우 같은 자세로 돌아갔다.

"가끔은 아침에 메밀국수라도 삶아볼까?"

몸을 돌려서 다이조는 왔던 길을 돌아갔다.

무성한 나뭇가지 틈으로 보이는 여름 하늘에는 어느새 잿빛 구름이 펼쳐져 있었다.

＊

같은 날 오후 세 시 15분.

슈퍼 봉지를 한 손에 들고 다이조는 터벅터벅 집으로 향했다. 강렬한 태양이 내리쬐는 아스팔트 위로 아지랑이가 엷게 피어오른다.

재작년, 다이조가 딱 일흔 살 생일을 맞이한 날에 그동안 인생의 절반 이상을 함께 지낸 아내가 췌장암으로 세상을 떠났다. 그 무렵부터 다이조는 급격히 몸 여기저기가 아프기 시작했다. 심장박동 이상, 현기증, 편두통. 무엇보다 허리 통증이 가장 심했다. 아침에 일어나서 밤에 잠자리에 들 때까지 허리 주변에 점토를 발라놓은 것 같은 불쾌한 중량감이 끊이지 않았다. 그리고 가끔 쐐기를 박은 것처럼 극심한 통증이 아무런 전조도 없이 덮쳤다. 전화번호부에서 찾은 접골원에 갔더니, 변형성 요추증이라는 증상으로 나이가 들면서 발생한다고 했다. 추간판과 허리 관절, 인대가 완전히 노화했단다. 네 번 정도 치료를 받아보았지만, 비싼 치료비에 비하면 전혀 좋아지지 않기에 그 뒤로 가지 않았다.

─정신적인 요인도 있지 않을까 싶습니다.─

마지막 치료를 받을 때 젊은 담당 선생님이 말을 했다. 치료 효과가 나타나지 않는 것에 대한 변명이었던 걸까? 아니면 프로로서 정확하게 진단을 내렸던 것일까?

"그런데 왜 새우처럼 걸으면 더 편한 거지……?"

지금처럼 허리를 최대한 구부리고 있으면 통증이 상당히 완화된다. 이 사실은 접골원 선생님의 조언 때문이 아니라, 다이조가 스스로 발견한 것이다. 틀림없이 통증의 원인이 되는 미묘하게 어긋난 추간판과 관절이 제대로 보정되는 자세다. 그 사실을 깨달은 다음부터 다이조는 다른 사람이 보면 장난친다는 생각이 들 정도로 허리를 구부리고 걸었다. 몸을 거의 ㄱ자처럼 해서 다녔다.

집에 도착한 다이조는 화장판이 벗겨진 문으로 들어섰다. 거실을 지나 부엌으로 가서 냉장고 문을 열었다. 슈퍼 봉지 안에서 말린 임연수어와 지쿠와(어묵의 일종—옮긴이)를 꺼내 냉장고에 정리했다. 모두 다이조네 마당에 자주 들르는 암고양이에게 주려고 사 온 것들이다.

그 고양이는 다이조의 아내가 세상을 떠난 직후부터 찾아오기 시작했다. 통통하고 꼬리가 짧은 삼색 얼룩고양이인데, 먹고 남은 구운 생선을 한 번 준 뒤로 매일같이 와서는 먹이를 달라고 졸랐다. 먹이를 주며 상대를 하는 동안에 어쩐지 그 고양이가 죽은 아내의 환생 같아서 이제는 시장을 보러 가면 반드시 고양이에게 줄 것도 사 가지고 왔다.

창밖으로 고개를 돌렸다. 화단도 없고 작은 창고가 하나 있을 뿐, 몹시 쓸쓸한 마당이다. 마침 그때 그 암고양이가 꼬리를 흔들면서 느릿느릿 나타났다. 다이조는 방금 전에 냉장고에 넣은 지쿠와를 꺼내서 하나 던져줬다. 암고양이는 그것을 물더니 고마워하는 모습도 보이지 않고 바로 마당 밖으로 다시 자취를 감추었다. 애교가 없는 점도 죽은 아내하고 똑같다.

조심해라.

마당을 바라보며 다이조는 속으로 중얼거렸다.

현관 초인종 소리가 울렸다.

"엇, 웬일이지……?"

문을 열자, 양복을 입은 낯선 남자 두 명이 서 있었다. 부자간인가, 하고 생각했다. 아버지로 보이는 쪽은 볼이 야위고 눈을 위로 치뜨며 쳐다보는 표정이 어쩐지 비굴한 인상이었다. 아들 같은 남자는 이마가 넓고 얼굴이 반들반들했다.

"갑자기 죄송하지만, 실례하겠습니다."

나이 많은 남자가 친근하게 인사를 하고, 두 사람이 동시에 양복 주머니에서 검은 수첩을 꺼냈다. 표지를 열어서 안을 보여주는 것도 동시였다.

"경찰입니까?"

"네. 근처에서 약간 사건이 있었습니다. 그래서 이렇게 한 집씩 돌고 있습니다."

대답을 하며 고개를 꾸벅 숙인 남자는 수첩을 보아하니 다니오라는 이름이었다. 다른 한 사람은 다케나시라고 했다.

"사건? 어떤 사건이죠?" 살피듯이 다이조는 물었다.

"여기 뒤쪽에 있는 상수리나무 숲 건너편에 집이 하나 있지 않습니까?" 다니오 형사가 대답했다.

순간 다이조의 머리에 어떤 이미지가 스치듯 지나갔다. 사각의 창틀 안에 들어 있는 작은 텔레비전 같은 광경. 그 안에 보이는 까맣고 작은 소년.

"그 댁에 사는 아이, 아십니까? 그 아이가 말이죠. 그, 행방불명이 되었습니다."

"없어졌나요?"

"네, 없어졌습니다. 음, ······후루세 씨." 다니오 형사는 상체를 뒤로 빼면서 문 옆 우편함에 있는 후루세 다이조의 이름을 확인했다. "후루세 씨는 오늘, 뭔가 보셨습니까? 뭐랄까, 그, 좀 평소와 다른 것을요?"

단어를 신중하게 선택하고 있었다.

"다른 것이고 뭐고……. 저, 그 S를 봤습니다. 오늘 아침에요."

다이조의 대답에 두 형사는 눈썹을 치켜올렸다.

"그게, 언제, 어디서죠?"

다케나시 형사가 처음으로 입을 열었다. 의외로 목소리가 낮았다. 자세히 보니 얼굴도 상당히 나이 들어 보였다. 다이조는 다시 생각을 바꾸었다. 어쩌면 이 두 사람은 별로 나이 차가 안 나는지도 모른다.

"오늘 아침, 정확히 여덟 시입니다. 그 시간은 정확하죠."

다이조는 자신이 매일 아침, 똑같은 시간에 상수리나무 숲 속에 있는 백엽상을 보러 간다고 설명했다.

"거기서 S의 집은 아주 가깝죠. 대울타리 너머는 이미 S네 마당이거든요."

"아아, 그렇군요."

두 형사는 백엽상의 위치를 대충 상상한 것 같았다.

"거기서 S를 봤습니다. 마당으로 난 유리문의 가장 오른쪽에 S가 있는 것을요."

"그때 S는 어떤 모습이었습니까?" 다니오 형사가 물었다.

"어떤 모습……? 그게 그렇게 자세히 본 게 아니라서요. 하지만 평범했어요. 방에서 혼자 뭔가를 하고 있었죠."

"뭘요?"

다이조는 잠시 마른 입술을 손가락으로 문지른 다음 대답했다.

"그야 모르죠."

두 사람은 그다지 실망한 모습도 아니었다. 다니오 형사가 다이조에게 다른 질문을 했다.

"오늘 뭔가 커다란 짐을 옮기는 사람을 근처에서 보지 못하셨습니까?"

다이조는 고개를 저었다.

"그렇군요." 다니오 형사는 어깨를 움츠렸다. "그럼 또 일이 있으면 다시 찾아뵙겠습니다."

다니오 형사가 눈꼬리에 주름을 만들며 머리 옆으로 손을 들고 경례를 했다. 그리고 옆에 있던 다케나시 형사를 재촉하며 두 사람은 현관을 나갔다. 엷은 아지랑이 너머로 사라지는 두 사람의 뒷모습을 다이조는 그저 멍하니 배웅했다.

그때 다이조의 머리에는 어떠한 정경이 또렷하게 재현된다.

오늘 아침, S네 집 마당을 등지고 터벅터벅 집으로 가고 있을 때였다. 그때 숲 중간쯤, S의 집과 자신의 집의 딱 중간 지점에서 등 뒤로 들린 발소리. 당황하는 것처럼 어지러운 발걸음. 걸음을 멈추고 다이조는 뒤를 돌아보았다. 상대의 모습이 시야의 가장자리에 들어왔고……

"말해야 했는데……"

기껏 경찰과 마주했는데.

언젠가는 이야기해야 한다.

다이조는 말라붙은 침을 삼키며 작게 한숨을 쉬었다.

3

S

어떠한 사실을 계속 기억한다는 것은 결코 쉬운 일이 아니다. 그러나 어떠한 사실을 일부러 잊는 일에 비하면 별로 어렵지 않다.

여름방학이 시작된 지, 여러 날이 지났다. S의 일에 대해서는 선생님과 경찰에게서도 그 뒤로 아무런 연락이 없다. 신문을 훑어봐도 S의 일을 다룬 기사는 전혀 보이지 않았다. 아직 경찰이 아무런 발표도 하지 않았기 때문이다. 그 이유는 막연히 알 것 같았다. S가 정말로 죽었는지 확실하지 않기 때문이다. 단지 수사는 계속 진행되고 있었다. 근처에서 종종 경찰차가 보이고 외부로 나가는 차선은 아침부터 밤까지 검문이 이어졌다. 검문이 계속되고 있다는 사실은 아직 아무런 단서도 발견되지 않았다는 뜻이리라.

「N마을에서 또다시 발견된 의문의 동물시체」

그러한 제목을 신문 지역란에서 봤다. 작은 지도에 죽은 고양이가 새로 발견된 장소가 표시되어 있었는데, 역시 그 장소였다. S 집의 근처에 있는, 내가 죽은 고양이를 발견한 공터다. 다리 관절이 꺾여 있던 점이나 비누를 입에 물고 있던 사실도 물론 적혀 있었다. 그러나 그 이유는 여전히 명확하지 않다.

나는 거의 아침마다 "미카야, 다녀올게"라는 엄마의 높은 목소리에 눈을 떴다. 현관문이 닫히는 소리를 확인한 다음, 2층 침대에서 내려와 창문을 연다. 그리고 1층에 내려가서 냉장고를 뒤져 아침거리를 찾아서 텔레비전을 보며 먹거나 마당에서 개미집을 파면서 지낸다. 그러는 사이에 어느덧 점심시간이 된다. 그때쯤이면 미카가 "배고파"라는 말을 꺼내고, 나는 점심을 먹어야겠다는 생각을 한다. 매일 식탁 위에는 랩을 씌운 식사가 준비되어 있지만, 한 사람 분밖에 없었다. 이와무라 선생님과 형사들이 집에 왔다 간 이후, 엄마는 내 점심 준비를 전혀 하지 않았다. 토레미짱의 식기에 담기고 토레미짱의 젓가락과 숟가락이 준비된 그 식사에 차마 내가 손을 댈 수는 없기에 미카에게 밥을 준 다음, 또다시 혼자 냉장고를 뒤적인다.

그렇게 며칠을 보내면서 나는 열심히 잊으려고 노력했다.

뭐를 잊으려고 했냐 하면, 그날 밤 카레라이스를 먹으면서 갑자기 어두운 복도를 가만히 응시하던 아빠의 행동과 화장실 문 앞에서 멈춘 그 발소리, 그리고 무엇보다 방 안에서 아주 잠깐 보았던 S의 얼굴.

하지만 도저히 잊을 수 없었다. 생각하지 않는다, 생각하지 않는다고 하면 할수록 내 머릿속은 S로 가득 찼다. 내 뇌 속에서 S는 창백한 얼굴로 흔들흔들 걸어 다니거나, 갑자기 으악 하고 소리를 지르기도 하고, 그런가 하면 갑자기 반투명 상태가 되기도 했다.

억지로 잊으려고 하지 않는 편이 좋다.

아주 화창한 날의 점심, 식탁에서 멍하게 있는 나에게 미카가 해준 충고다. 미카는 더듬거리며 이야기했다. ……그날 밤, 나는 S의 얼굴을 봤고 발소리도 들었다. 하지만 그것은 착각이었다. 그렇게 생각하는 것이 낫지 않을까, 하고 말이다.

아마도 일단 전부 인정한 다음에 웃으며 넘겨버리자는 뜻일 것이다.

"그게 말이지, 말처럼 쉽지가 않아. 그야 나도 그렇게 생각하고 싶어. 하지만 역시 도저히 그게 착각이었다는 생각은 들지 않아. 왜냐하면 S가 목을 맨 시체를 본 건 사실이고 아빠는 영혼이 어쩌고저쩌고, 라는 말을 하고 말이야."

내가 생각해도 정말 딱 부러지지 못하고 우물거리는 말투였다.

"하지만 그 뒤로 일주일이나 지났잖아. 오빠, 계속 그렇게……."

미카는 갑자기 입을 다물었다.

"왜 말을 하다가 말아?" 나는 미카를 곁눈질로 봤다.

"아냐, 아무것도." 미카는 조그맣게 대답했다.

우리는 침묵했다. 나는 미카가 무슨 생각을 하는지 알았다. 그리고 그것이 내 생각과 같다는 사실도 알았다.

우리의 침묵과 맞추듯이 창밖이 갑자기 약간 어두워졌다. 단지 구름이 태양을 가린 것이겠지만, 최악의 타이밍이었다.

내 시선은 어느새 미카의 얼굴에서 벽의 한곳을 향해 있었다. 거기에는 월별로 넘기는 달력이 압핀에 걸려 있다. 윗부분에는 양손으로 잠자리채를 든 토레미짱의 그림이 커다랗게 있고, 그 아래에는 7월의 날짜가 서른한 개 적혀 있었다.

오늘은 7월 27일. 내가 S의 시체를 본 것은 7월 20일.

"신경 쓸 거 없어." 미카가 밝게 말했다.

"신경 쓰다니, 뭘 말이야?"

"꼭 뭐라기보다는, 신경 쓰지 않는 게 좋아."

"그러니까, 뭘 신경 쓰지 않는데?"

"아무튼 신경 쓰지 마, 알았지?"

"알긴 뭘 알아. 신경 쓰지 마라, 신경 쓰지 마라, 그러면 도대체 뭘 신경 쓰지 말라는 건지……."

"뭐든지 상관없어. 아무것도 신경 쓰지 않는 거야."

"신경 써줘."

…….

우리는 서로의 얼굴을 쳐다보았다.

"방금, 들었어?" 미카가 낮은 목소리로 물었다.

"들었어." 나는 더 낮게 대답했다.

"어디지?"

미카의 질문에 나는 대답 대신 말없이 식당 문의 건너편에 2층으로 올라가는 계단을 바라보았다. 방금 마지막에 들린 소리는 아무리 생각해도 S의 소리다. 그리고 그 소리는 저 계단 위에서 들렸다.

"보고 올게."

나는 자리에서 일어났다.

계단 밑으로 가서 위층을 올려다봤다. 우리 방문은 그대로 닫혀 있었다. 계단에 한 발을 올려놓는다. 긴장한 나머지, 다리의 감각이 이상해져서 계단이 마치 스펀지처럼 느껴졌다. 천천히 계단을 하나씩 올라가는데, 심장이 갈비뼈 안쪽에서 동물처럼 사납게 날뛰었다.

계단을 올라가서 문의 손잡이를 잡았다. 꿀꺽. 침을 한 번 삼키고 손잡이를 잡아당겼다. 방안에는 아무것도 없었고, 아무도 없었다. 나는 상하좌우로 신중하게 둘러보았다. 바닥, 2층 침대, 책상, 의자, 책장. 다리가 후들거렸다. 옆구리에 땀이 흘렀다. 창, 커튼, 벽, 천장. 숨쉬기 힘들어졌다. 명치가 싸늘해졌다.

(나, 왔어.)

온몸의 피가 단번에 혈관에서 빠져나갔다. 순간적으로 정신이 아득해졌다. 그러나 턱에 힘을 주고, 나는 눈을 똑바로 떴다. S의 목소리. 모습은 보이지 않는다. 어디에도 보이지 않았다. 키득키득 웃는 소리. 벽 쪽에서 들린다. 아니, 벽이 아니다. 창. 창밖······. 아니, 밖이 아니라······.

"안녕, 미치오."

S의 몸은······.

또 흔들리고 있었다. 창으로 들어오는 약한 바람 때문에 작은 원을 그리듯이 흔들거렸다.

"오랜만이야, 라고 해봤자 겨우 일주일 만이지만."

아무 말도 나오지 않았다. 나는 방 입구에 우두커니 선 채, 창틀 안쪽에 매달린 S를 그저 바라보기만 할 뿐이었다.

"놀랐어? 아하핫, 놀랐지?"

S의 목소리는 사람이었을 때보다도 조금 새된 소리를 냈다. 작은 라디오에서 들리는 목소리와 약간 비슷했다.

"어때, 이 모습? 괜찮지 않아?"

S는 몸을 반대로 돌렸다. 아래를 향해 있던 머리가 위가 되었다. S는 가는 다리를 급하게 움직여서 자신이 뽑아낸 실 위로 3센티미터쯤 올라가더니 다시 우뚝 멈춰 섰다. 그리고 휙 나를 돌아보았다.

"나, 거미가 됐어."

미카와 S

1층으로 내려가서 나는 말없이 식당을 가로질러 부엌으로 갔다. "어땠어?" 미카가 뒤에서 물었지만 나는 아무 대답도 하지 않고 식기장을 뒤졌다.

"어땠어, 2층에 뭐가 있었어? ……오빠, 뭐 해?"

식기장 속에서 빈 잼 병을 꺼내고, 이번에는 아래쪽 서랍을 열었다. 송곳은 금방 눈에 띄었다. 그것들을 가지고 다시 계단을 올라간다. 미카가 부르는 소리를 무시하고 빠른 걸음으로 2층으로 갔다. 문을 열자, S가 불만에 찬 목소리로 말했다.

"뭐야, 미치오. 기껏 다시 만났는데 갑자기 가버리고."

"조용히 해." 말을 하면서 나는 잼 병의 뚜껑을 열었다. "여기 들어가, 빨리."

"뭐? 들어가? 그런데 이거 잼 병이잖아. 싫어."

"글쎄, 빨리."

나는 S를 억지로 병 속에 넣고 뚜껑을 닫았다. 창틀에 병을 놓고 오른손에 송곳을 들었다.

"잠깐, 미치오. 뭐 하는 거야? 설마, 아앗!"

나는 오른팔을 힘껏 내리쳤다. S가 순간적으로 지른 비명은 콱 하는 송곳 소리에 지워졌다. 오른팔을 다시 한 번 들어 올렸다가 내리쳤다. 몇 차례나 계속 반복했다.

이윽고 작업이 끝났을 때, S가 크게 한숨을 내쉬었다.

"뭐야, 공기구멍이구나."

"조용히 해. 미카가 들어."

나는 완전히 제정신이 아니었다. 그래도 필사적으로 머리를 굴렸다. 아무튼 중요한 점은 두 가지다. 하나는 S가 정말로 다시 태어났다는 사실을 분명하게 받아들여야 한다는 것. 그리고 또 하나는 그 사실을 절대로 미카가 알아서는 안 된다는 점.

"미카라면, 아아, 미치오의 여동생? 얼마 전에 우리 집 근처에서 봤지? 다이키치를 산책시킬 때 말이야. 지금 세 살이었나?"

나는 입에 집게손가락을 대었다. S는 작은 소리로 계속 떠들었다.

"왜 미카가 알면 안 되는데?"

"어째서라니. S야, 네가 뭘로 태어났는지 생각해봐."

"음……."

S는 병 속에서 잠시 침묵한 뒤, "아아"하고 이해했다는 듯 소리를 냈다.

"그래, 나는 거미구나. 역시, 좀 그렇긴 하네."

"응, 좀 그래. 하지만 어떻든지 간에 S는 여기 있어야 해. 엄마가 보면 바로 버릴 테니까."

"버려?"

"조용히 해!" 나는 병뚜껑에 난 공기구멍을 손으로 막았다. "아무튼 여기는 나와 미카가 같이 쓰는 방이야. 그래서 미카도 거의 여기에 있어."

"그럼 어떡해?"

"우선 내 이불 속에 들어가 있어. 2층 침대 위 칸이야. 미카가 있을 때는 절대 소리를 내지마."

S는 마지못해 동의했다. 기껏 나한테 온 S에게 정말 미안하기는 했지만, 역시 생각을 바꿀 수는 없었다.

그날, 저녁을 먹고 나는 계속 침대에 있었다. 이불 위에 책상다리를 하고 S가 들어 있는 병을 내려다보며 머리를 감쌌다. S가 무슨 말을 하려고 할 때마다, 당황해서 뚜껑을 손으로 막았다.

나는 앞으로 어떻게 할 것인지에 대해 계속 머리를 굴렸다. 그런데 역시 이렇다 할 생각은 떠오르지 않았다. 일단 얼마 전까지 고민했던 S의 시체가 사라진 수수께끼에 대해서는 이제 본인한테 물어볼 수 있기에 더 이상 생각하지 않는다고 하더라도, 문제는 지금의 S였다.

"오빠, 어디 안 좋아?"

침대 아래 칸에서 미카가 걱정스럽게 말을 걸었다. "아니."나는 적당히 대답을 했다.

그런데 화장실에 가고 싶어졌다. 처음에는 참으려고 했지만 5분쯤 지나자, 도저히 참을 수 없었다. 나는 S에게 집게손가락을 세우고 눈으로 단단히 신호를 보낸 다음, 침대를 내려갔다.

볼일을 보고 방으로 돌아가자, 갑자기 미카가 말했다.

"왜 S 오빠에 대해서 아무 말도 안 했어?"

갑자기 얼굴에서 피가 한꺼번에 빠져나가는 느낌이었다.

"S 오빠, 위에 있잖아."

나는 그 자리에 우뚝 선 채, 2층 침대의 위아래를 번갈아 쳐다보았다.

"미카는 걱정 안 해도 돼. S 오빠가 거미라고 해도 병 속에 있잖아. 뚜껑도 꽉 닫힌 거 같고. 괜찮아."

"미카, 어, 어떻게, 그런 거까지……."

호호호호. S의 높은 웃음소리가 울렸다. 나는 나도 모르게 어깨를 움츠리고 침대 위를 돌아봤다.

"미안, 미치오. 나, 말해버렸어."

"S야."

"하지만 미카, 많이 놀라지 않던데?"

"놀랐어."

미카가 끼어든다.

"놀랐지만, 그래도……." 잠시 사이를 띄었다가 미카는 말했다. "이런 일이 있어도 괜찮지 않아?"

결국 우리는 그 방에서 셋이 함께 지내기로 했다.

S의 고백

S의 병을 창틀 위로 옮겨놓았다.

바로 그날 밤, S는 병 속에 복잡한 거미줄을 치기 시작했다. 엉덩이에서 하얀 실을 뽑아내며 상하좌우로 부지런히 움직이는 S의 모습을 나와 미카는 놀라서 그저 멍청히 바라보았다.

"참 잘하네."

"응, 굉장해."

"S야, 그거, 배운 거 아니지?"

내가 물어보자, S는 날실에서 날실로 뛰어오르면서 자못 어처구니없다는 듯이 대답했다.

"당연하지. 곤충은 모두 살아가는 것만으로 엄청 바쁘거든. 부모가 자식에게 뭘 가르쳐줄 시간 따위는 없어. 그러는 사이에 배가 고파서 죽어버려." 그리고 S는 조그맣게 웃었다. "죽어버린대. 하핫, 불길하네."

나는 착잡한 심정으로 일단 끄떡였다.

"거미인 S 오빠도 엄마가 있어?"

미카가 물어보았다. S는 거미줄이 교차하는 부분을 다리 끝으로 꼼꼼히 확인하면서 아무렇지 않게 대답했다.

"잘 몰라. 오늘 아침, 정신이 들었을 때는 이미 혼자 이 집 지붕을 걸어가고 있었으니까."

"S 오빠, 우리 집에서 태어난 거네?"

"그런가 봐. 앗, 여기가 떨어진 거였구나……."

S는 자신의 집을 만드는 데 정신이 없어서 우리하고 별로 이야기할 기분이 아닌 것 같았다.

"다 된 거 같은데?"

내 말에 미카도 동의했다. 그러나 S는 그만둘 생각이 없는 모양이었다. 하는 수 없이 나와 미카는 둘이서 앞으로 어떻게 할 건지 이야기했다.

"어쨌든 엄마한테 들키면 안 돼."

"어디에 숨겨둘까?"

"그래. 병째로 어딘가에……. 아, 내 책가방은 어떨까? S를 놔두고 밖에 나갈 때 S의 병을 내 책가방에 넣어두는 건. 어차피 여름방학 동안에는 쓰지도 않잖아."

"음, 하지만…… 미카는 엄마가 오빠 책가방 들여다보는 거, 본 적

82

있어."

"정말? 내가 없을 때?"

"응. 하지만 바로 닫아버렸어."

나는 마음이 무거워졌다. 책가방에 특별히 이상한 물건을 넣어두지는 않았지만, 역시 몰래 들여다보는 것은 싫었다.

"그럼 이렇게 하자. 책상 오른쪽 아래에 있는 커다란 서랍에 넣어두는 거야. 거기는 잠글 수도 있잖아. 그래, 이걸로 숨겨둘 곳은 해결됐어. 그리고, 아아, 그래. 밥, 밥은 어떡하지? S의 밥 말이야."

"마당에서 잡자. 파리나 개미 같은 거 있잖아."

"그런 거면 될까? S야, 파리나 개미면 괜찮아?"

"그래, 괜찮아."

마침내 집이 거의 완성 단계에 있던 S는 쳐다보지도 않고 대답했다.

시계바늘이 열 시를 좀 지났을 무렵, S의 집이 겨우 완성되었다. 병 속의 중간에서 조금 위쪽에 비스듬하게 만들어진 거미집은 꼼꼼하고 빈틈이 없었다. 팽팽하게 뻗은 무수한 실이 종횡으로 복잡하게 얽혀서 아주 근사했다. 단지 30분 전과 어디가 다르냐고 물어도 대답할 수 없다. 분명히 눈사람이나 카드로 성을 만드는 것과 같아서 만드는 본인이 "다 됐다"고 말을 해야만 완성이 된다. 방금 만든 집 가장자리에서 S는 만족스러운 모습으로 쭈그려 앉아서 몸을 흔들거리며 실의 강도를 확인했다.

"미치오, 미카, 많이 기다렸지? 그럼 이제 슬슬 이야기해볼까?" S는 사람이었을 때보다 훨씬 밝아 보였다. "나한테 물어볼 거 있는 거 아냐?"

"있어. 아주 많아."

나는 S가 들어 있는 병을 창틀에서 바닥에 내려놓고, 책상다리를 하고 앉아서 S와 정면으로 마주보았다.

"음, 먼저……." 일단 우리가 가장 궁금한 점부터 묻는다. "죽은 S의 몸 말인데……, 그건 도대체 어떻게 됐어?"

"그런 걸 내가 어떻게 알아?" S는 맥 빠진 것처럼 높은 소리를 냈다. "왜냐하면 난 죽는 순간, 눈앞이 깜깜해진걸? 하지만 보통은 이러지 않아? 화장된 뒤에 뼈만 남아서 무덤에 들어가는 거 말이야."

"그야 보통은 그렇지만. 나는 S의 경우를 묻는 거야. 음, 그거."

나는 점차 어떻게 물어야 하는지, 순서를 깨달았다.

"그렇구나. S가 알 리가 없구나."

생각해보면, 당연한 일이었다. 죽은 다음에 S의 시체가 어디로 갔는지 S가 알 리가 없었다.

"그렇지."

미카가 한숨을 쉬었다. 나도 어깨의 힘이 쭉 빠졌다. 우리는 S의 시체가 사라진 수수께끼는 본인한테 물으면 모두 해결될 거라고 생각하고 있었다.

우리의 태도가 이상했는지 S가 갑자기 목소리를 낮췄다.

"저기, 잠깐만. 설마라고 생각하지만 말이야……." S는 잠시 어떻게 말할지 망설이는가 싶더니, 이윽고 살피듯이 물었다. "내 시체, 없어진 거야?"

나는 그저 고개를 끄떡였다. 뭐어어엇! 바로 S의 목소리는 뒤집어졌고, 나는 달려들 듯이 하여 재빨리 병뚜껑을 손으로 막았다. 그래도 S는 병 속에서 우물거리는 높은 소리를 계속 질렀다.

"조용히 해. S야, 제발 좀."

S의 비명이 그치기를 기다렸다가 나는 뚜껑에서 손을 떼었다.

"그래, 그렇게 됐어."

먼저 내가 입을 열었고, 미카가 말을 이었다.

"S 오빠의 몸이 없어졌대."

S는 조금 전에 만든 새 집 가장자리에서 잠시 아무 말도 하지 않았다. 그러다가 마침내 나직한 소리로 입을 열었다. 그 말은 일주일 전에 S가 목을 맨 시체를 발견했을 때처럼 상당한 충격으로 다가왔다. 아니, 오히려 더 큰 충격이었는지도 모른다.

"그렇다면 그 녀석, 나를 죽인 다음에 시체를 가지고 갔구나."

갑자기 방이 고요해졌다.

처음에 입을 연 사람은 미카였다.

"죽였다고 했어?"

S는 어떻든 상관없다는 듯이 대답했다.

"응, 그랬어." 그리고 다시 중얼거렸다. "그 자식, 이상한 짓만 하고 말이야……."

"S야, 저기, S야." 나는 간신히 할 말을 찾았다. 침을 꿀꺽 삼키고 가장 중요한 점을 확인했다. "S는 자살한 거지?"

S는 흥, 하고 병 안에서 나를 올려다봤다.

"내가 뭣 때문에 자살을 하는데? 나는 살해당했어."

"누구한테……?"

"선생님한테." S는 내뱉듯이 대답했다. "이와무라 선생님이 나를 죽였어."

그날, 무슨 일이 있었는가

"이와무라 선생님이라면 오빠들 학교……?" 꿈을 꾸는 목소리로 미카가 물었다.

"맞아. 미치오와 나, 우리 담임선생님. 미카도 본 적 있어?"

"없지만, 이름은 알아."

"그렇구나. 뭐, 만나지 않는 게 제일 좋지. 그 인간, 보통이 아니니까."

"S야, 설명 좀 해봐." 내가 끼어들었다. "이와무라 선생님이 왜 S를 죽였는데?"

그러자 S는 몸을 움찔하더니, 그 자리에 가만히 웅크렸다.

"지금은 말 못 해."

아까와는 전혀 다르게 어둡고 단조로운 소리였다. 내가 입을 열려고 하자, S는 그것을 막듯이 말했다.

"미치오하고는 아무 상관도 없잖아. 물론 미카한테도 그렇고."

나는 이와무라 선생님이 S를 살해할 이유를 전혀 상상조차 할 수 없었다. 그건 그렇고 지금은 말 못 한다는 것은 언젠가는 이야기를 해준다는 걸까?

"그런데 난, 도저히 안 믿겨. 설마 이와무라 선생님이 S를……. 우선 이와무라 선생님, 내가 S의 집에서 시체를 발견했다고 말했을 때, 엄청 놀라던데?"

나는 그날 있던 일을 순서대로 간단히 설명했다. S는 내 이야기 중 반부터 재미있다는 듯이 쿡쿡 웃었다.

"당연히 놀란 것처럼 연기를 한 거지. 그 선생, 학창 시절에 연극 반이었다고 하지 않았어?"

하긴 그런 말을 들은 적이 있는 것 같았다. 지금도 이와무라 선생님은 학교 연극반 고문을 맡고 있다.

"그러면 일주일 전의 그 모습은 모두 연기였던 거야?"

"그래, 연기야. 스토리를 만드는 것도 그 선생이라면 식은 죽 먹기 아니겠어? 그 선생, 항상 자랑했었잖아. 자기는 예전에 소설을 출판한 적이 있다고. 그 제목은 절대로 안 가르쳐주지만."

"하지만 나는 S가 난간에서 밧줄을 늘어뜨리고 목을 맨 것을 똑똑히 봤어."

"그런 건 어른 힘으로 충분해. 더구나 그 선생, 덩치가 크잖아. 아이 한 명을 난간에서 줄로 늘어뜨리는 일쯤이야 식은 죽 먹기지. 위장술이라는 말 있지 않아? 아무튼 나는 절대 스스로 목을 맨 적이 없어."

마지막 한마디는 글자 하나하나를 일부러 끊듯이 또박또박 발음했다.

"내가 기억하는 건 이와무라 선생님이 내 목에 갑자기 밧줄을 감고는 힘껏 잡아당겼다는 것뿐이야. 몸이 쭉쭉 올라가서 얼굴 전체가 불처럼 뜨거워지고 두 다리가 바닥에서 떨어지는 느낌이 들고, 그리고……." S는 일단 말을 끊고, 바로 조그맣게 한숨을 쉬었다. "안 돼. 그 다음은 생각이 안 나."

"그게 그날 몇 시쯤 일이야?"

"아침이야. 미치오가 학교에 가기 훨씬 전."

"그렇게 일찍이었구나……."

이와무라 선생님이 정말로 S를 살해한 것이라면, 그 시간대밖에 없다. 그날, 이와무라 선생님은 종업식 동안에도, 그 뒤의 종례시간에도 계속 우리들 눈에 띄는 곳에 있었으니까.

"이와무라 선생님이 우리 집에 온 건 여덟 시쯤이 아니었을까? 엄마가 일 나가고 바로였거든. 우리 엄마, 꽃시장에서 일하니까, 그 시간쯤에는 벌써 나가고 안 계셔."

"전에 들었어. 아침도 혼자서 먹는다고 했잖아." 내가 알고 있을 정도면, 이와무라 선생님도 알고 있었을 가능성이 높다. "그러면 이와무라 선생님은 S의 엄마가 나가는 시간을 기다렸다가, S의 집에?"

"아마도." S는 병 속에서 대답했다. "엄마가 나갈 때까지 집 앞에 있는 대밭에라도 숨어 있었겠지. 왜냐하면 엄마가 나가고 2분도 채 되지 않아서 현관 벨 소리가 울렸거든. 타이밍이 너무 딱 맞잖아."

"설마, 처음부터 S를 죽이려고……."

"그랬을 거야. 물론 나는 그런 생각을 꿈에도 못 했으니까, 이와무라 선생님이 그런 시간에 갑자기 와서 놀랐어. 더구나 내가 현관문을 열자마자, 아무 말도 없이 막 밀고 들어오잖아. 엄청 무서운 얼굴을 하고. 이와무라 선생님의 그런 얼굴, 처음 봤어."

이와무라 선생님은 체격만 클 뿐, 의외로 소심하다는 것이 우리 학생들 모두의 평이었다. 마흔이 거의 다 되었는데 아직 독신인 것도 그 때문이 아니겠냐고 우리는 수군거렸다.

3학년에서 4학년으로 올라갈 때는 반이 바뀌지 않기 때문에 이와무라 선생님의 얼굴을 벌써 1년 반이나 매일같이 보아왔다. 그동안 나는 한 번도 이와무라 선생님이 정말로 화내는 것을 본 적이 없다.

"이와무라 선생님, 우리 집에 들어오자마자, 갑자기 그러는 거야. 의자를 하나, 방으로 가져오라고. 낮고 아무 감정도 없는 목소리였어. 나는 텔레비전에서도 그렇게 말하는 사람을 본 적이 없어. '제가 앉는 거예요?' 하고 물었는데도 이와무라 선생님은 말없이 나를 노려보기만 하는 거야. 나는 일단 시키는 대로 했지. 부엌에서 의자를 가져와서 이와무라 선생님이 정한 장소에 내려놨어. 그랬더니 역시 이와무라 선생님이 나한테 거기에 앉으라는 거야. 그래서 내가 의자에 앉은 순간……."

"목을 조였어?"

"응, 목을 조인 다음, 들어 올렸어."

방 안 온도가 순간적으로 내려간 것 같았다.

"저기, 아까 그 이야기인데, S의 시체는 도대체 어떻게 된 걸까?"

"글쎄. 없어졌다면 분명히 어딘가에 숨겼겠지."

"누가?"

"그러니까, 당연히 이와무라 선생님이지."

자못 당연하다는 듯이 말하는 S의 말에 나는 무심코 고개를 갸웃했다.

"그런데 왜 이와무라 선생님이 시체를 숨기는데? 그리고 처음 선생님이 S의 집에 달려갔을 때는 벌써 시체는 사라지고 없었어."

"미치오. 네 말대로라면 이와무라 선생님은 혼자서 교무실을 나와서 우리 집에 간 거지. 너하고 같이 간 게 아니라."

"응. 나보고는 집에 가라고 했어. 도미자와 선생님한테 데려다달라고 하라면서."

"이와무라 선생님은 그때 내 시체를 확인하러 간 게 아니야. 숨기러 간 거야." S는 자신 있게 말했다.

"하지만 S야. 이와무라 선생님은 S의 집에 혼자 간 게 아니야. 경찰이랑 같이 갔어. 학교에서 출발하기 전에 이와무라 선생님은 경찰한테 전화했고. 교무실 구석에서 수화기에 대고 상황을 설명하는 걸 봤는데?"

"그것도 연기야. 그때 실제로는 아무 데도 전화를 안 걸었던 거야. 미치오, 이와무라 선생님이 번호를 누르는 걸 확인했어?"

그러고 보면 그때 이와무라 선생님은 책상을 덮는 것 같은 자세로 전화를 걸었다. 내가 그 말을 하자, S는 바로 "거 봐" 하는 반응을 보였다.

"이와무라 선생님은 학교에서 곧장 우리 집으로 가서 시체를 숨겼어. 그리고 그 다음에 경찰한테, 이번에는 정말로 전화를 한 거야. '이러이러 여차여차해서 지금 S라는 학생 집에 가려고 하는데, 함께 가주셨으면 합니다'라는 식으로 말이지. 실제로는 바로 조금 전에 갔다 왔으면서."

후후후. S는 입을 다물고 소리 없이 웃었다.

"잠깐만. 도대체 왜 이와무라 선생님이 S의 시체를 숨겨야 하는데? 자기가 죽인 학생 시체를 일부러 다른 학생이 보게 해놓고, 왜 그 다음에 다시 숨기는 거야?"

"그러니까, 그런 건 난 몰라. 내가 아는 건 그 선생이 나를 죽였다는 것뿐이야. 나머지는 미치오의 이야기를 듣고 상상할 수밖에 없어. 뭐, 대강 추리는 되지만."

"그 얘기 좀 해줘." 나는 나도 모르게 몸을 앞으로 내밀었다.

"그래, 좋아. 그럼 어디서부터 시작할까? 이와무라 선생님의 행동을 순서대로 좇으면서 이야기하는 게 알기 쉽겠지? 음, 내 생각에는……" S는 잠깐 틈을 둔 다음에 설명을 시작했다. "순서는 이런 게 아닐까? 이와무라 선생님은 어떠한 이유 때문에 나를 죽이려고 했어. 하지만 그건 살인사건이면 곤란하다고 생각한 거야. 경찰 수사가 커져서 관계자 중 한 사람이 되어 알리바이니, 뭐니 조사를 받으니까. 그래서 선생님은 내가 자살한 것처럼 보이게 하려고 한 거지. 이와무라 선생님은 그날 아침, 밧줄로 내 목을 졸라서 죽인 다음에 그 시체를 난간에서 늘어뜨렸어. 그것으로 자살한 시체 완성. 그리고 학교를 갔어. 그때 이와무라 선생님은 분명히 마당 바깥의 상수리나무 숲으로 들어갔을 거야. 현관으로 나가는 것보다 마당을 가로질러서 상수리나무 숲을 빠져나가는 것이 남의 눈에 띌 확률이 적다고 생각한 거지. 그런데 이와무라 선생님은 잘못 생각했던 거야."

"어떻게 잘못 생각한 건데?"

"그 시간에는 말이지. 사실 상수리나무 숲에 들어가는 게 오히려 다른 사람을 만날 가능성이 높거든. 왜냐하면 매일 아침 여덟 시 전후에 꼭 그 숲 속을 지나가는 사람이 있으니까."

"매일 아침 여덟 시……, 아아." 나는 생각이 났다. "혹시 그 꼬부랑 할아버지 말하는 거야?"

이전에 S가 얘기한 적이 있었다. 그 집 마당의 바로 앞쪽에 난쟁이 집 같은 상자가 있는데, 매일 아침 여덟 시에 그 상자 안을 보러 오는 할아버지가 있다고 했다.

"그래그래, 그 할아버지." S는 만족스럽게 말했다. "분명히 이와무라 선생님은 상수리나무 숲에서 할아버지 눈에 띄었을 거야. 이와무라 선생님은 당황했을 거고. 나중에 내가 목을 맨 시체가 발견되었을 때, 경찰이 사망 추정 시각을 조사하면 자신이 관련된 사실을 들키게 되잖아. 하지만 그때 내 시체를 숨길 시간은 없었어. 선생님과 학생들은 여덟 시 반에 교실에 모여야 하니까. 만약 내 시체를 숨긴 다음에 늦게 학교로 가면 나중에 내가 행방불명된 사실을 알았을 때, 결국 이와무라 선생님은 의심받게 돼. 내가 없어진 날 아침, 우리 집 근처 숲 속을 걸어가는 걸 다른 사람이 봤으니까. 하는 수 없이 이와무라 선생님은 그대로 시치미를 떼고 학교에 갔어. 그리고 좋은 아이디어가 떠오른 거야. 본래 계획대로 내가 자살한 것처럼 하고, 더구나 자신이 의심받지 않을 방법을 말이지."

"어떤 방법인데?"

"일단 누군가에게 내가 목을 맨 시체를 보게 한 다음에 그것을 숨겨버리는 거야." S는 조금 속도를 늦췄다. "그렇게 하면 나는 자살한 것이 되고 시체가 없으니까 사망 추정 시각을 조사할 수 없잖아. 아침 여덟 시에 자신이 우리 집 근처에서 목격되었다고 해도 그것과 내 자살이 연관되었다는 생각을 안 할 거라고 예상한 거지. 그래서 이와무라 선생님은 학생 한 명을 우리 집에 보내기로 했어. 나한테 유인물이랑 숙제를 전해주라면서 말이지. 내 시체를 발견하는 사람이 자신의 학생이라면 그대로 경찰에 신고하지 않고 자신한테 알려주러 학교로 돌아올 거라고 생각한 거야. 그날 우연히 미치오가 그 역할을 하게 된 거고."

"그럼, 나는 보기 좋게 이용당한 거야?"

"유감스럽지만 그래." S는 담담하게 대답했다. "이와무라 선생님의 계산대로 미치오는 우리 집에서 목을 맨 시체를 발견한 다음, 학교로 돌아갔어. 그리고 이와무라 선생님한테 자기가 본 걸 이야기 했고. 선생님은 놀란 척하면서 학교를 뛰쳐나가 내 시체를 숨겼어. 그 결과가 지금 상황인 거지. 나는 자살한 게 되었고, 이해할 수 없는 건 내 시체가 사라졌다는 사실뿐이야. 이와무라 선생님은 경찰 아저씨하고 같이 우리 집에 달려간 게 되어 있으니까, 그것에 대해 의심받을 리는 없지."

"아하……."

"이와무라 선생님한테는 이편이 더 나았을 거야. 왜냐하면 처음 계획대로 목을 맨 내 시체가 발견되었다면, 경찰은 분명히 위장술이라는 걸 꿰뚫었을 테니까. 잘은 모르지만, 교살과 스스로 목을 매는 건, 시체에 남는 줄자국도 미묘하게 다른가 봐. 말하자면 그날 아침, 이와무라 선생님이 계획을 변경할 수밖에 없던 건 본인에게는 행운이었던 거야."

"그렇구나……."

나는 카펫을 노려보며 잠시 머릿속에서 S의 말을 다시 정리했다. 내 기억과 S의 설명을 맞추어봤다. 그날, 내가 본 것과 이와무라 선생님의 태도, 그리고 행동 등등.

S의 추리는 거의 옳은 것 같았다.

"그건 그렇고, 이와무라 선생님은 S의 시체를 도대체 어디에 숨겼을까?"

"음, 일단 자기 차겠지."

"차라……."

하긴 이와무라 선생님은 그날, 어딘가 주차장에 자동차를 주차시켜놨다고 했다.

"미치오, 그 주차장은 학교 근처지?"

"응, 아마도."

"미치오의 이야기를 듣고 학교를 나간 이와무라 선생님은 주차장에서 차를 빼서 우리 집으로 갔어. 대밭에 있는 좁은 길에 후진해서 차를 넣으면 시체를 트렁크에 넣는 모습도 남한테 들킬 염려 없고. 원래 그 근처는 지나는 사람들도 거의 없거든. 이와무라 선생님은 내 시체를 트렁크에 넣은 다음, 자동차를 근처에 숨긴 거야. 그리고 경찰한테 연락해서 경찰과 같이 다시 우리 집에 갔어."

"그렇구나. 그렇다면 시간상 무리도 없어. 차가 있으면 시체를 빨리 숨길 수 있고 움직이기도 쉬우니까."

팔짱을 끼고 잠시 음, 음 하고 긍정하는 동안에 나는 딱 한 가지 풀리지 않는 게 있다는 사실을 깨달았다.

"이와무라 선생님이 S의 시체를 숨길 때 왜 그런 쓸데없는 행동까지 한 걸까? 그 밧줄을 같이 가져간다거나, 의자를 제자리에 갖다 둔다거나, 삐뚤어진 옷장을 다시 밀어두고, 그리고 배설물을 닦기도 하고 말이야."

기껏 내가 S의 시체를 보게 해서 자살로 위장했는데, 일부러 그런 행동을 한 이유가 뭐였을까?

"아아, 그건, 아마 지문 때문이 아닐까?"

"지문……?"

"그날 아침, 나를 죽이러 왔을 때, 이와무라 선생님, 맨손으로 꽤 여기저기 만졌거든. 내 목을 조를 때도 맨손이었고, 그 다음에 자살로 위장할 때도 분명히 그랬던 게 아닐까? 현관 초인종을 누를 때도 마찬가지였을 거야. 처음에 나는 자살한 시체로 발견될 예정이었으니까, 지문 같은 건 신경 안 썼겠지. 그런데 갑자기 내 시체를 숨겨야 했어. 시체가 없어진 게 되면 경찰 수사가 커져서 온 집 안을 조사하게 돼. 그래서 이와무라 선생님은 내 시체를 숨기면서, 자기 지문도 지우려고 한 거야. 하지만 지문이 어디에 묻었는지 전부 알지는 못했고. 어디를 만졌는지 생각나지 않은 거지."

"그런데 왜 옷장과 의자를 제자리에 갖다 둔 거야?"

S가 무슨 말을 하는지, 잘 이해되지 않았다.

"상상해봐. 경찰과 같이 우리 집에 왔을 때, 만약 모든 상황이 미치오가 말한 대로지만 내 시체만 없다면 어떨까? 이건 정말 엄청난 중대 사건이야. 분명히 경찰은 이렇게 말할걸? '아무 데도 만지지 마십시오'라고 말이지. 그리고 나중에 경찰은 온 집 안의 지문을 조사할 거야. 그때 이와무라 선생님의 지문이 나온다면⋯⋯."

"의심 받지."

살인은 그렇다 치더라도 시체가 없어진 점하고는 어떠한 관련이 있다고 생각할 것이다.

"그래. 지문 때문에 단번에 의심을 받지. 하지만 경찰하고 같이 달려갔을 때 우리 집이 얼핏 보기에 아무 이상이 없어서 미치오가 한 말은 무슨 착각이 아니었을까, 하는 게 된다면, 어떨까? 이와무라 선생님은 경찰이 보는 앞에서 탁탁 여기저기 만질 수가 있어. 아무런 의심도 받지 않고 새로 자기 지문을 남길 수 있잖아. '엇, 이상하네요. 여기도, 저기도, 아무 이상 없어요, 어엇' 하고 말하면서 말이지. 그렇게 하면 나중에 경찰이 지문을 채취했을 때 이와무라 선생님의 지문이 여기저기에서 나와도 의심받지 않아."

"우와⋯⋯."

하긴 그렇다면 말이 앞뒤가 맞는다.

"어떻게 아무것도 보지 않고 그렇게 말할 수 있어?"

나는 S의 추리력에 눈이 휘둥그레졌다.

S에게 이런 재능이 있는 줄은 전혀 몰랐다.

아까부터 미카가 옆에서 계속 맞장구를 치고 있었다. S의 설명을 정말로 이해하고 있는 걸까?

"그런데, 미치오." S는 약간 진지한 말투로 말했다. "방금 내가 말한 내용이 모두 진실이라고 생각하지 않는 게 좋아."

"무슨 말이야?"

"너무 믿지 말라는 거야. 지금 이 얘기는 어디까지나 내 추리고 하나의 가능성일 뿐이야. 이게 정말인지 아닌지, 우리는 아직 몰라. 사람은 한번 이렇다고 생각하면 쉽게 그 생각을 바꾸지 못하거든. 그렇게 되면 앞으로 눈앞에 이 이야기하고 모순되는 어떤 게 나타났을 때 거기에 대응할 수 없게 돼. 말하자면 현상을 정확하게 볼 수 없게 된다고."

S가 무슨 말을 하는지 이해했다. 나는 그 말을 명심했다.

"앗!"

계속 아무 말도 안 하던 미카가 갑자기 높은 소리를 질렀다. 나는 놀라서 돌아보았다.

"미카는 도코 할머니가 준 힌트가 무슨 의미인지 알았어."

"힌트……? 아아, 그 '냄새가'라는 말?"

"응, 그건 바로 손수건이야!"

미카는 상당히 흥분한 것 같았지만, 나는 미카의 말뜻을 이해하지 못했다. 그런데 잠시 후 내 머릿속에도 땡 하는 소리가 높이 울려 퍼졌다.

"그래, 손수건이구나!"

"미치오, 그게 무슨 말이야?"

나는 S에게 도코 할머니의 일을 이야기했다.

"음, 그렇구나. 그래서 뭐였던 거야? 그 할머니가 말한 냄새라는 거?"

"다이키치가 짖은 이유야." 나는 의기양양하게 설명했다. "그날, 다이키치가 나를 보고 짖은 건 내가 이와무라 선생님의 손수건을 가지고 있었기 때문이었어. 다이키치는 S를 죽인 사람의 냄새가 가까이 오니까, 짖은 거지."

"아하, 그렇구나."

S는 별로 흥미를 보이지 않았다. S를 살해한 범인이 이와무라 선생님이라는 사실을 아는 지금, 하긴 이 힌트의 의미는 아무런 도움이 되지 않는다. 들떠 있던 나 자신이 갑자기 한심해졌다. 미카도 나와 같은 생각이었는지, 더 이상 아무 말도 하지 않고 부스럭거리며 자세를 고쳐 앉았다.

"그건 그렇고. S야, 이제 말해줘." 나는 S의 얼굴을 들여다봤다. "이와무라 선생님은 S를 왜 죽인 거야? 어떠한 이유라는 게 도대체……."

"그러니까, 언젠가는 이야기할게." S의 목소리가 다시 낮아졌다. "단, 미치오와 미카가 나한테 협력할 경우."

"협력?" 우리는 동시에 말했다.

"그래, 협력. 사실은 아까부터 여러 가지 이야기를 하면서 계속 생각한 게 있거든. 두 사람이 내 부탁을 들어줬으면 좋겠어."

나와 미카가 S를 위해서 무엇을 할 수 있다는 걸까? 내 물음에 S는 새삼 강조하는 말투로 천천히 우리에게 선언했다.

"내 시체를 찾아줘."

그날 밤

"나, 이와무라 선생님한테 이렇게 꼴좋게 당한 게 분해서 견딜 수가 없어. 살해당한 건, 뭐, 이제 와서 하는 수 없다고 해도……, 그게 이와무라 선생님의 범행이라는 사실을 아무도 모른다는 게 너무 화가 나. 너무나도."

그 마음은 나도 이해했다.

"그래서 자기 시체를 찾고 싶은 거구나……."

시체가 나오면 거기서 여러 가지 증거를 찾을 수 있다. 그렇게 되면 분명히 이와무라 선생님을 추궁할 수 있을지도 모른다.

나와 미카는 S의 부탁을 받아들였다. 물론 불안하기는 했다. 그러나 불안과 동시에 어쩐지 내 몸에서 신비한 힘이 솟아나는 느낌이 들었다.

우리 세 사람은 S의 시체를 찾기 위해서 구체적으로 어떻게 할지 의논했다. 먼저 시체가 지금 어디에 있는지를 알아야 한다. S는 이와무라 선생님 집에 있다고 단언했다.

"거기밖에 없잖아. 자루에 들어 있을지, 토막 쳐서 냉동고에 들어 있을지는 모르지만."

이와무라 선생님은 아파트에서 혼자 살고 있다.

"왜 이와무라 선생님 집에 있다고 생각하는데?"

"그야 그날 이와무라 선생님이 형사들하고 같이 미치오의 집에 왔을 때는 이미 경찰의 검문 수사가 시작된 다음이잖아. 검문이 시작한 다음에 내 시체가 들어 있는 자동차를 움직이면, 너무 늦어. 경찰이 차를 세우고 '트렁크 좀 보여주세요'라고 하면 끝장이야. 그래서 이와무라 선생님은 미치오의 집을 나가서 형사들하고 헤어진 다음, 바로 차를 타고 아파트 주차장으로 간 거지. 그 뒤, 어딘가에 시체를 숨기러 가면 좋았겠지만, 형사들한테 '학교로 돌아간다'고 말해 버렸으니까 그 말을 지켜야 해. 이와무라 선생님은 아마 내 시체를 차에서 자기 집으로 옮겨놓고, 그대로 전철을 타고 학교로 갔을 거야. 그리고 아마 지금도 집에 두지 않았을까? 아직도 계속 검문하고 있잖아."

"응, 여기저기에서 봤어."

그렇구나. S의 시체는 역시 S의 말대로 이와무라 선생님의 집에 있을지도 모른다.

"하지만 이와무라 선생님의 집에 있는 걸 어떻게 찾아."

"몰래 들어가면 돼." S는 태연하게 말했다.

이와무라 선생님의 주소를 모른다고 하자, S는 "우리 반 명부를 보면 돼"라고 간단하게 대답했다.

"거기에 담임 주소도 있잖아."

"하지만 엄마가 어디에 치웠는지 몰라."

"그렇구나. 앗, 이와무라 선생님이 연하장 보내지 않았어?"

"그것도 엄마가 어딘가에……."

"아이 참. 그럼 전화번호부밖에 없네. 그건 있지?"

"있긴 한데. 이와무라 선생님의 이름을 다 몰라. 이와무라라는 성은 많을 텐데……."

"이와무라, 뭐였지? 게이 같은 이름이었는데. 생김새와 영 딴판으로 말이야."

우리는 잠시 생각했지만, 이와무라 선생님의 성 다음은 도저히 떠오르지 않았다.

"미치오, 그런 거 금방 알게 돼. 학교에 있는 명부를 봐도 되고, 뭐하면 직접 물어봐도 되잖아."

"그런데 주소를 알았다고 해도 현관문은 잠겨 있을 거 아냐. 어떻게 몰래 들어가지?"

그러자 S는 잠시 생각한 다음, "아, 그래"하고 소리를 질렀다.

"이와무라 선생님을 미행하면 돼. 그러면 일석이조야. 어디에 사는지도 알 수 있고, 문도 열 수 있어. 그리고 이와무라 선생님 몰래 현관에서 들어가면 돼. 집에 있을 때는 아마 문을 안 잠글 거야."

"말은 참 쉽게 하는데……."

그때 엄마가 계단을 올라오는 발소리가 들려서 우리는 대화를 중단했다. 나는 S가 들어 있는 병을 2층 침대 위에 숨기면서 나도 이불속에 들어가 자는 척했다.

"우리 미카, 코하고 잘 시간이에요."

엄마가 방으로 들어왔다.

침대 아래 칸에서 잠자리를 준비하는 기척을 느끼면서 나는 가만히 있었다. 내가 괜한 말을 하면 엄마는 언제나 내 이불을 젖히고 소리를 지른다. 그 일 자체는 아무렇지 않지만, 지금은 곤란했다. S가 있는 병을 엄마가 보면 어떻게 될까?

"목까지 이불 덮으세요. 안 그러면 감기 걸려요."

침대 가장자리에서 목을 빼고 슬쩍 아래를 들여다봤다. 엄마는 가슴에 'M·M'이라고 아플리케 된 분홍색 토레미짱 잠옷의 단추를 하나씩 정성스레 잠그고 있었다.

"자, 다 됐네. 미카야, 눈 감자."

그 눈이 내 쪽을 보는 것을 알아차리고, 나는 엄마가 무슨 말을 하기 전에 서둘러 다시 누웠다. 쪽 하고 굿나잇 뽀뽀를 하는 소리가 들렸다.

이윽고 방의 불이 꺼지고, 발소리가 계단을 내려갔다.

나는 두 손을 머리 뒤로 하고, 어두운 천장을 노려보며 한숨을 쉬었다.

"미치오 엄마, 조금 이상해."

베개 옆에 있던 병 속에서 S가 나를 위로하듯이 말했다. 그러나 나는 엄마의 일은 아무 상관없었다.

"지금 내 머리는 미행 생각으로 꽉 찼어."

"아아, 역시 불안해?"

"그야 당연하지. 자신도 없고."

"걱정 마. 분명히 잘 될 거야. 세 사람이 모이면 뭐라는 말도 있잖아."

"하지만 힘으로는 절대 안 되잖아. 만약 이와무라 선생님이 나한테 덤비면……."

그때 S가 조그맣게 중얼거렸다.

"그럼 그 일은 더 말하기 어려운데……."

"그 일?"

"앗, 들었어?"

"들었어. 괜히 말하고 싶으면서."

"말하고 싶다기보다는, 말해두지 않으면 좀 곤란할 거 같아."

말투가 시원찮았다. 내가 재촉하자 S는 말을 이었다.

"아까 미치오하고 미카가 도코 할머니 이야기를 했을 때, 내 반응이 좀 이상했지?"

"응, 별로 관심 없는 거 같았어. 하지만 다이키치가 이와무라 선생님의 냄새 때문에 짖었다는 사실을 알았다고 해도, 이제 와서 무슨 의미가……"

"아니, 그게 아니야. 내 반응이 이상했던 이유는 말이지, 너희가 잘못 생각한 게 아닌가 싶어서였어."

나는 고개를 돌려 S를 쳐다봤다.

"그게 무슨 말이야?"

"다이키치는 이와무라 선생님의 손수건 냄새에 반응하여 짖었다, 그 자체는 잘못된 게 아니겠지만, 그 이유가 좀 잘못된 게 아닌가 싶어."

"어떻게 잘못됐는데?"

"그 녀석, 그렇게 머리 좋지 않아. 그러니까, 굳이 얘기하면 바보라는 게 더 맞을 거야. 범인의 냄새를 맡았다고 해서 짖을 놈이 아니란 뜻이지. 다이키치가 짖은 건 훨씬 본능적인 이유가 아닐까?"

"본능이라니?"

"내 생각에는 다이키치가 이와무라 선생님 냄새에 반응해서 짖은 건, 그게 자기 동료를 죽인 사람의 냄새였기 때문이 아닐까 싶어."

"자기 동료?"

"내 시체, 어쩌면 다리뼈가 부러져 있을지도 몰라."

"뭣, 잠깐만."

"입에 비누가 들어 있을지도 모르고."

"잠깐, S야, 설마……"

어떠한 무시무시한 생각이 내 머릿속에 떠올랐다. 그리고 그 생각이 옳다는 것이 S의 말을 통해 바로 입증되었다.

"이와무라 선생님, 내 목에 밧줄을 걸고 들어 올렸을 때 말했어." S는 일단 말을 끊고 난 다음에 힘없는 소리로 말을 이었다. "너도 개와 고양이처럼 죽여주마, 라고."

※

7월 29일 오후 한 시 40분.

점차 도서관이 보이기 시작했다. 하얀 벽이 여름 햇볕을 한껏 반사한다. 건물 앞 벽돌 받침 위에는 나란히 서서 춤추며 장난치는 모습을 한 소녀들의 석상이 보였다.

자동문을 통과하자, 싸늘한 공기가 바로 다이조의 온몸을 감쌌다. 한창 햇볕이 강할 때 걸은 탓에 두 다리가 노곤했다.

도서관 내는 의외로 붐볐다. 학교가 한창 여름방학이기 때문이다. 열람용 테이블마다 하얀 백합이 장식되어 있는데, 아이들이 신기하다는 표정으로 바라본다.

다이조는 그 소설을 찾기 위해서 도서관을 찾았다. 샐러리맨 시절에 무심히 구입한 책 한 권. 일인칭으로 시종일관 담담하게 써 내려간 그 소설은 어떤 비뚤어진 성벽을 가진 인물이 주인공이었다. 너무나도 생생한 묘사가 이어졌기에 계속 읽어나가기가 고통스러웠던 기억이 있다.

그 소설의 존재를 다이조는 바로 어젯밤에 떠올렸다. 지금의 자신에게 어떠한 도움이 될지도 모른다는 예감이 강하게 들었다. 물론 근거는 전혀 없다.

소년을 살해하고, 그 유해를 욕보인다.

바로 소설의 주인공이 지닌 성벽이었다.

―이름이 뭐였죠? 왜, 그, 목을 맨 시체가 사라졌다는 초등학생.―

사흘 전에 접골원의 젊은 선생님이 한 말이 되살아났다. 다이조는 수개월 만에 접골원을 다시 찾았다. 그는 진료대에 엎드려서 선생님 팔꿈치의 움직임을 허리에 느끼며 귀를 기울였다.

―참 안됐어요. 집단 괴롭힘을 견디지 못하고 자살했다는 것만으로도 너무 가여운데. 거기다 시체를 누가 가져가버렸으니까요.―

그 지역 손님들만 상대해서 그런지 접골원 선생님은 아주 자세한 내용까지 알고 있었고, 그 이야기를 다이조에게 모두 들려주었다.

그 내용은 다음과 같았다.

S라는 소년이 자기 집에서 목을 매고 자살했다. 유서는 없었지만 학교에서 교우 관계가 원만하지 못했던 점이 죽음을 선택한 이유라고 추정된다. S의 시체는 우연히 S의 집을 찾은 같은 반 친구가 발견했다. 그 친구는 바로 학교에 연락을 했는데, 이와무라라는 담임선생님이 경찰과 함께 달려갔더니, 방 안에 매달려 있던 시체는 어디론가 사라지고 없었다.

―경찰은 아직 아무런 발표도 하지 않은 거 같지만……, 그래도 이곳이 워낙 좁으니까요. 소문은 금방 퍼져요.―

소설 분야는 저자 이름별로 분류되어 있었다. 저자 이름을 잊어버렸기 때문에 다이조는 제목만 가지고 책장 사이를 이리저리 돌아다녔다. 그러나 엄청난 수의 책 중에서 제목만으로 책 한 권을 찾아낸다는 일은 거의 불가능해 보였다.

"이래서야 끝이 없겠는걸……."

적당한 선에서 그만두고 다이조는 '검색 코너'라고 쓰인 한 모퉁이로 갔다. 그곳에는 검색용 컴퓨터가 설명서와 함께 여러 대 놓여 있었다. 그런데 아무리 읽어도 설명서에 써진 내용을 전혀 이해할 수 없었다. 하는 수 없이 접수처의 젊은 여자에게 사정을 설명하자, 그녀는 아주 흔쾌히 다이조를 대신해서 익숙한 솜씨로 검색해주었다.

"소설인데요. 저자 이름을 잊어버려서……"

"괜찮아요. 제목은 아세요?"

"네, 아마 『성애의 심판』. 아아, 아니야, 『성애에의 심판』이었나?"

"네, 잠시만요. 성……애……에……의…… 아아, 여기 있네요. 『성애에의 심판』이에요."

"아아, 역시 그랬군요. 그런데 어디쯤에 있습니까?"

"바로 이 앞에 있는 책장의 가장 이쪽이네요."

"아아, 그렇게 눈에 띄는 곳에."

그다지 유명한 책도 아닐 텐데…….

다이조는 약간 의외였다.

"이 지역 분이 쓰셨나 보네요. '이 지역 작가' 코너거든요."

"그렇군요……"

심장이 움찔했다.

이것은 과연 우연일까?

접수처 여자한테 고맙다는 인사를 하고 그녀가 가르쳐준 곳으로 갔다. '이 지역 작가'라는 색인으로 구분된 한 구석에 과연 그 소설이 꽂혀 있었다. 책을 빼서 표지를 봤다. 낯설지 않은 장정이다. 다이조는 바로 저자 이름을 봤다.

"로쿠무라 가오루."

그러고 보면 이런 이름이었던 거 같다.

소설을 들고 다시 접수처로 갔다.

"이 저자에 대해서 좀 알고 싶은데요."

다이조의 질문에 접수처의 여자는 앞에 있는 키보드를 탁탁 두들겨서 바로 대답을 해주었다. 그런데 그 대답은 의외였고 놀라웠다.

자신은 이것을 예상하고 있었던 걸까?

자신은 이러한 가능성을 상상하고 있던 걸까?

"어떻게 이런 일이……."

근처에 있던 소파에 다이조는 힘없이 털썩 주저앉았다. 무릎 위로 소설을 잡은 손이 가늘게 떨리고 있었다. 자신의 호흡 소리가 유난히 또렷하게 들렸다.

수십 분이 지나도록 다이조는 도서관 한구석에 놓인 소파에서 움직일 수 없었다. 무릎 위에 놓인 소설 표지를 가만히 응시했다. 머릿속은 어떠한 생각으로 가득 찼다.

접골원의 젊은 선생님이 자신에게 이야기해준 내용.

그 이야기는 대부분 맞을 것이다.

그런데 그 내용에서 딱 한 부분, 수정해야 하는 곳이 있다.

언제까지나 계속 떨고 있는 자신의 손끝을 바라보며 다이조는 마른 입술을 움직였다.

"그 애는 자살이 아니야."

4

S의 일로 소집되다

전화벨이 울린 것은 7월 30일 밤이었다. 비상 연락망은 출석 번호 순으로 돌기 때문에 우리 집에는 마에자와의 엄마가 전화를 걸었다. 나는 화장실을 가려고 내려왔다가 우연히 식당에 있는 전화를 받게 되었다.

"그래. S의 일을 말하려는 거 같구나. 하지만 벌써 모두 알고 있지 않니. 소문이 다 났으니까. 아무튼 그런 거 같단다."

"알았어요. 그러니까…… 아홉 시……반……."

나는 옆에 떨어져 있는 전단지 뒷면에 소집 시간을 적었다.

"가슴에 명찰을 꼭 달고 오라는구나. 그걸로 수상한 사람을 판별 하는 데 도움이 꽤 되나보더라. 앗, 그리고 가능하면 친구하고 두 명 이상이 같이 오라고 하던데?"

"네, 그럴게요."

다음 연락은 마에자와의 엄마가 해준다고 했다.

"방학이라 여행 간 사람들도 많아서, 전화를 안 받으면 번거롭잖니?"

내가 전화를 끊자마자, 아까부터 쳐다보고 있던 엄마가 물었다.

"누구?"

내가 이야기를 하자, 엄마의 얼굴은 장난감 가게에서 본 고무 마스크처럼 흐느적거리며 불쾌한 듯이 일그러졌다. 분명히 내가 목을 맨 S의 시체를 발견한 그날 일을 떠올린 것이다.

계단을 올라가서 방으로 돌아갔다. 마침 그때 미카와 S가 키득키득 소리 죽여 웃고 있었다. 그 모습이 너무 즐거워 보였기에 나는 일부러 S가 들어 있는 병을 얼굴 앞까지 들어 올려서 말을 걸었다.

"내일 학교에 모이래. S의 일을 모두에게 이야기해줄 건가 봐."

"아아, 깜짝이야. 갑자기 들어 올리지 마." S는 거미줄 위에서 미묘한 움직임으로 균형을 잡았다. "뭐? 내 일을 말한다고?"

"응. 하지만 마에자와의 엄마 말로는 벌써 모두 알고 있는 거 같긴 해."

"아하, 아는구나. 하긴 소문은 금방 퍼지니까."

"S도 같이 가자. 가능하면 친구하고 같이 오라고 했거든."

"친구라 해도……, 나는 아무 소용없잖아. 하긴 어때. 같이 갈게. 우리는 누구를 조심해야 하는지 아주 잘 알고 있으니까."

"음, 그럼 미카는 혼자 있으라고?" 미카가 서운하다는 듯이 말했다.

"미카도 데리고 가지 그래? 선생님한테 안 들키게 몰래."

"몰래 데리고 가는 건 S만으로도 벅차. 둘 다 데리고 가는 건 무리야."

"최악의 경우에 선생님한테 들켜도 적당히 둘러대면 돼. '부모님이 안 계셔서 걱정이 되어 데리고 왔어요'라는 식으로 말이야."

"그야 그렇지만……."

"그래도 돼?"

미카가 기대에 찬 목소리로 물어보기에 나는 하는 수 없이 대답했다.

"집에서 무사히 나갈 수 있으면 말이지."

사실 이쪽이 더 어려운 일이었다. 한 번 미카를 학교에 데리고 가려다가 엄마한테 엄청 혼난 쓰라린 기억이 있다. 내일 내가 나갈 때, 엄마는 아직 집에 있을 시간이다.

"그건 그렇고 S가 있는 병은 어떻게 가져가지?"

"책가방 안은 어때?"

"책가방 메고 가는 건 이상해. 수업도 없는데."

이야기를 하다가, 나는 문득 생각이 났다. 책장에 팔을 뻗어 도감 옆에 있는 갈색 봉투를 집어 들었다.

"S야, 이거 기억해?" 봉투에서 원고지를 꺼내 S에게 보여주었다. "종업식 날에 선생님이 돌려줬어. 내가 그날, S한테 전해줄 게 있어서 너네 집에 갔잖아. 그때 이것도 있었거든. 이 작문, 어쩐지 섬뜩해."

"읽었어?" S의 목소리가 갑자기 낮아졌다.

"응, 읽었어. S한테는 미안했지만."

"버려." 내 말에 끼어들 듯이 S는 짧게 말한다.

"엇, 왜? 기껏 쓴 건데."

말을 하면서 나는 원고지를 내려다봤다. 「나쁜 임금님」이라는 제목. S가 쓴 지저분한 글씨. 첫 장에 흐릿하게 보이는 × 자로 패인 자국.

"가, 은, 신, 한, 것, 에, 어, 니……."

나는 × 표가 된 글자를 무심코 읽어보았다. 그러자 S가 갑자기 신경질적으로 소리 질렀다.

"버리라고 했잖아!"

나는 깜짝 놀라서 S를 내려다본다.

"왜 그래?"

그러나 S는 아무 대답도 하지 않았다.

"오빠, 그냥 버려……."

미카가 조그맣게 말했다. 겁을 먹은 것 같았다. 나도 왠지 으스스해져서 원고지와 봉투를 한꺼번에 휴지통에 집어넣었다.

소집일

결국 내 손수건으로 병을 싸서 S를 학교에 데리고 가기로 했다.

"밖이 안 보이지만, 괜찮지?"

"그건 괜찮은데 떨어뜨리지 마."

"응, 조심할게. 저기, 미카는 어떡하지? 미카도."

말을 하려는데, 엄마가 계단을 올라왔다.

"미카야, 잘 잤니? 토레미쨩 컵에 달콤한 핫밀크가……."

엄마는 문 앞에서 딱 멈추고, 나와 미카를 험악한 눈초리로 번갈아 봤다.

"너, 설마 데리고 가려는 건 아니겠지?"

나는 말없이 고개를 저었다. 그대로 손수건으로 싼 S의 병을 들고 미카에게 잠깐 시선을 준 다음 방을 나갔다. 계단을 내려가는데 뒤에서 노래하는 듯한 엄마 소리가 들렸다.

"미카의 오빠는 여기가 좀 이상하거든. 미카는 저렇게 되면 안 돼요."

"이상한 건 미치오네 엄마야."

S가 낮게 중얼거렸다. 나는 대답하지 않고 현관에서 신발을 신었다. 발끝에 이상한 것이 걸려서 발을 빼고 신발 안을 들여다보았다. 그랬더니 휴지 뭉치가 들어 있었다. 양말 끝이 끈적끈적한 것이 아무래도 콧물 같았다.

"우연이야, 우연."

나는 말을 하면서 신발을 벗어 현관 가장자리에 놓았다. 대신에 신발장에서 오래전에 신었던 운동화를 꺼내 신었다. 조금 작았지만, 끈을 한껏 헐겁게 하면 못 신을 것도 없었다.

"미치오, 저거 뭐야? 저 하얀 화분." 신발장 속에 있는 작은 플라스틱 화분을 봤는지, S가 물었다. "왜 신발장 속에 있어? 흙만 있는 거 같은데."

"저건……." 말을 하다가 나는 고개를 흔들었다. "저것도 쓰레기야. 그저 쓰레기."

밖에는 시원한 바람이 불고 있었다. 아침 외출은 오랜만이었기에 어쩐지 신기한 느낌이 들어서 기분이 한결 나아졌다. 반짝반짝 빛나는 아스팔트를 밟으며 맑고 푸른 하늘을 올려다보자, 멀리서 커다란 적란운이 보였다. 과학 교과서의「구름의 세계」라는 페이지에서 본 사진과 똑같았다.

"그러고 보면 베니어판으로 만든 구름, 이제 아무 쓸모없어졌네." S

가 먼저 입을 열었다. "연극 발표 때 쓰려고 했던 거 말이야."

"아아, 그 구름. 배경 말이지?"

"내가 이렇게 돼서 미치오한테 좀 미안해. 같이할 상대가 없어져버렸고, 아예 연극 발표 자체가 취소되겠지."

여름방학이 끝나면 4학년 전체가 연극 발표를 하기로 되어 있었다. 연극반 고문인 이와무라 선생님의 주최였다. 제비뽑기로 각기 팀을 정해서 자신들이 생각한 극을 강당의 무대에서 발표해야 한다. 나는 S와 한 팀이었다. 연극 내용은 아직 정하지 않았지만, S의 제안으로 준비하는 시간에 일단 배경이 되는 구름만 만들었다. 솔직히 나는 연극 발표가 정말 너무 싫었지만, 가능하면 속마음을 드러내지 않으려고 했다. 그래서 S는 내가 정말 서운해한다고 생각할 것이다.

"S가 신경 쓸 거 없어. 그보다, 좀 서둘러 나와서 시간이 아직 이르네. 어떡하지?"

"잘됐다. 학교에 가기 전에 들르고 싶은 데가 있었어." S는 수줍게 웃었다. "나, 엄마가 보고 싶어졌어."

나는 그때 집에서 빨리 나오기를 잘했다고 생각했다. 아빠가 안 계신 S는 어릴 때부터 엄마하고 둘이서 살았다. 그날 이후, S는 엄마와 헤어져서 분명히 쓸쓸했을 것이다.

"그럼 이렇게 하자. 학교에 너무 일찍 도착해서 아무도 없는데, 이와무라 선생님하고 마주치고 싶지는 않잖아. S네 엄마 만나러 가자."

"그래, 만난다고 해도 설마 이야기를 하는 건 아니지만. 지금 내 모습을 보면 엄마 뒤집어져서 기절할 거야. 예전부터 벌레 같은 거 아주 싫어했거든."

"그래도 그게 S라는 걸 아시면 괜찮지 않을까? 내가 얘기해볼까?"

"무리 무리, 절대 무리야." S는 메마른 소리로 웃었다. "엄마라고 해서 자식이 어떤 모습을 해도 아무렇지 않다고 할 수 없어."

웃고 있는데, 어딘지 쓸쓸한 목소리였다.

"그러고 보면 S네 엄마, 어떻게 지내고 계실까?"

지금까지 한 번도 생각해본 적이 없었다. 그날 이후, 나한테 뭔가를 물어보러 올 것이라고 예상했는데, 여태 아무런 연락이 없다.

"S가 죽었다고 생각하고 계실까?"

"글쎄, 분명히 살아 있을 거라고 기대하고 계실걸? 시체를 못 찾았으니까. 엄마들은 다 그런 거잖아."

자연스럽게 이야기가 끊겼다. 나는 말없이 고개를 약간 숙이고 걸어갔다.

문득 머리 한구석에 어떤 생각이 스쳐 지나갔다. 나는 안 만나는 것이 낫지 않을까? S의 엄마는 어쩌면 내 얼굴을 별로 보고 싶지 않을지도……

왠지 모르게 그런 생각이 들었다. 내가 그 말을 하려는데, 손수건 속에서 S가 기뻐하는 소리가 들렸다.

"엄마 얼굴 보면 역시 반가울까? 나, 눈물 날지도 몰라. 농담이야. 아직 2주도 되지 않았는데. 아하핫."

대밭의 좁은 길로 들어서려는데, 멀리 앞쪽에서 다이키치가 사납게 짖는 소리가 들렸다.

"S야, 다이키치가 짖고 있어."

"정말. 누가 온 걸까? 설마……"

나는 그 자리에 멈춰 서서 잠시 가만히 앞을 주시했다. 대나무 사이에 있는 길은 미묘한 각도로 오른쪽으로 구부러져 있어서 그 자리에 서면 S의 집은 보이지 않는다.

"일단 가보자."

좌우로 대나무 잎 소리를 들으면서 천천히 걸어갔다. 절반 정도 갔을 때 S네 집 문이 보였다. 그 문 바로 앞에 어떤 사람이 등지고 서 있다.

"미치오, 누가 있어?"

S가 작게 속삭인다. 나도 조그맣게 대답했다.

"남자야. 뒷모습이라서 잘은 모르겠는데, 이와무라 선생님은 아니야."

"이 손수건 좀 벗겨봐. 내가 아는 사람일지도 몰라."

손수건 매듭 부분을 쳐다봤을 때, 갑자기 비명이 들렸다. 놀라서 얼굴을 든다.

"뭐야, 지금 그 소리? 미치오, 도대체…… 으악, 흔들지 마!"

나는 어느새 뛰고 있었다. 다이키치에게 깔려 땅 위에 쓰러져서 소리 지르는 사람은 회색 작업복을 입은 할아버지였다. 문을 들어섰다가, 공격당한 모양이었다. 나는 문으로 뛰어들어가서 할아버지의 팔을 잡고 잡아당겼다. 다이키치는 나한테 덤비려고 자세를 낮췄지만, 내가 주먹을 휘두르며 겁을 주자 깨갱 하고 콧소리를 내며 뒷걸음질 쳤다. 나는 젖 먹던 힘을 다해서 할아버지를 질질 잡아당겼고, 다이키치의 목줄이 닿지 않는 곳까지 그럭저럭 이동했다.

할아버지는 눈을 크게 뜨고 다이키치와 나를 번갈아 보았다. 목 속에서 헉헉거리는 소리가 났다.

"다이키치는 경계심이 많아요."

"다이키치." 내 말에 할아버지는 잠긴 목소리로 개 이름을 따라서 중얼거렸다. "아아, 저 개…… 다이키치…… 이름이구나……."

완전히 숨이 차서 헐떡거린다.

쿵 소리가 났다. 쳐다보자 다이키치가 아직도 할아버지에게 덤비려고 하고 있었다. 목에 줄이 매어 있는데도 불구하고 흙을 차면서 뛰어오르고 그때마다 공중에서 뒤로 끌려 돌아갔다.

"정말로…… 위험한…… 개야……."

"하지만 여기는 괜찮아요. 줄이 말뚝에 걸려 있으니까요."

그런데 그 말뚝을 본 순간, 나는 섬뜩해졌다. 다이키치가 뛰어오를 때마다 땅에서 노출되는 부분이 조금씩 길어지고 있었다.

"빠지겠어……."

내가 그 말을 한 순간, 말뚝은 정말로 땅에서 휙 빠져서 공중을 날았다. 다이키치가 몸을 낮추며 다시 자세를 취했다.

"그만해!"

목소리가 들리며 현관문이 안쪽에서 거칠게 열렸다. S의 엄마였다. 다이키치는 그쪽을 보고 흠 소리를 냈다. S의 엄마는 왼손으로 다이키치의 목걸이를 쥐고, 오른손으로 발밑에 뒹굴고 있는 말뚝을 본래 자리에 꽂았다. 커다란 돌을 주워서 말뚝 머리를 쾅쾅 때린다. 그러고 나서야 이쪽을 보았다.

"미치오……." 야윈 볼이 갑자기 굳어지고, S와 똑같은 사시 눈이 희미하게 떨렸다.

"안녕하세요."

일단 나는 머리를 숙여 인사를 했다. S의 엄마는 복잡한 표정을 지었다. 웃으려고 했지만 어떠한 강하고 거대한 감정에 방해받은 것처럼.

"휴, 그런데 정말 놀랐네……."

할아버지가 느릿하게 일어섰다. 허리를 굽힌 자세로 엉덩이의 흙을 손바닥으로 툭툭 털었다.

"죄송합니다. 저희 개 때문에 놀라셔서……."

생각난 듯이 S의 엄마는 할아버지한테 다가갔다. 할아버지는 낮게 웃었다.

"아닙니다. 훌륭한 문지기가 있는데 함부로 들어가서 그런걸요."

"옷도 더러워져서……."

"옷, 아아, 이거요. 상관없습니다. 어차피 여러 날 입고 있던 건데요."

두 사람의 대화를 들으면서, 나는 가만히 손을 움직여서 병을 싼 손수건을 약간 벌렸다. 유리 한 부분에서 밖이 보이도록 조절했다.

"혹시 미치오의……?" S의 엄마는 당황한 표정으로 나와 할아버지를 번갈아 쳐다봤다.

"아아, 아니에요. 저는 근처에 사는 후루세 다이조라고 합니다. 댁 마당 너머 상수리나무 숲 반대 방향에 있는 집에 살고 있죠. 이 아이는 저를 도와줬고요."

"고맙구나." S의 엄마가 나를 보며 말했다. 들릴락 말락 한 작은 목소리였다. "그런데 후루세 씨는 저희 집에 무슨 일로?"

"네. 사실은 그게……." 할아버지는 약간 머뭇거린 다음 말했다. "아드님 일로."

S의 엄마가 갑자기 입을 꽉 다물었다. 그리고 두 사람은 그 자리에 우두커니 선 채, 아무 말도 하지 않았다. 아마 내가 있어서 말을 못 하는 것 같았다.

"그럼 저는 학교에 가야 해서요."

"저기, 미치오……."

그 자리를 뜨려는데, S의 엄마가 불러 세웠다. 나는 돌아서서 S의 엄마 얼굴을 올려다봤다. S를 닮은 얇은 입술이 무슨 말을 하려고 약간 벌어졌다가 이내 닫혀버렸다. S의 엄마는 나를 내려다본 채로 슬픈 얼굴을 하고 천천히 고개를 저었다.

나는 S의 집을 나왔다. 어쩐지 커다란 쇳덩어리라도 삼킨 기분이었다.

"미치오, 아까 손수건 빌려줘서 고마워." 대나무 잎 소리가 나는 가운데 S가 말했다. "덕분에 엄마 얼굴 봤어. 잠깐이었지만."

"반가웠어?"

"응, 그야 당연히……." 부끄럽고 수줍어하는 목소리였다.

"S야, 그 할아버지, 누구야?"

"뭐? 아아, 그때 말한 할아버지야. 매일 아침 여덟 시에 상수리나무 숲에 있는 상자를 보러 온다고 한 할아버지."

"역시 그렇구나. 음, 정말 허리가 굽었구나. 그 할아버지가 S의 집에 왜 오셨을까? 어쩐지 S의 일로 너네 엄마한테 할 이야기가 있는 거 같던데."

말한 다음 나는 "앗" 하고 입을 열었다.

"어쩌면 S가 죽은 그날 아침, 상수리나무 숲에서 이와무라 선생님을 봤다는 말을 하려고 온 게 아닐까?"

"나도 방금 그 생각 했어. 그러면 좋겠는데……."

"그런데 왜 S의 엄마한테 말하러 온 거지? 경찰이 아니라."

"글쎄, 왜지? 모르겠네. 경찰한테는 벌써 말했을 수도 있어. 잘하면 우리가 이와무라 선생님 집에 몰래 들어갈 필요가 없을지도 몰

라. 경찰이 먼저 움직여주면 우리가 일부러 위험한 짓을 할 필요는 없는 거잖아."

나는 크게 고개를 끄떡였다. 그렇게 되면 정말 한시름 놓인다.

"그런데, 아까 다이키치 녀석 엄청 짖던데." S가 이상하다는 듯이 말했다.

"짖기만 한 게 아니야. 다이키치, 할아버지한테 덤벼들었어. 내가 도와드리지 않았으면 큰일 날 뻔 했어."

"그래? 어쩐지 병 밖에서 그런 소리가 들리는 거 같긴 했는데. 그 녀석, 내가 없어져서 성격이 나빠졌나? 난폭해졌는지도 몰라."

T자 길을 굽어서 느티나무 거리로 들어서자, 학생들의 모습이 드문드문 나타났다. 어린이공원의 시계탑을 올려다봤더니, 소집 시간까지 딱 10분이 남아 있었다.

"개로 태어나서 다이키치하고 노는 것도 재미있었을지 모르는데. 그때 하느님한테 거미가 아니라 개가 되고 싶다고 말할걸……."

S가 중얼거렸다. 무슨 말인지 이해가 되지 않았다.

"하느님이라니?"

"아아, 미안. 혼잣말이야."

"하느님을 만났어?"

"응. 하지만 설마 진짜 하느님이겠어? 해바라기야."

더더욱 이해되지 않는다.

"그때, 죽을 때 해바라기가 보였어." S는 회상하듯이 말하기 시작했다. "우리 집 마당에 해바라기가 많잖아. 내가 죽은 방의 바로 정면 말이야. 우리 집은 마당이 북향이라서 꽃은 모두 집 쪽을 보고 피거든. 그래서 이와무라 선생님이 나를 들어 올렸을 때, 그 꽃들하고 딱 정면으로 마주보는 모양이 됐어. 의식을 잃는 순간, 그 해바라기만이 유난히 또렷하게 보인 거야."

나는 잠자코 S의 말을 들었다.

"어두워지는 시야 속에서 반짝거리며 환하게 빛나고 있었어. 정말 하느님 같더라. 그래서 드디어 내가 죽는구나, 하는 순간에 그 하느님한테 부탁했어. 사람 말고 다른 걸로 다시 태어나게 해달라고 말이야. 사람은 이제 싫어요, 라고 했어. 거미를 좋아하니까 가능하면 거미가 좋다고 했고. 물론 목소리는 잘 나오지 않았지만."

S의 말은 얼음조각을 툭 떨어뜨린 것처럼 내 마음을 차갑게 했다.

"사람은 싫었구나……."

"그야 당연하지. 내 인생은 학교에서 무시당하고 집에 돌아가서 밥 먹고 자고, 다시 학교에서 무시당하고 집에 돌아가고……, 그게 전부였으니까."

S는 다시 한 번 "그게 전부였어"라고 반복했다.

"결국에는 목 졸려 살해당했구나 했더니 시체는 어딘가에 사라지고. 그때는 시체가 사라질 줄 몰랐지만."

어느새 우리는 교문에 도착했다.

뒷자리

우리는 강당으로 모였다. 강단 위에서 교장 선생님이 이야기한 내용은 내 예상을 완전히 빗나갔다. 내 이름도 나오지 않았을 뿐더러, 목을 맨 S의 시체가 한 번 목격된 사실도, 그 시체가 사라진 사실도,

교장 선생님은 전혀 언급하지 않았다. 다시 말해 "4학년의 S 학생이 행방불명이 되었습니다"라고만 발표했다.

"따라서 우리 선생님들은 S의 정보를 수집하기 위해서 매일 학교에 나오고 있습니다. 만약 무슨 일이 있으면 바로 학교로 연락하세요. 위험한 일을 겪었거나 수상한 사람을 목격한다거나……."

소집 후에 이와무라 선생님이 자신의 반 학생들은 교실로 모이라고 말했다.

"무슨 다른 할 말이라도 있나?" 복도 계단을 올라가면서 S가 중얼거렸다.

"글쎄. 설마, 사실은 내가 죽었습니다, 라고 발표하려는 건 아닐 테고."

교실에 들어가 창가 자리로 가서 앉았다. 칠판 옆에 놓인 스테인리스 걸레걸이가 창문으로 들어오는 햇빛을 반사해서 천장에 지도 비슷한 무늬를 그리고 있었다. 의자가 왠지 어색했다. 자리를 잘못 앉았나, 하는 생각이 순간 들었지만 책상 가장자리에 그날 바람 소리를 무서워하면서 그린 낙서가 있었다. 11일 만이라서 엉덩이가 앉은 느낌을 잊고 있었나 보다.

슬며시 뒷자리를 돌아보았지만 스미다의 모습은 없었다. 오랜만에 볼 수 있다고 내심 기대했었기에 약간 실망했다.

S의 병은 무릎 사이에 끼워서 의자 위에 놓았다. 다리와 책상에 가려서 마침 주변에서는 보이지 않았기에 손수건을 풀었다. 상체를 뒤로 빼서 병 안을 들여다보자, S가 즐거운 듯이 이리저리 주변을 둘러보는 모습이 보였다.

반 친구들이 삼삼오오 짝을 이루며 교실에 모여들었다. 새까맣게 탄 얼굴들도 많았다. 스미다가 친구와 같이 들어오는 모습이 보였을 때, 나는 갑자기 발밑이 근질거렸다.

"엇, 미치오. 어째 태도가 이상하네?"

나는 S의 말을 못 들은 척했다.

스미다가 자리에 앉았기에 나는 돌아보고 말을 걸었다.

"안녕."

S가 병 안에서 쿡쿡 웃는 소리가 들렸다. 아마 내 무릎이 희미하게 떠는 것을 느낀 모양이다.

—안녕, 오랜만이야.

조금 나른한 듯이 잠긴 목소리. 햇볕에 그을린 친구들이 많아서 스미다의 하얀 피부는 아주 깨끗하고 청결해 보였다.

"응, 오랜만."

우리 대화는 그걸로 끝이었다. 이 정도도 성공한 편이다.

"자, 모두 자리에 앉아라."

이와무라 선생님의 커다란 목소리. 나는 앞을 보고 바로 앉았다.

"갑자기 모이라고 해서 모두 놀랐지?"

이와무라 선생님은 교단에서 우리 얼굴을 천천히 둘러보았다. 나와 눈이 마주치자, 순간 시선을 멈추고 가볍게 고개를 끄떡였다.

"너희를 교실에 모이라고 한 것은 모두에게 좀 물어볼 게 있기 때문이다. 아까 교장 선생님이 말씀하셨지만……."

이와무라 선생님은 교장 선생님과 똑같은 내용을 다시 한 번 반복했다. 그 뒤 우리에게 두 가지 질문이 있다고 했다.

"첫 번째는, 종업식 날 어디선가 S의 모습을 보지 못했나, 하는 거다. 어떠냐? 누구, 본 사람 없나?"

아무도 손을 들지 않았다. 이와무라 선생님은 나에게 살짝 눈짓을 했다. '너는 가만히 있어도 된다'는 뜻이다.

"그럼 두 번째 질문은, 그날 S의 집이나 그 근처에서 누군가를 본 사람은 없나, 하는 거다. S와 S의 어머니 말고 다른 사람을 말이다."

이번에도 아무런 반응이 없었다.

"그래. 알았다."

이와무라 선생님은 미묘한 표정을 짓더니, 혼자서 계속 끄떡였다. 일부러 학생들을 모아놓고 왜 이러한 질문을 하는지 나는 너무나 잘 알았다. 말하자면 이와무라 선생님은 자신의 모습을 잠깐이라도 목격한 사람이 있는지를 걱정하고 있다.

그리고 바로 우리는 해산했다. 제일 먼저 이와무라 선생님이 교실을 나갔고, 그 다음에 학생들이 시끌벅적 서로 근거 없는 소문을 이야기하면서 교실을 빠져나갔다. 나도 자리에서 일어나려고 하는데, 앞자리의 이비사와가 뚱뚱한 상반신을 비틀며 나를 돌아보았다.

"미치오. 얘기 들었어." 이비사와의 눈은 여전히 볼살에 밀려 올라가 있다. "너지? S의 시체를 발견한 게."

이비사와는 자신의 얼굴을 내 얼굴에 들이댔다. 입속에서 침 범벅이 된 혀가 민달팽이처럼 꿈틀거리는 것이 보여서 기분이 나빴다. 만약 이비사와가 죽으면 분명히 민달팽이가 될 거라고 나는 생각했다.

"어땠어? 역시 굉장했어?"

나는 아무 말도 하지 않고 시선을 피했다. 상대하고 싶지도 않았고, 이비사와는 어젯밤에 교자를 먹었는지 냄새가 심하게 났기 때문이다.

"뭐야, 잘난 척하지 마, 미치오. 우리 아빠한테 들었는데, 사람은 목을 매면 엄청 늘어난다며?"

"뭐가?"

"목 말이야, 목." 이비사와는 즐거운 듯이 말했다.

"몰라. 기억 안 나."

대답하면서도 내 머릿속에는 그날 봤던 S의 모습이 생생히 떠올랐다. 하긴 그때 S의 목은 엄청나게 길었다.

"미치오, 미치오······."

S가 속삭였다. 나는 당황해서 이비사와를 봤지만, 이비사와에게는 들리지 않은 것 같았다. 나는 많이 피곤한 것처럼 책상 가장자리에 머리를 기댔다. 하지만 실은 두 무릎 사이에 끼워둔 병에 귀를 기울였다.

"저 녀석한테 이렇게 말해줘······."

S가 나에게 제안했다. 그 말을 듣고 나는 절로 웃음이 나왔다. 하지만 웃음을 얼른 그치고, 사뭇 진지한 표정으로 이비사와를 다시 쳐다본다.

"사실은 말이지······." 나는 S가 시킨 대로 말했다. "전에 S가 나한테 이런 말을 한 적이 있어."

이비사와가 아주 기대에 찬 모습으로 얼굴을 더 가까이 들이댔다. 나는 최대한 목소리를 낮춰서 자못 중대한 비밀을 털어놓는 투로 말했다.

"이비사와만은 절대 용서하지 않을 거야, 라고."

그때 이비사와의 얼굴은 정말 볼 만했다. 지방이 늘어진 볼이 단숨에 경련을 일으키고, 기대로 가득 찼던 두 눈은 갑자기 뚝 멈추더니 유리처럼 색을 잃었으며, 실실 웃던 입은 그대로 경직되었다. 그리고 다음 순간, 온 얼굴의 근육이 순식간에 힘이 빠지면서 전체가 흐느적거리는 느낌으로 변했다.

"나, 갈게……."

이비사와는 느릿하게 일어서더니, 좀비처럼 발을 움직여서 교실 문으로 갔다. 도중에 책상 모서리에 허리를 쾅 부딪혔지만, 전혀 못 느낀 것 같았다. 속이 후련해지는 그 모습에 나와 S는 소리 죽여 웃었다.

"참 짓궂구나. 미치오하고 S 말이야."

바로 그때 스미다가 말을 걸었다.

나도 모르게 등골이 뻣뻣해졌다. 조심스레 뒤를 돌아봤다.

"S, 역시 죽었구나. 그 병 속에 있는 거 S, 맞지?"

"아니, 그게……."

얼른 주위를 둘러보았다. 교실에 남은 사람은 나와 스미다 둘뿐이었다.

"다시 태어났다는 건 죽었다는 거잖아. S가 불쌍해."

나는 할 말을 잃었다.

"그거, 뭐야?…… 아아, 거미구나. 그러고 보면 S는 약간 거미 같았어."

"그랬나?" 병 속에서 S는 전혀 분위기 파악이 안 된 것 같은 감상을 보였다.

"응, 그랬어."

스미다가 대답했다. 두 사람 사이에서 나는 입을 반쯤 벌린 채, 아무 말도 하지 못했다.

"까만 피부에 O자형 다리에 눈 사이도 멀고……. 하지만 나는 싫지 않았어."

"우와, 거 참 고맙군."

S가 못마땅한 것처럼 말했을 때 여학생이 들어왔다.

―괜찮아. 나, 아무한테도 말 안 해.

스미다가 재빨리 말했다. 여학생은 나를 힐끔 보고는 그대로 스미다와 함께 교실을 나갔다.

"어떡하지……?" 나는 복도로 사라진 스미다를 멍하니 바라보았다. "어떡하지, S야……? 스미다가 S에 대해서 알아버렸어."

"뭐가 어때서? 아무한테도 말 안 한댔잖아."

"정말 그럴까……?"

"그럼. 그보다 미치오, 드디어 실전의 날이야."

"실전, 뭘?"

"미행 말이야, 미행." S는 당연하다는 듯이 말했다. "오늘 같은 기회, 두 번 다시 없어, 미치오."

추리의 수정

S의 말대로 우리는 학교 밖에서 이와무라 선생님을 기다리기로 했다.

건물 밖으로 나가자, 뜻밖의 사람이 두 명 있었다.

"아아, 너구나. 저번에는 고마웠다." 다니오 형사가 눈꼬리에 주름을 만들며 웃었다.

"미치오, 이제 좀 괜찮니?"

다케나시 형사가 걱정스럽게 들여다봤다.

반팔 와이셔츠 차림의 두 사람을 올려다보며, 나는 물어보았다.

"그 뒤, 뭔가 알았어요?"

"그게 말이지. 아직 아무것도 알아낸 게 없단다. 경찰이 믿음직하지 못해서 미안하구나."

다니오 형사는 목을 움츠리더니, 주머니에서 손수건을 꺼내어 햇볕에 그을린 이마를 톡톡 두드렸다. 다케나시 형사가 말을 이었다.

"오늘 여기 온 것도 선생님께 여러 가지 물어보기 위해서란다. 뭔가 힌트가 될 만한 게 있을까 싶어서, 지금 교무실에 가려던 참인데."

나는 갑자기 생각났다.

"저기, 좀 여쭤봐도 될까요?"

"뭐?"

"S의 시체가 없어진 날 말인데요. 그날, 이와무라 선생님이 경찰에 전화를 하셨잖아요. 그게 몇 시쯤이었어요?"

두 명의 형사는 동시에 눈썹을 치켜 올리고 얼굴을 마주봤다.

"탐정 놀이 하냐?" 다니오 형사가 자신의 귓불을 잡아당기면서 곤란하다는 듯이 나를 내려다봤다.

"아뇨, 그게 아니라요. 저, 너무 충격 받아서 그날 일이 잘 기억 안 나거든요. 뭔가가 석연치 않아서……. 그래서 몇 시에 무슨 일이 있었는지 조금이라도 알고 싶은 것뿐이에요."

제법 그럴듯한 거짓말이라고 생각했다. 그런데 형사를 상대로는 통하지 않았나 보다.

"걱정하지 말려무나. 이와무라 선생님은 아무런 나쁜 짓도 하지 않으셨단다."

다니오 형사는 쓴 웃음을 지으며, 다케나시 형사의 와이셔츠 주머니에서 멋대로 수첩을 빼내더니 페이지를 넘겼다.

"신고 전화는 열두 시 53분. 그리고 바로 가장 가까운 파출소로 연락이 되었고, 그 전화를 받은 경찰이 파출소에서 출동했구나. 그리고 S의 집 앞에서 이와무라 선생님과 만나서 같이 집으로 들어갔고……." 다니오 형사는 수첩을 탁 덮고, 다케나시 형사의 셔츠 주머니에 도로 집어넣었다. "아무 문제 없지?"

"열두 시 53분……."

이와무라 선생님이 교무실을 나간 시간도 바로 그 무렵이었다.

이와무라 선생님은 그때 정말로 경찰한테 전화를 걸었다. 그렇다면 학교를 나가서 S의 시체를 숨긴 다음 경찰을 불렀다는 S의 추리는 잘못됐다는 걸까?

"그럼 우리는 이만 가야겠는데. 교무실에서 선생님이 기다리고 계셔서 말이지."

"저기, 하나만 더 가르쳐주세요." 나는 당황하며, 돌아서려는 두 형사를 불러 세웠다. "그날 아침, 수상한 남자를 본 사람은 없었어요? 예를 들면, S네 집 근처나…… 그래, 상수리나무 숲 안에서요."

다케나시 형사가 주머니에서 수첩을 꺼내려는데, 다니오 형사가 제지했다. 그리고 나를 똑바로 내려다봤다.

"그런 걸 왜 물어보는 거지? 그날 아침이라면, S의 시체가 사라지기 전 아니냐? 더구나 수상한 남자라는 건……?"

내가 대답을 못 하자, 다니오 형사는 나를 타이르듯이 말을 계속했다.

"아무튼, 그날 아침은 수상한 남자고 여자고 아무도 목격되지 않왔단다. 물론 S의 시체가 사라지기 이전의 일이므로 아주 철저하게 조사하지는 않았지만 말이다."

다니오 형사는 갈색 손을 내 머리에 탁 얹었더니, "탐정, 패배"라고 말하고는 소리를 내어 웃었다. 옆에서 다케나시 형사도 쓴웃음을 지었다.

그리고 두 형사는 학교 건물로 들어갔다.

"미치오. 내 추리가 잘못된 게 아니었나, 하고 생각하는 거지?"

"응. 왜냐하면……."

"말했잖아. 그날 밤, 내가 한 말이 모두 옳다고 생각하면 안 된다고. 셜록 홈도 아닌데, 단번에 알아맞힌다는 건 무리야. 아무리 옳다고 보이는 추리도 사소한 잘못은 언제나 있게 마련이거든. 중요한 건 잘못이 발견되었을 때 어떻게 하는가야."

"어떻게 하는데?"

탐정 이름을 잘못 말한 것은 굳이 지적하지 않았다.

"생각해야지. 이번 일은 생각할 것도 없지만 말이야."

"엇, 그럼……."

"그날 교무실을 나간 이와무라 선생님은 바로 경찰과 합류해서 우리 집에 갔어. 그때 내 시체는 어디에도 없었어. 그 말은 이미 그 시점에서 이와무라 선생님은 내 시체를 숨긴 다음이라는 게 돼. 그렇다면 언제 숨겼을까? 그게 가능한 타이밍은 하나밖에 없어."

"그게 언젠데?"

"미치오가 우리 집을 나간 바로 직후지. 이와무라 선생님은 네가 우리 집을 울면서 뛰쳐나가는 걸 대밭이나 아니면 다른 곳에 숨어서 보고 있었던 거야. 그리고 미리 근처에 갖다 놓은 차를 문 앞까지 후진으로 넣어서 내 시체를 실었어. 그리고 다시 차를 어딘가에 숨기고 학교로 돌아간 거야."

그러고 보면 이와무라 선생님은 그때 내가 학교로 돌아간 다음에 나타났다.

"생각해보면 이쪽이 지난번 추리보다 더 확실하네. 왜냐하면 네가 우리 집에서 시체를 발견하고 오는 걸 학교에서 가만히 기다리고 있었다면 돌발 사태에 대응할 수 없잖아."

"돌발 사태라니?"

"예를 들면, 네가 우리 집에 물건을 전해주는 게 도중에 귀찮아져서 그만둔다든지, 아니면 내 시체를 발견한 뒤 학교로 가지 않고 직접 경찰에 신고를 한다든지."

"아아, 그렇구나. 이와무라 선생님이 S의 집 근처에 숨어 있었다면, 그러한 사태에 대응할 수 있다는 건가?"

"그래. 만약 네가 우리 집에 들르지 않고 가버린 경우에는 네 집에 전화를 해서 '뭐야, S 집에 안 간 거냐? 빨리 다녀와라'라고 말하면 돼. 그리고 만약 네가 시체를 발견한 다음 바로 경찰에 연락했다고 해도, 네가 나간 다음에 우리 집에 들어가서 시체를 숨긴다면 경찰이 달려갔을 때는 이미 내 시체가 없어진 게 되잖아."

"하지만 예를 들어, 내가 S네 집 전화를 사용해서 경찰에 연락하고, 그 다음에 계속 거기에 있었다면?"

"그때는 너도 죽이면 돼."

"뭐……?"

놀라는 내 반응에 S는 웃었다.

"농담이야. 미치오가 우리 집에서 경찰에 연락할 리가 없어. 우리 집은 전화가 끊겼잖아."

"앗, 그렇구나. 그랬지."

그러고 보면 교실에서 그런 말을 들은 기억이 있다.

"그래서 미치오가 본 내 시체는 틀림없이 이와무라 선생님의 차 트렁크에 들어가기 직전의 시체였던 거지."

한 가지 의문은 해결되었다.

"그럼 또 다른 의문. 형사 아저씨가 그날 아침에 수상한 사람을 본 사람은 없었다고 그랬잖아. 그렇다면 그 할아버지, 역시 경찰에 아무 얘기도 안 했다는 건데, 왜지?"

"글쎄. 그 점이 나도 걸려. 할아버지가 이와무라 선생님 모습을 봤다고 생각한 건 잘못이었거나, 할아버지는 이와무라 선생님을 봤는데 그 사실을 잊어버렸거나, 아니면 경찰에 말할 수 없는 어떠한 이유가 있거나."

"어떠한 이유라니?"

S는 잠시 생각한 다음 대답했다.

"어쩌면 이와무라 선생님이 협박했는지도 몰라. 자기를 본 걸 아무한테도 말하지 말라고."

"할아버지가 다른 사람한테 말하지 않는다면, 이와무라 선생님이 S의 시체를 숨길 필요도 없는 거 아냐?"

"그렇지. 뭐가 사실인지는 몰라. 어차피 자세한 부분은 다시 나중에 생각하면 돼. 어떻든지 간에 오늘로 이와무라 선생님은 끝장이야. 우리…… 가 아니라, 네가 이와무라 선생님 집에서 시체를 발견할 테니까."

아주 홀가분하게 말하는 S가 원망스러웠다. S는 참 속도 편하다. S

는 거미니까 걱정할 게 뭐가 있을까. 만약 어떠한 실패로 인해 이와무라 선생님이 덤벼든다고 해도 S는 아무 걱정도 할 필요가 없다. 하지만 나는 사람이다. 더구나 힘도 약하고 키도 작다. 반에서 미니오나 밀리오라고 불릴 정도로 작다.

"그건 그렇고 미치오, 이제 어떻게 할까? 이와무라 선생님, 나오려면 한참 더 있어야 할 텐데."

"형사 아저씨들이 교무실에서 이것저것 질문한다고 했으니까, 아마 그렇겠지."

"아, 맞다. 일단 집으로 가서 미카를 데리고 올까?"

"어?" 나는 그저 멍하니 입을 벌렸다. "미카를 왜?"

"만약 미치오가 이와무라 선생님한테 잡혔을 때 도움을 요청할 사람이 필요하지 않아?"

"S야, 그 말 진심이야?"

그렇게 반문하면서도 내 머리 한구석에서는 미카가 있다면 조금은 든든하지 않을까 하고 생각했다.

"어차피 미행은 그렇게 걱정할 정도로 대단한 게 아니야. 들켜도 별 상관없잖아. 내 시체를 발견하고, 집을 나갈 때만 조심하면 돼. 이렇게 된 거, 미카도 데리고 가자."

"이렇게 되다니……."

망설이면서도 내 발은 어느새 집을 향하고 있었다. 그리고 결론을 내리기 전에 우리는 집에 도착해버렸다.

현관에 가까이 가자, 커다란 거미가 처마 밑에 거미줄을 치고 있는 것을 발견했다.

"우와, 봐봐, 미치오. 무당거미야. 되게 큰데."

정말로 큰 거미였다. 배가 내 엄지손가락 정도였고, 검고 노란 줄무늬 위로 엷게 난 털까지 보였다.

"S야, 이런 걸로 태어나지 않아서 다행이야."

"미치오한테도 말이지."

그런 말을 나누면서 2층을 올려다봤다. 창가에 미카의 모습이 보였다. 우리에게 무슨 신호를 보내는 것 같았지만, 유리창에 태양이 반짝거리며 반사해서 잘 보이지 않았다.

문을 따고 현관으로 들어갔다.

엄마가 일하러 나갔기에 미카를 데리고 나가는 일은 아무런 문제도 없었다.

5

이와무라 선생님을 미행하다

학교 시계가 정확히 열한 시를 가리켰을 때, 이와무라 선생님이 운동장에 모습을 드러냈다.

"가자, 미치오, 미카."

S의 말에 나는 말없이 고개를 끄떡이며 숨어 있던 호랑가시나무 그늘에서 나왔다.

이와무라 선생님은 교문을 나서자, 약간 고개를 숙이고 느티나무 거리를 똑바로 걸어갔다. 아까 교실에서 봤을 때와 같은 반팔 와이셔츠 차림이었다. 이와무라 선생님은 걸어가면서 느릿느릿 넥타이를 풀어 바지 주머니에 쑤셔 넣었다. 햇볕이 강렬해진 하늘을 올려다보며 한숨을 쉬는 것처럼 어깨를 한 번 들썩인 다음, 중간에 있는 왼쪽 길로 꺾어 들어갔다.

"뭔가 살 게 있나?"

미카가 그렇게 물은 것은 그 길이 상점가로 이어져 있기 때문이다.

"아니, 분명히 역으로 가는 걸 거야. 상점가를 지나면 역이거든."

"미치오, 표 살 돈 있어?"

나는 말없이 바지 주머니를 탁탁 두드렸다.

이와무라 선생님은 골목을 두 번 구부러져서 상점가로 들어갔다. 우리는 지나가는 사람들 사이로 몸을 숨기면서 그 뒤를 따랐다.

상점가 끝은 큰길과 연결되어 있다. 오이케 국수공장이 있는 곳이다. 그 교차로에서 오른쪽으로 꺾어지면 우리 집으로 가는 방향이다. 이와무라 선생님은 왼쪽으로 돌았다. 그쪽에는 N역이 있다.

"어머머, 미치오하고 미카구나."

갑자기 누가 불러서 가슴이 철렁했다. 소리 난 쪽을 쳐다보자, 오이케 국수공장 옆의 집 창문에서 도코 할머니가 우리를 보고 있었다. 이와무라 선생님은 걸음을 멈추고 도코 할머니를 쳐다본 다음, 힐끗 이쪽을 돌아보았다. 나는 당황하여 자세를 낮추고 옆을 지나가던 뚱뚱한 아줌마 뒤에 숨었다.

"또 찾아와줬구나. 할머니, 너무 기뻐……."

입술에 집게손가락을 대는 내 행동을 알아차렸는지, 도코 할머니는 입을 다물었다.

이와무라 선생님은 다시 앞을 보고 걸어가기 시작했다. 다행히 들키지 않은 모양이었다. 나는 이와무라 선생님으로부터 시선을 떼지 않고, 재빨리 창가로 다가가서 속삭였다.

"다음에 다시 올게요."

도코 할머니는 약간 서운해하는 소리를 내더니, 입속으로 평소에 외던 주문을 중얼거렸다.

"온 아밀티 은 팟타……."

상황을 눈치채고 나에게 용기를 북돋워주려는 것처럼 힘찬 목소리였다.

이와무라 선생님을 쫓아서 상점가를 빠져나갔다. 모퉁이를 왼쪽으로 꺾어서 큰길로 나갔다. 'N역 입구'라는 교차로에서 이와무라 선생님은 다시 한 번 왼쪽으로 돌았다. 마침내 역에 도착했다. 이와무라 선생님은 개찰구 직원에게 정기권을 보여주고 역 안으로 들어갔다. 나는 승차권 발매기로 뛰어가서 동전 투입구에 100엔짜리 동전을 세 개 집어넣고 불 켜진 버튼 중에서 가장 오른쪽에 있는 것을 눌렀다.

"미치오, 그거면 되는 거야?"

"몰라. 어떻게든 되겠지."

오가는 사람들 사이를 빠져나가 개찰구로 얼른 뛰어갔다. 직원이 표에 펀치로 구멍을 뚫어주고 미카와 붙어서 같이 개찰구를 통과했을 때, 뒤에서 직원이 불러 세웠다.

"얘야, 잠깐만."

"표는 저만 사면 되는데요. 동생은 세 살이고, S는……."

당황하여 말하는 나에게 직원은 고개를 저으며 대답했다.

"물론 표는 초등학생이 될 때까지 필요 없단다. 그게 아니라, 표를 살 때 '학생' 버튼을 누르지 않았지? 어른용 금액이던데."

앗, 아깝다, 라는 생각이 순간 들었지만, 지금은 그런 일에 신경 쓸 상황이 아니었다. "바꿔줄게"라는 직원의 말에 애매하게 웃으면서 황급히 그 자리를 떠났다.

플랫폼으로 연결된 계단을 올라갔을 때, 바로 그 자리에 서 있던 남자와 세게 부딪혔다.

"죄송해요."

"엇, 여기서 뭐하냐, 미치오?"

온몸에서 한꺼번에 피가 빠져나간 느낌이었다. 짙은 눈썹을 모으고 이상하다는 듯이 나를 내려다보는 사람은 바로 이와무라 선생님이었다. 내가 순간적으로 취한 행동은 S가 들어 있는 병을 등 뒤로 숨기는 일이었다. 그런데 나중에 생각해보면, 아무런 의미도 없는 행동이었다.

"어디 가는 거냐?"

덜덜거리려는 턱에 힘을 주고 나는 간신히 대답했다.

"사촌 집에 가요. 초대받아서요."

"아아, 그렇구나. 그럼 선생님하고 같이 타고 가면 되겠구나. 어디까지 가냐?"

"어디……."

대답이 나오지 않았다. 다리가 얼어붙고 손이 떨렸다. 그때 미카가 'M대학 입구'라는 역 이름을 말했다. 나는 미카의 판단을 따르기로 했다.

"네, M대학 입구예요."

"거참, 그쪽이구나. 그럼 선생님 집하고는 반대인걸."

말하면서 이와무라 선생님은 고개를 돌려서 뒤를 봤다. M대 입구까지 가는 전철은 이와무라 선생님이 바라보는 방향과 반대 측 노선이었다.

"애들끼리 다닐 때는 조심하거라."

플랫폼에 전철이 들어왔다.

"그럼 선생님은 이거 타고 가마."

이와무라 선생님은 나와 미카를 힐끗 번갈아 보고 전철에 올라탔다. 나는 천천히 그 자리를 떠나서 정차 중인 전철을 따라 플랫폼의 가장자리를 걸었다. 발차 안내방송이 들리고 드디어 문이 닫히려는 순간, 가까운 문으로 뛰어올랐다. 바로 등 뒤에서 문이 닫힌다.

그 칸은 이와무라 선생님이 탄 차량에서 두 칸 뒤였다.

"거 봐. 미카를 데리고 오기를 잘 했지."

"응, 그런 거 같아. 고마워, 미카."

"미카, 아는 역 이름을 그냥 말했을 뿐이야."

그런 거였구나.

"하지만, 오빠, 아까 정말 큰일 날 뻔 했어."

"맞아. 미치오, 가만 뒀으면 '모, 몰라요!'라고 했을지도……."

키득거리는 두 사람에게 얼빠진 표정을 지어 보였다. 하지만 위기일발에서 벗어난 안도감으로 입은 약간 웃고 있었다.

전철은 역을 출발하여 차츰 속도를 올렸다.

역에 정차할 때마다 나는 문으로 고개를 내밀고 이와무라 선생님의 모습을 찾았다. 그리고 마침내 그 모습을 발견한 것은 N역을 출발해서 네 번째 역에 도착했을 때였다.

"가자."

서둘러 플랫폼에 내렸다. 드문드문 있는 사람들 틈에 섞여서 일정 간격을 두고 이와무라 선생님의 뒤를 쫓아갔다. 주위의 거리 풍경은 우리가 사는 N마을보다 조금 쓸쓸해 보였다.

역 앞에 있는 큰 거리를 10분 정도 걸어가다가, 이와무라 선생님은 왼쪽 길로 모습을 감췄다. 그곳은 콘크리트 계단이었다. 이와무라 선생님이 계단을 전부 오르기를 기다렸다가 재빨리 쫓아 올라갔다. 인적 없는 주택지가 나왔고 정면에 2층짜리 아파트가 보였다. 오래되어 보이는 건물로 본래는 흰색이었을 것 같은 벽의 여기저기가 곰팡이로 까맣게 변색되어 있었다.

"미치오, 저긴가, 이와무라 선생님 집은?"

"응. 근처에 다른 건 없는 거 같고……."

우리 예상대로 이와무라 선생님은 아파트가 가까워지자, 주머니에서 열쇠를 꺼냈다. 우리는 길옆에 있는 전봇대 뒤에 숨어서 동정을 살폈다. 1층 외곽 아래의 오른쪽 가장자리에 우편함이 있었다. 이와무라 선생님은 그중 하나를 들여다보고, 안에서 갈색 봉투를 꺼내 찬찬히 보면서 늘어서 있는 문의 가장 왼쪽으로 걸어갔다. 그리고 열쇠를 돌려서 문을 열었다. 아주 잠깐 어두컴컴한 현관이 보였고, 이와무라 선생님의 등이 문 안으로 사라졌다.

"S야, 어떡할래?"

"집이 작아 보여서 이와무라 선생님이 안에 있을 때 몰래 들어가는 건 무리 같아. 좋았어, 계획 변경이야. 이와무라 선생님이 나갈 때까지 기다리자."

"집에서 계속 안 나오면?"

"그럼 하는 수 없이 나중에 다시 오지, 뭐. 일단 여기 숨어 있는 건 위험해. 이와무라 선생님이 이 길을 지나가면 도망갈 데가 없어."

우리는 아파트 왼쪽에 있는 자갈이 깔린 주차장 쪽으로 자리를 옮겼다.

주차장 측의 벽에 커튼이 닫힌 창이 하나 보였다. 이와무라 선생님 방의 창인 모양이었다. 거기서 언제 이와무라 선생님이 얼굴을 내밀지 모르기에 우리는 아파트 벽에 바싹 붙었다.

"이와무라 선생님의 차, 여기 있을까?"

S의 말에 나는 한 차례 둘러보았다.

"아, 저기 있어."

각각의 주차 공간은 타이거로프로 나누어졌고, 그 가장자리에는 장방형의 흰색 플레이트가 놓여 있었다. 그중 하나에 '이와무라'라고 쓰여 있었다. 주차된 차는 먼지를 뒤집어쓴 회색 세단이었다.

"저 차로 내 시체를 여기까지 가지고 왔구나. 저기서 집에 시체를 옮기는 건 쉬웠겠지." S는 담담하게 말했다. "미치오, 뭔가 증거가 남아 있을지도 몰라. 차 안을 한번 들여다보자."

"그런데 만약 이와무라 선생님이 커튼을 열고 밖을 내다보면……."

그때 현관문이 열리는 소리가 들렸다. 우리는 옆에 있던 왜건 뒤로 재빨리 숨었다. 발소리가 점차 커졌다. 나는 땅바닥에 엎드렸다. 바로 코끝에서 불쾌한 땅 냄새를 맡으며 계속 왜건 아래를 주시한다. 커다란 가죽 신발이 자갈을 밟고 이와무라 선생님의 차로 간다. 사라진다. 문소리. 시동 거는 소리.

"좋았어!"

S가 소리를 지른다. 나는 조심스럽게 일어났다.

멀어지는 이와무라 선생님의 차를 우리는 왜건 뒤에서 바라봤다.

"미치오, 미카, 지금이 기회야."

"응."

대답 소리는 미카였다. 내 다리는 그 자리에 얼어붙은 것처럼 옴짝달싹하지 않았다. 공포감이 발끝에서 순식간에 온몸을 타고 올라왔다.

"미치오, 빨리!"

"오빠!"

"알아."

마침내 발을 내디뎠다. 손바닥에 땀이 배었고 숨을 쉴 때마다 어깨가 아래위로 크게 들썩였다.

내가 여기까지 온 것은 S의 시체를 찾고 싶다는 일념에서였다. 그런데 그때 나를 움직이게 한 것은 오로지 여동생에게 부끄러운 모습을 보이기 싫다는 생각뿐이었다. 내가 앞으로 무엇을 보게 될지 그때 미리 알았다면, 난 분명히 그러한 허세 따위는 모두 내던지고 역으로 당장 돌아갔을 것이다. 내가 하려는 행동이 얼마나 위험한 일인지, 나는 깨달았어야 했다.

침을 꿀꺽 삼키고 아파트의 벽을 따라서 천천히 걸어갔다. 외곽아래 울타리의 틈을 빠져나가서 이와무라 선생님의 집 앞에 섰다. 손잡이를 잡고 살며시 돌려봤다. 문은 아무런 저항 없이 열렸다. 설마 금방 돌아오는 건 아닐까?

"아니, 그렇게 금방 돌아오지는 않을 거야. 차를 타고 갔잖아."

나는 S의 말을 믿고 문을 열었다. 어두운 실내가 눈에 들어왔다. 안 좋은 예감이 밀려들었다.

"미카는 여기 있는 게 좋겠어."

"왜……?"

"내 말 들어. 주차장 쪽 벽에 숨어 있어."

나는 억지로 미카를 그쪽에 밀었다.

"S야, 가자."

"오케이."

조심스럽게 집으로 들어가서 운동화를 벗고 손에 들었다. 왼손에 S, 오른손에 운동화를 든 모습으로 집 안에 조심스레 발을 내디뎠다. 좁은 복도 정면에 불투명 유리를 끼운 나무 문이 있었고, 복도 중간 왼쪽으로 화장실과 욕실이 마주한 공간이 보였다. 정면에 보이는 문까지 가서 소리를 내지 않고 살며시 열었다. 그곳은 좁은 부엌이었다. 오른쪽에 보이는 개수대에 설거지를 안 한 식기가 어수선하게 쌓여 있었다. 사각 나무 테이블에 의자 두 개가 보였고, 냉장고도 있었는데 일인용인지 처음 보는 아주 작은 냉장고였다.

부엌 끝에 반쯤 열린 미닫이문이 보였다.

"저기가 이와무라 선생님 방일 거야."

S의 속삭임에 고개를 끄떡이면서 나는 그쪽으로 걸음을 옮겼다. 저 너머에 무엇이 있을까? S의 시체. 두 다리가 꺾이고 비누를 입에 문 시체. 숨을 잘 쉴 수 없었다. 내쉬는 양보다 들이쉬는 양이 훨씬 많아져서, 나는 폐를 한껏 부풀린 상태로 조금씩 호흡을 반복했다. 방 앞에 서서 안을 들여다봤다. 그 순간······.

나는 그것을 알아차렸다.

세 평 정도의 방 안쪽에 침대가 하나. 왼쪽에 텔레비전과 비디오. 라벨이 없는 비디오테이프가 비디오플레이어 옆에 높이 쌓여 있었다. 방의 오른쪽은 벽장 같았다. 그리고 방 한가운데에는 유리 테이블이 하나 놓여 있었고······.

"미치오, 뭐지, 저 사진······?"

유리 테이블 위에 마치 트럼프의 한 세트처럼 많은 사진이 어질러져 있었다. 나는 유리 테이블 근처로 가서 허리를 굽혔다. 일반적인 사진 모양하고는 조금 다르다. 세로로 조금 길었고 화상이 위로 어긋나 있다.

"폴라로이드 사진이네." S가 말했다.

테이블 위의 사진은 모두 폴라로이드 사진이었다. 팔을 뻗어서 위쪽에 놓인 사진 몇 장을 옆으로 치우고, 그 밑에 있는 사진을 본다. 그리고 그 사진도 치우고 더 밑에 있는 사진을 본다.

"이거……"

나는 할 말을 잃었다. S도 아무 말 하지 않았다.

모두 남자아이의 사진이었다. 나와 비슷한 또래의 남자아이들이 사각 틀 안에서 웃기도 하고, 울기도 하며, 포즈를 취하고 있었다. 그리고 그 남자아이들 대부분이 옷을 입고 있지 않았다. 물론 속옷도 입지 않았다. 아무것도 안 입은 알몸이었다.

그중 한 장을 집어 들었다. 나무 그늘에 서 있는 남자아이가 알몸으로 카메라를 향해서 브이 자를 그려 보이고 있었다. 배경에는 바다가 보였다.

다른 한 장을 집었다. 보관함이 늘어선 앞에서 소년이 이쪽으로 엉덩이를 보이고 속옷을 벗고 있었다. 아무리 봐도 몰래 찍은 사진이다.

산더미처럼 쌓인 사진 옆에 갈색 장방형 봉투가 있었다. 조금 전에 이와무라 선생님이 우편함에서 가져온 봉투였는데 셀로판테이프로 단단히 봉해져 있었다.

"열어볼까……?"

나는 입속으로 중얼거렸다. S는 아무 말이 없었다. 셀로판테이프에 손가락을 집어넣고 조금씩 조심스럽게 당겼다. 30초 정도 걸려서 봉투가 열렸다. 안은 사진 같았다. 손을 집어넣어 꺼냈더니 다섯 장이 나왔다. 역시 폴라로이드 사진이었다. 그리고 모든 사진이 테이블 위에 어질러진 사진과 비슷했다. 그중 하나가 유독 내 눈길을 끌었다. 어느 방 안에서 알몸인 남자아이가 의자에 앉아 있는 사진이었다. 얼굴은 알 수 없었다. 소년이 검은 깃 모양의 가면으로 눈 주변을 가리고 있었기 때문이다. 그래도 남자아이가 쑥스러운 듯 입가에 웃음을 머금고 있다는 건 알 수 있었다. 두 손과 다리는 검은 밧줄로 의자에 묶여 있었다.

나는 사진을 봉투에 도로 집어넣고 셀로판테이프를 다시 붙였다. 아무 말도 나오지 않았다.

"미치오." S가 불쑥 입을 연다. "이와무라 선생님이 나를 죽인 이유, 이제 알 거 같아?"

대답하려고 내가 입을 열었을 때, 멀리서 자동차 소리가 점차 커지는 게 들렸다. 타이어가 자갈을 밟는 소리가 이어졌고…….

"설마."

S가 짧게 말했다. 나는 창가로 달려갔다. 커튼 틈으로 밖을 내다보자, 거기에 그 회색 세단이 보였다. 문을 열고 이와무라 선생님의 상반신이 느릿하게 나타났다.

"미치오, 어떡하지!"

나는 현관으로 뛰었다. 문 앞까지 도착했을 때 S가 외쳤다.

"지금 나가면, 들켜!"

뒤를 돌아서 집 안을 둘러보았다.

"미치오, 화장실…… 아니야, 욕실!"

다시 복도를 뛰어서 왼쪽으로 돌았다. 슬라이드 식 욕실 문을 열고 그 안으로 뛰어들었다. 거칠게 문을 닫고 숨을 죽이며 귀를 기울인다. 내 숨소리와 섞여서 현관 밖에 발소리가 가까워지는 소리가 들렸다. 그런데……

"멈췄어……"

발소리는 갑자기 멈췄다. 아마 현관 바로 옆일 것이다. 뭐라고 중얼거리는 이와무라 선생님의 목소리. 다음 순간, 나는 입에 얼음 막대기가 들어간 것처럼 온몸이 경직되었다.

"미카!" 나는 소리 없이 입만 뻐끔거리며 미카를 불렀다.

"미치오! 미치오!"

이와무라 선생님의 목소리. 나를 부르고 있다. 온몸이 바들바들 떨렸다. 이마를 바싹 대고 있는 욕실 문이 거기에 맞춰서 소리를 냈다. 이와무라 선생님은 내가 집 안에 있다는 사실은 알아차리지 못한 모양이었다.

현관문이 열리는 소리. 신발을 벗는 소리. 발소리가 복도를 지나갔다. 나는 살며시 눈앞에 있는 문을 밀었다. 숨을 죽이고 그 틈으로 몸을 조금 내밀었다.

"서두르지 마."

S가 충고했지만, 나는 지금밖에 없다고 생각했다. 이와무라 선생님이 욕실에 오면 끝장이다. 지금이라면 도망칠 수 있다.

복도 가장자리에서 목을 빼고 동태를 살폈다. 안쪽에 있는 방, 즉 미닫이문 너머에 책상다리를 한 이와무라 선생님의 등이 보였다. 편의점 것으로 보이는 하얀 봉지를 뒤적이고 있다. 이와무라 선생님은 거기에서 캔 맥주를 꺼내 뚜껑을 따더니 한 모금 마셨다. 나는 숨을 죽이고 그 모습을 지켜보았다.

이윽고 뭔가를 떠올렸는지, 이와무라 선생님은 천천히 일어섰다.

커다란 몸이 미닫이문 뒤로 사라졌다. 방 왼쪽에서 덜거덕거리며 뭔가를 만지작거린다.

바로 지금이었다.

복도로 나가서 발소리를 죽이고 현관을 향한다. 살얼음판 위를 걷는 것처럼 천천히 다리를 움직인다. 한 걸음 한 걸음 조심스럽게 내딛는다. 옆구리에 땀이 흘러내렸다. 현관 바닥에 내려간다. 심장이 새하얘지는 느낌이다. 손잡이를 잡는다. 차가운 감촉. 도망갈 수 있다. 그런데……, 나는 거기서 갑자기 멈춰 섰다. S의 목소리가 들렸기 때문이다.

―등 뒤에서.

나는 뒤를 돌아보았다. 이와무라 선생님은 유리 테이블 옆에 돌아와서 테이블 위에 두 팔을 올리고 방의 왼쪽 구석을 보고 있었다. 뭔가에 집중하는 것 같았다. S의 목소리가 또다시 들렸다. 웃음소리였다.

내 몸은 저절로 그쪽을 향했다. 그리고 어떻게 된 일인지, 방으로 걸음을 내딛고 있었다.

"미치오, 뭐 하는 거야!"

병 속에서 S가 겁에 질린 소리를 냈다. 그래도 나는 앞으로 나아갔다. 마치 뭔가에 홀린 느낌이었다. 부엌 너머로 보이는 이와무라 선생님의 등이 조금씩 다가왔다. 조금씩 커졌다. 마침내 이와무라 선생님과 불과 1미터 정도의 거리가 되었다.

이와무라 선생님이 보고 있는 것이 내 시야에 들어왔다. 텔레비전 화면이었다. 나는 그것을 봤다. 화면은 가끔 흔들렸는데 거기에는 사람이 한 명 보였다.

바로 S였다. 속옷도 입지 않은 S였다.

(싫어요……)

화면 속의 S가 히죽거리는 얼굴로 말한다. 그 다음에 엇, 하는 것처럼 이쪽을 들여다봤다. 그리고 다시 얼굴을 일그러뜨리고 웃는다.

(싫다니까……)

비디오카메라를 들고 있는 사람한테 어떠한 지시를 받고 그것이 싫다고 하는 광경이었다. 그런데 정말로 싫어하는 표정이 아니었다. S는 어딘지 모르게 기뻐하고 있었다. 즐거워하는 모습이었다.

배경을 보고 S가 어디에 있는지 바로 알았다. 흰색 철제 사물함. 벽에 테이프로 붙여놓은 '놓고 가는 물건 없도록 주의'라고 손으로 써진 종이. 바로 학교 탈의실이다.

이와무라 선생님이 앞에 놓인 리모컨을 조작했다. 화면 속의 S 목소리가 갑자기 커졌다.

(그런 게 왜 좋아요……?)

이와무라 선생님은 한동안 화면에 집중했다. 그러다가 갑자기 상체를 앞으로 굽히고는 팔을 뻗어서 거기에 있던 헤드폰을 집어 들었다. 플러그를 텔레비전 잭에 꽂았다. S의 목소리가 사라졌고 이와무라 선생님은 다시 조금 전의 자세로 돌아갔다.

나는 뒤를 돌아 천천히 그 자리를 떠났다. 머리가 꽉 죄어 왔다. 까닭 모를 많은 생각들이 머릿속에서 소용돌이쳤다. 어두운 복도를 빠져나가 현관문을 열었다. 눈이 부셔서 앞이 안 보인다. 이와무라 선생님한테 들키고 안 들키고 하는 걱정 따위는 더 이상 머릿속에 남아 있지 않았다. 만약 지금 이와무라 선생님이 이쪽을 돌아본다면 그때는 큰 소리를 내면 된다. 있는 힘껏 소리를 지르면 된다.

현관문을 닫았다.

"오빠." 주차장 측 벽 쪽에서 미카가 울 것 같은 소리로 불렀다.
"이와무라 선생님이 돌아와서, 미카 어떡하지, 하고 있는데, 이와무
라 선생님이 미카를 보고, 그래서 오빠를 큰 소리로 부르고, 그런데
미카가 아무 말도 안 했더니, 그대로 집으로……."

이와무라 선생님은 역에서 만난 미카와 이곳에 있던 미카가 단지
닮았다고 생각했을 것이다.

"미안, 걱정시켜서." 나는 고개를 숙인 채 말했다. "이제 가자."

돌아가는 길

우리가 이와무라 선생님 집에서 무엇을 봤는지 미카에게는 말하
지 않았다.

N역에 도착했을 때에는 이미 오후 한 시가 넘은 시간이었다. 미카
가 배고프다고 하기에 나는 택시 승강장 옆에 있는 야키토리 가게에
서 네기마(닭고기 사이에 파를 끼운 것―옮긴이)와 닭 연골튀김을 160엔
어치 샀다.

"미치오, 어디 좀 들렀다 가지 않을래?" 아무 말도 하지 않던 S가
간만에 입을 열었다. 목소리에 전혀 힘이 없었다.

"그럼 그 공원에 갈까? 지난번에 사생대회 때 간 곳?"

역 반대 측은 완만한 경사 길로 그 중간에 커다란 공원이 있다. 진
짜 이름은 모르지만, 우리는 'JR공원'이라고 불렀다. 역과 주변 풍경
들이 바라보이는 곳이다. 지난봄에 반 전체가 그곳으로 사생대회를

갔다. 그때 나는 공원 가장자리에 흐르는 인공 강을 도화지에 그렸다. 아무도 없던 강가에 스미다의 모습을 그려 넣은 일로 이비사와와 하치오카한테 엄청나게 놀림을 받았다.

입구 옆의 자동판매기에서 콜라를 하나 뽑았다. 이제 내 지갑에는 결국 10엔짜리 하나만 달랑 남았다.

사람이 없는 전망 광장까지 가서 콜라 뚜껑을 땄다. 달달하고 알맞게 차가운 콜라가 목 속을 통과한 순간, 손발에 힘이 불끈 솟는 것 같았다. 트림을 하면서 미카한테 내밀자, 미카는 "싫어"라고 했다.

"아 참, 이거 탄산이지."

나하고 미카는 벤치에 나란히 앉아서 야키토리를 먹었다. S는 병 속에서 아무 말도 하지 않았다.

"이런 게 운치라는 거지?"

일부러 아무렇지 않게 말을 걸었지만, S는 아무 대답이 없었다.

어금니로 양파를 씹으면서 고개를 드니 눈앞에 우리 마을이 펼쳐 보였다. 멀리 희미하게 산들도 보였다. 오늘 아침 본 적란운은 이제 온 데 간 데 없었고, 대신 잘게 찢은 것 같은 구름이 하늘 전체에 깔려 있었다. 내일은 비가 올지도 모른다.

"미치오, 둘이서만 이야기할 수 있을까?"

불쑥 S가 중얼거렸다. 대답하기 전에 나는 미카를 힐끗 바라봤다.

"알았어." 미카는 닭고기를 씹으면서 대답했다.

전망 광장의 끝에서 경치를 바라보는 미카의 뒷모습을 보며 우리는 이야기를 나누었다. 내가 벤치 왼쪽에 앉고 S는 오른쪽에 두었다.

"이와무라 선생님 집에서 본 것, 뭔지 알아, 미치오?"

"잘 몰라."

나는 솔직하게 대답했다. S는 조그맣게 웃었다.

"그런 걸 좋아하는 사람도 있어. 그런 평범하지 않은 형태를……."

평범한 형태가 어떠한 것인지 나는 얼른 와 닿지 않았다.

"S도 좋아했어?"

"나? 설마." 더러운 것을 뱉어내는 말투다. "나는 이와무라 선생님한테 보기 좋게 속았던 거야. 처음 탈의실에서 알몸이 되었을 때 나는 정말 싫었어. 부끄러웠어. 하지만 이와무라 선생님은 말했어. 이건 즐거운 일이다, 지금은 아무 느낌이 없더라도 곧 즐거워질 거다, 라고 말이야. 나는 그 말을 점점 믿게 되었어."

단조로운 목소리가 이어진다.

"나, 친구가 없었잖아. 그리고 아빠도 없고 이와무라 선생님이 자상하게 대해주는 게 좋았어. 아무한테도 말하지 말라는 주의도, 그래서 꼭 지켰고. 이와무라 선생님한테 미움 받고 싶지 않았거든. 지금 생각하면, 이와무라 선생님은 처음부터 내가 그렇게 생각할 거라는 걸 알았기 때문에 나를 선택한 건지도 몰라. 미치오, 그런 일 당한 적 없지?"

나는 고개를 끄떡였다. 비디오를 마지막까지 보지 않았기에 그런 일이 뭘 말하는지 상상할 수밖에 없었다.

"그런 취미가 도를 넘으면 상대를 죽이고 싶어지는 걸까? 아니면 내가 언젠가 다른 사람한테 이야기할까 봐 죽였는지도……."

그 말에도 나는 그저 말없이 끄떡거릴 수밖에 없었다.

시원한 바람이 높은 평지를 통과했다.

잠시 침묵이 흐른 다음, S는 입을 열었다.

"나, 미치오하고 미카한테 사과할 게 있어."

"사과, 뭘?"

"얼마 전에 내가 말했잖아. 이와무라 선생님은 어떠한 이유 때문에 나를 죽였다고. 하지만 사실은 나도 잘 몰랐어. 지금도 몰라. 그 비디오에 찍힌 것들이 나를 죽인 일과 연관이 있다고 막연히 추측하는 정도야. 그렇다고 그걸 확실하게 말해버리면 미치오가 내 부탁을 들어주지 않을지도 모른다고 생각했어. 불안했던 거야. 그러니까, 살해당한 이유를 분명하게 말하지 못하면 이와무라 선생님이 나를 죽였다는 내 말 자체를 너희가 믿어주지 않을 거라고 생각했어."

S의 말이 점차 빨라졌다.

"그래서 나는 그렇게 말한 거야. 어떠한 이유라는 식으로 의미심장한 말을 한 거지. 생각해봐. 이와무라 선생님이 나를 죽인 이유를 내가 알면서 일부러 말을 안 한다고 생각하게 만드는 게 훨씬 수수께끼 같지 않아? 그러면 미치오하고 미카가 내 시체를 찾는 일에 흥미를 가질 거라고 생각했어. 그래서……."

"이제 됐어."

나는 S의 말을 막았다.

높은 하늘 속을 비행기가 천천히 날고 있었다.

"더 이상, 거짓말 안 해도 돼."

"뭐……?"

"누구든지, 말하고 싶지 않은 건 있어. 나한테도 있고."

찢어진 구름과 구름 사이를 비행기가 똑바로 꼬리를 길게 그리며 날아갔다.

내 마음은 슬픔으로 가득 찼다.

S는 설마 우리가 몰래 숨어들었을 때, 이와무라 선생님이 그 비디

오를 보리라고는 생각하지 못했을 것이다. 설마 내가 알게 되리라고는 생각하지 못했을 것이다. 이와무라 선생님하고 무슨 일이 있었는가, 무슨 짓을 당했는가, 사실은 끝까지 말하지 않을 생각이었을 것이다. 자신이 왜 살해되었는지 잘 모른다는 말은 정말인지도 모른다. 하지만 그 사실을 솔직히 말하지 않고 어떠한 이유라는 식으로 말을 한 것은 단순히 우리의 흥미를 끌기 위해서가 아니다. 분명히, 단지 말하고 싶지 않았기 때문이다. 숨기고 싶었다. 그래서 S는 어떠한 이유라는 모호한 말로 얼버무렸다.

그런데 그렇다고 해서 나는 S를 책망할 생각은 전혀 없었다. 단지 나는 S가 가여웠다.

"그보다……." 나는 짐짓 밝게 말했다. "S의 시체, 찾지 못해서 어떡하지? 하지만 나, 어떻게 해서든 찾을게. 다시 몰래 숨어들어가도 되고, 만약 그런 기회가 또 없더라도 분명히 다른 방법이 있을 거야. 꼭 이와무라 선생님의 죄를 밝혀내고 말 거야."

말은 그렇게 하면서도 당장 방법이 떠오르지 않아서 속상했다.

입을 다물고 발아래 잡초를 내려다봤다. 이와무라 선생님의 죄상을 밝힐 좋은 방법이 없을까. 열심히 머리를 굴렸다. 이와무라 선생님의 집에서 S의 시체를 발견하는 일 말고, 뭔가…….

아아, 그렇다. 이와무라 선생님의 그 취미를 경찰에게 알리면 어떨까? 그렇게 하면 이와무라 선생님과 S의 죽음 사이에 어떠한 연관이 있다고 의심을 할지도 모른다. 나는 S에게 그 생각을 말했다.

"하지만 이와무라 선생님이 잡아떼면 그만이야. 사진하고 비디오도 숨기거나 버리면 더 이상 증거는 아무 데도 없어. 초등학생 말만 듣고 갑자기 가택 수색 같은 건 안 할 거고……."

맞는 말이다. 다른 방법을 생각해야 했다. 나는 한숨을 쉬고 콜라를 마셨다. 완전히 미지근해져 있었다.

그렇게 머리를 짜내고 있을 때, 나는 어떠한 감각이 서서히 머리 한구석에서 연기를 피어 올리고 있다는 사실을 깨달았다. 이와무라 선생님의 집에서 나왔을 때, 아니, 그 사진과 비디오를 봤을 때부터 희미하게 느끼던 감각.

위화감. 아니다. 뭐랄까, 더 모호하고 어중간한 것.

그 감각은 머리 한구석에서 연기를 피어 올리면서 점점 분명한 형태로 변해갔다.

"그래, 놀라지 않았어……." 내 입에서 갑자기 목소리가 흘러나왔다.

"뭐?"

"나, 놀라지 않았어. 사진하고 비디오를 봤을 때, 충격은 받았지만 놀라지 않았어. 그때 나는 그냥 머리 어딘가에서 뜻밖의 일이 아니라고 느꼈어."

비디오에 S가 찍힌 사실에는 깜짝 놀랐지만, 나는 그러한 것들이 이와무라 선생님 집에 있던 사실 자체에는 별로 놀라지 않았다. 위화감을 느끼지 않았다는 위화감. 바로 내 모호한 감각의 정체였다.

"이와무라 선생님의 취미에 대해서 뭔가 짚이는 게 있던 거지?"

S가 진지하게 물었다. 나는 잠시 생각한 뒤, 고개를 끄떡였다.

머릿속에 한 광경이 떠올랐다. 교실에서 설문지를 나눠 주는 이와무라 선생님. 약간 부자연스럽고 불안한 시선.

—익명이다. ○× 형식이니까 글씨체를 보고 누군지 알아차릴 염려도 없다.—

나눠 준 설문지에는 이상한 질문이 여럿 있었다. 집에 있을 때 혼자서 자신의 사타구니를 만진 적 있습니까? 자신의 신체를 보고 최근에 변했다고 생각한 적이 있습니까? 목욕은 혼자 합니까? (× 라고 대답한 사람은) 그 이유는 무엇입니까?…….

―최대한 솔직하게 대답해라. 이건 공적인 조사다.―

키득키득 웃으면서도 우리는 설문지에 대답을 적어나갔다. 용지를 걷으면서 어느 것이 누구 것인지 모르도록 따로따로 제출했다.

"S야. 그 설문조사, 이상했지……?"

"응, 공적인 조사가 아니었던 거야. 완전히 이와무라 선생님의 취미였어. 우리가 남에게 잘 이야기하지 않는 부분을 이와무라 선생님은 알고 싶었던 것뿐이야."

"그건, 익명이 아니었어."

그때 나는 분명히 봤다. 나눠 주기 전의 설문지 다발. 그 측면에 사선으로 그어진 직선 하나.

"그래. 이름을 쓰지 않더라도, 글씨체를 몰라도, 걷을 때 마구 섞어버려도 상관없었던 거야. 누가 썼는지 나중에 다 알 수 있게 되어 있었어. 나눠 주기 전에 종이 옆에 연필이나 뭔가로 사선을 그어두면 돼. 그리고 모은 다음에 그 선대로 다시 정리하면 되는 거야. 종이를 나눠 준 순서만 기억하면, 어느 게 누구 건지 바로 알 수 있어. 분명히 이와무라 선생님, 우리가 적어낸 설문지, 집에 가지고 갔겠지. 그리고 그 유리 테이블 위에 펼쳐놓고 혼자서 히죽거렸을 거야."

한 방 멋지게 먹었다. 나는 그때 설문조사에 아무런 의심도 갖지 않았다. 모든 질문에 솔직하게 대답했다. 어차피 익명이라는 생각에 전혀 부끄럽지 않았다.

"또 있잖아."

S의 말에 나는 끄떡였다. 짚이는 일은 더 있었다. 봄의 사생대회 때도 이상했다. 학교에서 이 공원까지 오는데, 이와무라 선생님은 우리에게 두 줄로 서서 옆 사람과 손을 잡으라고 했다. 여학생은 여학생끼리, 남학생은 남학생끼리……. 여학생들은 아무런 저항 없이 시키는 대로 했지만, 우리 남학생들은 그렇지 않았다. 정확하게 말하면 손잡기 싫었다. 남자끼리 손을 잡는 것은 징그럽다고 생각했다. 그런데 이와무라 선생님은 "일행에서 떨어지면 안 된다"면서 우리 팔을 붙잡고 억지로 잡게 했다. 그리고 그 모습을 만족스러운 표정으로 내려다봤다.

"말하자면, 변태야, 그 선생은." S가 화난 목소리로 말했다. "머리가 이상한 거야. 나는 머리가 이상한 변태한테 살해당했어. 아무 나쁜 짓도 하지 않았는데 살해당했어. 시체도 무덤에 들어가지 못하고. 분명히 아직 그 선생이 가지고 있을 거야. 나는 죽어서도 그 선생한테 이상한 짓을 당하고 있는 거야. 두 다리가 뚝뚝 꺾였을지도 몰라. 입에 비누가 들어 있을 수도 있어. 아니면 더 기분 나쁜 짓을 당했을지도 몰라. 나는……."

S는 계속 무슨 말을 하려다가 그 말을 억누르듯이 낮게 중얼거렸다.

"화가 나서 견딜 수 없어."

그리고 입을 다물었다.

나는 다 먹은 야키토리의 꼬치를 콜라 캔에 꽂고 일어섰다. 뭔가를 있는 힘껏 때리고 싶었다. 난생처음 느끼는 기분이었다.

"미카, 돌아가자."

나는 전망 광장의 끝에 있는 미카에게 다가갔다. 도중에 벤치에 있는 S를 돌아보고 말했다.

"반드시, 어떻게 될 거야. 어떻게든 할게. 내가 이와무라 선생님의 죄를 밝혀낼 거야."

S가 뭐라고 대답을 했지만, 마침 바람이 불어서 잘 들리지 않았다.

그때까지 나는 아직 알아차리지 못하고 있었다.

셔츠 가슴께에 달았던 명찰이 어느새 사라져버렸다는 사실을.

✳

7월 31일 오전 9시 8분.

이 집에서는 오래된 냄새가 나는군. 다이조는 코를 쿵쿵거려보았다.

오래된 일본 집의 냄새다. 다이조는 아주 오랜 일상이 퇴적하여 발효한 것처럼 코를 찌르는 그 냄새가 싫지 않았다. 어린 시절을 보낸 규슈의 본가에서도 같은 냄새가 났다.

조금 전의 그 개가 여태 현관에서 짖어댄다. 다이키치라는 약간 별난 이름을 가진 야윈 개다. 언뜻 보기에도 경계심이 강해 보였지만, 설마 덤벼들리라고는 생각도 하지 않았다. 그 초등학생이 도와주지 않았다면 어떻게 되었을까? 다이조는 새삼 오싹해져서 몸서리를 쳤다.

열린 창밖으로 해바라기가 피어 있었다. 열 그루가 넘을까? 검정색과 노란색의 커다란 꽃이 죽 늘어서 있다. 꽃만이 아니라, 굵은 줄기로부터 제각각 사방으로 펼친 잎도 아주 근사했다. 줄기 아래로 갈수록 잎은 커져서 땅 가까이에 있는 것은 다이조의 두 손바닥을 합쳐도 부족할 정도다. 복주머니처럼 오그라져서 대롱대롱 매달려 있는 잎이 하나 있는데, 진디의 소행인 게 분명하다. 자세히 보면 그것

하나만 꽃을 피우지 않았다.

해바라기 옆을 바라보았다. 나무가 상당히 많았다. 벚나무, 녹나무, 비파나무, 애기동백……. 손질을 잘 하지 않는지, 모두 화난 듯이 사방으로 가지를 뻗고 있었다.

시끄러울 정도의 유지매미 소리. 소리가 뒤섞여서 마치 뜨거워진 공기 전체가 울리고 있는 것 같았다.

높은 울음소리 속에서 다이조는 아까부터 다른 소리를 들었다.

바로 경보 소리다. 다른 사람들에게는 들리지 않는 경보. 다이조의 가슴속에만 울리는 희미한 그 소리.

"나쁜 예감…… 이야."

어릴 때부터 그러했다. 다이조의 가슴속에는 정체를 알 수 없는 작은 뭔가가 살고 있어서 갑자기 지금처럼 소리를 냈다. 그리고 그 소리에 귀를 기울이지 않으면, 나중에 다이조는 반드시 후회를 했다. 그 소리를 따랐어야 했다고…….

"그때도, 그랬는데……."

아홉 살 때, 어머니가 돌아가셨다. 불과 서른의 나이였다. 아버지는 이미 전쟁으로 세상을 떠났기에 다이조는 어머니하고 둘이서 조그만 집에 세 들어 살았다. 어머니는 근처에 있던 방적공장에서 일을 하면서 여자 혼자 몸으로 열심히 다이조를 키웠다. 일요일도, 국경일도 없을 정도로 바쁜 하루하루였다.

지금도 선명하게 기억한다.

어머니는 야위긴 했지만 아름다웠다. 아들인 다이조가 보기에도 꽃처럼 예뻤다. 그 어머니가 갑자기 세상을 떠났다. 어느 날 아침, 다이조가 이불을 걷자, 눈을 뜬 채로 싸늘하게 식어 있었다. 의사도 고개를 갸웃거릴 정도로 갑작스러운 죽음이었다.

어머니는 의지할 곳이 없었다. 일가친척은 모두 전쟁으로 세상을 떠났다. 그래서 어머니의 장례식은 전부 이웃사람들이 도와주었다. 장의사가 널리 보급되기 전이다. 그날, 다이조는 마루에 앉아서 혼자 멍하니 마당을 바라보고 있었다. 자기 자신이 죽어버린 기분으로, 낯익은 얼굴과 낯선 얼굴이 눈앞을 바쁘게 오가는 모습을 바라보았다. 그때도 한창 더운 여름날이었다.

"그때도 경보는 울렸어."

귀에는 들리지 않는, 망가진 피리 같기도 하고 갓난아기의 외침 같기도 한 소리가 가슴속에서 희미하게 울려 퍼지고 있었다. 그리고 그 소리는 사람의 말로 바뀌어갔다. 다이조를 향해서 집요하게 호소하는 목소리로 바뀌었다. 거기에 있으면 안 돼……. 귀를 막아……. 귀를 막아……. 귀를…….

"제길……."

머리를 흔들고 다이조는 기억의 잔재를 떨쳐냈다. 한숨을 내쉬면서 양손 손가락 끝으로 관자놀이를 눌렀다. 지금부터 자신이 하려는 일이 결코 잘못된 일이 아니라고 자신의 뇌에 타이르는 것처럼.

"드세요."

목소리와 함께 갑자기 옆에 찻잔이 나타났고, 다이조는 화들짝 놀랐다. 어느새 S의 엄마가 자신의 바로 옆에 무릎을 꿇고 앉아 있었다. 정말 소리 없이 다니는 사람이군. 다이조는 자신도 모르게 그 얼굴을 다시 쳐다봤다. 거무스름하고 홀쭉한 뺨. S와 똑같은 사시 눈이 흐리멍덩하고 어둡게 가라앉아 있었다.

"입에 안 맞으시는 거라면 죄송해요." 약간 잠긴 작은 목소리였다.

"아니에요. 괜찮습니다."

S의 엄마 이름은 미쓰에였다.

미쓰에는 조용히 무릎걸음으로 다이조의 비스듬히 앞쪽으로 자리를 옮겼다. 별로 깨끗해 보이지 않은 구겨진 짙은 회색 블라우스에 비슷한 색의 긴 치마. 다이조를 보지도 않고 가만히 바닥에 시선을 고정한 그 옆얼굴에선 생기라곤 도무지 찾아볼 수 없었다.

"마당에 나무가 참 많네요." 다이조는 미쓰에한테서 눈길을 돌렸다. "이건, 보니까 그거네요. 계절마다 꽃이 피도록 되어 있군요. 봄에는 벚꽃, 초여름에는 녹나무꽃, 가을에는 비파, 겨울은 애기동백, 그리고 여름은 해바라기, 식으로요."

"먼저 떠난 남편이 좋아했거든요."

"해바라기가 하나 진디에 당했군요. 잎이 크기 전에 진디가 붙으면 저렇게 잎이 말려버리지요. 복주머니처럼요. 그래서 꽃도 피지 않는 거고요."

"후루세 씨는 잘 아시네요."

"나이가 있으니까요."

후루세 다이조는 크게 소리 내어 웃었지만, 미쓰에는 아무 반응이 없었다.

잠시 유지매미 소리만이 들렸다.

"저기, 하실 말씀이라는 게?" 미쓰에가 마음먹은 듯이 말을 꺼냈다.

다이조는 결심했다. 찻잔을 들고 한 모금 마신 뒤, 상대를 쳐다봤다.

"미리 말씀드립니다만, S의 어머님 입장에서는 그다지 듣고 싶지 않을지도 모르겠습니다."

미쓰에가 몸을 움찔하는 게 보였다.

다이조는 S가 죽은 그날 아침, 자신이 상수리나무 숲속에서 S의 모습을 본 이야기를 했다.

"그래요. 후루세 씨였군요……."

목격자가 있었다는 말을 경찰에게서 이미 들은 모양이었다. 후루세 다이조는 말을 계속했다.

"그날 오후, 형사 두 분이 집에 왔습니다. 그때 나는 내가 본 것을 이야기했죠. 하지만 한 가지 사실을 깜빡했어요."

자신의 무릎을 바라보던 미쓰에가 갑자기 고개를 들었다.

"S의 목소리를 들었습니다."

"그 애, 목소리를……?"

"네, 그래요. 그 소리를 들었을 때, 그저 혼잣말이라고 생각했죠. S가 혼자서 무슨 말을 한다고요. 그런데 나중에 다시 생각해보면, 그건……." 가슴속에서 경보가 요란하게 울렸다. 다이조는 그 소리를 듣지 않으려고 목소리에 힘을 주었다. "그건 아마 누군가에게 말을 하고 있던 게 아닐까, 그런 생각이 들었습니다."

미쓰에는 다이조의 얼굴을 똑바로 응시하며, 입을 꼭 다물었다. 이윽고 잘 들리지 않는 목소리로 말했다.

"저, 그러니까 후루세 씨의 말씀은……."

"S는 혼자가 아니었던 거예요. 그때 누군가와 같이 있던 거죠."

이야기를 시작하자, 말에 자연스럽게 힘이 붙었다. 더 이상의 망설임은 없다.

"내가 들은 S의 목소리는, 내가 어쩌고저쩌고, 였어요. 뭐라고 했는지는 정확히 모르겠습니다. 상수리나무의 잎 소리 때문에 잘 들리지 않았거든요. 그래도 어떻게 혼잣말이 아니라고 생각하게 됐냐 하면, 그 말이 누군가에게 질문을 하는 거 같기도 하고, 확인하는 거 같은 억양이었거든요. 다시 말해, 내가 어쩌고저쩌고…… 이런 식이 었어요. 혼잣말은 그런 투로 하지 않죠. 그리고 곰곰이 생각해보면 혼잣말이라는 건, 대체로 작은 목소리로 하잖아요. 입속으로 중얼중 얼하고요. 이 방에서 마당을 넘어 숲 속까지 들릴 리가 없어요. 그 건……" 말을 끊고 다이조는 마른 침을 삼켰다. "그건 누군가에게 말을 하고 있었다는 뜻이죠. 틀림없습니다."

❋

같은 날, 오후 두 시 40분.

비 내리는 언덕을 나란히 내려가면서 다이조와 미쓰에는 아무 말 도 하지 않았다. 두 사람이 각자 쓰고 있는 비닐우산은 경찰서 현관 까지 배웅 나온 다니오 형사가 하늘을 올려다보고 빌려준 것이었다. 하얀 플라스틱 손잡이에 검은 매직으로 '1과'라고 적혀 있었다.

"오늘은 감사했어요." 미쓰에가 빗소리에 꺼질 듯한 소리로 말했 다. "경찰서까지 함께해주셔서 아주 든든했습니다."

다이조는 복잡한 기분으로 고개를 저었다.

경찰서를 찾은 다이조와 미쓰에가 안내된 곳은 2층에 있는 '응접 실3'이라는 이름이 붙은 방이었다. 두 사람을 맞은 다니오 형사의 얼 굴은 처음에는 기대에 차 있었다. 그런데 다이조가 하는 이야기를 듣는 순간, 그 표정은 노골적으로 유감스럽다는 듯이 변했다.

—하나의 정보로 참고하겠습니다. 그런데 그, 현시점에서 저의 소 감을 말씀드리면.—

다니오 형사는 다이조와 미쓰에를 치켜뜬 눈으로 번갈아 보며 이마에 주름을 만들었다.

—필시 혼잣말이 아니었을까, 하고.—

다이조는 그래도 한동안 집요하게 맞섰지만, 다니오 형사의 태도는 바뀌지 않았다. 다이조는 의외라고 생각했다. 자살이라고 생각했던 소년이 사실은 그렇지 않을지도 모른다는 가능성을 시사하는데, 왜 이렇게 반응하는 걸까?

그런데 곰곰이 생각해보면 당연한 태도였는지도 모른다. 그들이 현재 수사하는 것은 자살한 시체의 유기사건이며, 그들은 현재 그 시체의 행방을 쫓고 있다. 이제 와서 이러한 모호한 근거를 바탕으로 S의 죽음을 두고 왈가왈부하는 것은 당연히 혼란을 초래할 뿐이라고 생각할 것이다. 동원할 수 있는 수사 인원은 한정되어 있다. 더구나 그 뒤로 열흘이 넘게 지났는데, 아직도 사라진 시체를 발견하지 못했다. 지금은 수사원 모두가 힘을 합쳐서 시체를 찾는 데 전력을 다해야 한다는 판단에는 전적으로 동감했다.

자신의 생각이 너무 안이했다는 사실에 다이조는 혼자 부끄러워졌다.

그러나 아직 방법은 남아 있다.

다이조는 그제 일을 생각했다. 도서관. 소설. 로쿠무라 가오루라는 저자 이름.

빗소리가 갑자기 커졌다. 뚝 하고 한 방울, 커다란 빗방울이 우산을 두들기나 싶더니, 바로 후드득거리며 주변 일대로 쫙 퍼졌다. 땅여기저기에 검은 웅덩이가 생겨나고, 빗물이 거칠게 튀었다. 하늘은 점점 어두워졌고 바람도 불었다. 마치 바다 위에서 갑자기 폭풍우를 만난 것 같았다.

"날씨가 참 이상하네요. 이래서야 우산이 무슨 소용이 있겠습니까?"

"네, 정말로……."

그러한 대화도 주변에 떨어지는 무수한 빗방울 소리에 지워졌다.

"택시를 타는 게 나을 거 같군요. 그렇게 하시죠."

대답도 기다리지 않고 다이조는 고개를 돌려 지나가는 택시를 찾았다. 그런데 비 때문에 앞이 잘 보이지 않았다. 많은 사람들이 지붕 밑으로 들어가려고 빠른 걸음으로 오가고 있다.

"하지만 후루세 씨, 조금만 더 걸으면 역이에요. 거기 서 있는 택시를……."

"아아, 그렇군요."

두 사람은 잰걸음으로 언덕을 내려갔다. 역 앞에 빈 택시가 여러 대 줄지어 서 있었다. 그중 한 대에 다가가서 후루세 다이조가 신호를 보내자 문이 열렸다.

"자, 타시죠."

"감사합니다. 후루세 씨는 안 타세요?"

"네, 저는 역 앞에 볼일이 좀 있어서요."

뒷좌석에 올라탄 미쓰에한테 다이조는 지갑에서 천 엔짜리 지폐 두 장을 꺼내서 건넸다. 고개를 저으며 거절하는 미쓰에의 손에 억지로 지폐를 쥐어주고는 돌아섰다.

역 안으로 들어가자 우산을 때리는 빗소리가 안 들려서 그런지, 실제보다 더 조용하게 생각되었다. 뒤에서 택시가 출발하는 소리가 들렸다.

우산을 접고 크게 숨을 쉬며 다이조는 어두운 하늘을 올려다봤다.

"그칠 때까지 기다릴까……"

실은 역 앞에 아무 볼일도 없었다. 단지 혼자서 생각을 하고 싶었을 뿐이다.

오가는 사람들에게 방해가 되지 않도록 다이조는 느릿하게 벽 쪽으로 갔다. 비닐우산을 지팡이처럼 정면에 세워서 손잡이를 양손으로 잡았다. 주름투성이의 젖은 손을 가만히 바라보았다.

"나쁜 예감도 틀릴 때가 있어."

결국 아무 일도 일어나지 않았으니까. 다이조의 행동은 아무런 의미가 없었으니까.

그때 철퍽철퍽하고 역을 향해 달려오는 발소리가 들렸다.

"저 애는……"

빗속에 낯익은 얼굴이 보였다.

6

건네받은 메모

"오빠, 빨리!"

"알아. S야, 괜찮아? 물, 안 들어갔어?"

"응, 아직까지는 괜찮아. 하지만 가능하면 그 손, 뚜껑에서 떼지 마."

우리가 전망 광장을 뒤로하고 JR공원의 문을 나설 무렵 쏟아지기 시작한 비는 고개를 내려가는 사이에 점점 세차게 변했다. 우산이 없는 우리는 무조건 역까지 서두르는 수밖에 없었다.

"다 왔어, 미치오. 역이 보여." 역 안에 뛰어 들어가 마침내 한숨을 쉬었다. "휴우, 살았다."

머리를 흔들며 머리카락의 물을 털고 있는데, 멀리서 누가 내 이름을 불렀다.

소리 나는 방향을 돌아보니, 오늘 아침 S의 집 앞에서 만난 그 할아버지가 있었다.

"앗, 할아버지."

"그래, 다행히 기억하고 있었구나."

나는 미카에게 아침에 있었던 일을 간단히 설명해주었다.

할아버지는 투명한 비닐우산을 지팡이처럼 짚으면서 다가왔다. 회색 작업복의 양어깨는 비에 흠뻑 젖어서 진하게 보였다.

"오늘 아침은 고마웠다. 덕분에 다치지 않았구나. 너는 아주 용감한 아이야."

"다이키치는 1학년 때부터 알거든요. 전에는 성격이 그러지 않았는데……."

"많이 따랐던 S가 없어져서 쓸쓸한 건지도……. S와 다이키치는 아주 사이가 좋았다고 어머니가 그러시더구나."

그러고 보면 오늘 아침, 할아버지는 S의 엄마에게 무슨 이야기를 하러 간 걸까? 나는 할아버지에게 물어보았다.

"아아, 별 이야기 아니었단다."

할아버지의 말투는 아무리 봐도 뭔가를 숨기고 있는 듯했다.

"S와 관련이 있는 일이에요?"

"그래. 그건 그렇긴 한데."

"그거, 혹시 그날 아침 일이에요?"

내 질문에 할아버지의 두 눈이 순간적으로 몇 배 커진 것 같았다.

"어째서 그런 생각을 하는 거냐?" 갑자기 목소리가 낮아진다. "어째서, 그날 아침이라는 표현을 쓰는 거지?"

아차, 싶었다. 그러면 마치 내가 S의 자살에 의문을 가지고 있다는 말투가 아닌가. 나는 머릿속으로 적당한 변명을 생각했다.

"전에 S한테 할아버지 이야기를 들은 적이 있거든요. 어떤 일 때문에 매일 아침 8시에 S네 집 마당 바로 앞까지 걸어오신다고요. 그래서 아침이라고 한 거예요."

궁색한 변명이었지만, 그럭저럭 할아버지는 이해한 모습이었다. 나는 일단 안심했다. 그리고 이 기회에 할아버지가 그날 아침, 이와무라 선생님의 모습을 목격했는지를 확인해야겠다고 생각했다. 최대한 아무렇지 않게 들리도록 나는 목소리 톤을 조절하며 물었다.

"할아버지, 그날 아침 상수리나무 숲 속에서 누구 보지 않으셨어요?"

그때 할아버지의 반응은 아주 뜻밖이었다. 주름투성이 얼굴이 순식간에 굳었다. 나를 쳐다보는 눈이 번쩍하고 커졌다. 그러더니 마른 입술이 처음에는 작게, 그러다가 점차 크게 떨리기 시작했다. 나는 순간 할아버지가 나한테 덤벼들지 않을까 상상했다. 하지만 그런 일은 벌어지지 않았다. 이윽고 할아버지는 내 얼굴에서 시선을 돌려 우산 손잡이를 잡은 자신의 두 손을 가만히 응시했다. 잠시 후, 목에 있는 울대뼈를 한 번 꿀꺽하고 움직이고 다시 나를 바라봤다.

"너는 뭔가를 아는 거냐?"

목소리가 잠겨 있었다. 억지로 침착하려고 노력하는 것 같았다. 그때 나는 확신했다. 할아버지는 역시 그날 아침, 이와무라 선생님을 목격했다. 하지만 어떠한 이유로 경찰에 말하지 못하고 있다.

"아뇨. 몰라요, 아무것도……."

할아버지가 한 발자국 나에게 다가왔다.

"정말 모르는 거냐?"

무표정한 얼굴이 오히려 무서웠다. 나는 본능적으로 뒷걸음질 쳤다.

"정말로 몰라요. 그냥……."

"그냥?"

S가 병 속에서 짧게 속삭였다.

"말해버려."

나는 S의 판단을 믿고 따르기로 했다.

"저, S가 자살했다는 사실이 도저히 믿기지가 않아요. 물론 목을 매고 있던 S의 모습이 착각이었다는 건 아니지만요. 하지만 뭐랄까, 자꾸만 S는 뭔가 안 좋은 일에 휘말린 게 아닌가 싶어요."

할아버지의 표정이 미묘하게 바뀌었다.

"S의 시체를 본 같은 반 친구가 너였던 거로구나."

S의 엄마한테 이미 들었다고 생각하고 있었기에 할아버지의 반응은 뜻밖이었다.

"그래, 정말 많이 놀랐겠구나."

할아버지의 올라갔던 눈썹이 내려갔고, 나를 빤히 쳐다보았다. 그리고 생각난 듯이 내 얼굴을 가까이 들여다보았다.

"S의 자살이 믿기지 않는다고 했지? 뭔가 안 좋은 일에 휘말린 게 아닌가 하고……. 그건 무슨 뜻인 거냐?"

"단지 느낌이 그렇다는 거예요."

"네가 말하고 싶은 건, 그러니까 이런 말인 거냐? S는 자살이 아니라, 누구한테 살해당한 건 아닌가, 말이다."

내가 하고 싶었던 말이 반대로 할아버지의 입에서 나왔기에 깜짝 놀랐다. 그리고 나는 할아버지도 어쩌면 자신의 목격담을 나에게 이야기하려는 것이 아닌가 생각했다.

"그렇게 말하고 싶은 거냐?"

할아버지가 질문을 반복했다. 나는 가까스로 고개를 끄떡였다.

167

언제 할아버지 입에서 이와무라 선생님 이름이 나올지, 나는 긴장하며 마음의 준비를 했다. 아니, 할아버지는 이와무라 선생님의 이름은 모를 수도 있다. '체격이 큰 남자'라는 식으로 나에게 설명을 할 가능성도 있다.

"성애에의 심판……." 마침내 할아버지는 한 마디 내뱉었다.

"네……?"

"책 이름인데, 들어본 적 있느냐?"

나는 고개를 저었다. 그러자 할아버지는 바지 주머니를 뒤져서 수첩과 연필을 꺼냈다. 모서리가 젖어서 불은 종이에 재빨리 연필로 뭔가를 적었다. 그리고 그것을 찢어서 나한테 내밀었고, 나는 그 종이를 받았다.

'성애에의 심판. 로쿠무라 가오루.'

각진 글씨로 그렇게 쓰여 있었다.

"네가 생각하는 일과 관련이 있을지는 모르겠구나. 하지만 나는 왠지 신경이 쓰여서 말이지."

"이 책이 말인가요?"

할아버지는 고개를 끄떡였다. 시선은 나를 향하고 있지 않았다. 마치 뭔가 켕기는 일이라도 하는 모습이었다.

"처음이 책 제목, 다음이 저자, 즉 그것을 쓴 사람 이름이란다. 물론 필명이니까 본명은 따로 있고."

나는 할아버지가 무슨 말을 하는지 이해가 가지 않았다.

"그 소설은 아주 기분 나쁜 내용이란다. 주인공 남자가 소년을 살해해서 그 시체에 장난을 치는 내용이거든."

"죽여서 시체에 장난을요?"

주변 소리가 순식간에 사라졌다. 내 귀는 더 이상 할아버지의 목소리밖에 들리지 않았다. 시야는 좁아지고 그 가운데 할아버지의 색바랜 입술만이 움직였다.

"나는 이런 소설을 쓰는 사람의 생각을 이해할 수 없구나. 아이를 살해하고, 더구나 그 시체를 가지고 여러 가지 나쁜 짓을 한다는 게 말이지. 옛날에 이 소설을 읽었을 때에는 읽은 사실 자체를 아주 후회했을 정도니까. 하지만 이번 S의 사건을 알았을 때, 뭔가가 걸렸어. 그러다 내 머릿속에 갑자기 이 소설 제목이 떠오른 거야. 그리고 그것이 절대 머리에서 떨어지지 않는구나."

"이 소설이 S의 일하고 어떠한 관련이 있어요?"

"그건 나도 모르겠구나. 단지 아주 신경이 쓰이는 것만은 분명해. 내 기우면 좋겠는데……." 할아버지는 입을 굳게 다물고 침을 꿀꺽 삼켰다. "아무튼, 그 종이를 가지고 가거라. 네가 S의 자살을 의심하고 있다면 어떠한 힌트가 될 수도 있을 거야."

"네. 하지만……."

할아버지는 나를 정면으로 바라본 채, 뒤로 한 발자국 물러났다.

"감기 들지 않게 그만 가보거라. 이제 비도 그쳤고."

그제야 밝은 빛이 내 옆얼굴을 비추고 있는 사실을 알아차렸다. 온 하늘을 뒤덮고 있던 구름은 회색에서 흰색으로 바뀌어 있었고, 그 사이로 태양이 얼굴을 내밀고 있었다.

할아버지는 나를 향해 작게 한 번 끄떡이더니, 사람들 속으로 사라지려고 했다. 그런데 주저하듯이 멈춰 서서는 다시 이쪽을 돌아보았다.

"미치오. 몇 살이냐?"

"음, 아홉 살이요. 다음 달에 열 살이 돼요."

"그래……."

할아버지의 얼굴이 갑자기 슬픈 듯이 일그러졌다. 그저 느낌이었는지도 모른다.

나는 멀어지는 할아버지의 뒷모습을 멍하게 바라보았다. 그 모습이 사람들 속에 섞여서 보이지 않게 되자, 나는 할아버지가 준 종이를 들여다봤다.

"좀 이상한 사람이네." S가 이상하다는 듯이 말했다. "뭔가 생각에 잠긴 거 같던데. 그런데 저 할아버지, 어떻게 미치오의 이름을 아는 거지?"

"오늘 아침, S의 엄마가 나를 불러서겠지. 아니면, 가슴에 붙은 명찰을 봤는지도 모르고. 오늘은 특별히 명찰을 달고 있으니까."

말을 하면서 나는 셔츠를 내려다보고 새파랗게 질렸다.

에이고와 다이키치

한 가지 분명한 것은 빨리 움직이지 않으면 나에게 위험이 닥칠수 있다는 사실이었다.

"분명히 이와무라 선생님 집에서 떨어뜨렸을 거야."

집으로 가는 큰길을 걸어가면서 나는 당장이라도 소리를 지르고 싶은 심정이었다.

"오빠."

"진정해, 미치오. 괜찮아."

"괜찮긴 뭐가 괜찮아? 생각해봐. 이와무라 선생님이 자기 집에서 내 명찰을 발견하면, 어떻게 될 거 같아? 몰래 들어갔던 게 완전히 들통 나는 건데."

"자기 반 학생 명찰이잖아. 우연히 가지고 와버렸다고 생각할지도 몰라. 학교에서 자기도 모르게 가방이나 뭔가에 붙어서, 그대로……"

"말도 안 돼. 왜냐하면 이와무라 선생님은 오늘 현관에서 미카를 봤어. 그때는 역에서 나와 같이 있던 미카와 단지 닮았다고 생각했을지도 몰라. 미카가 아무 말도 하지 않았으니까. 하지만 집에서 내 명찰을 발견하면, 더 이상 그렇게 생각할 리가 없어. 그때 내가 방 안에 있었고, 나는 유리 테이블 위에 어질러져 있던 사진을 봤고, 비디오를 봤다고 생각할 게 뻔해."

나는 쉴 새 없이 말을 내뱉었다. 그러지 않으면 당장이라도 공포로 어떻게 될 것만 같았다.

"빨리 증거를 찾아야 돼. 경찰이 조금이라도 빨리 이와무라 선생님을 잡게 해서 교도소에 보내는 거야. 안 그러면 나를 노릴 거야. 내가 당해."

"그러니까, 미치오. 아무튼 진정 좀 해. 그러기 위해서 차분히 생각해야지."

"S는 상관없겠지. 벌써 죽었으니까!"

나는 그만 소리를 버럭 질렀다. 그리고 바로 앗, 하고 후회했다.

"아냐, 미안……." 길 가장자리에서 걸음을 멈췄다. "방금 한 말, 진심 아니야. 그게 아니야."

"아니긴 뭐가 아니야. 분명히 한 번 죽은 몸 맞잖아." S가 병 속에서 낮게 웃었다. "하지만 이 말만은 할게. 나는, 지금은, 살아 있어.

171

이렇게 미치오하고 미카하고 같이 있어. 살아 있다는 건 언제든지 죽을 가능성이 있다는 거야. 그리고 그럴 가능성은 미치오보다 훨씬 높아. 몇 배나, 몇 배나 말이지."

"S야, 나……."

"어때, 미치오는 자신이 누군가의 발에 밟혀 죽을 수 있다고 생각해? 손가락에 잡혀서 죽는다고 생각해? 자신보다 훨씬 큰 생물에게 한입에 먹혀버린다고 생각해? 파리채에 온몸이 납작해지고 배에서는 내장이 튀어나와……."

"그래서 지켜주고 있잖아!" 일단 꺼져들던 분노가 다시 부글부글 끓어올랐다. "병 속에 넣어서 뚜껑을 덮고 이렇게 공기구멍까지 뚫어서 잘 돌봐주고 있잖아. 아까 비가 왔을 때도 물이 들어가지 않게 해줬고, 밥도 매일 꼬박꼬박 잡아다 주고 있고……."

"해준다, 해준다, 해준다. 우와, 미치오는 나를 그렇게 보고 있던 거네? 불쌍한 S는 내가 잘 돌봐주며 키우지 않으면 금방 죽게 된다, 그런 거였어? 잘 들어, 미치오, 이 말만은 할게. 나는 너의 애완용이 아니야."

"이 말만은 하겠다고, 아까부터 그 말뿐이잖아. 이 말만, 이 말만……. 도대체 이 말은 얼마나 더 있는 거야?"

"미안, 같은 말밖에 못해서. 공교롭게 거미라서 말이지, 인간처럼 머리가 돌아가지 않아."

"되게 시끄럽네……."

미카의 한마디에 우리의 대화는 뚝 중단되었다. 그 말투가 정말 짜증 내는 것 같았기 때문이다.

"같이 생각하자, 오빠랑 S 오빠도."

"하지만 미카, 생각한다고 해도……."

화가 나서 세 살짜리 여동생에게도 반박하려 든다는 것을 나는 문득 깨달았다. 목까지 치밀어 올라왔던 말을 억지로 삼킨 다음, 나는 폐 속의 공기를 세게 토해내고 고개를 숙이며 다시 걷기 시작했다.

거리를 오가는 자동차 타이어가 젖은 땅을 힘차게 구르는 소리를 들으면서, 나는 필사적으로 생각했다. 집에서 내 명찰을 발견한 이와무라 선생님은 가장 먼저 무엇을 할까? 우리 집에 전화를 걸어서 나를 불러낼까? 아니면 어딘가에서 나를 기다리고 있을까? 9월에 개학을 하면 당연히 또다시 학교에서 얼굴을 마주해야 한다. 그런데 도저히 그때까지 기다릴 것 같지 않았다. 여름방학 중에 분명히 뭔가 행동을 취할 것이다. 우리는 이제 시간이 없다. 이와무라 선생님을 궁지에 몰아넣을 방법을 한시라도 빨리 생각해야 한다.

"아아, 벌써 여기까지 왔구나."

S의 말에 고개를 들자, 불과 몇 미터 앞에 상점가 입구가 보였다.

"있을까……?"

미카가 중얼거리는 소리를 들은 순간, 어둡게 가라앉았던 내 마음에 갑자기 밝은 불이 켜졌다.

"그래! 우리한테는 든든한 아군이 있잖아!"

나는 오이케 국수공장을 향해 잔달음질로 뛰어갔다. 작업장 입구에 국수 아저씨의 모습이 보였다. 밀로 새하얘진 앞치마를 탁탁 벽에 치고 있었다. 날아오르는 하얀 가루 때문에 눈을 가늘게 뜨면서 아저씨는 우리를 쳐다봤다.

"어, 그래, 또 왔구나. 뭐냐, 기운 없는 얼굴인데."

"안녕하세요, 아저씨. 도코 할머니, 계세요?"

"그래, 저기서 명상 중이다. 두들겨 깨워보지 그러냐?"

그리고 아저씨는 유쾌하다는 듯이 큰 소리로 웃고는, 다시 앞치마를 벽에 쳤다. 우리는 항상 가던 그 창가로 갔다.

도코 할머니는 열린 창 너머에서 가만히 눈을 감고 있었다. 정말로 두들겨 깨울 수도 없기에 우리는 잠시 그 자리에서 기다렸다. 방 구석에는 군다리명왕이 돌 받침 위에서 정면을 노려보고 있다.

"눈이 세 개, 팔이 여덟 개, 우와, 정말로 미치오 말대로네. 앗, 뱀이 손하고 발을 휘감고 있어."

"저건 다시 태어나는 걸 의미한대."

"아하, 다시 태어나는 거……"

이윽고 도코 할머니가 눈꺼풀을 바르르 떨더니 가늘게 눈을 떴다.

"어머나, 미안해라. 할머니가 뭐 좀 생각하느라고."

"안녕하세요, 할머니. 지난번에는 고마웠어요. 할머니가 가르쳐준 힌트, 도움이 되었어요."

"힌트…… 라니, 뭔데?"

도코 할머니가 그 힘을 사용했을 때는 언제나 자신이 했던 말을 기억하지 못했다.

"아무튼 고마워요." 나는 다시 감사의 인사를 했다.

"아아, 그래, 미치오하고 미카. 오전에도 봤는데." 도코 할머니는 갑자기 목소리를 낮췄다. "위험한 일은 이제 끝난 거니?"

"어떻게 아세요?"

"당연히 알지. 너희하고 알고 지낸 지가 얼만데. 하지만 너무 이상한 짓은 하지 말려무나. 이미 어떤 일이 일어난 다음이면 늦으니까."

그런데 그 어떤 일이 이미 일어나버렸다.

"또 의논드릴 게 있어요. 저희가 지금 좀 곤란한 일이 생겼어요. 얼마 전에, 그 자살했다는 제 친구 이야기, 기억하시죠?"

"기억하고말고. 가여운 친구······, S라고 했지? 시체가 어디에 있는지 찾았니?"

"아니, 그게 사실은······."

나는 잠시 망설였다. 도코 할머니의 도움을 받고 싶지만, 그러기 위해서는 지금까지 있었던 상황을 전부 이야기해야 한다. 그런데 과연 그래도 되는 걸까? 도코 할머니를 휘말리게 하는 건 아닐까? 하지만 그 사실을 말하지 않으면 의논을 할 수 없다.

"이것 좀 보세요."

나는 S가 들어 있는 병을 들어서 도코 할머니 앞에 내밀었다. 그러자 할머니는 "아하······" 하고 이해한 것 같은 소리를 냈다.

"엇, 아시겠어요?"

"그럼 당연히 알지." 도코 할머니는 자신 있게 대답했다. "이건 잼병이구나. 아마 딸기잼."

"네, 그건 그런데······."

다시 생각을 가다듬고 내가 설명을 시작하려는데, 도코 할머니가 어머, 하는 표정으로 병에 얼굴을 가까이 댔다.

"뭐가 있구나."

"······요." S가 작은 소리로 무슨 말을 했다. 잘 들리지 않았다.

"뭐?" 도코 할머니는 얼굴을 더 가까이 댄다.

"안······요."

"뭐라고?"

"안녕하세요!"

갑자기 큰 소리를 내며 S가 자신의 거미집 위에서 크게 펄쩍 뛰었다. "으악!" 도코 할머니는 입을 벌리고 얼굴을 뒤로 휙 뺐다. 분명히 S는 상대를 놀라게 하려고 일부러 한 짓이다.

"S야, 장난치지 마."

나는 주의를 줬지만, S는 병 속에서 유쾌하게 깔깔거렸다.

"이게 뭐지? 거미? 거미가 말을 하니?"

도코 할머니는 S를 뚫어지게 쳐다봤다. 두 눈이 완전히 동그랬다.

"네, 사실은요, 할머니, 이게 S예요."

"뭐?"

나는 도코 할머니에게 전부 털어놓았다. S가 거미가 되어 우리 집에 온 일. S는 실은 자살이 아니었다는 사실. 매일 아침 여덟 시에 상수리나무 숲 속을 지나는 할아버지 이야기. 이와무라 선생님 집에 몰래 들어간 일. 그리고 거기서 본 것들. 도코 할머니는 도중에 내 말을 끊지 않고 귀를 기울여주었다. 남자 아이들 사진과 S의 비디오 이야기를 할 때, 그 자리에 미카가 있는 점이 신경 쓰였지만, 미카는 무슨 말인지 잘 이해를 못 했는지 표정 하나 바뀌지 않았다.

"그랬구나……." 내가 말을 마치자, 도코 할머니는 깊은 한숨을 내쉬었다. "아주 복잡하게 되었어."

그 소리에는 아무런 의심도 없었다. 나는 일단 그 사실이 기뻤다. 어른들은 대체로 믿어주지도 않는다.

"그래요. 그래서 저희는 이와무라 선생님의 증거를 어떻게 찾을지 생각 중이에요."

"증거? 쉽지 않을 텐데……."

"아까 역에서 할아버지를 만났어요. 아침에 상수리나무 숲을 지나가는 분이요. 할아버지는 역시 뭔가를 아시는 거 같았어요. 그런데 저한테 이상한 종이쪽지를 주셨어요."

도코 할머니의 보여달라는 말에 나는 할아버지한테 받은 종이를 주머니에서 꺼내 할머니의 얼굴 앞에 들어 보였다.

"소설인가 봐요. 아이들을 죽여서 시체에 이상한 짓을 하는 내용이래요."

"성애에의 심판, 로쿠무라 가오루, 라……."

그런데 역시 도코 할머니도 그 의미에 대해서는 모르는 것 같았다.

"도코 할머니, 그거 해주시면 안 돼요?"

미카가 부탁했다. 나도 마침 같은 말을 하려던 참이었다.

"할머니, 부탁해요."

이번에는 도코 할머니도 바로 승낙해주었다.

"하지만 S가 깜짝 놀라지 않을까?"

"저는 괜찮아요. 미치오한테서 어느 정도는 들었거든요. 운 어쩌고, 라는 거 말하는 거죠?"

"좀 다른데."

말을 하면서 도코 할머니는 벌써 눈을 감고 있었다. 10초쯤 지나자 입속으로 중얼중얼 그 주문을 외우기 시작했다.

"온 아밀티 은 팟타……."

친숙한 도코 할머니의 계시. 군다리명왕의…….

"온 아밀티 은 팟타……온 아밀티 은 팟타……온 아밀티 은 팟타……온 아밀티……."

이렇게 길었던 적은 없었다. 도코 할머니는 온몸의 전령을 담아서 비는 것 같았다. 그 목소리는 가끔씩 높아졌다 낮아졌다 하다가 마지막에는 볼륨을 힘껏 비튼 양 단숨에 높아졌다.

그러다가 갑자기 뚝 끊겼다.

우리는 도코 할머니의 얼굴을 뚫어지게 바라보았다. 그 입에서 무슨 말이 흘러나올까, 불안한 마음을 억누르면서 기다렸다.

"다이키치……." 도코 할머니가 내뱉은 말은 정말 의외의 단어였다. "다이키치……, 에이고('영어'라는 의미—옮긴이)……."

그게 전부였다.

"저기, 할머니. 다이키치라면, 제 개 말이에요?"

S의 질문에 도코 할머니는 아무런 대답도 하지 않았다. 눈을 가늘게 뜨고 깊은 한숨을 쉰 다음, 자신의 코끝을 바라보았다.

"S야, 물어도 소용없어. 할머니는 항상 이것을 한 다음, 당신이 무슨 말을 하셨는지 기억하지 못하거든. 하지만 분명히 도움이 돼. 집에 가서 우리 같이 생각해보자."

"정말 도움이 될까……?"

S는 반신반의하는 모습이었다.

"정말이야. 언제나 그랬거든."

도코 할머니한테 고맙다고 인사를 하고 우리는 창가를 떠나 집으로 갔다.

이롬

집에 도착한 시각은 오후 세 시 반. 그리고 조금 있다가 바로 엄마가 일을 마치고 돌아왔다.

"미카야, 엄마 왔어."

엄마는 '팬시Q'라는 둥글둥글한 글자의 로고가 화려하게 프린트 된 분홍색 비닐봉지를 안고 있었다.

"미카야, 엄마가 뭐 사왔게?"

엄마는 비닐봉지 안에서 무언가를 꺼냈다. "짜잔……." 바로 '토레 미짱 파우치'였다. 요즘 텔레비전에서 한창 광고하는 것이다.

"좀 빠른가? 하지만 미카야, 여자는 화장을 하면 아주 예뻐진단 다. 자, 이리 와서 앉아보렴. 엄마가 화장해줄게."

나는 2층에 올라가는 척하면서 복도에 숨어 관찰을 했다. S도 흥 미진진해하는 모습이었다. 엄마는 식탁 의자 옆에 무릎을 꿇고 앉았 다. 그리고 화장 파우치 안에서 어린이용 화장품을 줄줄이 꺼내서 는 "예쁘네!" "귀여워!" 하고 감탄사를 연발하면서 자신이 사 온 선 물의 효과를 미카의 얼굴에 바르며 확인했다. 그런데 마침내 완성된 컬러풀한 얼굴은 예쁘지도, 귀엽지도 않았다. 간단히 말하면 섬뜩했 다. 그리고 엄마도 역시 그 사실을 바로 알아차린 것 같았다. 즐거워 하던 옆얼굴이 돌연 기분 나쁘다는 듯이 일그러졌다.

"새 화장품은 적응할 때까지가 참 어려운 거거든."

엄마는 핸드백에서 손수건을 꺼내 종종걸음으로 부엌으로 갔다. 그리고 수도꼭지에서 물을 틀어 손수건을 적셔 돌아왔다.

"조금씩 연습해보자. 지금 한 건 무효야, 무효."

본래 얼굴로 돌아오는 데는 20초도 걸리지 않았다. 나는 휴 하고 안심했다.

"우와, 그런데, 정말 무시무시한 얼굴이었어."

우리 세 사람이 방에 들어가서 문을 닫자, S가 감상을 토로했다.

"그런 얼굴이 어둠 속에서 갑자기 나타나면, 나, 죽어버릴 거야."

삐딱한 농담에 나는 웃을 기분이 나지 않았다. 갑자기 떠오른 어떤 생각이 내 머리에서 떨어지지 않았기 때문이다.

여자는 역시 어느 정도 나이가 들면 대부분 화장을 하는 걸까? 미카도 설마 조금 전의 그런 얼굴이 좋다고 하지는 않겠지만, 머지않아 꾸미고 싶다고 말을 하게 될까? 나는 미카의 얼굴을 힐끔 봤다. 미카는 이쪽을 쳐다보지 않았다. 미카가 무슨 생각을 하는지 알 수 없었다.

"엇, 왜 그래, 둘 다?" S가 이상하다는 듯이 물었다.

"아무것도 아니야." 나는 얼른 대답했다. "그보다 도코 할머니의 말에 대해 생각해보자."

"그래 맞아. 그 힌트를 풀어야지. 미치오, 종이하고 펜, 있어?"

나는 책상 서랍을 뒤졌다. 펜은 금방 찾았지만 적당한 종이는 보이지 않아서, 일단 학교에서 입학 기념으로 받은 프린트 뒷면을 쓰기로 했다. '우리 마을'이라는 똑같은 일러스트 지도가 모두 열두 장이나 되었다. 매달 마을을 돌아다니며 살펴보자는 취지 같지만, 나는 한 번도 실행에 옮긴 적이 없다.

"미치오, 먼저 거기에 그 마법사의 힌트를 적어봐."

S가 도코 할머니를 믿는지 알 수는 없었지만, 나는 시키는 대로 했다. 다이키치, 에이고(영어).

"엇, 미치오. 그거 빨간색이잖아."

"서랍에 이거밖에 없었어. 아아, 책가방에 샤프가 있었지. 잠깐만……."

"하는 수 없지. 좀 찜찜하지만."

S의 말대로 빨간 사인펜으로 써진 두 단어는 상당히 으스스한 인상을 주었다.

"됐어. 그럼 미치오, 다음에⋯⋯."

"다음에?"

"생각하자."

그리고 우리는 머리를 쥐어짜며 단어의 의미를 추리했다. S는 '다이키치'는 '개'를 의미한다고 했다.

"그래서 그걸 에이고(영어)로 하는 거야."

"'도그'라는 거야?"

"그래. '도그.' '도그'가 힌트라는 건⋯⋯."

이 생각은 바로 난관에 부딪혔다. '도그'에서 아무것도 연상되지 않았기 때문이다. 나는 '다이키치'는 역시 그대로 '다이키치'가 아니냐고 주장했다.

"도코 할머니의 힌트는 항상 표현이 너무 부족하지만, 다른 말로 바꾸거나 하지는 않아. 그런 적은 여태 한 번도 없었어."

"그럼 '에이고'라는 건?"

"그것도, 역시 그대로 '에이고'가 아닐까? 의미는 모르겠지만."

"의미를 모른다면, 아무 소용이 없잖아? 아하!"

"왜?"

"'에이고'라는 건 말이지, 단지 우리가 그렇게 받아들인 건지도 몰라. 외국인들이 말하는 '에이고(영어)'가 아니라, 뭔가 다른 말이었을지도 몰라. 예를 들면, 사람 이름이었다거나. '에이고'라는 이름 말이야."

"음, 그래. 그런 사람 있으니까. 이름과 이름으로 보면 '다이키치'하고 균형도 맞는 거 같고."

나는 프린트 뒷면에 빨간 펜으로 '에이고'라고 읽을 수 있는 이름을 한자로 몇 개 적어보려고 했다. 하지만 하나도 생각나지 않았기에 일단 그대로 '에이고'라고 적었다. 그러면서 이 생각도 잘못되지 않았나 하고 생각했다.

"에이고라는 이름을 가진 사람, 나, 전혀 몰라. S는?"

S도 모른다고 했다. 미카한테도 물었지만, 역시 전혀 짐작가지 않는 것 같았다.

"아아, 미치오, 이와무라 선생님은? 이름이 이와무라 에이고, 아니었어?"

"그랬나? 아냐, 그건 아니야. 조금 더 게이 같은 이름이었어. 애당초 이제 와서 이와무라 선생님의 이름이 힌트가 될 거 같지는 않아. 이와무라 선생님이 S를 죽인 건 이미 아는 사실이니까."

"그렇지?"

"'개'가 아니고, '도그'가 아니고, '에이고'가 아니고……."

바로 그때였다. S가 갑자기 커다랗게 소리를 질렀다.

"알았다! 알았어, 알았어!"

나와 미카는 기대를 품고 S의 다음 말을 기대했다. 하지만 S는 바로 이야기하려고 하지 않았다.

"……가 ……니까 ……라는 건……."

잘난 척 뜸을 들이는 것이 아니라 머릿속에서 뭔가를 열심히 정리하는 모습이었다.

"미치오." 이윽고 S는 말을 꺼냈다. "내가 다이키치한테, 왜 '다이키치'라는 이름을 붙였는지, 기억나?"

"아아, 전에 들었어. 아마 처음에는 에이고(영어)로 이름을 붙이고……."

그때 내 머릿속에서도 뭔가 땡 하고 울리는 소리가 들렸다. S는 말을 이었다.

"그래. 처음에 나는 그 녀석이 우리 집에 왔을 때 '럭키'라는 이름을 붙였어. 그런데 어쩐지 생김새랑 어울리지 않는 거 같아서 바로 바꿨어. 하지만 한번 붙인 이름을 전혀 다른 이름으로 바꾸는 것도 그 녀석한테 미안하더라고. 그래서 나는 '럭키'라는 이름을 그대로 일본어로 한 거야('다이키치'는 '대길, 크게 길함'의 의미—옮긴이). 다시 말해, '다이키치'라고 한 거지."

그제야 S가 무슨 말을 하려는 건지 나도 막연히 이해되었다. 그런데 머리가 잘 돌아가지 않았다. 해답은 바로 눈앞에 있는 것 같은데, 그것을 똑똑히 읽을 수가 없었다.

"그래서 말인데." S가 목소리를 낮췄다. "미치오, 역에서 할아버지가 준 그 종이, 꺼내볼래?"

나는 종이를 주머니에서 꺼내 프린트 옆에 놓았다.

"이 종이하고 무슨 상관이 있어?"

"그럼 있지, 그것도 아주 많이. 잘 들어, 도코 할머니의 힌트는 그 저자의 이름을 말한 거야. '로쿠무라 가오루'라는 이름 말이야. 자, 여기서 문제 하나 낼게. 이와무라의 '이와('바위'의 의미—옮긴이)'를 에이고(영어)로 뭐라고 하지?"

"앗……." 나도 차츰 모두 이해되었다. "'록'이네. 그렇다면 '로쿠무라'는……."

"이와무라!" 미카가 크게 소리쳤다.

"딩동댕." S는 만족스럽게 대답했다. "그 소설, 아이를 죽여서 시

183

체에 장난을 친다는 소설을 쓴 사람은 이와무라 선생님이었던 거야. 이와무라 선생님이 예전에 소설을 출판한 적이 있다고 했는데, 그건 그 소설을 말했던 거고. '가오루'라는 이름은 실명이겠지."

"앗, 맞아, 맞아. 이와무라 선생님의 이름은 분명 '가오루'였어."

이제 와서 생각나다니, 내가 생각해도 한심했다.

"그래서 말인데." S가 다시 정리하는 것처럼 천천히 말했다. "이 소설이 이와무라 선생님을 잡는 도구가 된다는 사실을 도쿄 할머니는 우리에게 가르쳐준 거야."

"그런데 어떻게 소설을 도구로 이용하는데?"

"그건 간단해. 이와무라 선생님이 이런 소설을 썼다는 사실을 경찰한테 가르쳐주기만 하면 돼. 그러면 경찰은 설마 이와무라 선생님을 갑자기 잡아가지는 않겠지만, 적어도 '이 사람 수상한데?' 정도는 생각하겠지. 그리고 이와무라 선생님 주변을 여러모로 조사할 거야. 털면 여기저기에서 먼지가 나오겠지. 펄럭거리면서 말이야. 그러면 그 취미도 드러날 거고, 나를 죽인 증거도 분명히 어디선가 나올 거야. 만약 차 속을 조사해주면 트렁크에 내 시체를 실어서 운반했던 흔적이 반드시 발견될 거고."

아하, 하고 나는 손뼉을 쳤다. 눈앞에 끼었던 안개가 한꺼번에 걷힌 느낌이었다.

"하지만 미치오. 그 전에 할 일이 있어."

"뭐?"

"경찰한테 연락하기 전에 먼저 우리의 생각이 옳은지 확인해야지. 다시 말해, 로쿠무라 가오루의 정체가 이와무라 선생님이라는 걸 말이야. 그리고 소설 내용도 실제 읽어보는 게 좋지 않을까? 전부는 아니더라도 조금은 말이야. 안 그러면 경찰한테 설명을 할 때 분명히 설득력이 떨어질 거야."

"소설 내용은 서점에서 대충 본다고 해도 그게 이와무라 선생님이 썼다는 건 어떻게 확인하지?"

S는 잠시 생각한 다음, "그래" 하고 큰 소리를 냈다.

"내일 도서관에 가자. 소설을 읽을 수도 있고, 직원한테 물어보면 분명히 저자에 대해서도 알 수 있을 거야. 일석이조네."

아마 일석이조라는 말은 이와무라 선생님의 미행을 계획했을 때도 나왔던 말이다.

예감이 좋지 않았다.

도서관

달이 바뀌었다. 8월 1일은 그해 여름, 최고 기온을 기록했다는 사실을 나중에 알았다.

아스팔트에 아지랑이가 일렁이며 피어올랐다. 그 속을 헤엄치듯이 걸어가 마침내 도서관 근처에 도착했을 때는 온몸이 땀으로 끈적끈적했다. 얼굴을 스팀 타월로 덮은 것 같았다.

"미카, 이제 다 왔어. S도 괜찮아?"

"괜찮아. 사우나에 한번 들어가보고 싶었거든."

벽돌이 깔린 곳을 빠져나가 춤추는 소녀들이 있는 석상 앞을 지났다. 자동문으로 들어가자, 바로 시원한 공기가 온몸을 감쌌다.

여름방학이라 아동도서 코너와 열람 공간은 엄마와 아이들로 북적였다. 열람용 테이블 옆을 지나갈 때, 나는 갑자기 걸음을 멈추고 그쪽을 쳐다봤다. 초등학생이 와글와글 모여 있는 사이에서 스미다의 모습을 본 것 같았기 때문이다.

"미치오, 왜 그래?"

"저쪽에 스미다 아니야?"

"어디, 어디."

"저기, 저 테이블……."

S가 조그맣게 웃었다.

"아냐, 닮았을 뿐이야. 아무튼 미치오 머릿속은 온통 스미다 생각으로 꽉 차 있다니까."

"그런 거 아냐. 그런데…… 그런가? 닮은 것뿐인가?"

자세히 봤더니, S의 말이 맞았다.

"스미다가 누군데?"

미카가 궁금하다는 듯이 물었다. "같은 반 친구야." 나는 짧게 대답하고 다시 걸음을 재촉했다.

"미카야, 스미다는 말이지, 단순히 같은 반 친구가 아니야." S가 일부러 의미심장한 말투로 말했다.

"무슨 말이야?"

"미치오의 뒤에 앉는데, 사실은……."

"쓸데없는 말은 안 해도 돼." S가 무슨 말을 하려는지 대충 짐작이 갔기에 나는 선수를 쳤다. "빨리 일을 끝내야 하니까."

"엇, 미치오, 유난히 발끈하는데?"

"좀 수상해……." 미카가 조그맣게 말했다.

그러는 사이에 우리는 책장이 늘어선 곳에 와 있었다. 바로 앞에 있는 책장에 '이 지역 작가'라는 색인이 붙어 있었다.

"미치오, 여기 있지 않을까?"

"응, 앗, 저기 있네!"

책은 바로 눈에 띄었다. 팔을 뻗어서 그 책을 빼들었다.

『성애에의 심판』, '로쿠무라 가오루.'

표지에 으스스한 그림을 그린 하드커버였다.

네모난 방. 벽, 천장, 그리고 바닥까지, 모두가 콘크리트로 된 회색이다. 바닥 한가운데에 나무 상자가 있고, 그 안에 벌거벗은 남자 아이가 한 명, 오른쪽을 보고 체육 시간에 앉는 자세처럼 무릎을 세우고 앉아 있다. 얼굴을 위로 들고, 두 눈과 입 부분을 텅 비게 검은 구멍으로 표현한 그림이다. 마치 흙으로 빚은 토우의 얼굴처럼 보였다. 남자 아이 옆에 피에로 같은 사람이 있었다. 피에로 같다는 말은 복장이 그렇다는 것뿐으로, 얼굴이 검은 새의 깃털 하나로 가려 있었다. 부채보다 큰 깃이다. 몸은 정면을 바라보고 오른손으로 새의 깃털로 자신의 얼굴을 덮으면서 트럼프의 조커 같은 모습으로 춤을 추고 있었다.

"별로 읽고 싶지 않네."

S가 불쑥 중얼거렸다. 나는 말없이 그 책을 펼쳐서 첫 페이지를 봤다. 어려운 한자가 많았다. 팔랑팔랑 페이지를 넘기면서 건성으로 읽었다. 내용은 어떻든 상관없다. 책 속에 그 할아버지가 말한 장면이 있는지만 확인하면 된다. 그 부분은 금방 찾았다. 왜냐하면 그 책은 거의 모든 페이지가 남자 아이를 죽이거나, 그 시체를 가지고 장난치는 장면으로 가득 차 있었기 때문이다. 이야기 자체는 원래 없는지도 모른다. 성기. 희열. 부풀어 오른 혈관. 점액. 애원. 그러한 단

어가 각 페이지마다 몇 차례씩 반복되었다. 내가 의미를 이해하는 부분도 있었지만, 모르는 부분도 있었다. 훑어본 문장 중에는 쉽게 읽을 수는 있지만, 도저히 의미가 이해되지 않는 부분도 있었다. 작가의 생각 자체가 내가 이해할 수 있는 범위를 벗어난 게 분명하다.

페이지를 넘기면서 어쩐지 나는 읽는 것이 아니라, 그저 보고 있다는 느낌이 들었다. 불쾌한 냄새가 점차 내 몸을 감쌌다. 잘 표현은 할 수 없지만, 말라버린 우유, 조갯살, 탁한 수조에서 나는 것 같은……, 그런 냄새였다.

결국 나는 책을 덮었다.

"가자."

책을 들고 입구 정면에 있는 접수처로 갔다. 카운터 너머 젊은 여자가 있었다. 내가 책을 내밀며 작가에 대해서 알고 싶다고 했더니, 여자는 약간 놀란 표정을 지었다.

"이 책, 요즘 인기 있어요? 얼마 전 어떤 할아버지도 똑같은 걸 물어보시던데……."

밀고

"그 할아버지, 나를 죽인 범인이 이와무라 선생님이라는 걸 아는 거야. 상수리나무 숲에서 모습만 목격한 게 아니라, 전부 알고 있어."

도서관을 나가자마자, S가 말했다. 나는 옆에 『성애에의 심판』을 들고 있었다. 결국 대출을 해버렸다.

"그런데 어떤 이유로 그 말을 못 하고 있어. 그래서 미치오한테 이 책 이야기를 한 거고. 자기 대신에 미치오가 이와무라 선생님의 죄를 폭로해주기를 기대하면서 말이지."

나도 그 생각에 동의했다.

"하지만 어떤 이유가 뭔데?"

"이와무라 선생님한테 협박을 받았든지, 아니면 자기 생각에 뭔가 좀 자신이 없다거나⋯⋯." S의 목소리는 점점 작아졌다.

길 가장자리에 박꽃이 하나 하얗게 꽃을 피우고 있었다. 벌써 시간이 그렇게 됐나? 나는 새삼 깨달았다. 도서관에서 책을 읽는 데, 시간을 너무 지체했다.

"미치오, 아무튼, 우리들이 하는 수밖에 없어. 할아버지가 왜 직접 경찰에 이와무라 선생님의 일을 이야기 안 하는지 모르지만, 미치오에게 생각을 전한 건 확실해. 그리고 명찰 문제도 있잖아. 이와무라 선생님이 방에 미치오가 몰래 들어왔다는 사실을 알았다면, 이제 시간이 없어."

S의 말이 맞다. 그것은 나도 어제 했던 말이다.

옆에 들고 있는 책이 아주 무겁게 느껴졌다.

"전화, 저기 있어."

미카의 말에 앞을 보니, 바로 공중전화가 보였다.

"잘됐네. 미치오, 여기서 경찰에 전화하자. 책 이야기를 해버리는 거야."

"하지만 뭐라고 설명하지? 할아버지 이야기를 해도 될까?"

"아아, 그건 말은 안 하는 게 나을지도⋯⋯. 직접 말을 못 하는 이유가 있다면 할아버지 이름, 후루타 할아버지?"

"후루세 할아버지."

"그 이름도 밝히지 않는 게 무난하지. 오히려 미치오가 혼자서 알아냈다고 하는 게 좋을지도 몰라. 그래도 별로 이상하지 않지?"

"그건 그래. 그럼 전화 해볼게."

나는 결심을 하고 공중전화 부스에 들어갔다. 주머니에서 지갑을 꺼냈다. 안에는 마침 10엔짜리 동전이 딱 하나 들어 있었다. 수화기를 들고 투입구에 동전을 집어넣었다.

"그냥 경찰에 걸면 될까……?"

"직통 전화, 몰라?"

그 말에 다니오 형사가 준 명함을 지갑에 넣어둔 사실이 떠올랐다. 명함은 빗물에 조금 불어 있었다. 나는 거기에 적힌 번호를 눌렀다. 한 번 울리자마자 어떤 여자가 받았다. 내 이름을 말하고, 다니오 형사한테 용건이 있다고 했다. 에델바이스의 대기음이 잠시 이어지다가 전화를 받은 사람은 조금 전의 그 여자였다.

"다니오 형사님은 N초등학교에 가신 거 같은데요. 지금 집이에요? 바로 전화하시도록 할게요."

"아이, 괜찮아요. 거기 우리 학교니까, 직접 가볼게요."

집에 전화했다가 엄마가 받으면 또 시끄러워진다. 나는 수화기를 내려놓았다.

"왜 학교에 간다고 한 거야? 위험하잖아. 이와무라 선생님을 만나면 어쩌려고?"

S의 말에 나는 앗, 하고 깨달았다. 큰일이다. 까맣게 잊고 있었다.

"어떡하지? 이제 동전이 없는데."

"아무리 이와무라 선생님이어도 설마 형사 앞에서 이상한 짓은 하지 않겠지만……."

망설인 끝에 우리는 역시 학교로 가기로 했다. 생각하기에 따라서는 어디서 우연히 이와무라 선생님을 마주치는 것보다, 주변에 사람이 있는 곳에서 얼굴을 마주하는 편이 오히려 안전할지도 모른다고 결론을 내렸다.

"하지만 미치오, 이와무라 선생님의 모습이 보일 때는 절대 형사 아저씨들 옆에서 떠나지마."

"알아."

일단 집에 들려 우리는 미카를 두고 갔다. 미카는 어제 이와무라 선생님의 눈에 띄었기 때문이다.

느티나무 거리를 빠져나가 학교에 도착했을 때는 벌써 해가 기울고 있었다.

어두컴컴한 학교 건물로 들어갔다. 현관 로비와 좌우로 뻗은 복도는 쥐 죽은 듯이 조용했다. 바닥 타일에 내 그림자가 비쳤다. 하나뿐인 그 그림자를 보며, S와 같이 있지만 실제로는 혼자라는 사실을 뚜렷하게 깨달았다.

"교무실에 가보자."

S의 말에 고개를 끄떡이고, 1층 복도를 걸어갔다. 교무실 문은 닫혀 있었지만, 작은 불투명한 창문이 하얗게 빛났기에 안에 사람이 있다는 사실을 알았다. 문 앞에서 노크를 하려는데, 안에서 낯익은 목소리가 들렸다.

"그럼 번번이 죄송합니다. 또 무슨 일 있으면 연락드리죠."

드르르 문이 열렸다. "앗." 나온 사람은 두 팔을 올렸다.

"뭐야, 미치오구나. 깜짝 놀랐네."

다니오 형사였다. 만세를 한 자세로 눈을 가늘게 뜨고 나를 향해 웃음 지었다. 뒤에 다케나시 형사의 모습도 보였다. 단번에 가슴속으로 안도감이 퍼졌다.

"명함을 보고 전화를 드렸더니, 학교에 계시다고 해서요."

"아아, 전화를 했었구나. 고맙다. 그래, 무슨 일일까?"

다니오 형사는 양손으로 무릎을 붙잡으며 자세를 낮춰, 내 얼굴을 들여다봤다.

"저기, 사실은 좀 걸리는 게 있어서요."

"미치오, 너, 뭐하냐?"

그 목소리에 나는 돌처럼 굳었다. 두 사람의 뒤에서 얼굴을 내민 사람은 이와무라 선생님이었다.

"이제 해도 지는데, 혼자서 왔냐? 조심해야 된다고 했을 텐데."

그 목소리에는 꾸지람이 들어 있었다. 그 순간, 나는 아무 말도 나오지 않았다. 온몸이 발끝에서부터 점점 차가워지는 느낌이었다.

"선생님, 그래도 애써서 이렇게 왔잖습니까."

다니오 형사가 진정시켰다. 이와무라 선생님은 약간 표정을 누그러뜨리며 팔짱을 끼고 한숨을 쉬었다. 그 시선이 문득 내 오른쪽을 향했고, 이와무라 선생님의 표정이 갑자기 변했다. 두 눈이 커지고 입을 꽉 다물었다. 이와무라 선생님은 이미 내가 오른손에 들고 있는 책을 보고 있었다. 나는 봉투에 넣어 가지고 오지 않은 것을 후회했지만, 때는 늦었다.

"그래, 미치오. 뭐가 걸리는데 그러나?"

다니오 형사가 다시 나를 바라보았다. 그 뒤에서 이와무라 선생님이 내 손에 있는 책을 가만히 노려본다. 이따금 그 눈이 힐끗하고 나를 향했다. 분노와 불안이 뒤섞인 표정이었다.

"뭔가 말하기 곤란한 거냐?" 다니오 형사는 내 얼굴을 똑바로 응시했다.

"아뇨. 그게 별 거 아니에요……."

"제가 대신 듣도록 하죠." 이와무라 선생님이 끼어들었다. "아이니까요. 상대가 형사님이면 긴장하겠지요."

"이런 얼굴이어도 역시 긴장할까요?"

다니오 형사는 고개를 돌려, 자신의 얼굴을 손바닥으로 철썩 때리며 웃어 보였다. 다케나시 형사도 웃었다. 이와무라 선생님이 가장 큰 소리로 웃었다.

"나중에 제가 무슨 이야기인지 연락드리죠. 이래 봬도 프로거든요. 아이들 이야기를 듣는 건 잘하죠. 제 입으로 말하기는 그렇지만요."

"하핫, 그건 그렇네요." 다니오 형사를 허리를 펴고, 내 어깨에 털썩 손을 얹었다. "그럼 이와무라 선생님께 말씀드리겠냐?"

"저기, 그래도……."

대답을 주저하는데, 이와무라 선생님이 이상한 말을 꺼냈다.

"엇, 그게 뭐냐? 선생님이 S한테 빌려줬던 책이구나. 그렇구나, 미치오. 너, S한테 그 책을 빌렸던 거구나. S가 그런 일을 당해서 책을 어떻게 할까, 그랬던 거야. 선생님한테 돌려주면 된단다. 하핫, 뭐야, 그런 거였어? 그런데 걸리는 게 있다고, 너도 참 여전히 과장이 심한 녀석이야."

다니오 형사가 나와 이와무라 선생님 얼굴을 번갈아 봤다. 그리고 입술을 쑥 내밀고 눈썹을 올렸다.

"책…… 이라." 실망한 목소리였다.

"그렇게 된 겁니다. 형사님, 죄송합니다. 이 녀석은 언제나 좀 과장을 많이 해서 주변 사람들을 약간 곤란하게 하죠. 본인은 나쁜 의도가 있는 게 아니겠지만요." 이와무라 선생님은 두 형사에게 빙긋 웃었다. "그럼 형사님, 정말로 여러 가지 수고가 많으셨습니다. 시간이 늦었으니 이 녀석은 제가 데려다주도록 하죠."

"그렇군요. 해질녘에 아이 혼자서 걸어 다니면 우리도 걱정되니까요. 잠깐 좀 비켜줄래?"

다니오 형사는 내 옆을 지나서 어두컴컴한 복도로 나왔다. 그 뒤를 다케나시 형사가 따라왔다.

"이와무라 선생님, 그럼 가보겠습니다."

"네. 무슨 일이 있으면 바로 연락드리죠. 사소한 일이라도 어떤 도움이 될지, 아마추어는 모르는 법이니까요."

"그렇죠. 선생님은 뭘 좀 아시는군요."

형사들이 복도에서 멀어져갔다. 나는 그 뒷모습을 그저 멍하니 바라보았다.

"미치오." 조금 전과는 전혀 다른 낮은 목소리였다. "이쪽을 봐라."

나는 시키는 대로 했다. 휑한 교무실. 다른 선생님의 모습을 찾았지만, 어떻게 된 일인지 아무도 없었다.

"모두 퇴근하셨어." 내 생각을 읽었는지, 이와무라 선생님이 말했다. "바로 조금 전에 모두 퇴근하셨어. 지금 여기에는 나와 너뿐이야."

이와무라 선생님이 나에게 한 걸음 다가왔다. 나는 나도 모르게 뒷걸음질을 쳤다.

"그 책은 뭐냐?"

"아무것도 아니에요."

"거짓말 마라. 너, 형사한테 무슨 말을 하려던 거냐?"

감정을 억누른 것 같은 느릿한 목소리. 휑한 무표정한 눈.

"아무것도……."

"걸리는 게 있다고?"

"아니, 그러니까, 별 거 아니에요."

"별 거 맞지 않냐? 중요한 일이지 않냐?"

이와무라 선생님의 커다란 몸이 조금씩 나에게 다가왔다. 갑자기 오른손을 올리더니 벽을 향해 뻗었다. 거기에는 전등 스위치가 있었다. 탁 하고 커다란 소리를 내며 이와무라 선생님이 스위치를 쳤다. 순간 전등이 꺼졌다. 창문의 저녁놀을 등지고 이와무라 선생님의 모습이 시커멓게 떠올랐다.

"미치오, 그 책을 형사한테 보여주려고 했던 거 아니냐?"

내가 뭐라고 대답하기 전에 이와무라 선생님은 재빨리 팔을 뻗었다. 내 오른손에서 책을 뺏어서 들여다봤다.

"용케 알아냈구나. 내가 이 책을 쓴 걸." 이와무라 선생님은 뒤집어서 뒤표지를 봤다. "도서관이라. 아하. 음, 거기서 알아낸 거로구나."

표정이 없는 두 눈이 나를 똑바로 응시했다.

"너, 누구한테 들었냐?"

"선생님 말씀이 맞아요. 저, 도서관에서……."

"아니. 이걸 쓴 사람이 나라는 건 도서관에서 들었을지도 모르지. 그런데 이러한 책이 있다는 건 누구한테 들었을 거 아니냐? 네가 혼자 알았을 리가 없어. 초등학생이 알고 있을 책이 아니니까."

이와무라 선생님은 내 얼굴 바로 앞에 얼굴을 들이대며, 다시 물었다.

"누구냐?"

제멋대로 자란 수염과 울퉁불퉁한 피부가 또렷이 보였다.

"말하기 싫냐?"

고개를 끄떡거릴 수도, 저을 수도 없었다. 나는 단지 입을 다물고 온몸에 힘을 주었다. 무릎이 바들바들 떨렸다. 마치 온몸이 심장이라도 되는 것처럼 손, 발, 귓속, 그리고 눈 속이 동시에 쿵쾅쿵쾅 뛰었다. 그에 맞춰서 이와무라 선생님의 모습이 시야 속에서 커졌다 작아졌다 했다.

"그래 됐다. 아무튼, 이건 내가 도서관에 반납하겠어. 너는 이 책에 대해서는 잊어버려라. 경찰한테 쓸데없는 말을 하겠다는 생각은 두 번 다시 하지 말거라. 알겠나?"

이와무라 선생님은 뒤돌아서 어두운 오렌지 색 교무실로 돌아갔다. 자신의 책상 위에 내려치듯이 책을 놓고, 다시 한 번 나를 돌아봤다. 얼굴이 검은 그림자 덩어리처럼 보였다.

"알겠냐?"

나는 고개를 끄떡이고 그 자리를 떠났다.

밤의 목소리

식탁 맞은편에 늘어선 토레미짱의 식기류를 멍하니 바라보면서, 나는 말없이 기계처럼 손과 입을 움직였다. 열빙어도, 단무지도 아무런 맛을 느낄 수 없었다.

나에게 남은 방법은 두 가지 중 하나였다.

이와무라 선생님을 궁지로 몰아넣을 다른 방법을 찾느냐, 아니면 포기하느냐.

—이제 이쯤에서 그만두는 게 나을지도 몰라.—

학교에서 돌아오는 길에 S는 나에게 말했다.

—이와무라 선생님의 죄를 폭로하지 못해서 유감이지만, 더 이상은 너무 위험해.—

그래도 여기까지 왔는데, 이제 와서 절대 도망가고 싶지 않았다. 뭔가 좋은 방법을 분명히 찾을 수 있을 것이다. 물론 두려웠다. S의 말대로 모두 내던지고 싶다는 충동이 머리 한구석을 오락가락했다. 그런데 끝까지 가보고 싶다는 마음이 훨씬 더 강했다. S와 같은 반이었을 때 친하게 지내지 못한 점을 후회하고 있었는지도 모른다. 그래서 S한테 도움이 되고 싶다는 생각이 나를 움직인 가장 큰 이유인지도 모른다.

너무 일이 복잡해져서 나도 내 기분을 알 수 없었다.

젓가락을 내려놓고 생각했다. 이와무라 선생님을 궁지로 몰아넣을 방법은 정말 전혀 없는 걸까?

집에 몰래 들어가서 시체를 발견하는 방법과 그 책을 경찰한테 말하는 방법, 두 가지 모두 지금으로서는 쉽지 않다. 집으로 숨어드는 일은 경계하고 있을 것이고, 책도 경찰한테 그 일로 뭔가 질문을 받으면 바로 이와무라 선생님은 정보의 출처를 나라고 생각할 것이다. 경찰이 바로 이와무라 선생님을 체포해준다면 아무 문제 없지만, 그렇게 되기는 쉽지 않다. 이와무라 선생님이 나한테 앙갚음하러 오는 편이 훨씬 빠를 것이다.

"왜 그러냐, 밥맛이 없니?" 웬일로 아빠가 나에게 말을 걸었다. 안경 너머로 졸린 눈이 내 얼굴을 들여다보았다. "여름 감기라도 걸렸나? 기껏 즐거운 여름방학인데."

"글쎄, 있잖아요."

갑자기 엄마가 입을 열었다. 애교를 부리는 듯이 끈적거리는 목소리. 언제나 그랬다. 아빠가 나한테 말을 걸면, 반드시 엄마가 중간에 끼어들었다. 아빠와 내가 이야기를 나누는 것을 허락하지 않겠다는 것처럼…… 특히 내가 S의 시체를 발견한 그날부터 엄마는 완전히 노골적으로 그러한 태도를 드러냈다.

"어제, 미카가요, 화장을 해봤어요. 정말 예쁘게 잘 됐어요. 얼마나 귀여웠는데요."

"아아, 그래. 화장을……." 아빠는 억지로 웃는 표정을 지었다.

"미카는 피부가 백옥처럼 하얘서 화장이 얼마나 잘 어울리는데요. 밤색 머리에 맞춘 밝은 느낌의 색이 정말 잘 어울려요. 미카야, 나중에 아빠한테도 보여드리자. 또 엄마가 예쁘게 해줄게."

미카가 뭐라고 중얼거렸다. 기분이 나쁘니까 어쩌고저쩌고, 라고 나는 똑똑히 들었다. 그런데 엄마는 "그래? 빨리 하고 싶다고?"라고 말을 받았다. 나는 미카에게 눈짓을 하고 아랫입술을 내밀었다. 미카도 슬쩍 혀를 내밀었다.

"저기, 여보." 결심을 한 것처럼 아빠가 엄마를 불렀다. "화장은 좀 이르지 않나?"

엄마 눈에서 순식간에 웃음이 사라졌다.

"무슨 뜻이에요?"

아빠는 식탁 위를 바라보며, 힘없이 중얼거렸다.

"내 말은, 그런 건, 좀, 너무……."

분위기가 한순간에 싸늘해졌다. 한두 번 벌어진 상황도 아니었기에 나는 말없이 자리에서 일어났다. 미카를 보고 살짝 끄떡이며 눈짓을 보냈고, 조용히 식탁에서 함께 자리를 떴다. 엄마는 더 이상 우리에게 눈길도 주지 않았다. 그저 아빠의 얼굴을 빤히 정면으로 노려볼 뿐이었다. 복도로 가서 계단을 올라가다가 이제 슬슬 시작하겠는 걸, 이라고 생각한 그 타이밍에 맞춰 엄마의 높은 목소리가 연달아 들려왔다. 엄청난 말로 아빠를 매도하고 있었다. 간혹 아빠가 낮은 목소리로 뭐라고 반박을 했다. 그런데 곧바로 엄마의 목소리가 덮었다. 아빠 목소리는 점차 들리지 않게 되었다.

"또 시작이야, 미치오네 엄마." 방으로 들어가서 문을 닫자, 창틀 위에서 S가 말했다. "미치오는 이렇게 어른들이 싸우는 소리를 들어도 괜찮아? 아무렇지 않아?"

"처음도 아닌데, 뭘."

"나, 어릴 때 아빠가 돌아가셔서 부부싸움 같은 걸 본 적이 없어. 엄청 무서워."

왠지 불안해하는 목소리였다. 이와무라 선생님 일이 난관에 부딪혀서 S의 마음이 약해진 걸까? 아니면 부부싸움 하는 소리가 처음 듣는 사람에게는 정말로 무섭게 느껴지는지도 모른다.

나는 부부싸움 하는 소리보다는 싸움을 하는 날 밤이면 반드시 들려오는 그 소리가 더 싫었다. 침대에서 눈을 감고 있으면 계단 밑에서 희미하게 들려오는 그 목소리. 엄마의 목소리. 처음에는 작고 낮았다가 차츰 크고 높아지며 마지막에는 우는 소리로 바뀐다.

"그보다 S야, 생각 좀 해보자." 나는 생각을 바꿨다. "이와무라 선생님의 증거를 어떻게 찾을지 차분히 생각해보자."

하지만 그날 밤, 좋은 아이디어는 전혀 떠오르지 않았다.

불안과 초조함이 뒤섞인 불안정한 상태에서 나는 침대로 들어갔다. S는 피곤했는지, 내 베개 옆에서 바로 잠이 들었다. 그런데 나는 쉽게 잠이 오지 않았다. 몇 번이나 몸을 뒤척이고, 그때마다 어두운 천장을 향해서 한숨을 내쉬었다.

"오빠."

간신히 꾸벅꾸벅 잠이 들 무렵, 침대 아래 칸에서 미카가 불렀다. 나는 콧김으로 대답했다.

"스미다라는 친구는 어떤 분위기였어?"

갑작스러운 질문에 잠이 확 달아났다. 몸을 옆으로 하고 침대 가장자리에서 얼굴을 내밀었다.

"스미다? 그건 왜?"

"그냥 좀 가르쳐줘."

어딘지 모르게 캐묻는 말투였다.

"어떤 분위기라니……?"

뭔지 잘 모르겠지만, 나는 생각나는 대로 스미다의 인상을 나열해보았다. 하나를 말하면 바로 다른 하나가 떠올랐고, 그것을 말하면 또 다른 인상을 말하고 싶어져서, 결국 나는 오랫동안 자세히 스미다에 대해서 설명했다.

"흠……."

미카의 감상이었다. 관심도 없으면서 왜 물어보는 건데? 나는 약간 맥 빠졌다.

다시 위를 보고 눈을 감았다. 그런데 다시 미카가 불렀다.

"또 왜?"

"미카, 쓸쓸해서 S 오빠랑 같이 자고 싶어."

"뭐?"

"S 오빠를 미카 옆에 데리고 와줘."

귀찮았지만, 일단 나는 미카의 부탁을 들어주었다. 베개 옆에 놓인 병을 들고 침대 옆 사다리를 타고 내려갔다.

"으음, 엇. 미치오, 왜 그래?"

"몰라. 미카가 쓸쓸하대."

미카의 옆에 S의 병을 놓고 나는 다시 사다리를 올라갔다. 누워서 온몸의 힘을 뺐다. 이제 잠이 완전히 달아났다.

(……야?) (아니야, 미카는 있잖아, …….) (엇, 정말?)

밑에서 S와 미카가 속삭이는 소리가 들려왔다. 그 때문에 나는 더 잠이 들지 못했다.

(그럼 미카는…….) (가끔.) (하지만 어떨 때……?)

대화 내용이 들리지 않아서 답답했다. 굳이 엿듣고 싶은 것은 아니지만, 전부 들리든지, 전혀 들리지 않았으면 싶었다. 이도저도 아니어서 신경이 쓰였다.

"시끄러. 잠을 못 자잖아."

나는 마침내 소리를 질렀다. 그러자, 이야기 소리가 뚝 멈췄다. 그런데 바로 조금 있다가 숨을 죽이고 키득키득 웃는 소리가 다시 들렸다. 나는 일부러 짜증 섞인 한숨을 내쉬었다. 이윽고 웃음소리도 사라졌다.

간신히 조용해졌다.

그대로 얼마동안 시간이 흘렀다.

문득 마음속에 이상한 감정이 소용돌이치고 있다는 것을 깨달았다. 어떠한 형태의 감정인지 나도 잘 알 수 없었다. 희로애락과는 다른 알 수 없는 기분. 드라이아이스에서 흘러나오는 하얀 안개처럼 내 가슴속 밑바닥에 조용히 퍼져나갔다.

계단 아래에서 그 소리가 들려오기 시작했다. 엄마의 목소리. 점점 높아지는 소리.

나는 여느 때처럼 이불을 머리끝까지 뒤집어써서 얼굴과 귀를 덮었다. 숨만 막히고 소리가 전혀 안 들리는 것도 아니지만, 조금은 기분이 편안해진다.

그런데 그날 밤은 오히려 역효과였다.

숨 막히는 고통이 내 머릿속에 온갖 이미지들을 하나의 영상처럼 비추었다. 이와무라 선생님 집에서 본 그 사진. 알몸. 부끄러워하는 얼굴. 히죽거리는 얼굴. 그리고 도서관에서 본 그 책의 내용이 단편적으로 떠올랐다. 땀. 벌어지는 두 다리. 거기로 다가가는 입술. 이불을 통해 엄마의 목소리는 계속 울렸다. 나는 더 이상 참지 못하고 두 손으로 직접 귀를 막았다. 목소리는 그쳤다. 전혀 들리지 않았다. 그런데 그 대신에 이번에는 S와 미카가 속삭이는 소리가 들렸다. 있을 수 없는 일이었다. 이렇게 귀를 꽉 막고 있는데. 들릴 리가 없는데.

그래도 두 사람이 속삭이는 소리는 언제까지나 계속 끝없이 이어졌다.

진전

8월 2일.
요란한 경찰차의 사이렌 소리에 나는 놀라서 눈을 떴다.

"뭐지……?"

침대 위에 일어나 앉는데, 아래 칸에서 S의 목소리가 들려왔다.

"한 대가 아니야. 두 대나 세 대, 어쩌면 더 많을지도 몰라."

나는 서둘러 침대 사다리를 내려가 창가로 달려갔다. 커튼을 걷고 밖을 둘러봤지만, 경찰차의 모습은 보이지 않았다. 아침 안개가 주변에 자욱하게 끼어 있다.

"우리 집이야. 미치오, 방금 그 사이렌 소리 우리 집 쪽으로 가고 있었어."

"S네 집에 무슨 일이 생긴 거야?"

"설마 엄마가 크게 다치기라도……?"

S가 몹시 불안해한다.

"아니, 그건 아니야. 다쳤다고 경찰차가 오지는 않아."

"음, 그렇다면……."

S는 극단적인 상상을 한 모양이었지만, 나는 먼저 그 사실을 부정했다.

"S의 엄마한테 설마 무슨 일이 있을라고. 괜찮을 거야. 아무튼 가보자."

나는 얼른 옷을 갈아입었다. 벽에 걸린 시계는 아직 일곱 시도 되지 않았다.

"오빠, 뭐해?"

미카가 졸린 목소리로 말했다. "나갔다 올게." 미카에게 짧게 대답하고 우리는 서둘러 방을 나갔다. 아빠와 엄마는 아직 자는 것 같았다.

집 밖은 새하얬다. 꿈속처럼 윤곽이 흐릿한 경치 속에서 우리는 S의 집으로 갔다. 간혹 길 양쪽으로 검은 사람 그림자가 드문드문 서 있었다. 주위를 둘러보거나 고개를 갸웃거리는 모양으로 보아, 역시 사이렌 소리가 신경 쓰이는 모습이었다.

마침내 하얀 안개 속에서 멀리 붉은 빛이 깜빡거리는 것이 보였다.

"S야, 대밭 앞에 경찰차가 서 있어."

"역시 우리 집에 무슨 일이 생긴 거야."

경찰차는 모두 세 대였다. 제복을 입은 경찰이 바쁘게 움직이고 있었다. 운전석의 무전기에 대고 뭔가를 계속 설명하는 경찰도 보였다. 경찰차 주변에 잠옷 차림의 어른들이 많이 모여 있다.

(불쌍하게도.) (왜 하필 마당에.) (끔찍해라…….)

혼잡한 사람들 틈을 비집고 S네 집으로 이어지는 길에 이르렀을 때, 안개 너머로 다이키치가 짖는 소리가 들렸다. 떨고 있는 것 같기도 하고, 화가 난 것 같기도 했다.

"앗, 얘야, 안 돼." 근처에 서 있던 경찰이 내 얼굴 앞에 한 손을 내밀었다. "더 이상 들어가면 안 돼."

"불러서 온 거예요. 다니오 형사님하고 다케나시 형사님한테요."

내가 순간적으로 둘러댔다. 그러자 경찰은 잠시 의아한 표정을 짓더니, 눈썹을 올리며 내 앞에 있던 손을 치웠다. 나는 곧장 S의 집 문까지 달려갔다. 다이키치가 입의 양 가장자리에 하얀 거품을 뚝뚝 흘리면서 사납게 마구 짖어대고 있었다.

"사람 소리가 들려. 마당이야."

그쪽을 향했다. 벽을 따라 마당으로 가려다가, 나는 흠칫 몸이 굳어버렸다.

"엄마가 울어……."

하얀 안개를 찢듯이 갑자기 들려온 소리는 S의 엄마가 울부짖는 소리였다. 목청이 찢어지도록 높은 소리. 울면서 필사적으로 무슨 말을 하는 것 같았지만, 완전히 이성을 잃었는지 전혀 알아들 수 없었다.

천천히 목을 빼고 마당을 들여다봤다. 제복 차림의 경찰이 네댓 명, 반원 모양으로 서 있는 모습이 보였다. 마당의 한가운데 부근이다.

땅에 털썩 주저앉은 S의 엄마. 그 어깨에 손을 얹고 있는 사람은 다케나시 형사였다. 두 사람에게 등을 진 모습으로 다니오 형사가 트랜시버에 대고 빠르게 무슨 말을 하고 있다.

코를 찌르는 역한 냄새.

"찾은 거야……."

넋이 나간 양 S가 중얼거린다. 나는 말없이 고개를 끄떡였다.

S의 엄마가 주저앉은 자리에서는 정면으로, 경찰들이 둘러싼 반원의 중심에 제멋대로 자란 잡초 위로 S의 시체가 나뒹굴고 있었다.

회색 티셔츠에 짙은 밤색 반바지. 그날 내가 봤던 S의 모습이다. 큰 대자로 위를 보고 누웠고 손발은 검게 변색되어 있었으며 목에는 여전히 밧줄이 걸려 있었다. S는 하얀 안개를 향해서 눈과 입을 크게 벌리고……. 아니, 그게 아니다. 두 눈과 입 부분이 떡하니 시커멓게 보이는 것은 크게 벌리고 있기 때문이 아니었다. 거기에는 세 개의 구멍이 보였다. S의 얼굴은 이미 해골이 되고 있었다. 사람의 얼굴이 아니었다. 볼링공처럼, 토우처럼, 변해버린 얼굴이었다.

"왜, 마당에……? 내 시체가 왜 마당에……?" S의 목소리가 떨렸다.

나는 아무 대답도 할 수 없었다. 호흡이 가빠졌다. 숨을 쉴 때마다 이상한 냄새가 폐로 들어왔다. 좌우에서 바늘을 찌르는 것처럼 갑작스러운 이명이 머릿속에 울렸다.

누가 이쪽을 보고 있었다. 트랜시버를 귀에 대고 있는 다니오 형사렸다. 급하게 입을 움직이면서 미간을 찌푸리고 나를 가만히 보고 있었다. 이윽고 통화를 끝낸 다니오 형사는 트랜시버를 양복 안주머니에 쑤셔 넣으면서 성큼성큼 빠른 걸음으로 다가왔다.

"미치오, 너, 여기서 뭐하는 거냐? 들어가면 안 된다는 말 못 들었냐?"

나는 다니오 형사의 얼굴을 잠시 올려다보고, 다시 S의 시체를 쳐다보았다. 아무 말도 떠오르지 않았다.

다니오 형사는 내 시선을 알아채고는 길게 숨을 뱉어낸다.

"그렇게 되었단다. 오늘 아침, S가 발견되었구나. 자, 미치오, 너는 이제 집으로 돌아가거라. S도 그다지 친구에게 보이고 싶지 않은 모습일 테니."

나는 아무 말도 하지 않고 그 자리를 떠났다. 다리에 힘이 들어가지 않았고 물 위를 걷는 기분이었다.

내가 대밭의 좁은 길에서 나오자, 잠옷 차림의 어른들이 힐끔거렸다. 모두 뭔가를 물어보고 싶어 하는 모습이었지만, 실제로 말을 거는 사람은 아무도 없었다.

느티나무 거리를 왼편으로 지나갔다. 우리는 아무 말도 하지 않았다. 갈림길에서 우리 집으로 이어지는 왼쪽으로 꺾어지려는데, 길 저쪽에서 낯익은 얼굴이 다가왔다.

"도코 할머니다……." S가 먼저 알아차리고 말했다.

도코 할머니는 우리를 보지 못한 것 같았다. 멍하니 앞만 바라보고 똑바로 S의 집 쪽으로 향했다. 불러볼까 했지만 온몸에 힘이 없고 목소리를 내는 일도 내키지 않았다. 안개 속으로 사라지는 그 뒷모습을 우리는 그저 바라보기만 했다.

텔레비전 뉴스

우리는 그날 점심때가 지나서야 S의 시신이 발견된 상황에 대해 자세히 알 수 있었다. 식탁에 앉아서 나와 S, 그리고 미카는 텔레비전 뉴스를 지켜보았다.

뉴스에서 실명은 일절 거론하지 않고, S를 'N마을의 초등학생'이라고 불렀다. S의 시체는 어젯밤에 '키우던 개'가 어디선가 운반해 온 것 같았고, 그것을 오늘 아침 일찍 '초등학생의 어머니'가 발견했다고 한다. 그런데 그때 시체는 커다란 비닐봉지에 쌓여 있었기에 이동 흔적을 거슬러 추적하기란 어렵다. 다시 말해, 어디서 물고 왔는지는 알 수 없다는 의미였다.

"분명히 어젯밤에 이와무라 선생님이 내 시체를 집 근처에 버렸을 거야." 뉴스를 보면서 S는 흥분한 소리로 말했다. "기억나지? 엄마가 다이키치의 밧줄이 매인 말뚝을 땅에 새로 꽂았을 때 말이야. 다이키치가 할아버지한테 덤빈 날. 그때 말뚝이 제대로 꽂히지 않은 거야. 그래서 다이키치는 밤중에 돌아다녔어. 그런데 우연히 이와무라 선생님이 버린 내 시체를 발견하고 집까지 물고 온 거야."

나도 같은 의견이었다.

그런데 뉴스에 '다리가 부러져 있었다'는 내용은 없었다. 분명히 실제로 괜찮았기 때문일 것이다. 내가 본 시체도 다리가 이상한 방향으로 꺾인 것 같지는 않았다.

"이와무라 선생님은 S의 다리는 부러뜨리지 않았나 봐."

"응, 그나마 다행이야."

그런데 아나운서는 마지막에 다음과 같은 한마디를 덧붙였다.

—초등학생 입에서 비누 성분이 검출된 점으로 볼 때, 경찰은 이 지역에서 발생하고 있는 동물의 의문의 죽음과 관련된 게 아닌가 하고 수사를 진행하고 있습니다.—

의자 위에서 나는 온몸이 뻣뻣해졌다.

"젠장, 비누는 당했구나……." S가 분하다는 듯이 말했다. "분명히 내 시체를 가지고 장난쳤을 거라고 예상은 했지만, 실제로 확인하니까 역시 충격이야."

S와 마찬가지로 나도 또한 충격이었다.

"S야." 뉴스가 끝난 후 텔레비전을 끄고 나는 S를 바라봤다. "이와무라 선생님은 왜 지금까지 숨겨두었던 S의 시체를 갑자기 버렸을까?"

말을 한 다음, '버린다'는 표현을 쓴 점을 후회했다. S 자신이 조금 전에 사용한 표현이기는 했지만, 다른 사람이 사용하면 아무래도 듣기 거북할 것이다.

그런데 S는 그다지 신경 안 쓰는 것 같았다.

"그야 간단하지. 무서워진 거야. 어제 이와무라 선생님은 미치오가 그 책에 대해 알아차리고 자신을 의심한다는 사실을 알았어. 완벽했던 자신의 범죄를 하필이면 자기 반 학생이 꿰뚫어본 사실에 놀란 거야. 이와무라 선생님은 더구나 책에 대해 아는 사람은 미치오 말고 더 있다고 생각했어. 누군가가 미치오에게 그 사실을 말한 게 분명했고. 그렇다면 적어도 또 한 사람, 자신의 범죄를 알아차린 사람이 있는 거지. 미치오에게 책에 대해 말한 사람 말이야. 그리고 그건 초등학생이 아니라 어른이 틀림없는 거고. 그래서 이와무라 선생님은……."

"더 이상 S의 시체를 가지고 있는 건 위험하다고 생각했다는 거지."

"그렇겠지."

"그런데 왜 일부러 시체를 S의 집 근처까지 가지고 왔을까? 그보다 산속이나 어딘가로 가져가서 태우거나 묻는 게 낫지 않았을까?"

"그게 훨씬 더 위험해. 아직도 검문을 하고 있잖아. 중간에 걸리면 다 끝장이야. 하지만 검문은 외부로 나가는 차만 하잖아……"

아하, 그렇구나.

"시체를 버리러 간다면, S의 집으로 가는 수밖에 없었다……?"

"그렇지."

그날 우리는 세 시와 여섯 시에 또 텔레비전 앞에 앉았다. 뉴스 속보가 궁금했기 때문이다. 여섯 시 뉴스 때에는 엄마가 돌아와 있었기에 나는 S가 들어 있는 병을 셔츠 뱃속에 넣고 텔레비전 소리만 들리게 했다. 그런데 새로운 소식은 아무것도 없었다. 설명하는 아나운서는 달랐지만, 내용은 점심때 지나서 본 뉴스와 완전히 똑같았다.

"전혀 진전이 없나봐."

"경찰이 말 안 하는 건지도."

밤 열 시, 우리는 텔레비전 앞에서 할 말을 잃었다. 그날 마지막 뉴스에 채널을 맞추고 별다른 기대 없이 나는 화면을 주시하고 있었다. 야구시합 결과가 전해지고, 전국 불꽃대회 일정과 내일 날씨가 보도되고…….

"엇……"

먼저, 고개를 갸우뚱했다. 화면에는 빨간 사이렌을 돌리는 경찰차와 함께 낯익은 풍경이 나타났다. 물론 이전 뉴스에서 나는 이 근방의 경치를 화면 속에서 이미 봤기에 그 자체는 별로 새롭지가 않았다. 단지 이번에 내가 이상하다고 생각했던 점은 배경이 어둡다는 사실이었다. 밤이나 저녁 무렵의 영상. 왜 어두워진 다음에 다시 경찰차의 빨간 사이렌이 돌아간 걸까?

"S야, 뭔가 새로운 걸 찾았나봐."

내 예상은 적중했다. 단지 내가 막연히 예상했던 내용과 전혀 달랐다. 아예 보도 내용 자체가 S의 사건 속보가 아니었다.

성인 남자가 카메라와 마이크 앞에 있었다. 완전히 이성을 잃은 모습으로 울면서 힘겹게 말을 하고 있었다. 중간 중간 끊어지는 말 속에 "용서 못 한다"는 표현이 몇 번씩 반복되었다. 눈물과 콧물이 범벅이 된, 내가 잘 아는 그 얼굴은 불빛을 받아서 반짝반짝 빛나고 있었다.

"국수 아저씨."

미카가 소리를 질렀다.

화면이 바뀌고 '오이케 국수공장'이라는 간판이 크게 비췄다. 담담히 흘러나오는 아나운서의 목소리.

—아무렇게나 골목 배수구에 던져진 그 시체는 다리뼈가 부러져 있었고.—

텔레비전 음성이 아주 멀리 느껴졌다.

—그리고 입안에 비누가 들어 있던 점으로 미루어볼 때.—

다시 화면이 바뀌었다. 사진이었다. 생각에 잠긴 것 같은 옆얼굴. 나에게 친숙한 옆얼굴.

—경찰은 지금까지 발견된 동물들의 의문의 죽음, 그리고 오늘 발견된 초등학생의 시체 사건과의 관련 여부를 조사하고 있습니다.—

"왜……?"

입이 멋대로 중얼거렸다.

사진 속에 있는 것은 바로 도코 할머니였다.

7

S의 비밀

다음 날, 나는 S와 둘이서 오이케 국수공장으로 갔다. 미카도 같이 가려고 했는데, 아침부터 몸이 나른하다며 기운이 없어 보여서 데리고 가지 않았다.

"미카, 괜찮을까? 배 근처가 근실거린다고 하던데."

"뭐? 그런 말을 했어?"

"응, 했어. 미치오가 화장실에 갔을 때였나?"

"그렇구나. S는 미카랑 꽤 죽이 잘 맞나 봐."

"죽이 잘 맞는다고? 아직 어린애잖아. 그냥 상대해주는 것뿐이야. 하긴 귀엽다는 생각은 해."

우리는 오이케 국수공장에 도착했다.

"왔구나." 국수 아저씨는 내 얼굴을 보고는 힘없이 웃었다. "할머니, 돌아가셨어……."

아저씨의 두 눈은 새빨갰다. 언제나 정성스레 깎는 수염이 턱과 코 밑에 거뭇거뭇 나 있었다. 작업장 입구에서는 낡은 양복을 입은 남자가 심각한 얼굴로 아줌마와 이야기를 하는 중이었다. 수첩에 뭔가를 적는 것으로 보아서 경찰 관계자 같았다.

"범인이 잡히면, 내가 죽여버릴 거야. 그 자식 다리를 분지르고 입에 비누를 쑤셔 넣을 테니. 할머니와 똑같은 꼴로……." 아래를 보고 혼잣말처럼 중얼거리는 아저씨의 목소리는 조용했지만, 아주 격렬했다. "항상 준비는 되어 있다고. 아무 때나 할머니의 원수를 갚을 수 있어……."

말을 하면서 아저씨는 바지 주머니에 오른손을 집어넣고 부스럭거렸다.

"준비요……?"

내가 물어보자, 아저씨는 "그래"라고 대답하고는 오른손을 내 얼굴 앞에 내밀었다. 손바닥 위에는 하얀 비누가 놓여 있었다.

"많이 있어. 아내한테 상자를 통째로 사 오게 했으니까. 그래, 미치오도 하나 가져가거라. 할머니의 원수를 갚고 싶지 않니? 이걸로 범인을 똑같은 꼴로 만들고 싶지 않아? 할머니하고 친했으니까."

아저씨는 내 팔을 잡고 억지로 손바닥에 비누를 쥐어줬다. 주머니에 들어 있던 탓인지, 비누 표면이 눅눅해져서 미끈거렸고, 그 감촉은 뒤틀린 아저씨의 감정을 그대로 드러내고 있었다. 나는 소름이 끼쳐서 온몸을 젖히며 팔을 뺐다. 비누는 나와 아저씨의 손에서 빠져 땅에 툭 떨어졌다. 아저씨는 비누를 주우려고도 하지 않고 그저 가만히 내려다보며 희미하게 입술을 떨었다.

"저기, 아저씨, 사실은……."

아저씨가 다시 안정을 되찾기를 기다렸다가, 나는 어제 아침에 도코 할머니의 모습을 봤던 사실을 이야기했다.

"아아, 그 시간." 아저씨는 빨개진 눈을 게슴츠레하게 뜨고는 고개를 끄떡였다. "미치오 말고도 그 시간대에 할머니를 봤다는 사람들 여러 명이 정보를 줬나 보더구나. 어제 내가 일어났을 때는 이미 할머니는 안 보였으니까, 분명히 아침 산책이라도 나갔다가 그대로 당한 걸 거야."

"전에도 그렇게 이른 시간에 산책을 나가셨어요?"

내 질문에 아저씨는 "그날 기분에 따라서"라고 말하고 더 이상 말을 잇지 못했다.

경찰처럼 보이는 남자가 뒤에서 아저씨를 불렀다. "잘 가라." 아저씨는 나에게 다시 한 번 쓸쓸한 웃음과 함께 인사를 하고 그쪽으로 갔다.

나는 그 창가로 갔다. 어두운 방 안에 군다리명왕 상만이 여전히 무서운 형상으로 정면을 노려보고 있었다. 말로 이루 형용할 수 없는 감정이 가슴속에서 북받쳐 올라왔다. 그리고 나도 아저씨와 똑같은 생각을 했다. 도코 할머니를 죽인 범인을 죽이고 싶다고……. 다리를 부러뜨리고 입에 비누를 쑤셔 넣고 싶다고…….

"저 신령님, 순 거짓말쟁이잖아." S가 내뱉듯이 말했다.

오이케 국수공장을 뒤로 하고 우리는 S네 집으로 향했다. S의 엄마한테 어제 일을 물어보기 위해서였다. 뉴스에서 보도된 내용 이외에 아직 발표되지 않은 사실이 있을지도 모른다. 경찰에게 물어도 가르쳐줄 리가 없기에 S의 엄마를 만나러 가기로 했다.

"피곤하실 텐데, 폐가 되려나?"

나는 오로지 그것이 걱정이었다.

"하지만 미치오, 하는 수 없어. 나를 죽인 범인을 잡기 위해서 정보를 모아야 하니까. 범인이 잡히면 분명히 엄마도 기뻐할 거야."

현관문을 연 S의 엄마는 내 얼굴을 보고 깜짝 놀란 표정을 지었다. 너무 놀랐는지 잠시 아무 말도 않고 사시 눈을 바르르 떨며 나를 내려다봤다.

검정 치마에 검정 블라우스 차림이었다.

"S의 일, 들었어요."

S의 엄마는 나를 바라본 채로 천천히 고개를 끄떡였다.

"뉴스 봤구나."

아마 다니오 형사는 어제 아침에 내가 마당에 왔던 사실을 말하지 않은 모양이었다. 나는 못 들었다면 그쪽이 낫다고 생각하고 아무 말도 하지 않았다.

다이키치가 자기 집에 피곤한 듯이 엎드려 있는 모습이 보였다. 경찰이 몸과 입속을 검사했는지도 모른다.

"저기요."

어떻게 말을 꺼낼지 전혀 생각해두지 않았다. 머릿속으로 할 말을 찾는데, S의 엄마는 안으로 들어오라고 했다. 나는 S의 엄마 뒤를 따라서 안으로 들어갔다. 내가 옆을 지나갈 때, 다이키치가 바늘에라도 찔린 양 흠칫 고개를 쳐들었다. 그리고 피웅 하고 틈새 바람 같은 소리를 내며 개집 안으로 더 깊숙이 들어간다. 주인 이외의 사람에게는 완전히 겁을 먹은 모습이었다.

S가 죽은 방에서 나는 S의 엄마와 마주앉았다.

"미치오, 여러 가지로 고맙구나. 그 애의 일로 경찰에 협력도 해주고……, 많이 힘들었을 텐데."

S의 엄마는 나에게 아직까지 제대로 인사하러 가지 못한 점을 사과했다.

나는 그저 고개를 저었다.

"그거, 거미니?" 내 엉덩이 옆에 놓인 병을 S의 엄마는 힐끗 쳐다봤다.

"여름방학 자유연구 과제로 쓰는 거예요."

적당히 둘러댔다. S의 엄마는 잠시 눈을 가늘게 뜬 다음, 자신의 무릎을 바라보았다.

"아아, 지금은 여름방학이었지……."

잠시 침묵이 흘렀다.

마당을 바라보니, 커다란 해바라기 꽃이 주르르 늘어서 있었다. 그 건너편에 제멋대로 자란 잡초가 여기저기 짓밟혀 있었는데, 어제 많은 사람들이 드나들었기 때문일 것이다.

"그 애, 자살이 아니었는지도 몰라. 누군가에게 살해당한 건지도……."

담담하게 말하는 그 목소리에 나는 다시 고개를 돌렸다.

"뉴스에서 비누에 대해 알았어요. 입에 비누가 들어 있던 흔적이 있었다고요."

"응, 그래. 이 뒤쪽에 비누 성분이 남아 있었나 봐."

나는 큰맘 먹고 물어보았다.

"아줌마는 S가 살해당했다면, 그 범인은 이 근처에서 개와 고양이를 죽인 범인과 같은 사람이라고 생각하세요?"

"모르겠는데." 망설이는 듯이 잠시 사이를 둔 다음, S의 엄마는 대답했다. "하지만 입에 비누가 들어 있었잖니. 우연은 아닐 거 같은데. 경찰도 같은 생각인 것 같고……. 나한테는 '어떤 관련이 있을 수 있습니다'라는 식으로 말했는데, 분명히 확신하고 있는 거겠지. 형사들이 대화하는데 그런 느낌이 들었어. 그리고 어젯밤 사건도 있고……."

"도코 할머니의……?"

"그래, 오이케 씨 댁……. 그 시체도 같은 일을 당했다던데. 그게 그 애의 시체와 같은 날에 발견되었잖니. 역시 우연이 아니야. 오이케 씨네 할머니한테는 여러 가지 신세도 많이 져서, 나는……."

S의 엄마는 고개를 돌리고 눈을 감았다.

조용한 마당에서 유지매미가 한 마리 울기 시작했다. 바로 수많은 울음소리와 겹쳤다. 여름 공기가 갑자기 흔들린 느낌이었다.

"아줌마, 범인으로 짐작 가는 사람 없으세요?"

S의 엄마는 천천히 고개를 저었다.

"뭔가 생각나는 거 없으세요? S가 죽기 전이나 후에요."

"경찰한테도 이야기했지만, 지금은 아무것도 생각나지 않는구나." 그리고 작게 한숨을 쉬었다. "난, 그 애에 대해서 잘 몰랐나 봐. 이런 일을 당해보고 처음 알았어. 그 애를 키우고 돈을 버는 데만 급급해서 그저 일만 했어. 같이 이야기하지도 않고……. 그날도 내가 아침부터 일하러 가지만 않았어도, 그 애는 지금 살아 있었을지도 모르는데……."

핏기가 없는 입술이 희미하게 떨렸다. 나는 나도 모르게 얼굴을 돌렸다.

"미치오도 그 애를 위해서 여러 가지 애를 써주는 모양이구나. 그런데 미안하다. 정말로 아무 생각도 떠오르지 않아서."

그리고 S의 엄마는 입 속으로 "미안해"라고 다시 한 번 반복했다.
그 말은 나에게 하는 것 같지가 않았다.

"다이키치가 어디서 S를 물고 왔는지, 역시 아직 모르는 거예요?"

"응, 그런가 봐."

S의 엄마는 야윈 두 손으로 얼굴을 감싸고 크게 숨을 들이쉬었다
가 천천히 내쉬었다.

더 이상 있으면 안 될 것 같았다. S의 엄마도 괴로울 테고 나도 괴
로웠다.

"실례했어요. 저는 이제 그만······."

일어서려는데 S의 엄마가 제지했다.

"미치오, 잠깐만." 잠시 자기 마음속의 뭔가와 싸우는 듯이 S의 엄
마는 내 얼굴을 가만히 응시했다. "경찰한테 이야기하지 않은 게 있
어."

"엣······?"

"그 애를 죽인 범인을 잡는 데는 도움이 되지 않을 거 같아서 말
안 했는데. 다른 사람에게는 별로 말하고 싶지 않았거든. 그 애를 위
해서도······."

나는 방석 위에 다시 앉았다.

"S를 위해서 말하고 싶지 않다니요?"

"나, 그 애가 무서울 때가 있었어. 내 아들인데, 어딘가 조금 이상
한 게 아닌가 싶을 때가 있었단다."

"이상해요······?"

이때 S의 엄마는 나에게 느닷없는 질문을 했다.

"다이키치가 어떻게 그 애의 시체를 물고 왔는지 아니?"

나는 고개를 갸우뚱하며 잠자코 설명을 기다렸다.

"그 애가 다이키치한테 그런 훈련을 시켰단다."

"훈련. 음, 자기 시체를 찾는 훈련요?"

나도 모르게 목소리가 커졌다.

"그게 아니고." S의 엄마는 고개를 저었다. "자기 시체가 아니라, 상한 고기를 찾아서 물고 오는 훈련을 시키고 있었어. 왜 그런 훈련을 시켰는지 나는 전혀 몰라. 어쩐지 무서워서…… 내 아들인데 섬뜩해서…… 도저히 물어볼 수가 없었단다."

코 옆으로 눈물이 주르르 흘렀다.

S의 엄마가 자세히 설명을 해주었다.

1년 쯤 전의 일이었다. 저녁 무렵에 무심코 마당을 보자, 구석에서 S가 다이키치의 목걸이를 쥐고 끊임없이 무슨 말을 하는 모습이 보였다. 다이키치 목에서 줄이 풀려 있었다.

―뛰어!―

S가 말을 하고 다이키치를 잡고 있던 손을 놓자, 다이키치는 쏜살같이 뛰어나갔다. 마당을 가로질러 반대편 구석까지 뛰어가서 거기에 있던 뭔가를 물고 바로 S에게로 돌아왔다.

"그게 자세히 보니까 돼지고기 조각이었던 거야. 나는 퍼뜩 생각이 났어. 며칠 전에 냉장고에 넣어둔 고기가 없어진 일이 있었는데……. 그때 나는 내가 착각을 했다고 생각하고 별로 신경 쓰지 않았거든. 틀림없이 그 애가 냉장고에서 고기를 꺼내 어딘가에 숨겨뒀던 거야. 그리고 며칠 지나서 다이키치한테 그 고기를 찾는 훈련을 시켰던 거 같아."

그 뒤로도 여러 차례 비슷한 일이 있었다고 했다. 냉장고에 넣어둔 고기가 어느새 사라진다. 며칠 뒤에 S가 다이키치에게 고기를 찾는 훈련을 시킨다. S의 호령으로 다이키치가 뛰어가는 곳은 마당 구석일 때도 있고 마루 밑일 때도 있다고 했다.

"한번 용기를 내서 그 애한테 물어봤단다. 왜 그런 일을 시키냐고……. 그 애는 그저 무표정한 얼굴로 나를 쏘아봤어. 그리고 아무 말도 하지 않았어……."

그 뒤로 S의 엄마는 물어보지 않았다고 한다.

"정말로 엄마 자격 실격이라는 생각이 들었어. 그 애가 무섭다는 생각과 그 애한테 미움 받고 싶지 않다는 생각이, 내 마음속에서…… 뒤섞여서…… 내 아들인데…… 어떻게 해야 할지 몰라서……."

S의 엄마는 소리 내어 울기 시작했다. 나는 그 모습을 그저 지켜보기만 할 뿐이었다.

너무 머리가 혼란스러웠다. 도대체 어떻게 된 거지? S는 도대체 뭘하고 있었던 걸까?

그리고 나는 문득 생각이 났다. 도코 할머니가 말했던 "냄새"라는 말. 우리는 처음에 그 말이 내 주머니에 있던 이와무라 선생님의 손수건이라고 생각했다. S를 살해한 인간의 냄새에 다이키치가 반응을 보이고 짖은 거라고 믿었다. 그 다음에는 S의 말을 듣고, 사실은 그것이 아니라 다이키치는 자신의 친구를 죽인 인간의 냄새에 짖었다고 생각했다. 이와무라 선생님이 개와 고양이를 죽였기 때문에 그 냄새에 짖었다고……. 그런데 어쩌면, 도코 할머니는 시체 냄새를 말했던 건 아닐까? 그날, S의 집에 가기 직전에 나는 공터에 버려진 자동차 안에서 고양이의 시체를 보았고, 그 바로 옆까지 갔었다. 그때 내 몸에 달라붙은 냄새에 다이키치가 반응을 했던 건 아닐까? 도코 할머니는 나에게 그 사실을 가르쳐준 건 아닐까?

"저기, 그걸 계속했던 거예요? S는 죽기 전까지, 계속?"

S의 엄마는 울면서 고개를 저었다.

"한 달 정도였어. 그렇기 때문에 나는 가슴속에 묻어둘 수가 있었어. 내 마음속에서 없던 일로 하고……, 보지 않았던 일로 하고……."

나는 흐느껴 우는 친구 엄마를 어떻게 해야 할지 막막했다. 단지 기운을 북돋아드려야 한다는 마음만 가슴속에서 강하게 끓어올랐다.

힐끔 병 속을 쳐다봤다. S는 거미집 가장자리에서 꼼짝 않고 있었다. 마치 우리 대화가 들리지 않는 듯한 모습이었다.

"아마, 분명히 그렇게 깊은 의미는 없었을 거예요. S는 재미로, 장난삼아서 하고 있었을 거예요. 섬뜩하다거나, 그런 게 아니라……."

S의 엄마가 벌떡 일어섰다. 너무나 갑작스러웠기에 나는 흠칫했다. 방구석에 있는 벽장을 열고 안에서 뭔가를 꺼냈다. 그리고 다시 뒤돌아서 나에게 그것을 건넸다.

"재미나 장난으로 이런 짓을 하지는 않는단다." 폭발하려는 감정을 억누르는 것처럼 낮은 목소리였다. "그 애가 다이키치하고 이상한 행동을 시작하기 훨씬 이전에 발견했단다. 그 애가 아직 2학년일 때. 마루 밑에 숨겨뒀더구나."

그것은 병이었다. 지금 S가 들어 있는 잼 병과 비슷한 크기였다. 단지 S의 병이 절구통 모양인 데 반해, 지금 눈앞에 내민 병은 입구가 작을 따름이었다.

"마루 밑에서 새끼고양이 울음소리가 들리기에, 들고양이가 새끼를 낳았다고 생각했단다. 한동안 그 울음소리는 계속되었어. 그런데 한 달쯤 지나자, 뚝 끊겨서 들리지 않더구나. 신경이 쓰여서 들여다봤더니…….."

S의 엄마는 두 눈을 꽉 감고 마치 학질에라도 걸린 듯이 온몸을 부들부들 떨었다.

병 속에는 한 마리의 동물 뼈가 들어 있었다. 새끼고양이의 뼈 같았다.

나는 아무 말도 나오지 않았다. 너무 무서워서 온몸의 감각이 없었다. 병에 고양이 뼈가 들어 있는 일 자체는 무섭지 않았다. 내가 충격을 받은 이유는…….

"미치오도 그 애가 무서워졌지?" S의 엄마가 불쑥 말했다. "내 기분, 알겠지?"

"왜 저한테, 이런 걸 보여주신 거죠……?"

간신히 이 말만 물어보았다. S의 엄마는 입술을 꾹 다물고 고개를 숙였다.

"저, 이만 가볼게요."

S가 들어 있는 병을 들고 일어섰다. 방에서 나와 뛰듯이 복도를 빠져나와 현관을 뛰쳐나갔다. 뒤에서 괴로워하는 울음소리가 가늘고 높이 들렸다.

혼란

"말 안 해줄 거야?" 집으로 가면서 나는 S에게 물었다.

"그러니까 아까부터 말하잖아. 별 뜻 없이 장난으로 했던 거야. 다이키치한테 썩은 고기를 찾아오게 하면 어떨까, 하고 그냥 떠올랐어. 미치오도 아까 자기 입으로 엄마한테 말했잖아. 그저 재미로, 장난삼아서 했을 거라고."

"그럼 그 병은? 왜 그런 짓을 했는데? 그것도 장난이었다고 할 거야?"

"그래, 장난이야. 마루 밑에 죽은 새끼고양이가 있기에 그냥 병 속에 넣어둔 거야. 설마 엄마가 그걸 발견하리라고는 생각도 못 했지만."

S는 담담히 대답했지만 거짓말이 분명했다.

"아니야. S는 죽은 새끼고양이를 발견해서 병에 넣은 게 아니야."

"오오, 어떻게 미치오가 그걸 알아? 보지도 않았으면서."

"내 말이 틀리다면 사실을 말해봐. S야, 나한테 가르쳐줘." 나는 큰맘 먹고 말했다. "어떻게 그 병에 새끼 고양이의 뼈를 넣었다는 거야? 아무리 봐도 병 입구가 새끼고양이 머리뼈보다 작은데, 어떻게 넣었다는 거야?"

갑자기 S가 날카롭고 높은 소리로 웃었다. 마치 금속을 문지르는 것 같았다.

"에이, 그것까지 본 거야? 그렇다면 하는 수 없지." S는 순순히 인정했다. "그래, 미치오가 생각하는 대로야. 나는 그 병 속에서 새끼고양이를 키웠어. 키우고 있었던 거야. 별로 오래 살지는 않았지만."

내가 예상했던 대답이었다. 하지만 나는 그 말을 들은 순간, 온몸이 공포에 사로잡혔다.

"그런데 그것도 단순히 갑자기 떠올랐던 거야. 깊은 뜻은 없었어. 병 속에 배가 들어 있는 장식품, 있잖아. 그것처럼 병 속에 고양이를 넣어서 만들 수 없을까, 라고 생각했던 거야. 그렇다고 해서 이상한 생각은 하지 마. 말해두는데, 나는 지금 미치오가 머릿속에서 생각하는 짓 같은 건 안 했으니까. 절대로 안 했어."

걸음을 멈추고 나는 S를 내려다봤다.

"내가 생각하는 거?"

"그래. 속이려고 하지 마. 미치오가 뭘 생각하는지 금방 아니까."

꿀꺽 침을 삼켰다. 목에 걸려버려 나오지 않는 목소리를 어떻게든 짜내서 말했다.

"말해봐."

"미치오는 지금 이런 생각하지? 이 N마을에서 1년 전에 시작된 개와 고양이를 죽인 사건은 사실 내가 한 짓이다. 나는 그 사실을 숨기기 위해서, 그것이 이와무라 선생님의 범행이라고 미치오에게 거짓말을 했다. 나를 죽인 이와무라 선생님이 사실은 개와 고양이를 죽이고 있었다고 미치오가 믿게 만들려고 했다."

S는 단숨에 거기까지 말하더니, "틀렸어?"라는 말로 마무리 지었다.

나는 아무 말도 않고 다시 걷기 시작했다.

"무슨 말 좀 해봐. 나는 너를 의심해, 라고 분명하게 말하지 그래?"

그렇다, S의 말은 분명히 모두 맞았다.

나는 아까부터 S가 개와 고양이를 죽였던 것은 아닌가, 하고 생각하고 있었다. 여하튼 그런 것을 봤으니 의심을 하는 건 당연하다.

"의심한다면 하는 수 없지만……. 그 대신 미치오 자신이 혼란스러워질 뿐이야."

"혼란?"

"그래. 왜냐하면, 생각해봐, 이와무라 선생님이 나를 죽이고 입에 비누를 쑤셔 넣었어. 그리고 그 당사자인 나는 개와 고양이를 죽여서 입에 비누를 쑤셔 넣고 있었어. 그게 사실이라면 미치오, 어떤 논리를 세울 수 있어? 어떻게 설명할 거야?"

S의 말이 옳았다. 나는 잠시 열심히 머리를 굴렸다. 그리고 한 가지만은 설명이 가능하다는 사실을 깨달았다.

"땡, 틀렸어."

S의 목소리에 나는 놀라서 고개를 들었다.

"미치오, 지금 이런 생각했지? 나는 어떤 이유로 1년 전부터 개와 고양이를 죽여서 입에 비누를 집어넣고 있었다. 그런데 어느 날, 이와무라 선생님이 내 범행을 알아차렸다. 이와무라 선생님은 개와 고양이의 복수를 위해서 내가 개와 고양이를 죽인 것과 똑같은 방법으로 나를 죽였다."

아무런 대답도 나오지 않았다. S의 설명은 내가 머릿속에 그리고 있던 내용과 완벽하게 똑같았기 때문이다.

"말했잖아. 미치오가 생각하는 건 전부 안다고. 하지만 그 생각은 말도 안 돼."

"왜?"

"미치오는 지금 도코 할머니 사건을 잊고 있어. 시체에는 명확한 공통점이 있잖아. 개와 고양이를 죽인 범인과 도코 할머니를 죽인 범인은 똑같은 인물 아니겠어? 그렇게 생각하는 게 자연스러워. 다리를 부러뜨리고 입에 비누를 넣는, 그런 취미를 가진 사람이 그렇게 많지는 않을 테니까. 미치오, 지금 내가 도코 할머니를 죽일 수 있다고 생각해?"

S의 말이 맞다. 그건 불가능하다.

"하여튼 나를 믿고, 안 믿고는 미치오 마음이야. 하지만 이 말만은 할게. 나는 아무 나쁜 짓도 안 했어. 내가 살해될 이유는 전혀 없었어. 병 속에 고양이를 넣은 행동하고 지금 미치오가 하는 행동이 뭐가 다른데? 전혀 다르지 않아. 미치오도 나와 똑같은 짓을 하고 있어. 만약 내가 병 속에 들어가 있는 걸 사실은 싫어한다면 어떡할 거야? 그리고……."

"알았어." 나는 S의 말을 막았다. "믿어."

S는 흠, 이라고 하더니 입을 다물었다.

집에 도착할 때까지 우리는 한마디도 하지 않았다.

나는 아래를 보고 말없이 걸으면서 생각을 했다. S와 이전처럼 지낼 수 있을까? 나는 S를 믿을 수 있을까?

충동

방에 들어갔더니, 미카는 자고 있었다. 그 옆에 미카가 벗어놓은 것들이 어지럽게 놓여 있었다.

"하하, 미카, 발가벗었네."

"보지 마!"

나는 그만 버럭 소리를 질렀다. 병 속에서 쿡쿡하고 남을 비웃는 듯한 S의 웃음소리가 들렸다.

"아아, S 오빠, 어서 와."

잠이 덜 깬 목소리로 미카가 말했다. 그 한마디에 나는 갑자기 온몸의 피가 머리로 솟구치는 느낌이 들었다.

"미카, 나도 있어." 억지로 목소리를 낮춰서 그럭저럭 짜증을 억눌렀다. "나한테는 잘 다녀왔냐고 안 해?"

"엇, 미카가 말 안 했나? 그럼 지금 할게."

"이제 됐어. 그런 거 다시 말해서 뭐해?" 나는 S의 병을 미카 바로 옆에 내려놓았다. "그렇게 S가 좋으면 둘이서 잘 지내봐. S도 미카가 귀엽다고 했겠다."

머릿속에 가득 차 있던 혼란이 점점 일그러졌다. 일그러지면서 내 몸과 입이 제멋대로 움직이고 있는 기분이었다.

"나는 방해되는 거 같으니까, 여기 없는 게 낫겠네."

그런 말을 남기고, 나는 방을 나가려고 했다. 방문 앞에서 한 번 뒤를 돌아보고 미카에게 말했다.

"대신 조심하는 게 좋을 거야. 미카는 아직 모르겠지만, S는……."

"말하지 마!"

S가 소리쳤다. 그 목소리에는 엄청난 적의가 들어 있었다. 나는 말을 뚝 끊고 숨을 멈췄다. 그리고 바로 그런 나 자신에게 화가 났다. 저렇게 작은 S의 목소리에 놀라버린 자신이 부끄러웠다.

"아래층에 있을게."

문을 닫고 쿵쾅거리며 계단을 내려갔다. 계단을 다 내려가서 나는 그 자리에 털썩 주저앉아버렸다. 머릿속에서 여러 가지 생각들이 빙글빙글 소용돌이를 쳤다. 내가 뭘 하고 있는지 알 수 없었다. 단지 내 주변 모든 것들이 짜증 나고 보기 싫었다.

계단의 차가운 감촉을 엉덩이에 느끼면서 두 손으로 얼굴을 감쌌다. 문득 미카가 엄마 뱃속에서 나왔을 때가 생각났다. 얼굴을 감싼 손바닥에 흐릿하게 병원 로비가 떠올랐다. 3년 전의 광경이다. 눈을

감자, 그 정경은 한층 또렷하게 내 앞에 펼쳐졌다. 그래, 그때도 나
는…….

지금과 마찬가지로 병원의 긴 의자에 앉아서 가만히 고개를 숙이
고 있었다.

—걱정되니?—

아빠가 내 목 뒤에 손을 얹었다. 그 무렵, 아빠의 눈은 거북처럼
졸린 눈이 아니었다. 훨씬 또렷하고 힘이 들어가 있었다.

—괜찮아. 아무 문제 없다고 의사 선생님도 말씀하셨고. 너도 같
이 설명을 들었잖아.—

아빠는 활짝 웃었다. 그리운 그 웃음소리. 조용한 병원 복도에 울
려 퍼졌다. 멀리서 아이가 뛰어다니는 슬리퍼 소리가 손장단처럼 들
려왔다.

—너도 이제 곧 오빠가 될 테니, 더 의젓해져야지.—

아빠는 내 목을 따뜻한 손으로 감싸고 가만히 흔들었다. 아빠가
나를 놀릴 때 자주 하던 행동이었고, 나는 그 움직임에 몸을 맡기고
있으면 신기하게도 언제나 마음이 놓였다. 분명히 아빠도 그 사실을
잘 알고 있을 것이다. 아빠는 언제나 내가 원할 때, 그 마음을 아는
듯이 그렇게 흔들어주었다.

—걱정 마라. 아무 일도 없을 거야. 엄마도, 그리고 미카도.—

—미카?—

나는 아빠의 얼굴을 올려다봤다.

—아아, 너한테는 아직 말 안 했구나.—

아빠는 나를 내려다보며 살며시 미소를 지었다.

―미카라는 이름으로 할 생각이란다. 얼마 전, 엄마하고 의논해서 정했거든.―

―엇, 그럼 뱃속의 아기는 여자 애예요?―

―글쎄, 그건 아직 잘 모르지만.―

아주 선선히 대답하고 아빠는 웃었다.

―성별은 가르쳐주지 말라고 의사 선생님한테 부탁했거든. 그래서 아직 몰라. 단지 엄마 말로는 뱃속의 아기는 분명히 여자아이라던데? 엄마들은 그런 걸 잘 아나 보더라. 아빠도 그럴 거 같고. 요즘 엄마 얼굴이 부드러워지지 않았니? 그건 여자아이가 태어난다는 증거란다.―

나는 갑자기 가슴이 두근거리기 시작했다. 그동안 나에게 동생이 생긴다는 사실을 많이 의식하긴 했지만, 여동생인지 남동생인지에 대해서는 생각해본 적도 없었다.

―우와, 미카, 이름이 아주 예뻐요.―

―너도 많이 귀여워해야 해.―

―네, 절대 안 싸우고 사이좋게 지낼게요.―

....

....

....

눈을 뜨자, 무릎 사이로 바닥 나뭇결이 보였다.

흘러나온 콧물이 약간 말라서 마치 풀 같았다. 손등으로 마른 콧물을 닦고 나는 힘차게 일어섰다. 그리고 현관으로 가서 신발을 신고 문을 열었다. 고개를 들어 위를 쳐다봤다.

그 녀석은 아직도 거기에 있었다.

감정

방에 돌아가자, 미카가 말을 걸었다.

"오빠, 아까는……."

"아까, 뭐? 무슨 일 있었어? 다 잊었으니까, 이제 됐어." 미카의 말을 가로막고, 나는 밝게 말했다.

"미치오, 역시 진지하게 얘기 좀 해보자. 이대로는……."

"S도 도대체 무슨 말 하는 거야? 아무것도 얘기할 게 없는데. 나는 S를 믿고 있고 앞으로도 그럴 거고. S가 괜히 오버하는 거 같은데?" 나는 빠른 어조로 거침없이 말했다.

S는 잠시 갈피를 못 잡는 것 같더니, 이윽고 안심하는 소리를 냈다.

"그래, 오버한 거구나."

"그렇다니까. 그러니까 지금, S랑 미카는 내가 분명히 화가 났다고 생각한 거지? 무슨 그런 말도 안 되는 생각을 하고 그래?"

나는 재미있다는 듯이 웃었다. 미카와 S도 뒤따라 웃었다.

"아, 그래. S한테 줄 선물이 있어."

"우와, 뭐야, 뭐?"

"자, 여기."

나는 계속 등 뒤에 숨기고 있던 오른손을 눈앞에 쓱 내밀었다. 그 순간 S는 흠칫하고 몸이 경직되더니 숨을 죽였다.

"새 친구야, 자, 봐봐."

말을 하면서 나는 오른손에 들고 있던 투명한 비닐봉지를 S에게 가져갔다. 봉지 속에서 바스락 소리가 났다. 현관 처마 밑에 거미줄을 치고 있던 그 커다란 무당거미였다.

"미치오, 뭐야, 그거……?" S의 목소리가 희미하게 떨렸다. "왜, 그런 걸……?"

"새 친구라고 했잖아. 아, 친구라기보다 동료라고 해야 하나? 뭐든 어때? 아무튼 사이좋게 지내. 봐봐, 굉장하지? 다리 하나하나가 성냥개비 길이야. 배도 분명히 50엔짜리 동전 정도 될 거야. 우와, 털도 나 있어. 여기 봐, 다리하고 배에도 엄청난 털이 있어."

나는 비닐봉지를 S쪽으로 가까이 가져갔다. S는 병 속에서 슬금슬금 뒷걸음질 쳤다.

"잠깐 미치오, 하지 마. 이리 오지 마. 앗, 뭐하는 거야? 안 돼. 안 돼!"

나는 S가 들어간 병을 집어 들고 뚜껑을 돌렸다.

"이 병이 둘이 놀기엔 좀 비좁을지도 모르지만 안 될 건 없어. 조만간 더 큰 병을 찾아올게. 찬장 속에 있는 매실주 병이 곧 빌 테니까."

"미치오, 그만둬! 제발, 미치오!"

나는 S의 말을 무시하고 병뚜껑을 빙글빙글 돌렸다. 이윽고 탁 하고 소리를 내며 뚜껑이 열렸다. S가 병 속에서 움찔했다.

"오빠, 그만해……." 미카의 목소리가 가라앉아 있었다. "안 돼, 그런 짓 하면……. S 오빠가 무서워하잖아."

"무서워한다고? 왜 무서워하는데? 친구잖아."

나는 비닐봉지 주둥이를 아래로 해서 병으로 가져갔다. 봉지 속에서 무당거미가 부스럭거리며 굵은 다리를 움직이는 게 보였다. S는 거미집의 제일 가장자리까지 슬금슬금 물러났다.

"그렇게 큰 건 무리야. S 오빠하고 친구가 될 수 없어. 오빠, 무리야."

"자, 얼굴 보고……. 들어가라, S가 기다리니까."

"오빠!"

나는 비닐봉지를 위아래로 흔들었다. 그 움직임에 맞춰서 무당거미는 천천히 병 입구로 내려갔다.

"하지 마, 미치오! 그만해!. 그만하라니까, 제발 그만……!"

"자, 조금만 더 가면 돼. 빨리빨리, 그래 잘 한다, 이제 한 걸음만 더."

"그마아아안!"

S가 지르는 소리와 거의 동시에 무당거미가 병 속에 떨어졌다. 우아아아앗! 귀청이 떨어질 정도로 비명을 지르면서 S는 거미줄에서 뛰어내려 병 바닥에 떨어졌다. 미카가 날카로운 소리를 지른다. 무당거미는 S가 만든 거미집에 다리가 걸려서 못마땅한 듯이 꿈틀거린다. S는 무슨 말인지 알아들을 수 없는 소리를 내지르면서 병 바닥을 마구 뛰어다닌다. 빙글빙글 유리벽을 따라서 엄청난 속도로 돈다.

"아하핫, S가 좋아하는 것 좀 봐. 미카, 봐봐. S가 즐거워하고 있어."

"오빠!"

무당거미가 자기 다리에 붙은 거미줄을 간신히 떼어냈다. 그리고 천천히 병의 제일 가장자리까지 이동해서 유리 벽 쪽에 도착하자, 느릿하게 머리를 밑으로 숙였다.

"친구가 S를 쳐다보네. 자, 그쪽으로 가고 있어, S야."

S는 한층 속도를 올려서 병 바닥을 미친 듯이 돌았다. 무당거미는 병 가장자리를 조금씩 내려간다. 미카가 피리처럼 가느다란 소리를 지른다.

"갔다 갔어. S야, 그렇게 뛰면 안 돼. 친구가 흥분하잖아. 엇, 거봐, 화내잖아. 친구가 화내고 있어."

나는 눈을 치켜 올리고 입은 크게 벌린 채, 몸을 앞으로 쑥 내밀어서 병 속을 관찰했다. 아하하하, 하고 크게 웃으며, 등줄기가 마비될 것 같은 감각에 휩싸이고, 꼭 쥐고 있는 손에 땀이 배는 것을 느끼며, 이리저리 도망치는 S를 보고 있었다. 그리고…….

어느 순간, S는 갑자기 우뚝 멈춰 섰다. 더 이상 도망갈 수 없다고 단념한 듯했다. 병 바닥에서, 무당거미의 바로 밑에서 도저히 피할 수 없다고…….

그리고 S는 낮고 어두우며 아무런 감정이 없는 소리로 나에게 말했다.

"미치오도 다른 사람들이랑 똑같았어."

바로 그때 나를 엄습한 공포.

내가 하고 있는 일 자체가 나에게 주는 공포감. 나 자신에 대한 무서움.

내 입이 뭐라고 소리를 질렀다. 뭐라고 소리를 질렀는지 나도 몰랐다. 다음 순간, 나는 세차게 오른손을 휘둘렀다. 병이 튕겨 나갔고 바닥을 뒹굴었다. 그 안에서 무당거미가 튀어나와 카펫 위를 뛰어갔다. 나는 오른손으로 그것을 있는 힘껏 내리쳤다.

손바닥 아래에서 무당거미가 툭 터지는 촉감을 느꼈다.

온 방 안이 고요함으로 가득 찼다.

나는 조심스럽게 고개를 들었다. 미카가 말없이 나를 보고 있었다. 방구석에 S의 병이 뒹굴고 있었고, S는 그 안에서 꼼짝하지 않았다. 귓속에서 내 숨소리가 들렸다.

천천히 오른손을 들어 올렸다. 무당거미는 납작하게 눌린 채 카펫 위에 있었다. 온몸에서 액체를 흘리며 꿈쩍도 하지 않았다.

"아니야." 찌부러진 무당거미를 내려다보면서 나는 신음 소리를 냈다. "아니야, 진심이 아니었어. 알잖아, 진심이 아니었어. 이러면 둘 다 놀라지 않을까, 싶어서, 그래서 나……."

입에서 나오는 말들이 귓속에서 울렸다. 가슴이 견딜 수 없이 괴로웠다.

"나, 진심이 아니었어."

"알아." S가 천천히 입을 열었다. "장난이었던 거지? 다 안다니까. 미치오가 진짜로 그런 짓을 할 리가 없잖아."

그 목소리는 아직도 희미하게 떨렸다.

"미카야, 미카도 알고 있었잖아. 장난이라는 거 말이야."

"응, 알고 있었어. 오빠는 그런 짓 안 해."

"그치? 그런데, 아아, 정말 놀랐어. 너무 리얼했거든. 미치오, 그런 거 되게 잘하네. 나, 까딱하면 속을 뻔했어."

"S야."

"아아, 맞다, 미치오. 넘어진 병 좀 세워줘. 쓰러져 있으면 안정이 안 되거든. 그리고 뚜껑도 원래대로 닫아줘. 지붕이 없으면 역시 볼품없잖아."

"S야, 나……."

"글쎄, 됐어." S는 내 말을 막았다. "아무 말 안 해도 돼. 딱 하나만 약속해줘. 이제 두 번 다시 그런 장난치지 않겠다고. 그건 별로 좋은 장난이 아니잖아. 그리고 너무 위험해. 만약의 경우라는 게 있잖아."

S의 말에 나는 고개를 끄덕이며 팔을 뻗어서 병을 바로 세우고 뚜

껑을 닫았다.

S는 만족스럽게 말했다.

"좋았어. 이제 모두 원래대로 됐어. 미카야, 그렇지?"

"응, 원래대로야." 미카도 밝은 목소리로 대답했다.

갑자기 눈물이 쏟아졌다. 나는 내가 그렇게 잔인한 짓을 할 수 있다는 사실을 한 번도 상상해본 적이 없었다. 하지만 아까는 내 가슴 깊숙이 있는 감정이 당장이라도 폭발할 것만 같아서, 그런 짓을 하지 않으면 나 자신이 부서져버릴 것만 같았다. 정신을 차리자, 어느새 몸이 제멋대로 움직이고 있었다.

그리고 지금 나는 아주 조금 알 것 같았다. S가 왜 병 속에서 새끼 고양이를 키우려고 했는지. 왜 그런 잔인한 짓을 했는지.

어쩐지 이해할 수 있었다.

불꽃놀이

그날 밤, 엄마가 장 보러 나간 틈을 타서 나는 부엌 찬장 속에서 불꽃놀이 세트와 라이터를 꺼냈다. 여름방학이 시작되기 전에 아빠가 어느 날 갑자기 사 온 것이다.

—갑자기 생각이 나서 말이지. 같이 하자.—

그때 아빠는 웬 일인지 나한테만 하자고 했다. 우리는 같이 마당으로 나가서 불꽃놀이를 즐겼다. 결국 도중에 엄마가 아빠를 억지로 집으로 끌고 들어가서 불꽃놀이 세트는 거의 그대로 남았다. 짧은 시간이었고 대화를 많이 나누지는 못했지만, 나에게는 아주 좋은 추억이었다. 불꽃 색깔이 반짝거리며 안경에서 반사될 때 아빠의 얼굴은 거북이 아니었다. 오랜만에 아빠의 진짜 얼굴을 본 느낌이었다.

그때의 기억 때문에 나는 S와 미카에게 불꽃놀이를 하자고 제안했다.

"엄마가 돌아오기 전에 해버리자."

유리문을 열어 샌들을 신고 마당으로 나갔다. 풀에서 피어오르는 후끈한 열기가 주변을 감싸고 마당 여기저기에서 귀뚜라미가 울었다.

"불꽃놀이라. 오랜만인데."

S의 목소리는 들떠 있었다. 미카도 많이 흥분했는지 불꽃놀이 막대를 직접 들지도 못하면서 "빨리, 빨리"하며 아까부터 계속 같은 말만 반복했다.

하늘은 정말 아름다웠다. 구름 한 점 보이지 않았고 깊은 바다 밑처럼 검푸른 빛깔이 넓게 깔려 있었다. 그 하늘 한가운데에 계란과자 같은 동글동글한 달이 노랗게 떠 있었다.

"자, 그럼 첫 번째 불꽃놀이."

빨강과 노랑 줄무늬가 들어간 가느다란 불꽃놀이 막대를 골라서 라이터로 불을 붙였다. 끝에서부터 힘없는 불꽃이 띄엄띄엄 날아올랐다. 되게 약하네, 라고 생각한 순간, 갑자기 피웅 하는 소리와 함께 화려한 오렌지색 불을 힘차게 내뿜었다. 아마 약간 눅눅했던 모양이다.

"와우, 바로 이거야!"

"앗, 깜짝이야!" S와 미카가 동시에 소리를 질렀다.

이윽고 그 불꽃이 다 타자, 나는 다시 다른 막대기에 불을 붙였다. 그것이 끝나면 다시 다른 막대를 꺼냈다. 모두 하나같이 처음에는 불꽃에 힘이 없었지만, 차츰 어떻게 타야 하는지 생각난 듯이 한꺼번에 밝은 불길을 내뿜었다.

"역시 불꽃놀이는 참 멋진 거 같아."

황홀한 목소리로 S가 말했다. S가 들어 있는 병은 내가 들고 있는 불꽃의 모양을 비춰서 빨강, 노랑, 그리고 분홍으로 밝게 빛났다.

"보고만 있어도 물론 예쁘지만, 향이 참 좋아. 코를 찌르는 이 화약 냄새."

"맞아. 여름이라는 느낌이 들어. 가토리센코('모기향'의 의미—옮긴이) 냄새랑 같아서."

"그런 말 하지 마, 미치오. 가토리센코 연기를 쐬면 난 쓰러져버려."

"엇, 그건 모기들한테만 효험 있는 거 아니야? 그래서 가토리센코라고 하잖아."

"그런 거였어?"

우리가 그런 이야기를 나누는데 미카가 끼어들더니, 가토리센코와 센코하나비(화약을 넣고 종이를 꼬아 만든 얇고 긴 불꽃놀이 기구—옮긴이)는 전혀 다른 모양인데, 왜 똑같이 센코라고 하냐고 물어보았다. 그 질문에 S와 나는 절로 신음 소리를 냈다. 우리가 대답할 수 없는 질문을 했다는 사실만으로, 미카는 어쩐지 즐거워보였다.

다섯 개, 여섯 개, 계속하는 동안에 어느새 불꽃놀이 세트는 절반가량 줄어들었다. 우리는 마지막으로 하나만 더 하기로 했다. 이제 슬슬 엄마가 돌아올 시간이다.

마지막 불꽃놀이는 조금 전에 미카가 언급한 센코하나비로 정했다. 늘어진 막대 끝에 불을 붙이자, 한가운데에 있는 새빨간 불꽃 주변에 희미한 소리를 탁탁 내며 작은 천둥 같은 노란색 빛이 수없이 흩날렸다. 타들어가는 센코하나비를 바라보면서 나는 만약 지금 시간이 멈춘다면 훨씬 아름다울 것이라고 생각했다. 이 작은 천둥은 수많은 나뭇가지처럼 그대로 굳어버리고, 그 굳어버린 빛의 가지를 손바닥으로 누르면 분명히 사탕처럼 바삭바삭 부스러질 것이다. 얼마나 근사한 광경일까?

마침 센코하나비가 모두 타버렸을 때, 멀리서 발소리가 들렸다.

"엄마가 오는 거 같은데?"

"미치오, 이거 얼른 치우는 게 좋겠어."

나는 타고 남은 재를 모아서 비닐에 집어넣었다.

"미카야, 엄마 왔어."

집에 들어가서 2층으로 올라가는데 엄마 목소리가 들렸다.

남은 불꽃놀이 세트는 라이터와 같이 책가방 안에 집어넣었다.

미카의 침대

베개 옆에 있는 병 속에서 S는 곤히 잠든 것 같았다. 미카도 불꽃놀이를 할 때 들떠서 피곤했는지 저녁을 먹자마자, 깊이 곯아떨어졌다.

나는 혼자서 어두운 천장을 바라봤다.

정말 오늘 하루 많은 일들이 있었다. 오늘만이 아니다. S가 죽은 종업식 날부터 나는 연달아 많은 일들을 경험했다.

잠이 오지 않았다. 수많은 일들을 다시 떠올리는 동안에 온몸이 뜨거워지고 심장이 빨라졌으며 머리는 한층 맑아졌다. 온몸에서 땀이 많이 흘렀다. 머리 뒤가 근실근실해서 몇 번이나 베개의 위치를 바꾸었다.

─할머니, 돌아가셨어.─

도코 할머니가 살해당했다. 1년 전부터 발견되던 죽은 개와 고양이하고 완전히 똑같은 모습으로 무참히 살해당했다. 도코 할머니는 나와 미카를 가장 잘 이해해주었다. 그 도코 할머니가 이제 이 세상 어디에도 없다.

─미치오도 그 애가 무서워졌지?─

S는 왜 그런 짓을 했던 걸까? 무엇 때문에 다이키치에게 상한 고기를 찾아오는 훈련을 시킨 걸까? S는 단순한 호기심 때문이었다고 설명했다. 나는 그 말을 믿어야 하는 걸까?

─나는 지금 미치오가 머릿속에서 생각하는 짓 같은 건 안 했으니까. 절대로 안 했어.─

죽은 개와 고양이에 대해서 S는 아무것도 모른다고 했다.

─병 속에 고양이를 넣은 것하고 지금 미치오가 하는 행동이 뭐가 다르다는 거야?─

─만약 내가 병 속에 들어가 있는 걸 사실은 싫어한다면 어떡할 거야?─

─아아, S 오빠, 어서 와.─

─미치오도 다른 사람들이랑 똑같았어.─

크게 소리를 지르고 싶었다. 나는 알 수 없었다. 누가 옳은가. 무엇이 나쁜가. 어느 것이 거짓이고, 어느 것이 진실인가. 불꽃놀이를 할 때, 나는 S를 믿기로 결심했다. 그런데 지금은 나의 그러한 생각마저 거짓이었다는 생각이 들었다. 불꽃이 타오를 때만 내 가슴에 우연히 떠오른 거짓된 감정이 아니었을까? 불꽃이 사라지면 역시 나는 본래의 나로 돌아가서 S를 의심하고 무서워하고 가까이 있다는 사실에 불안해하는 건 아닐까?

나는 미카가 부러웠다. 미카는 언제나 순수했다. 아무것도 의심하지 않는다.

만약 내가 미카 같을 수 있다면. 그렇게 행동할 수 있다면…….

"미카……."

나직하게 불러보았다. 아무런 대답도 들리지 않았다. 방은 여전히 고요했다.

알 수 없는 슬픔이 갑자기 나를 엄습했다. 눈물이 나오려고 했다. 억지로 눈을 뜨고 천장을 바라본 채, 나는 가슴에 고인 슬픔이 사라지기를 가만히 기다렸다. 그러나 그 슬픔은 쉽게 사라지지 않았다.

미카가 옆에 있어주었으면……. 미카를 만지고 싶다.

내 가슴은 오직 그 생각으로 가득 찼다.

"미카……."

천천히 몸을 일으켰다. 침대 스프링이 작게 소리를 낸다. 이불을 젖히고 침대 위를 기어간다. 침대 난간을 넘어서 사다리에 살며시 발을 내려놓는다.

한 칸, 한 칸, 조용히 사다리를 내려갔다.

두 다리가 바닥에 닿았다. 새근새근 잠들어 있는 미카의 모습을 어둠 속에서 가만히 내려다보았다. 잠든 얼굴이 귀여웠다. 3년 전에 처음 봤던 잠든 얼굴과 비교해서 아무것도 변하지 않았다.

"미카."

조그맣게 불러보았다. 미카는 깊은 잠이 들었는지, 꿈쩍도 하지 않았다.

"미카……."

나는 잠이 든 미카에게 다가갔다. 미카의 자는 얼굴을 바라보면서 옆에 누웠다.

미카…….

만지면 안 돼…….

그러한 말이 갑자기 내 머릿속에 울렸다. 나 자신이 한 말일 수도 있고, 아니면 더 거대한 뭔가가 나에게 말을 한 건지도 모른다. 만지면 안 된다. 너무 가까이 다가가면 안 된다. 우리 사이에 있는 이 보이지 않는 벽. 지금까지 단 한 번도 의식한 적이 없는 벽의 존재를 그 때 나는 분명히 깨달았다. 그래도 나는…….

더 이상 내 마음을 제어할 수가 없었다.

나는 내 의지로 그 보이지 않는 벽을 걷어버렸다.

팔을 뻗어 미카의 뺨을 만졌다.

미카는 움찔했다. 그리고 멍하니 눈을 뜨고 나를 바라보았다.

"오빠……?" 잠이 덜 깬 목소리다. 나는 아무 말도 할 수 없었다. 무슨 말을 할지 알 수 없었다. "왜, 여기서 자?"

슬프고 쓸쓸하며 무서웠다. 그리고 그러한 감정과는 다른, 이유를 알 수 없는 충동이 내 온몸을 감싸고 있었다. 나는 미카의 팔을 살며시 잡았다. 미카는 의아한 얼굴로 나를 보았다.

"오빠, 왜 그래? 아아, 잠깐……."

나는…….

왜 그런 짓을 했던 걸까? 그럴 의도는 전혀 없었는데.

어느새 나는 미카의 손가락을 내 입속에 집어넣고 있었다.

미카는 놀라서 손을 빼려고 했다. 하지만 나는 더 단단히 미카의 손을 입에 물었다.

"오빠, 하지 마……."

온몸을 세차게 흐르는 것 같은 난생처음 느끼는 충동에 사로잡혀서, 나는 그저 미카의 귀여운 손가락을 입속에 집어넣고 있었다. 작은 관절과 손톱을 혀끝으로 더듬었다. 심장의 움직임에 맞춰서 시야가 반짝반짝 붉게 깜빡거렸다.

마침내 미카는 단념했는지, 어느 순간 갑자기 힘을 뺐다.

✺

8월 2일 오전 일곱 시 20분.

"뭐라고요?"

다이조는 자기도 모르게 되물었다. 다니오 형사의 말을 알아듣지 못해서가 아니다. 자신이 내용을 잘못 들었다고 생각했기 때문이다.

"S의 시신을 찾았어요. 어제 밤에 마당에 내던져져 있었습니다."

역시 다이조가 다니오 형사의 말을 잘못 들은 것은 아니었다.

"마당에……?"

다이조는 깜짝 놀라 형사의 얼굴을 다시 쳐다봤다. 두 사람은 대울타리를 사이에 두고 마주보고 있었다.

"시신은 비닐에 들어 있었어요. 저기 보이는 저거네요."

다니오 형사는 이마에 깊은 주름을 만들며, 뒤에 있는 마당 한구석을 눈으로 가리켰다. 땅에 펼쳐진 파란 시트 위에 대형 흰색 쓰레기봉지가 놓여 있었다. S의 시체는 이미 어딘가로 운반되었는지, 어디에도 보이지 않았다. 방에 S의 엄마 미쓰에의 모습이 보였다. 마루근처에서 무릎을 끌어안은 자세로 가만히 마당을 응시하고 있다. 시선은 똑바로 정면에 있는 해바라기를 향해 있었지만 단순히 해바라기를 보는 것 같지는 않았다. 미쓰에가 멍하게 있다는 사실은 그 표정만 얼핏 봐도 알 수 있다. 다니오 형사와 이야기하는 다이조의 존재마저 그녀는 알아차리지 못한 모습이었다.

"그 봉지와 시신에 남겨진 흔적으로 볼 때, 아무래도 기르던 개가 물고 온 것 같습니다."

"다이키치가 도대체 어디서요?"

"글쎄, 그걸 모르겠어요. 도대체 어디서 찾았는지……" 마지막 부분은 한숨으로 변해 있었다. "후루세 씨, 밤중에 뭔가…… 예를 들면, 개가 짖는 소리라든지, 무거운 물건을 끌고 가는 소리라든지, 그런 소리 혹시 못 들으셨습니까?"

후루세 다이조는 고개를 가로저었다.

"그렇군요." 다니오 형사는 그다지 낙담한 모습도 아니었다. 대답을 기대했던 질문은 아니었던 것이다. "그럼 이만 가보겠습니다. 혼자 다니실 때에는 부디 조심해주십시오. 밤 외출은 가능하면 삼가시고요."

다니오 형사는 꾸벅 인사를 하고 뒤돌아서 걸어갔다. 얼마 전, 경찰서에서 만났을 때보다 한층 공손해진 것은 수사에 진전이 없다는 사실에 부담을 느끼기 때문일까?

"저기, 형사님." 잠시 망설인 뒤, 다이조는 다니오 형사를 불러 세웠다. "그 뒤로 뭔가 새로 아셨습니까? 얼마 전, S의 어머니와 함께 경찰서에 갔잖습니까? 그 일로요."

다니오 형사는 천천히 다이조를 향해 몸을 돌렸다.

"그 일 말인데요." 후루세 다이조의 얼굴을 진지한 눈으로 바라보면서 입에 힘을 주었다. "제가 아주 실례되는 일을 저지른 거 같습니다. 후루세 씨나 S의 어머니에게도."

"무슨 말씀이신지요?"

"솔직히 말씀드리죠. S의 죽음이 자살이 아닐지도 모른다는 두 분
말씀 말입니다만, 저희는 현재 수사를 하면서 그 가능성을 염두에
두고 있습니다."

"그렇군요."

다이조는 잠시 생각했다. 그저께 N역에서 만난 미치오라는 소년
은 다이조의 바람대로 움직여줬는지도 모른다. 그 소설의 저자에 대
해서 경찰에게 이야기했는지도 모른다.

"혹시 누군가, 의심할 만한 인물이?"

"아뇨……." 다니오 형사는 잠시 아래를 보고 어떻게 말할지 생각
하는 양 햇볕에 그을린 뺨을 손바닥으로 문질렀다. 이윽고 고개를
들고 그는 다이조가 전혀 예상도 하지 못한 말을 꺼냈다. "어차피 나
중에 공개할 테니까 말씀 드리죠. 실은 S의 시신에는 입에 비누가 들
어 있던 흔적이 있었습니다."

다이조는 아무 말도 나오지 않았다.

다니오 형사가 다시 머리를 숙이고 수사원들이 있는 곳으로 돌아
갔다. 다이조는 그 뒷모습을 멍하니 바라보았다.

"입에 비누가……."

한동안, 다이조는 그 자리에 우두커니 서 있었다. 바쁘게 마당을
이리저리 오가는 수사원들의 모습을 가만히 바라보았다.

설마…….

설마 그가 그렇게까지 했을 줄은…….

─할아버지.─

문득 미치오의 목소리가 되살아났다.

―그날 아침 상수리나무 숲 속에서 누구 보지 않으셨어요?―

그 소년은 도대체 어디까지 알고 있는 걸까? S가 죽은 날 아침, 이 상수리나무 숲을 되돌아가던 사이에 일어난 일. 그것을 그 소년은 알고 있는 걸까? 아니면 우연히 다이조에게 질문을 했던 걸까? 그저 불현듯 떠오른 생각이었던 걸까?

다이조는 알 수 없었다.

✺

같은 날 밤 아홉 시 55분.

다이조는 창가로 다가갔다.

주름투성이 손으로 낡은 커튼을 가만히 걷는다. 방충망에 얼굴을 가까이 대자, 숨이 콱 막힐 것 같은 여름 흙냄새가 코를 찔렀다. 어둡고 작은 마당 어딘가에서 곤충 울음소리가 들렸다.

다이조는 떠올렸다. 모든 일의 시작이었던 그날. 일 년 전의 여름 밤.

―용서하지 않아.―

귓속 깊숙이 울리는 소녀의 목소리. 지금도 또렷하게 기억하는 낮고 차가운 그 목소리.

―용서하지 않을 거야.―

인적 없는 어두운 골목. 쿵 하고 울리는 둔탁한 소리. 그와 동시에 들린 "앗"하는 소녀의 짧은 비명. 다이조는 소리가 나는 곳으로 급히 뛰어갔다.

그리고 보고 말았다.

―아아……―

가로등이 없는 길 가장자리에 소녀가 쓰러져 있었다. 그 옆에 체격이 커다란 사내가 서서 소녀를 가만히 내려다보고 있었다. 길 저쪽에 시동이 걸린 세단이 한 대 멈춰 있었다. 들려왔던 소리로 추측건대, 그 자동차가 방금 전에 소녀를 친 것이 분명했다.

―저 남자는 뭐하는 거지?―

―왜 경찰에 신고를 안 하는 거지?―

말을 걸려고 다이조가 한 발자국 내디뎠을 때, 사내가 재빨리 몸을 돌렸다. 세워뒀던 세단으로 뛰어가더니, 운전석 문을 열고 구르듯이 안으로 뛰어들었다.

―기다려요.―

다이조는 소리를 질렀다.

타이어 소리. 이어지는 거친 액셀 소리.

빨간 미등은 순식간에 멀어졌다.

쫓아가도 소용없다고 생각하고 다이조는 소녀 곁으로 뛰어갔다. 얼핏 보기에는 아무런 외상도 없어 보였다. 그런데 머리 밑에 깔린 아스팔트에 검은 핏덩어리가 서서히 퍼지고 있었다. 소녀는 눈을 감고 마치 잠이라도 든 것처럼 어두운 바닥에 조용히 누워 있다.

―얘야, 정신 좀 차려.―

말을 걸자, 소녀는 가늘게 눈을 뜨고 다이조를 올려다봤다. 아무런 통증도 느끼지 않는 듯이 멍한 표정이었다. 머리를 다쳤기 때문인지도 모른다. 어둠 속에서 소녀의 하얀 얼굴이 무표정하게 떠올랐다.

―아주 많았는데.―

소녀가 입을 열었다. 다이조는 무슨 뜻인지 이해하지 못했다. 의식이 혼미하기 때문이라고 생각했다. 눈빛도 마치 꿈꾸듯이 몽롱해 보였다.

—잠깐만 기다려라. 바로 구급차를 부를 테니.—

다이조는 얼른 주위를 둘러봤다. 공중전화는 보이지 않았고 사람들도 없었다. 바로 옆에 집이 보였다. 하지만 불은 꺼져 있고, 문 옆 신문꽂이에는 신문이 쌓여 있었다.

—하고 싶은 일, 많았는데.—

놀라서 다이조는 돌아보았다. 소녀가 다시 입을 열었다.

—용서하지 않을 거야.—

로봇이 말하는 것처럼 그저 담담한 목소리. 초점 없는 두 눈이 가만히 다이조를 향하고 있었다.

—조용히. 말하지 말고.—

상대를 진정시키는 듯이 다이조는 소녀를 향해 두 손을 들었다. 하지만 소녀는 다이조를 보고 다시 같은 말을 되풀이 했다.

—용서하지 않을 거야.—

그때서야 다이조는 앗, 하고 깨달았다. 소녀는 다이조가 자신을 친 운전사라고 생각하고 있었다.

—용서하지 않을 거야.—

—아니야, 내가 아니야. 나는.—

—용서하지 않을 거야.—

망가진 레코드처럼 소녀는 되풀이했다. 다이조는 그 소녀의 얼굴을 아연실색한 표정으로 내려다보았다. 한시라도 빨리 구급차를 불러야 한다는 사실을 알면서도 그 자리에서 움직일 수가 없었다. 두 다리가 바닥에 붙어버렸고 굽은 등은 딱딱하게 굳었다.

용서하지 않을 거야.

용서하지 않을 거야.

용서하지 않을 거야.

5분쯤 지나서, 다이조는 가까스로 구급차를 불렀다. 그리고 몇 분이 더 지나서, 소녀는 들 것에 실려서 병원으로 옮겨졌다. 그날 밤, 경찰은 다이조에게 정보 제공을 요청했다. 다이조는 자신이 목격한 사실을 남김없이 진술했다. 소녀를 친 자동차의 자세한 차종과 번호까지는 기억하지 못했지만, 어둠 속에서 본 범인의 용모를 필사적으로 떠올려서 설명했다. 그 불쌍한 소녀를 죽인 인물. 몸집이 거대한 남자. 머리가 짧은 남자.

다음 날 조간신문에 사고 기사가 실렸다. 여덟 살의 소녀는 사망했다고 보도되었다. 다이조는 장례식에 참석했다. 소녀의 친척과 반친구들, 그리고 그 선생님들은 모두 충격을 많이 받은 모습이었다. 부모님이 미친 듯이 울부짖고 있었다.

결국 범인은 잡지 못했다.

그리고 이 모든 일들이 시작되었다.

8

증거 발견

내가 그 사실을 깨달은 것은 나흘 전에 사용한 빨간 펜을 찾을 때였다.

"미치오, 아까부터 뭘 그렇게 덜그럭거려?"

바닥에 놓인 병 속에서 S가 이상한 듯이 물었다.

"아무것도 아냐."

책상 서랍을 뒤적거리던 나는 돌아보지도 않고 대답했다. 어쩐지 S와 말을 섞을 기분이 아니었다. S만이 아니었다. 오늘 아침, 눈을 떠서 내가 평소와 다른 곳에서 자고 있는 사실을 깨닫고 미카와도 거의 말을 하지 않았다.

"이상한데? 분명 여기에 치웠는데." 최대한 혼잣말을 들려주면서 나는 두 사람에게 평상시와 다르지 않다는 인상을 주려고 노력했다. "그때, 프린트 뒷면에 도코 할머니의 힌트를 쓰고, 그리고 프린트를 휴지통에 버리고. 앗, 그래. 그렇구나."

그날 나는 빨간 펜을 '다이키치, 에이고'라고 적은 프린트와 함께 휴지통에 버렸는지도 모른다.

"분명 그랬어."

휴지와 종이로 가득 찬 휴지통을 살며시 넘어뜨렸다. 안에서 툭 하고 딱딱한 것이 구르는 소리가 들렸다. 손을 집어넣고 더듬었더니, 어쩐지 정말 빨간 펜 같았다. 나는 그것을 집어서 팔을 뺐다.

"으악……."

빨간 펜은 찾았지만, 그와 동시에 다른 쓰레기가 우르르 카펫 위에 널브러졌다. 나는 그 자리에 앉아서 흩어진 쓰레기를 다시 주워 담았다.

그런데…….

그때 무언가가 내 시선을 사로잡았다. 바로 원고지였다. 다시 말해, 버리라고 해서 내가 휴지통에 버린 S의 작문이다.

무심코 그 원고지를 집어 들었다. S에게 등을 돌리고 옆에 숨겼다. 「나쁜 임금님」이라는 제목. 지저분한 글씨로 써진 섬뜩한 이야기. 첫 장 군데군데에 흐릿하게 보이는 작은 × 표시. '가, 은, 신, 한, 것, 에, 어, 니'의 글자 위에 새겨 있고, 전부 여덟 곳.

―그거, 암호야?―

미카의 말을 떠올렸다. 나도 그때는 같은 생각이었다. "설마" 하고 웃으면서도 사실은 암호일지도 모르다고 생각했다. 그런데 지금은 다르다.

본 적이 있다.

원고지의 × 표시를 보고, 무슨 이유에서인지 나는 막연히 그러한 생각을 품었다.

별자리처럼 종이 위에 듬성듬성 있는 여덟 개의 × 표. 종이에 직접 표시한 것이 아니라, 살짝 오목하게 들어가 있다. 나는 그 모양을 어디선가 본 기억이 있었다. 어디일까? 나는 어디서……?

"미치오, 왜 그래?"

뒤에서 S가 말을 걸었다. 단순한 질문이 아니라, 나에게서 뭔가를 캐내려는 느낌이었다.

"아냐, 아무것도."

고개를 젓고 원고지를 휴지통에 집어넣었다. 아직 어질러진 쓰레기를 모으려고 다시 바닥을 봤을 때, 나는 다시 고개를 갸우뚱했다. 내 시선은 그 프린트에 가 있었다. 뒷면에 빨간 펜으로 도코 할머니의 힌트를 적은 종이다.

철컥, 머릿속에서 어떤 소리가 났다.

팔을 뻗어서 프린트를 집어 들었다. 앞면을 보이게 하고 구겨진 종이를 폈다.

설마…….

나는 다시 휴지통에 팔을 넣어서 방금 전에 집어넣은 S가 쓴 작문의 첫 장만 다시 꺼냈다. 그 종이를 가만히 응시했다.

역시…….

"미카야, 이리 와봐."

프린트와 원고지를 들고 나는 일어섰다.

미카와 같이 방을 나가려는데, S가 불러 세웠다.

"어디 가, 미치오?"

분명히 불안해하는 목소리였다.

"좀 알아볼 게 있어서."

나는 돌아보지 않고 대답했다. 방을 나가서 계단을 내려가는데 뒤에서 S가 빠르게 무슨 말을 하는 소리가 들렸다. 하지만 안 들리는 척 무시하고 그냥 갔다.

"오빠, 뭘 알아보는데?"

"구경이나 해."

아빠와 엄마는 벌써 일을 나가고 없었다. 바닥에 어질러진 쓰레기를 발로 차면서 나는 단숨에 식당을 지나 성큼성큼 다다미방으로 갔다. 아빠가 책을 읽거나 텔레비전 게임을 하는 데 사용하는 방이다. 눅눅한 다다미 위를 가로질렀다. 벽장문을 열자, 2단으로 된 수납공간의 아래 칸에 오래된 신문이 어지럽게 쌓여 있었다.

나는 그 자리에 앉아서 신문을 하나씩 빼들고 날짜를 확인했다.

"찾았다!"

소리를 지르고 손을 멈췄다.

「N마을에서 발견된 동물의 변사체」.

네 번째로 죽은 개가 발견 된 다음 날의 기사였다. 곧바로 기사의 오른쪽 하단을 본다. 장방형의 틀 속에 N마을의 지도가 있고, 개와 고양이의 시체가 발견된 위치에 동그라미 표시가 있었다. 그 전에 이미 고양이가 네 구, 개가 세 구 발견되었기에 동그라미 표시는 모두 여덟 개였다.

"그건 암호가 아니었어."

S가 작문을 한 원고지를 집어 들었다. 종이에 남은 여덟 개의 × 표를 봤다. 그 모양이 신문의 지도 위에 흩어진 동그라미 표시의 위치와 완전히 일치했다. 이어서 나는 도코 할머니의 힌트가 적힌 프린트를 펼쳐서 앞면을 봤다. 입학 기념으로 학교에서 받은 「우리 마을」이라는 제목의 지도다. N마을의 전체 지도에 군데군데 손으로 그

림을 그려 넣어서 인쇄되어 있다. 프린트에 원고지를 그대로 겹쳐보았다. 그리고 그대로 창문에 비추어본다.

"역시 같아."

× 표가 프린트의 지도에서 나타내는 위치는 동그라미 표시가 신문 지도에 나타낸 위치와 똑같았다.

"뭐가 같은데?"

미카의 질문에 나는 단지 고개를 저으며 대답했다.

"S하고 둘이서 이야기 좀 할게. 미카는 여기 얌전히 있어."

또 하나의 가능성

"더 이상 숨기려고 해도 소용없어, S야." 방문 앞에 서서 나는 S를 내려다봤다.

"뭐야, 갑자기……."

S의 목소리에는 분명히 동요하는 기색이 역력했다.

"역시 S, 네가 개와 고양이를 죽인 거였어."

"내가 아니라고 했잖아. 왜 계속 똑같은 말을……."

"증거를 찾았거든." 나는 S를 향해 프린트와 원고지를 들어 보였다. "이 지도가 인쇄된 프린트는 S도 가지고 있을 거야. 입학 기념으로 학생들 모두에게 나눠 준 거니까."

"응, 그래. 가지고 있을지도."

"S는 이 지도에 자신이 개와 고양이를 죽인 장소를 찾아 × 표시를 했어. 그런데 그때 우연히 프린트 밑에 원고지가 있었어. 작문 숙제가 나와서 우리가 모두 집으로 가져갔던 원고지 말이야. ……이 작문의 첫 장에 남은 × 표시의 흔적은 암호가 아니었어. 프린트에 표시한 × 표가 밑에 깔려 있던 원고지에 나타난 것뿐이야. 그렇지, S야?"

S는 병 속에서 키득키득 웃었다.

"뭘 찾았나 했더니, 겨우 그거였군. 말도 안 돼."

"뭐가 말도 안 되는데?"

뭐가 말도 안 되는데……. S는 내 말투를 장난스럽게 흉내 내더니, 갑자기 날카로운 웃음소리를 냈다.

"미치오. 머리가 좀 어떻게 된 거 아니야? 도저히 안 풀리니까, 억지로 이야기를 만들고 있는 거 아니야?"

나는 말없이 S를 바라보았다.

"그래, 좋아. 그 ×표에 대해서는 설명을 할게. 그런 걸로 이러쿵저러쿵 말을 들으면 나 역시 기분이 별로니까. 미치오의 말이 맞아. 그건 분명히 내가 프린트의 지도에 죽은 개와 고양이가 발견된 장소를 체크 했을 때 남은 자국이야."

"역시……."

"글쎄, 끝까지 들어 봐, 미치오. 너는 그렇게 너무 서두르다가 언제나 실수를 저지르니까." S는 실실거리며 말했다. "사실은 이거야. 나는 집에서 책상 위에 원고지를 펴놓고 있었어. 국어 숙제를 하려고 말이지. 자, 이제 글짓기를 하자, 라고 맘먹었어. 그런데 도저히 뭘 쓸지 생각이 안 나는 거야. 그런 건 의욕만으로 잘 안 되잖아. 그래서 나는 기분 전환이나 좀 해야겠다고 생각했어. 그때 갑자기 생각난 게 이 근처에서 발견되던 죽은 개와 고양이 사건이었고. 불쌍한 개와 고양이의 시체는 지금까지 어디서 발견됐더라……? 무심코 그런 생각이 들었어. 그래서 나는 우연히 근처에 있던 지도가 그려진 프린트를 가져다가 원고지 위에 놓은 거야. 죽은 개와 고양이가 발견된 장소를 떠올리며 거기에 × 표를 해봤어. 그랬더니 밑에 있던 원고지에 연필 자국이 남은 거지. 그게 다야."

내가 예상했던 설명 그대로였다.

"그렇게 정확하게 시체가 발견된 장소를 기억하고 있다는 건 이상해. 조금도 틀리지 않고 말이야. S는 자기가 죽였기 때문에 기억하고 있는 거지?"

그러자 S는 막힘없이 대답했다.

"아참, 깜빡했네. 나는 그때 시체가 발견된 장소에 × 표를 하려고 했는데, 잘 생각이 나지 않았거든. 그래서 신문을 찾아봤어. 지역란에 지도가 실려 있었잖아. 시체가 발견된 장소에 동그라미 표시해둔 거 말이야. 나는 그걸 보면서 프린트에 표시를 했던 거야. 깜빡했네. 그걸 설명하는 걸 잊고 있었어. 그걸 말하지 않으면 분명히 의심받긴 하지."

"에이, 그런 거였구나……. 신문의 동그라미 표시를 베낀 거구나……." 아래를 보고 나는 한숨을 쉬었다. "그래. 죽은 동물들이 발견된 장소가 표시된 지도가 신문에 실린 건 7월 12일이었잖아. 우리가 작문 숙제를 제출한 건 S가 살해되기 정확히 일주일 전, 7월 13일이니까, 그 전날 밤에 작문을 쓰려고 했다면 이상하지 않지."

"그렇지? 그래, 맞아. 방금 미치오가 말해서 나도 생각이 났어. 그때 내가 본 건 그날 아침에 온 신문이었어. 나는 거기에 실린 지도를 보고 시체가 발견된 장소를 프린트에 베꼈던 거야."

잠시 침묵하며 S가 더 이상 덧붙일 말이 없다는 점을 확인하고, 나는 천천히 입을 열었다.

"그건 불가능해. 지도가 실린 신문은 사실 7월 12일이 아니야. 7월 16일, 우리가 작문을 제출하고 사흘이 지난 뒤야. 그래서 S가 신문을 보고 죽은 동물들이 발견된 장소를 프린트에 베꼈다는 건 있을 수 없는 일이야. 우리가 작문을 제출한 13일은 여덟 번째 시체가 발견되기 전이었거든. 하지만 이 원고지에는 분명히 그 장소에 × 표가 그려져 있어. S, 이건 어떻게 설명할래? 발견되지도 않은 시체가 있는 장소를 어떻게 S가 알고 있던 거지?"

나는 말을 마치고 입을 다물었다.

오랜 침묵이 흐르고 S가 입을 열었다.

"나를 속였어."

나는 내 가슴에 쿡 하고 통증을 느꼈다. 하지만 여기서 마음이 약해질 수는 없었다. S는 나를 비난함으로써 슬며시 넘어가려고 한다.

"그래, 속였어. 안 그러면 S는 진실을 말해주지 않을 거라고 생각했으니까."

"결국 믿지 못했던 거야."

또다시 가슴에 통증을 느꼈다. 나는 그 통증에 신경 쓰지 않으려고 억지로 얼굴을 들고 큰 목소리로 말했다.

"어떻게 믿어? S는 여태 나한테 계속 거짓말을 했잖아. 이 방에 나타난 첫날 밤, 너는 나한테 말했어. 개와 고양이는 이와무라 선생님이 죽였던 거라고. 그리고 어제, 내가 너네 엄마를 만났을 때에도 너는 딱 잘라 말했어. 나는 절대 개와 고양이를 죽이지 않았어, 라고. 전부 거짓말이잖아. 모두 엉터리잖아." 한층 힘주며 나는 덧붙였다.

"속인 건 S, 너잖아."

계단 아래에서 기분 좋은 미카의 콧노래 소리가 들렸다. 그 소리는 나를 구원하는 것 같기도 하고 방해하는 것 같기도 했다. 나는 S를 정면으로 노려보았다. 턱에 힘을 주며 눈을 깜빡거리지도 않고 S에게 시선을 고정한 채 절대 떼지 않았다. 그렇게라도 하지 않으면 내 마음이 꺾여버릴까 봐 불안했다.

"나는 속이지 않았어. 이와무라 선생님이, 자기가 개와 고양이를 죽였다고 나한테 말한 건 사실이고, 내가 그 일에 아무 상관이 없는 것도 사실이야."

"난 이제 그런 이야기 안 믿어."

"그럼 내가 물어볼게. 내가 뭐 하러 개와 고양이 다리를 부러뜨려? 입에 비누는 왜 집어넣고? 미치오, 그건 어떻게 설명할래?"

"그런 건 다음 문제야. S가 나중에 직접 설명을 해주겠지."

나는 절대로 S로부터 눈을 떼지 않았다. 누군가에게 그러한 태도를 취한 것은 난생처음 있는 일이었다.

S는 더 이상 반박하려고 하지 않았다. 거미집 가장자리에서 가만히 몸을 움츠리고 있었다.

"개와 고양이를 죽인 게 너였다는 걸 인정하는 거야?"

한참 시간이 지난 다음, S는 대답했다.

"아니, 인정하지 않아. 그렇다고 해서, 절대 하지 않았다고도 하지 않아."

눈살을 찌푸리고 나는 S를 바라보았다.

"기억이 안 나. 사람이었을 때의 기억은 시간이 지나면서 점점 잊게 돼. 지금은 9년 동안의 일들이 모두 흐릿해." S가 그리워하듯이 말했다.

"자꾸 거짓말 할래?"

"거짓말 아니야. 정말로 기억이 안 나. 어쩔 수 없잖아. 이건 나도 몰랐던 건데, 사람이었을 때의 기억은 다시 태어나면 점점 사라지나 봐. 생각하기에 따라서는 어쩐지 허무하지만, 하나 새로 배웠네."

"거짓말."

"미치오는 어떻게 이게 거짓말이라는 걸 알아? 죽어보지도 않았으면서⋯⋯. 그러면 미치오도 한번 죽어봐. 그러면 내 말을 이해할 수 있을 거야. 그래, 그게 좋겠네. 미치오, 죽지 않을래? 응, 죽지 않을래?"

─죽지 않을래?─

내 가슴속 분노의 감정이 불꽃처럼 단숨에 뿜어져 나왔다. 눈앞이 갑자기 하얘지고 목 깊숙한 곳에서 뜨거운 뭔가가 치밀어 올랐다. 결코 지금 여기서 처음 생긴 감정이 아니었다. S에 대한 분노는 여러 가지 형태로 지금까지 내 가슴속 밑바닥에서 조금씩 불길을 내뿜고 있었다. 어젯밤에 눅눅했던 불꽃놀이 막대처럼 폭발하는 순간을 향해서 단지 연기만 내고 있었다. 그 사실을 나 스스로 속이고 있었다. 모르는 척하고 있을 뿐이었다.

나는 휴, 하고 숨을 깊이 들이켰다.

"엇, 미치오. 어쩌려고? 나한테 화내려고? 아니면 어제처럼 나를 죽이려고?"

"죽이려고 한 적 없어. 그런 기억 없어."

"아니. 미치오는 나를 죽이려고 했어. 내 병에 무당거미를 넣었을 때 분명히 너는 그럴 생각이었어. 자기 주변이 이해할 수 없는 사실로 가득 차서 뭐가 뭔지 알 수 없게 되니까, 차라리 나를 죽이려고 했어. 더 이상 사건에 휘말리는 게 무서워진 거야. 내가 없어지면 이와무라 선생님을 잡기 위해 애쓸 필요도 없잖아. 개와 고양이의 의문의 죽음도, 도쿄 할머니의 일도 마찬가지야. 모든 열쇠를 쥐고 있는 내가 사라지면, 이제 미치오는 그 진상들을 밝혀내는 일 자체를 할 수 없게 돼. 어쩔 수 없이 포기해야 하는 거지. 그래서 너는……."

"나는 밝혀낼 거야. S의 일, 개와 고양이의 일, 도쿄 할머니 일도 모두 반드시 밝혀내고 말 거야."

"그러면 나하고 잘 지내야지. 나를 믿어야 해. 아니면 앞으로 나아갈 수 없어."

우리는 모두 더 이상 아무 말도 하지 않았다. 1분이 넘도록 단지 서로를 노려보기만 했다. 멀리서 비행기가 날아가는 소리가 들렸다. 거기에 미카의 콧노래가 겹쳤다.

"조금 더 생각해보자." 갑자기 S가 말했다. 맥이 빠진 목소리엔 아무런 감정도 실려 있지 않았다.

"어떻게?" S의 페이스에 휘말리지 않도록 신중하게 대답했다.

"다시 시작하는 거야. 지금까지 내가 너한테 했던 이야기를 일단 잊어버리고, 의심도 버리고, 전부 처음부터 다시 생각하는 거야. 그러면 분명히 다른 가능성을 찾을 수 있어. 미치오가 지금까지 보지 못했던 또 다른 가능성이 떠오를 거야."

"또 다른 가능성?"

"응. 다시 말해서, 개와 고양이를 죽인 범인이 이와무라 선생님이 아니고 나도 아니라면, 다음으로 의심이 가는 사람은 누구일까, 라는 거지. 미치오는 내 말 때문에 먼저 이와무라 선생님이 범인이라고 생각했어. 그런데 우리 집에서 엄마 말을 듣고 나서는 사실은 내가 범인이 아닌가, 의심했어. 이 사실들을 모두 잊는 거야. 자, 그럼 어떻게 될까?"

─어떻게 될까.

"또 한 사람이 있잖아. 여러 상황에 관련된 어떤 사람이 말이야."

─어떤 사람.

"모르겠어? 그럼 힌트를 줄게. 힌트는 지난번과 같은 다이키치야."

─다이키치.

"미치오, 생각해 봐. 내가 죽은 걸 발견한 날. 그리고 소집일 날 아침에 있었던 일. 다이키치는 어땠어?"

"그날, 다이키치는…… 나한테 덤비려고 했어. ……한 번도 그런 적 없는데……."

"소집일 날 아침은?"

"그래……. 역시 다이키치는 덤벼들었어……."

"누구한테?"

"할아버지한테……."

"바로 그거야. 이제 알았구나. 그럼 다음 질문이야. 처음에는 다이키치가 갑자기 미치오한테 덤빈 이유가 뭐였지?"

"그건, 내가 S네 집에 가다가 죽은 고양이의 바로 옆에 갔으니까. 내 몸에 죽은 고양이의 냄새가 배어서……."

나는 곰곰이 생각했다. 다이키치는 그날, 동물이 썩는 냄새에 반응해서 나한테 덤벼들었다. 그리고 할아버지한테도 똑같이 덤벼들었다는 것은 할아버지 몸에서도 동물이 썩는 냄새가 났다는 것이 아닌가. S의 엄마가 할아버지의 작업복이 더러워졌다고 걱정했을 때,

'상관없습니다. 어차피 여러 날 입고 있던 건데요'라고 할아버지는 말했다. 다이키치는 몸과 옷에 밴 동물의 시체의 냄새에 반응했던 것이 아닐까?

그렇다면……?

"그래, 바로 그게 정답이야." S는 천천히 입을 열었다. "불쌍한 개와 고양이를 죽였던 건 그 마음씨 좋아 보이던 할아버지였던 거야."

그 다음부터는 마치 꿈꾸는 기분이었다. 내 몸은 내 의사와 상관없이 멋대로 움직였다. S를 그 자리에 남겨놓고 방을 나갔다. 계단을 내려가 현관을 빠져나갔다.

"오빠, 어디 가?"

미카의 소리를 뒤로하고 나는 집을 나섰다.

❁

8월 4일 낮 열두 시 15분.

"아니요, 괜찮습니다. 제가 다시 걸겠습니다……."

다이조는 전화를 받은 여자에게 대답을 하고 전화를 끊었다.

멍한 눈으로 검은 전화기를 내려다봤다. 다니오 형사도, 다케나시 형사도 자리에 없었다.

역시 전화를 해달라고 하는 편이 좋았을까?

도저히 경찰서에 갈 수 없어서, 대신 선택한 방법이 전화였다. 다시 한 번, 이 번호를 누를 결심을 할 수 있을까? 용기가 생길까?

유지매미가 울기 시작했고 다이조는 마당을 바라보았다.

결혼해서 아내와 딸, 이렇게 세 식구가 같이 아파트에서 살다가 이 집으로 이사 온 지, 벌써 20년이 넘었다. 집을 사면서 이곳을 선택한 것은 하나의 타협안이었다. 마당이 있으면 좋겠다고 고집하는 아내와 딸. 마당은 필요 없다는 다이조. 그래서 의논한 결과, 이 집을 선택했다. 이곳이라면 상수리나무 숲 덕에 마당이 마당으로 보이지 않는다. 숲 한구석에 휑하니 비어 있는 공터처럼 보인다. 아내와 딸은 그래도 일단 마당인 점에는 변함이 없다고 그럭저럭 받아들였다.

재작년, 아내가 먼저 세상을 떴을 때 다이조는 이 마당을 없앨까, 하고 진지하게 고려했다. 그런데 금전적인 이유 때문에 단념할 수밖에 없었다.

하지만 역시 다이조는 마음에 들지 않았다. 자신의 집에 마당이 있는 것이 싫었다.

아무리 생각하지 않으려고 해도 저절로 떠올랐다.

어린 시절을 보낸 규슈의 시골 마을. 작은 마당이 있던 그 셋집.

엄마의 장례식 날. 마루 밖을 바쁘게 오가며 일을 도와주던 동네 사람들.

갑자기 들려온 그 소리. 낯선 소리.

다이조가 그 소리를 들은 것은 도와주는 사람들이 엄마를 관에 넣을 때였다.

—뭐지?—

마루에서 멍하니 마당을 바라보던 아홉 살짜리 다이조는 일어나서 그쪽을 바라보았다. 마당 구석에 동네 여자들이 대여섯 명 모여 있었다. 다이조와 같은 학년 아이의 엄마도 보였다. 자주 가는 건어물가게의 주인아줌마도 있었다. 그 가운데에 흰옷 차림의 엄마가 누워 있었다. 여자들은 모두 허리를 굽히고 이상한 작업에 한창이었다.

─왜 저런 짓을?─

다이조는 꼼짝도 하지 못했다. 자신의 눈앞에 펼쳐진 광경이 당장은 믿기지 않았다. 무슨 착각이라고 생각했다. 목을 빼고 눈을 가늘게 떴다. 그리고 역시 착각이 아니라는 사실을 알았다.

─왜?─

여자들은 서로 협력하면서 무표정하게…….

"저 소리……."

엄마의 다리를 부러뜨리고 있었다. 둔하고 낮은 희미한 소리를 내면서 그들은 엄마의 두 다리를 담담히 부러뜨리고 있었다.

─엄마.─

다이조는 할 말을 잃었다.

─도대체 무슨 원한이 있어서?─

그때 다이조의 머리에 갑자기 무슨 생각이 떠올랐다. '원한'이라는 단어가 다이조에게 그것들을 연상시켰다.

아직 젊었던 엄마의 갑작스러운 죽음. 의사도 고개를 갸웃거릴 정도로 엄마의 죽음은 아무런 전조가 없었다는 사실.

아빠를 잃고 의지할 친척도 없이, 엄마가 혼자서 다이조를 키울 수 있었던 점.

아름다운 엄마. 아들 다이조가 몹시 자랑스러워할 만큼 아름다운 외모.

무엇보다 엄마가 여자였다는 사실 그 자체.

그러한 사실과 의문은 다이조의 가슴속에서 빙글빙글 소용돌이쳤다. 그리고 결국은 흙탕물에 나타나는 탁한 거품처럼 어떠한 생각이 다이조의 눈앞에 갑자기 떠올랐다.

—설마.—

다이조를 머리를 흔들며 그 생각을 부정하려고 했다. 하지만 저절
로 생긴 것을 자신의 노력으로 지우기에 다이조는 너무 어렸다.

—설마 저 사람들이?—

지금 엄마 주변에 모인 사람들은 모두 남편이 있는 여자들이었다.
어쩌면 엄마와 자신은 그 남편들 덕에 생활을 꾸려나가고 있던 것은
아닐까? 그리고 그 사실을 아내들이 알아버린 것이 아닐까? 그래서
몰래 남편과 정을 통했던 다이조의 엄마에게 그녀들이 제재를 가한
것은 아닐까? 모두가 공모하여 엄마에게 독을 먹인 것은 아닐까?

일단 그렇게 생각하고 떠올려보니, 평소의 생활과 수많은 일들이
맞아떨어졌다. 다이조와 같이 마을을 걸어가는 엄마를 불러 세워,
길가에서 뭐라고 귀엣말을 하던 사내. 천해 보이는 얼굴. 약간 주저
하며 고개를 끄떡이는 엄마. 그러한 광경을 보고 나면, 언제나 엄마
는 며칠 안 가 한 번씩 늦게 들어왔다. 늦은 시간에 들어왔을 때 엄
마는 다이조와 눈을 잘 마주치려고 하지 않았다. 그리고 엄마의 체
취에는 희미한 담배 냄새가 섞여 있었다.

최근 한 달 동안, 다이조가 느꼈던 위화감. 동급생 엄마들과 건어
물가게 주인아줌마의 차가운 태도. 그러고 보면, 엄마가 눈을 감기
며칠 전, 그 주인아줌마가 다이조에게 이상한 것을 물었다. 싫어하
는 음식이 있냐고 했고, 다이조는 모시조개조림이라고 대답했다. 그
리고 속으로 갸우뚱했다. 왜 그런 걸 물어보는 걸까?

—아아.—

죽기 전날, 엄마가 식사 때에 먹던 것. 언제나처럼 다이조가 먹지
않는 음식은 엄마 쪽에 두었다. 그때 다이조는 별로 신경 쓰지 않았

는데, 그것은 뭐였을까? 작은 갈색 모양이었다. 그것은 모시조개조림이 아니었을까?

—틀림없어.—

다이조는 마당 한구석을 노려보았다. 담담히 작업을 진행하는 여자들을 분노에 찬 눈으로 지켜봤다.

—저 사람들이 우리 엄마를 죽인 거야.—

저 사람들은 엄마가 다시 살아날까 봐 무서워하고 있다.

다리를 부러뜨려서 자신들이 죽인 여자가 복수를 하러 오지 못하게 하고 있다.

한 여자가 말끄러미 바라보는 다이조의 시선을 알아차렸다. 그 얼굴은 다이조도 잘 아는 여자였다. 볼이 축 늘어지고 입술이 두꺼운 여자. 바로 순경의 아내였다. 이웃 여자들 속에서 항상 앞장서며 툭하면 주변에 이것저것 시키는 여자. 아까부터 이루어지고 있는 그 무서운 작업도 다른 여자들은 그녀의 지시를 받아서 움직이는 것 같았다.

순경의 아내는 여자들에게 재빨리 뭐라고 속삭였다. 그리고 다음 순간, 모든 눈이 일제히 이쪽을 바라보았다. 무표정한 눈. 차가운 시선.

다이조는 천천히 일어났다. 무슨 말을 하려고 했지만, 아무 말도 나오지 않았다. 두 다리가 희미하게 떨렸다. 마당을 등지고 집 안으로 뛰어들어갔다. 거실을 빠져나가 현관으로 가서 신발을 대충 꿰신고 밖으로 뛰쳐나갔다. 목 속에서 의미 없는 신음 소리를 내면서 정신없이 달렸다.

—살해된 거야.—

죽을힘을 다해 뛰어가면서 다이조는 가슴속으로 소리 질렀다.

―그 사람들이 엄마를 죽인 거야.―

그날 다이조는 산속에서 혼자 멍하니 지냈다. 엄마의 출관도 보지 않았고, 스님이 불경을 외는 소리도 듣지 않았다. 엄마의 시신은 촌락 끝에 있는 묘지에 묻혔다. 밤이 되어 다이조가 터벅터벅 집으로 돌아가자, 그곳에는 이제 아무도 없었다. 어둠과 눅눅한 다다미만 다이조를 맞이했다.

사흘 뒤, 순경의 아내가 살해되었다. 머리를 돌로 맞고 인적이 드문 길가에서 온 얼굴을 피로 물들인 채 죽어 있었다고 한다. 범인은 알아내지 못했다.

―어쩌면.―

사건 소식을 들은 다이조는 엄마가 묻힌 무덤으로 급히 가보았다. 그리고 산간의 해가 들지 않는 그 장소를 한 번 보고, 온몸이 움츠러들었다. 엄마의 법명이 적힌 졸탑파(卒塔婆, 묘지에 쓰이는 나무로 된 비석?옮긴이)만이 땅에 쓰러져 있었다. 그리고 바로 앞, 엄마가 묻혀 있던 곳만 검은 흙이 엉망으로 흩어져 있었다. 가까이 다가가보니 그곳은 휑하니 구멍이 뚫려 있었다. 구멍 바닥에 뚜껑이 비뚤어진 관이 반쯤 보였다. 아무리 봐도 그 안에 시신은 없었다.

―살아난 거야.―

흙냄새가 스멀스멀 올라왔다.

―살아나서 그 여자를 죽인 거야.―

다이조는 엄마의 무서운 집념에 바들바들 떨었다. 죽은 사람이 살아났다는 사실은 엄마와 함께 한 9년이라는 세월의 추억을 단번에 공포로 바꾸어놓았다. 자상했던 엄마의 모습은 완전히 사라지고 이 세상에서 가장 무서운 존재가 되었다. 바닥에서 기어 나오는 엄마.

원한의 상대를 찾아서 마을을 걸어 다니는 엄마. 썩어가는 두 손으로 돌을 들어 올리는 엄마. 그 돌을 내려치는 엄마.

일주일 뒤, 다이조는 아빠의 지인 부부에게 위탁되어 도쿄로 갔다.

당시는 멀리 떨어진 지역에서 일어난 일은 쉽게 알 수 없던 시절이었다. 그 시골 마을에서 그 뒤, 무슨 일이 일어났는지, 아니면 일어나지 않았는지, 다이조는 전혀 알지 못했다. 그런데 그 사실로 인해 도쿄에서 지내기 시작한 다이조의 마음속에는 엄마에 대한 공포심이 자리를 잡았다. 결코 사라지지 않았다. 낯선 땅에서 생활하며 다이조는 항상 겁에 질려 무서워했다. 죽은 사람의 그림자, 엄마의 그림자에 언제나 떨며 지냈다.

물론 세월이 흐르면서 죽은 사람이 다시 살아나는 일은 없다는 일반적인 생각을 다이조도 갖게 되었다. 하지만 다이조는 어린 시절에 체험한 그 강렬한 인상에서 벗어날 수 없었다. 공포는 사라지는 대신에 잠재적인 존재가 되어 다이조의 마음속에 더 깊이 뿌리내리게 되었다. 가정을 꾸려도 변하지 않았다. 시간이 인생을 갉아먹고 몸이 점점 나이 들어도 마찬가지였다. 아무에게도 털어놓지 못한 채, 공포는 다이조의 마음을 보이지 않는 손으로 계속 붙잡았다.

"그래도……."

그 공포가 다이조를 완전히 지배하는 일은 단 한 번도 없었다. 뱃속의 궤양처럼 가끔 통증을 일으켜서 다이조를 암담하게 만들었지만, 단지 그뿐이었다. 어차피 잊을 수 없다면, 이렇게 떨면서 살아가면 될 뿐이라고 생각했다. 그런데…….

어느 날, 그것이 모습을 드러냈다.

가슴속 깊숙이 있던 그것이 갑자기 검은 팔을 뻗어서 다이조를 움직여버렸다.

"그 사고가……."

일 년 전. 여름 밤.

"그 일만 없었다면……."

어두운 길에서 아스팔트에 누워 있던 소녀. 머리에서 피를 흘리고 초점 없는 두 눈으로 다이조를 올려다보던 소녀.

—용서하지 않을 거야.—

—용서하지 않을 거야.—

—용서하지 않을 거야.—

그녀는 몇 번이나 계속 기계처럼 같은 말만 되풀이했다. 다이조는 그 옆에서 꼼짝 않고 자신을 원망하는 소녀의 하얀 얼굴을 멍하니 내려다보고 있었다.

곧 다이조의 눈앞에서 그녀는 모든 힘을 다했는지, 목소리가 사라지고 입술도 더 이상 움직이지 않았다.

—내가 아니야.—

—내가 아니야.—

다이조는 숨이 멎은 소녀에게 계속 중얼거렸다. 소녀는 이제 꿈쩍도 하지 않고 손발을 조금 벌린 모습으로 조용히 굳어갔다.

구급차를…….

이윽고 정신을 차린 다이조는 서둘러 발길을 돌렸다.

바로 그때였다. 다이조의 뇌리에 어릴 때 본 그 광경이 갑자기 펼쳐졌다.

—엄마.—

쓰러진 졸탑과. 흩어진 검은 흙. 어두운 구멍. 텅 빈 관. 엄마가 기

268

어 나온다. 커다란 돌을 들고 썩어가는 몸으로 걸어 다닌다. 찾고 있다. 원한의 대상을. 자신을 죽인 상대를······.

—내가 아니야.—

다이조는 천천히 소녀를 돌아보고 있었다.

—아니라고.—

길 위에 누워 있는 소녀를 쳐다보았다. 치마에서 뻗어 나온 소녀의 가느다란 한쪽 다리가 길가의 갓돌 위에 발꿈치를 올려놓고 있었다.

정신을 차리자, 다이조는 자신의 오른발을 높이 들어 올리고 있었다. 그 다리가 소녀의 작은 무릎을 향해서 내려친 순간, 다이조는 그때와 똑같은 소리를 들었다. 마당에 울리는 공허한 그 소리.

—내가 아니야.—

몸을 굽혀서 비스듬하게 구부러진 소녀의 다리를 갓돌에서 아스팔트에 내려놓았다. 그리고 다른 한쪽 다리를 똑같이 갓돌 위에 올렸다.

—내가 아니라고.—

그 무릎만 똑바로 응시한 채, 다이조는 다시 한 번 다리를 높이 들어올렸다.

9

할아버지의 고백

할아버지의 집은 쉽게 찾았다. 할아버지가 S의 엄마한테 상수리 나무 숲의 반대편에 있는 집이라고 했던 말을 떠올려서 그 주변을 돌아봤더니, 작은 단층집의 현관에 할아버지의 이름이 적힌 문패가 있었다.

초인종을 눌렀다. 안에서 소리가 나고 잠시 후, 천천히 문이 열렸다.

얼굴을 내민 할아버지는 상당히 창백해 보였다.

"너는……."

"할아버지한테 여쭤보고 싶은 게 있어서요. 살해당한 개와 고양이에 관한 거예요." 돌리지 않고 나는 단도직입적으로 말했다. "그건 할아버지가 하셨던 거예요?"

나를 내려다보는 할아버지의 눈이 움찔하더니 작아졌다. 탁한 유리알처럼 휑한 눈이었다.

"안에 들어오려무나."

할아버지는 허리가 구부정한 자세로 옆으로 비켜섰다.

"지금 그 일로 경찰한테 전화를 했었단다. 담당 형사가 자리에 없어서 다시 걸기로 했는데." 할아버지는 길게 한숨을 토했다. "이제 그런 무서운 짓은 안 할 테니 안심하려무나."

"그건……."

"이제 나는 그런 짓은 하지 않아."

나는 집 안으로 들어갔다.

좁고 아무것도 없는 거실이었다. 다다미는 여기저기 거스러미가 일어서 꺼칠꺼칠했다. 창밖을 바라보자, 거기에는 어둑한 상수리나무 숲이 이어져 있었다. 상수리나무 숲과 집 사이에 휑하니 뚫려서 잡초가 난 그 부분은 아무래도 마당 같았다. 작은 목조 창고가 하나 있을 뿐, 화단이나 화분도 없었다.

"시원한 게 없어서."

두 손으로 뜨거운 김이 모락모락 나는 찻잔을 들고 할아버지가 개수대에서 이쪽으로 왔다. 작은 탁자를 사이에 두고 내 맞은편에 앉았고, 탁자 위에 내려놓은 뜨거운 찻잔 두 개 중에 하나를 내 쪽으로 밀어놓았다.

"집사람이 쓰던 거라서 미안하네."

두 개의 찻잔은 크기만 서로 다를 뿐 똑같은 무늬였다.

"저기, 할아버지……."

말을 하려는데, 할아버지가 후루룩 소리를 내며 차를 마셨다.

"누군가에게 털어놓고 싶었는데. 교도소에 들어가기 전에 말이지. 그 상대가 네가 된 것도 어쩌면 인연이랄 수 있겠구나."

나는 할아버지의 다음 말을 기다리기로 했다. 할아버지는 탁자의 가운데 부근을 가만히 응시하며 뭔가를 떠올리려는 듯이 한동안 아무 말도 하지 않았다. 마침내 주름진 입술을 천천히 열며 나에게 물었다.

"너는 어째서 내가 개와 고양이를 죽인 범인이라고 생각한 거냐?"

솔직하게 말을 할 수는 없었다. S가 가르쳐줬다는 사실은 아무리 그래도 말할 수 없다.

"그날, S의 집 앞에서 제가 할아버지와 만났을 때, 그러니까 다이키치가 할아버지에게 달려들었을 때가 생각났어요. 사실 다이키치는 상한 고기 냄새에 반응을 하도록 훈련을 받아서……."

"그래?"

할아버지는 의외라는 얼굴을 했다.

"네. 이유는 잘 모르겠지만 S는 다이키치에게 그런 훈련을 시켰어요. 그래서 다이키치가 할아버지한테 달려들었다는 건……. 할아버지 몸에서 죽은 동물 냄새가 났던 게 아닐까, 그러니까 사실은 할아버지가 개와 고양이를 죽였던 게 아닌가, 하고 생각했어요."

"내가 개와 고양이를 죽였다……?"

할아버지는 중얼거리고 내 얼굴을 쳐다봤다. "아아." 신음 소리를 내더니 이제 알겠다는 듯이 고개를 끄떡였다. 나는 그 행동이 무슨 뜻인지 이해하지 못했다.

잠시 후, 할아버지는 나에게 질문을 했다.

"너는 S하고 사이가 좋았니?"

"그런 편이라고 할 수 있어요."

"그렇구나. 그럼 내가 지금부터 하는 이야기를 누구한테도 하지 않겠다고 약속할 수 있겠느냐? 물론 나도 경찰 이외에는 결코 이야기하지 않을 거야."

나는 영문도 모른 채, 일단 고개를 끄떡였다. 할아버지는 내 눈을 똑바로 쳐다보고 슬프고 힘없는 목소리로 불쑥 내뱉었다.

"개와 고양이를 죽인 건, S였단다."

나는 깜짝 놀랐다. 내 머릿속에 어지러이 쌓여 있던 많은 생각들이 한 바퀴 크게 휘저어졌다.

"하지만 아까 할아버지는……."

"내가 했던 건 단지 S가 죽인 개와 고양이의 다리를 부러뜨리는 일이었어."

두 사람의 관계

"시작은 일 년 전이었지. 이 근처 골목에서 초등학생 여자애가 교통사고를 당해서 세상을 떠난 일이 있던 걸 기억하니? 바로 그 뒤의 일이란다."

그 사고 이야기에 내 가슴은 무거워졌다. 북받치는 감정을 억누르고 이야기를 재촉했다.

"나는, 일 때문에……, 일이라고 해도 아르바이트지만, 매일 아침 여덟 시에 이 상수리나무 숲 속을 지나다닌단다. S의 집 근처에 있는 백엽상 안의 온도계와 습도계를 보고 수첩에 눈금을 기록하는 일을 하고 있거든."

백엽상이라는 이름과 할아버지가 그것을 들여다보러 다닌 이유를 나는 비로소 알았다.

"일 년 전 그날 아침, 나는 언제나처럼 백엽상을 확인하고 집에 가려고 했어. 그런데 길 저쪽에 하얀 게 보이더구나."

"하얀 거……."

"비닐봉지였어. 길 저편, 대울타리의 이쪽 편에 비닐봉지가 하나 떨어져 있더구나. 주둥이는 꽉 묶여 있었어. 뭔가 싶어서 나는 그쪽으로 갔단다. 그리고 봉지를 열어보았어. 그랬더니 거기에 죽은 개가 한 마리 들어 있는 거야……."

그 개는 작은 갈색 개였다.

"마치 땅이나 벽에 내동댕이친 것처럼 온 얼굴이 망가지고 몸에는 온통 검은 피가 말라붙어 있었어. 나는 깜짝 놀랐지. 도대체 누가 이런 짓을 한 걸까? 왜 이런 곳에 버린 걸까? 하지만 곧 알게 되었단다. 놀라움보다 더 큰 감정이 갑자기 나를 덮쳤어."

할아버지는 눈을 꽉 감고 입술을 바르르 떨었다.

"더 큰 감정……."

"공포였어." 할아버지는 목 깊숙한 곳에서 힘겹게 목소리를 짜냈다. "나는 그때, 도저히 말로 형용할 수 없는 공포감에 휩싸였단다."

"개를 죽인 범인이 무서웠던 거예요?"

할아버지는 고개를 저었다.

"그게 아니야. 내가 무서웠던 건 그런 게 아니야. 나는……." 어깨를 늘어뜨리고 할아버지는 크게 한숨을 쉬었다. "개가 다시 살아나는 게 무서웠단다."

나는 무슨 뜻인지 이해가 가지 않았다. 고개를 갸웃거리는 나한테 할아버지는 희미한 웃음을 지어 보였다.

"이상하지? 하지만 나에게는 그럴 만한 이유가 있단다."

"이유요?"

"그래. 어릴 적……, 아아, 지금의 너하고 딱 같은 나이일 때, 나는 어머니를 잃었단다. 살해당했지, 나쁜 사람들한테. 어머니는 관에 들어가 땅속에 묻히셨어. 그런데……."

그리고 할아버지는 나에게 놀라운 이야기를 해줬다. 죽은 어머니가 어느 날 다시 살아났다고 했다. 관을 빠져나와 땅속에서 기어 나온 뒤 자신을 죽인 상대에게 복수를 했다고 한다.

"그 뒤로 나는 시체를 보면 다시 살아날까 봐 무서워하게 되었단다. 어머니의 복수를 떠올리는 거지. 그날 아침도 마찬가지였어. 나는 죽은 개를 보고 공포에 휩싸였단다. 그리고 나도 모르게……, 개의 다리를 부러뜨리고 있었어."

"다리를……, 왜요?"

"그러면 다시 살아나는 일을 막을 수 있기 때문이야. 내 어머니를 죽인 사람들도 역시 어머니의 다리를 부러뜨렸어. 그때는 분명히 제대로 부러뜨리지 못했던 거야. 결국 어머니는 살아났으니까."

나는 할아버지의 말을 막연히 이해할 수 있었다.

"나는 개의 다리를 부러뜨린 다음, 어딘가에 묻으려고 다시 비닐에 넣었어." 할아버지는 말을 이었다. "그때 문득 누군가 보고 있다는 느낌을 받았단다. 돌아보자 대울타리 너머에서 S가 쳐다보고 있더구나. 나는 등골이 오싹해졌어. 개 다리를 부러뜨리는 걸 아이한테 들켰으니까. 순간 내 머릿속에는 그 애가 집으로 뛰어들어가 자신이 본 걸 누군가에게 이야기하는 모습이 떠올랐어. 아니면 당황하여 이상한 사람이 근처에 있다고 경찰에 신고하거나……. 그런데 S는 그러지 않더구나."

그러기는커녕, S는 놀라지도 않고 할아버지를 가만히 쳐다보며, 계속 그 자리에 있었다고 했다.

"S의 눈빛은 나를 동정하고 있는 거 같았어. 입가에 부드럽게 미소까지 띄우고 말이지. 분명히 S는 죽은 개에게 그런 짓을 하는 나를 보고 자신과 같다고 생각한 거야."

"왜 할아버지가 S와 같아요?"

내 질문에 할아버지는 반대로 나에게 물어보았다.

"너는 S가 왜 동물들을 죽였는지 아니?"

나는 대답을 망설였다. 대답은 어렴풋하게 떠올랐다. 지금까지 계속 S가 개와 고양이를 죽였다면, 그 이유는 하나밖에 없었다. S가 병에 새끼고양이를 넣은 것도 아마 같은 이유일 것이다. 나는 마음먹고 그 생각을 말해보았다.

"아마, 학교 생활이 원만하지 않아서일 거 같아요. 반 친구들이 S를 괴롭혔거든요. 그래서 S는, 뭐랄까, 잔인한 행동을 하고 싶었던 게 아닐까 싶어요."

S의 병에 무당거미를 넣었을 때를 떠올렸다. 그때 나는 잔인한 짓을 하는 사람들의 마음을 조금은 이해했다. 일이 순조롭지 않을 때, 자신의 마음을 아무도 알아주지 않는다고 느낄 때, 사람은 평소에는 생각할 수 없을 정도로 무서운 행동을 저질러버린다. 나는 몸소 그 사실을 경험했다.

"내 생각도 같단다. 학교와 집에서 받아온 어떤 커다란 스트레스로 인해 그 애가 동물들을 죽였던 게 아닌가 하고 말이지. 그래서 그때 죽은 개에게 잔인한 짓을 하는 나를 보고 S는 내가 자신과 똑같다고 생각했을 거야. 나도 역시 어떤 고민의 분출구로 그런 짓을 하고 있다고 그 애는 생각했던 거고."

다시 살아날까 봐 무서워서 다리를 부러뜨렸다고 누가 상상이나 하겠는가.

"그게, 시작이었어. 그 뒤로 S는 나에게 죽은 동물들을 주게 되었단다."

"그게 무슨 말이에요?"

"그건, 그 뒤 2주쯤 지난 아침이었어. 나는 언제나처럼 백엽상을 들여다보러 갔단다. 그런데 그 안에 쪽지가 하나 들어 있었어. 전날에는 분명히 그런 게 없었는데 말이지. 처음에는 누가 장난을 쳤다고 생각했어. 그 상자는 사면 전체가 미늘창살로 되어 있기에 분명히 그 틈으로 누군가가 쓰레기라도 집어넣었다고 말이지."

"그게, 뭐였는데요?"

내 질문에 할아버지는 자리에서 일어났다. 뒤에 있는 찻장 서랍에서 종이 다발을 꺼내서 돌아왔다. 각 장마다 한 번 접었다가 다시 편 자국이 있었다.

나는 깜짝 놀랐다. 그 종이 다발은 바로 조금 전에 내가 방에서 보던 것이었다. '우리 마을'이라는 제목이 적힌 N마을의 지도. 그 종이가 여러 장 있었다.

"너도 아는 거 같구나."

"저희 학교에서 입학 기념으로 준 거예요."

"아아, 그렇구나. 그럴 거라고 생각은 했는데……."

할아버지는 지도를 책상다리를 한 무릎 위에 놓고 가장 위에 있던 한 장만 탁자 위에 올려놓았다. 나는 종이를 쳐다봤다. 지도의 한

곳에 × 표가 그려져 있었다. 이웃 마을과의 경계 부분을 흐르는 Y 강의 수문 근처였다. 나는 그 장소가 뭘 의미하는지 바로 알아차렸다.

"이게 처음에 들어 있던 거란다. 나는 이걸 보고 고개를 갸웃했어. 이게 도대체 뭘까, 하고 말이야. 신경이 쓰여서 그날 그냥 한 번 그 × 표시가 된 곳에 가보았단다. 어릴 때 곧잘 했던 보물찾기를 하는 기분으로 말이지. 그런데 거기에 있던 건 보물이 아니었어."

수문에 도착한 할아버지는 처음에는 거기에 아무것도 없다고 생각했던 것 같다. 역시 누가 장난을 쳤다고 생각하고 발길을 돌리려고 했다. 그런데 그때 갑자기 이상한 냄새를 느꼈다. "수문 조정실로 올라가는 나선 계단 아래였어. 유심히 봐야 보이는 곳에 그게 내던져져 있더구나."

새하얀 고양이었다. 고양이는 2주 전의 개와 마찬가지로 어딘가에 세게 내쳐진 듯 상처를 입고 죽어 있었다.

"수문 옆에 있는 조깅 코스의 아스팔트에 핏자국이 남아 있었어." 지도를 내려다보면서 할아버지가 말했다. "분명히 S는 나에게 선물을 한다는 생각이었을 거야. 죽은 개의 다리를 부러뜨리던 나를 보고 자기와 같다는 생각을 하고, 나를 동정한 거지. 그래서 그 뒤 자신이 죽인 고양이가 있는 곳을 지도로 나에게 가르쳐줬던 거야."

"할아버지는 그 고양이의 다리를 부러뜨리신 거예요?"

"그래, 부러뜨렸어." 할아버지는 비통한 얼굴로 끄덕였다. "충동을 도저히 억누를 수가 없었어. 눈앞에 놓인 시체를 보고 나는 다시 공포로 미쳐버릴 거 같았거든. 그리고 그 공포에서 해방되기 위해서는 시체의 다리를 부러뜨릴 수밖에 없었어."

꿀꺽하고 울대뼈를 움직인 다음, 할아버지는 미간을 찌푸렸다.

"다리가 부러진 죽은 고양이를 잠시 멍하니 내려다보았어. 방금 내가 저지른 잔인한 행동 때문에 후회와 슬픔에 휩싸였고 그 자리에서 꼼짝할 수 없더구나. 무엇보다, 무엇보다 나는 너무나 차분히 가라앉은 내 마음 때문에 슬펐단다. 공포에서 해방되어 조금 전까지 미칠 것만 같았던 내 마음이 도로 가라앉았다는 사실이었어."

잠시 틈을 두었다가 나는 물었다.

"비누도 할아버지가 넣으신 거예요?"

할아버지는 고개를 저었다.

"아니, 그건 내가 아니야. 내가 지도를 보고 시체를 발견했을 때에는 이미 입속에 비누가 들어 있었어. S가 왜 그랬는지, 지금도 모르겠어. 분명히 그 애 나름대로 이유가 있었을 거야."

"S 나름의 이유……."

생각해보았지만, 나는 아무 생각도 떠오르지 않았다.

그로부터 한 달쯤 지난 어느 아침, 할아버지는 백엽상 안에서 두 번째 지도를 발견했다고 한다.

"이게 그 지도란다."

할아버지는 그 지도를 첫 번째 장에 겹쳐서 탁자 위에 놓았다.

"두 번째는 농가 정원수 안이었어."

마른 나뭇가지 같은 할아버지의 손가락이 × 표가 된 지점을 가리켰다. 처음으로 죽은 개가 발견된 장소와 일치했다. 일대에 아직 농가가 남아 있는 지역으로 넓은 밭 사이에 드문드문 단층집들이 서 있는 곳이다.

"거기에 새로 죽은 동물이 있다는 건 분명했단다. 이 지도를 발견했을 때 나는 다리가 후들거렸어. 설마 S가 또 같은 짓을 되풀이하리라고는 생각도 하지 않았거든. 어떻게 그렇게 무서운 짓을 할까, 라고 생각했어. 그런데 그와 동시에 한 달 전, 내가 그 수문에서 했던 짓이 얼마나 무서운 일인지도 비로소 깨달았단다. 내가 거기서 S가 죽인 고양이의 다리를 부러뜨린 일은 S에게 자신이 준 선물을 내가 기꺼이 받아들였다는 뜻으로 보였을 테니까."

맞는 말이다. S는 분명히 수문에서 다리가 부러진 죽은 고양이가 발견되었다는 사실을 알고 기뻐했을 것이다.

"그날, 나는 혼자 이 집에서 고민을 했단다. 아무것도 하지 마라, 아무 데도 가지 마라, 하고 나 자신에게 계속 이야기를 했어."

"그런데 왜 가셨어요?"

실제로 그 장소에서 다리가 부러져 죽은 개가 발견되었다.

"시체가 있다는 사실을 알면서 내버려두는 게 무서웠단다. 빨리 다리를 부러뜨리지 않으면 언제 다시 살아날지 알 수 없으니까. 그게 무서웠어."

다음 날 새벽, 할아버지는 결국 지도에 표시된 장소로 갔다고 했다.

"입에 비누가 들어 있는 갈색 개가 죽어서 동백나무 밑에 내던져져 있었어. 나는 그 죽은 개의 다리를 부러뜨렸고……."

그리고 같은 일이 계속 반복되었다. S가 백엽상에 지도를 넣어둔다. 할아버지가 그 장소로 가서 죽은 동물의 다리를 부러뜨린다.

지도의 × 표는 그때마다 하나씩 늘어났다.

"왜 S는 새로운 시체 장소와 같이 그동안의 장소에 다시 × 표를 한 거죠?"

할아버지의 무릎 위에 있는 지도가 이제 두 장이 남았을 때, 나는 물어보았다.

"아마 자신의 마음을 나에게 알려주고 싶었던 거겠지. 자신은 이렇게 많은 시체를 선물했다. 그런 의미를 담아서 그동안 시체를 갖다 두었던 곳을 다시 지도에 표시를 했던 게 아닐까, 싶은데."

문득 S가 내 방에 나타났을 때를 떠올렸다. S는 나에게 자신의 시체를 찾아달라고 부탁했고, 나는 그 부탁을 기꺼이 받아들였다. 그때 나는 불안과 함께 어쩐지 내 몸에 아주 신선한 힘이 솟아나는 느낌이었다. 누군가를 위해서 무언가를 해준다는 일 자체가 나를 그러한 기분으로 만들었다. 그때의 내 마음은 S가 지도에 × 표를 그려 넣었을 때의 마음과 같았을지도 모른다.

"중간에 S를 말려야겠다는 생각은 하지 않으셨어요?"

"물론 생각했지." 나에게서 시선을 돌리더니, 할아버지는 눈을 깜빡거렸다. "그런데 나에게는 그런 용기가 없었어. S의 마음이 얼마나 위험한 상태였는지를 생각하면, 도저히 그만하라는 말이 입에서 안 떨어졌어. 내가 S에게 그만하라는 말을 했다면 분명히 그 애는 슬퍼했을 거야. 선물을 줘서 기쁘게 해줬다고 생각한 상대가 사실은 자신의 호의를 받아들이고 있지 않았다는 사실을 알면, 이번에는 어떤……."

끝까지 말을 잇지 못하고 할아버지는 가만히 내 앞에 놓인 지도를 내려다봤다. 거기에는 이미 여덟 장의 지도가 쌓여 있었다.

이윽고 할아버지는 무릎 위에서 종이 한 장을 새로 집어 들었다.

"이게 아홉 번째, 마지막 지도란다."

할아버지가 그 종이를 탁자 위에 내려놓기 전에 나는 말했다.

"아홉 번째로 표시된 곳은 S네 집 근처에 있는 공터죠?"

나는 우연히 그 시체를 본 일을 이야기했다. 그리고 그로 인해 다이키치가 덤벼들었던 일도 설명했다.

"그랬구나. 너도 폐차 속에 있던 그 고양이를 보았구나. 그래, 그건 S가 죽이고 내가 다리를 부러뜨린 마지막 고양이였어. 너하고의 인연도 보통이 아닌지도……."

할아버지는 혼잣말처럼 말하고 긴 한숨을 내쉬었다.

아까부터 내 머릿속에는 한 가지 의문이 떠올라 있었다. 조금 망설여졌지만, 나는 마음먹고 물어보았다.

"할아버지가 S의 시체를 가져간 건 아니시죠?"

"S의 시체를?" 할아버지는 놀란 얼굴로 나를 쳐다보며 반문했다. "내가 어떻게 그런 일을 하겠냐? 내가 시체와, 사람 시체와 며칠씩이나 같이 지낼 수 있다고 생각하는 거냐?"

그 말이 맞았다. S의 시체는 다리가 부러져 있지 않았다. 그러한 시체와 할아버지가 절대로 같이 지낼 수는 없다.

"내가 모두 경찰에 털어놓으려고 생각한 건 S의 시체가 발견된 그저께였단다. 어떻게 된 일인지, S의 입에도 비누가 들어 있던 흔적이 있던 모양이던데. 경찰은 당연히 이전에 발생한 개와 고양이의 의문의 죽음을 다시 새로 조사할 거라고 생각했어. 그러면 내가 그 일에 관련이 있다는 사실이 드러나는 것도 이제 시간문제 아니겠냐? 경찰에게 수고를 끼치느니, 내가 먼저 자수를 하자, 그렇게 생각했단다. 그런데 결심하기가 쉽지 않더구나. 사흘 동안 정말 고민 많이 했단다. 겨우 결심을 하고 조금 전에 경찰에 전화를 걸었는데, 형사님들은 자리에 없었어. 또 마음이 흔들리려고 했는데……."

할아버지는 고개를 들더니 나를 보며 미소를 지었다.

"네가 와줘서 도움이 되었구나. 고민될 때는 누군가와 이야기를 나누는 게 가장 좋거든. 무거웠던 마음이 가벼워져서 무엇을 해야 하는지 똑바로 바라볼 수가 있단다." 할아버지의 눈 옆에 깊은 주름이 패었다. "그리고 이제 적어도 한 사람은 모든 사실을 아는 사람이 있게 된 거야. 이제 더 이상 숨길 수가 없구나. 너에게 이렇게 말을 해서 경찰에게 이야기하는 연습도 되었어. 고맙다."

그 말에는 아무런 거짓도 없어 보였다.

해가 약간 기울었다. 창밖에서 상수리나무의 잎과 가지에 반은 가려져 있던 주황색 빛이 들어왔다. 할아버지는 그 빛을 몸 한쪽으로 받으며 고개를 숙인 채 꼼짝도 하지 않았다. 오래전부터 거기서 자란 고목처럼 보였다. 멀리서 쓰르라미 소리가 들렸다.

상상도 하지 못한 전개였다. 나는 할아버지가 개와 고양이를 죽인 범인이라고 생각해서 이곳에 왔다. 그런데 범인은 역시 S였다. S가 개와 고양이를 죽이고 할아버지가 그 시체의 다리를…….

"다리를……."

문득 고개를 들었다. 지금까지 너무 뜻밖의 말을 계속 듣다 보니 나도 모르게 한 가지 중요한 질문을 깜빡 잊고 있었다.

"도코 할머니도 할아버지가 그렇게 하신 거예요?"

"도코 할머니……?"

할아버지는 의아한 표정으로 나를 쳐다봤다.

"상점가에 있는 오이케 국수공장이요. 다리가 부러지고 입에 비누가 들어 있었잖아요."

"뭐?" 할아버지의 표정이 갑자기 변했다. "그런 일이 있었냐? 언제?"

두 손을 탁자 위에 내려치듯이 하며 할아버지는 나를 향해 상체를 내밀었다. 두 눈이 커지고 입은 벌어져서 바르르 떨고 있었다.

"이틀 전인 8월 2일, S의 시체가 발견된 날하고 같아요."

"하지만 뉴스에서는 전혀 그런 말이……."

"밤에 발견되었거든요. 10시 뉴스를 보고 저도 처음 알았어요."

"10시라." 할아버지는 깜짝 놀란 모습으로 나를 쏘아보며 메마른 목소리로 말했다. "그날 저녁부터 나는 텔레비전을 전혀 보지 않았어. 수사가 어떻게 진행되는지를 아는 게 무서워서 신문도 보지 않았어. 그건 내가 아니야. 나는 그런 짓은 안 했어."

하지만 나는 할아버지의 말을 당장 믿기 어려웠다. 할아버지가 개와 고양이의 다리를 부러뜨린 범인이다. 똑같이 다리가 부러져서 발견된 도쿄 할머니 일만 아무런 상관이 없다고 주장해도, 의심하지 않을 수가 없었다.

내가 할아버지의 얼굴을 바라보고 있자, 할아버지는 단호히 고개를 좌우로 흔들었다.

"아니야, 정말 아니야. 내가 한 게 아니야. 나는 그러한 일이 있던 사실조차 지금 알았는데. 아아, 그런데 그건……." 할아버지는 두 손으로 얼굴을 감싸고 손바닥 사이로 우물거리는 소리를 냈다. "어쩌면 나 때문인지도……. 내가 그런 짓을 했기 때문에, 죽은 동물한테 그렇게 잔인한 짓을 했기 때문에, 그래서 누군가가 흉내를 내서……."

"흉내요?"

"그것 말고 또 뭐가 있겠느냐? 누군가가……."

손가락 열 개가 얼굴 앞에서 부들부들 떨고 있었다. 할아버지는 진심으로 겁내는 모습이었다.

"미치오, 미안하지만……."

할아버지는 나에게 혼자 있고 싶다고 말했다.

비누

나는 할아버지 집을 나와서 곧바로 S의 집으로 갔다.

초인종 소리에 현관으로 나온 S의 엄마는 내 얼굴을 보자마자, 손을 입가에 대고는 우뚝 서버렸다. 어제와 오늘, 연이어 내가 이렇게 다시 찾아오리라고는 생각하지 못하셨을 것이다.

"미치오, 어제는 미안했어. 나……."

"아줌마, 저, 한 가지 알고 싶은 게 있어요." 아무튼 빨리 확인해야 하는 일이었다. 나에게는 이제 시간이 얼마 남지 않았다. "다이키치가 비누와 무슨 연관이 있나요?"

S의 엄마는 내 질문을 바로 이해하지 못한 것 같았다. 나는 다시 한 번, 이번에는 더 직접적으로 물어보았다.

"다이키치는 비누를 싫어해요?"

S의 엄마는 나를 내려다본 채로 절반은 갸우뚱하는 것처럼 고개를 끄떡였다.

"강아지였을 때, 탈의실에 놓인 대야에 빠져서 나오지 못한 적이 있었어. 빨래를 하다가 갑자기 급한 일이 생겨서 내가 그대로 나가버렸는데, 다이키치가 물에 담가둔 세탁물에 다리가 엉겨버렸는지……."

"비누 냄새도 싫어해요?"

"그래, 신문 배달원이 현관에 비누 상자를 가져오기만 했는데도 벌벌 떨거든."

이제 알았다. 그래서 어제 내가 현관을 들어설 때 다이키치는 겁을 냈던 것이다. 국수 아저씨가 비누를 쥐어줘서 내 손에서 비누 냄새가 났기 때문에.

"그런데 미치오, 왜 그런 걸 물어보니?"

"마당 좀 봐도 될까요?"

대답도 기다리지 않고 나는 곧장 마당으로 갔다. 가장 안쪽 창까지 뛰어가서 주변을 둘러보았다. S의 엄마가 샌들 소리를 내며 쫓아왔다.

"경찰이 여기도 조사했어요?"

"그래, 꽤 오래 조사하던데……?"

"잡초 아래까지 전부요? 마루 밑도요?"

"아마 했을 거야."

S의 엄마는 확실하지 않은지 미간을 찌푸리며 대답했다. 그래도 나는 몸을 숙이고 땅에 엎드려 눈에 띄지 않는 곳까지 모두 꼼꼼히 둘러보았다. 풀이 난 곳. 돌 아래. 마루의 기둥 안쪽. 그런데 없다. 어디에도 없었다.

"미치오, 도대체……."

"죄송해요, 아줌마. 금방 끝나요."

얼굴을 거의 땅에 대다시피 하고, 주변을 매섭게 노려보았다. 잡초가 많은 곳은 손으로 눌러보며 돌았다. 하지만 없었다. 어디에도 없었다. 경찰이 이미 찾은 걸까? 아니면 내 생각이 틀린 걸까? 크게 한숨을 쉬었다. 찾아야만 한다. 어떻게 해서든 그것을 찾아야만 했다. 그런데 도대체 어디에 있는 걸까? 어디에 숨어 있는……

문득 고개를 돌렸다.

해바라기가 많이 피어 있는 곳에서 시선이 멈췄다.

"저거야……."

나는 조그맣게 중얼거렸다.

종국을 향해서

현관에 뛰어들어가서 1층에 있던 미카를 데리고, 바로 계단을 올라갔다. 엄마는 벌써 돌아와 있었고, 어질러놓은 신문들 때문에 화가 나 나한테 고래고래 소리를 질렀다. 하지만 그런 일에 상관할 때가 아니었다. 시간이 없었다. 아무튼 이제 시간이 얼마 남지 않았다.

"엇, 뭐가 그렇게 급해?"

방 안에 들어서자마자, S가 놀란 소리로 물었다. 나는 대답하지 않고 S를 다그쳤다.

"할아버지한테 전부 들었어."

"응, 알아. 그래서 어땠어? 그 할아버지, 순순히 인정했어? 자기가 개와 고양이를 죽인 범인이라고 말이야."

"S야, 이제 그만해! 전부 들었다고 했잖아. S가 한 일도 전부 들었다고. 나는 이제 알아버렸단 말이야."

"오호, 그래? 도대체 뭘 알았는데?"

나는 크게 숨을 들이쉬고 단숨에 말을 늘어놓았다.

"개와 고양이를 죽인 범인은 S, 바로 너야. 너는 학교에서 잘 지내지 못하니까, 괴롭고 쓸쓸해서 개와 고양이를 죽였던 거야. 그리고 학교에서 받은 지도에 그 시체가 있는 장소를 표시해서 할아버지한테 가르쳐줬고. 할아버지는 그 지도를 가지고 죽은 동물을 찾아서 다리를 부러뜨렸어."

"음, 그렇구나. 그래서?"

"S, 네가 다이키치한테 상한 고기를 찾는 훈련을 시킨 이유도 이제 알았어. 그건 네가 여기저기에서 죽인 동물들을 집까지 가져오게 하기 위해서였던 거야. 그게 처음에 세웠던 계획이었어. 왜냐하면 마을에서 죽은 개와 고양이가 발견될 때마다 그 자리에서 바로 전에 자신의 모습이 목격되었다고 하면, 당장 의심을 받을 테니까. 하지만 동물을 죽이고 싶다는 잔인한 마음은 사라지지 않았어. 그래서 너는 개와 고양이를 죽인 다음, 그 시체를 밤중에라도 다이키치에게 가져오게 하려고 했던 거야. 그게 첫 번째 계획이었어. 그런데 할아버지한테 죽은 동물을 선물하게 돼서 그 계획을 관두기로 한 거야. 너는 다이키치한테 네가 죽인 개와 고양이를 가져오게 하지 않고 할아버지한테 주기로 했던 거지. 죽은 동물을 가져오지 않는다는 건, 시체가 계속 그 자리에 있다는 거니까. 그렇게 계획을 변경하는 건 너한테 위험한 일이었어. 하지만 너는 자기와 같은 처지에 있는 할아버지를 동정했던 거야. 위험하더라도 할아버지에게 도움이 되고 싶었고."

"말도 안 돼. 미치오는 잘 모르나 본데, 개는 한번 익히면 쉽게 잊지를 않거든. 죽은 동물을 찾는 일을 한번 기억하게 되면 아무리 하지 말라고 해도 분명히 다이키치는 멋대로 말뚝을 빼서 달려가버려. 그리고 죽은 개와 고양이를 물고 돌아오는 거지. 내 시체를 발견한 것처럼 말이야."

"그래서 비누를 쓴 거야?" 나는 조금도 물러서지 않았다. 여기서 상대를 누를 수 있는가에 모든 것이 달려 있다는 사실을 나는 알고 있었다. "다이키치는 비누 냄새를 싫어했어. 그래서 S는 자기가 죽인 개와 고양이 입에 비누를 넣은 거야. 만약 다이키치가 가지러 가도 시체를 거기서 움직이지 못하도록 말이지."

"오호, 그런 소리 처음 듣는데? 놀라워."

"이제 안 믿어. 나는 이제 S의 말은 안 믿어."

나는 오른팔을 뻗어 S가 들어 있는 병을 얼굴 앞으로 들어 올렸다.

"엇, 미치오, 뭐하려고?"

"아무것도 안 해. 이제 나한테 거짓말하지 않겠다고 약속하게 만들려는 것뿐이야."

"표정이 장난 아닌데? 그 엄청 큰 거미를 내 병에 넣었을 때하고 같은 얼굴이야. 거울을 한 번 봐. 미치오도 놀랄 거야. 자신도 깨닫지 못한 너의 무서운 부분이⋯⋯."

왼손으로 병을 바꿔 들고 오른손으로 재빨리 뚜껑을 돌렸다.

"최후의 수단을 쓰시겠다? 나를 힘으로 눌러보겠다고?"

"더 이상 나한테 거짓말을 하지 않겠다고 약속할 수 없다면 그렇게 되겠지."

뚜껑이 열렸다. 나는 뚜껑을 바닥에 내던지고 병 속에 손가락 두 개를 집어넣었다.

"농담이지?" S의 목소리가 변했다.

"농담 아니야. 난 지금 진지해."

S를 향해서 손가락을 뻗었다. S는 거미집 가장자리로 슬금슬금 물러났다. 손가락이 거의 거미에 닿으려고 하는 순간, S가 여덟 개의 다리로 거미집을 찼다.

단번에 병 입구로 뛰어올랐다.

"미치오, 진정해."

내 손가락이 지체 없이 S를 따라갔다. S는 더 뛰어오르려고 준비 태세를 갖췄다. 다음 순간, 아슬아슬한 타이밍으로 S의 몸은 내 엄지손가락과 집게손가락 사이에 정확히 잡혔다. 손가락에 꿈틀거리는

S의 감촉이 전해졌다.

나와 S는 서로 더 이상 아무 말도 하지 않았다. 나는 단지 상대의 얼굴만 가만히 노려볼 뿐이었다. S도 역시 움직임을 멈추고 내 동정을 살피고 있었다.

"알았어." 마침내 S가 단념한 듯이 말했다. 깊은 구멍의 밑바닥에서 들려오는 것처럼 어둡고 아무런 감정도 없는 목소리였다. "이제 거짓말 안 할게."

나는 그 말을 듣고 온몸이 갑자기 가벼워지는 느낌이었다. 다리에 힘이 빠지고 나도 모르게 그 자리에 주저앉을 뻔 했다. S가 내 마음을 알아줘서 진심으로 기뻤다.

나는 S를 보고 부드럽게 말했다.

"미안해, S야. 나도 사실은 이런 일……."

그런데 S의 다음 한 마디에 나는 온몸이 얼어붙었다.

"전부 말할게."

시간이 멈춘 것 같았다. 조금 전에 S가 한 말을 나는 믿고 싶지 않았다.

"그게 무슨 말이야?" 내 목소리가 잠겨 있었다.

"내가 아는 거, 다 얘기할게. 진실을 말이야. 그걸 바라는 거지?"

"나는 그런 말 한 적 없어. 단지 S가 거짓말을 안 하면 돼."

하지만 S는 내 말을 무시했다.

"소원을 들어줄게. 먼저 첫 번째, 미치오가 이와무라 선생님 방에서 그걸 본 건, 우연이었어. 이와무라 선생님은 마침 그런 취미가 있던 것뿐이야. 그 일과 내 죽음은 전혀 아무 상관이 없어. 그리고 두번째, 사실 이와무라 선생님이 나를 죽인……."

그 말은 커터로 잘린 듯이 뚝 끊겼다.

S는 내 손가락 사이에서 소리 없이 찌부러졌다. 그날 다다미방의 난간에 매달려 있을 때처럼 S는 몸에서 액체를 흘리며 죽어 있었다. 다른 점이라면 액체가 번지는 곳이 다다미 위냐, 내 손가락이냐, 하는 점뿐이었다.

나는 미카를 돌아봤다.

"미카야, S 오빠가 죽어버렸어."

S를 집어서 천천히 미카에게 다가갔다.

"미카야, S 오빠를 좋아했니?"

쭈그려 앉아서 미카의 몸을 왼손으로 잡았다.

"먹어, 미카야."

오른손을 미카의 입가로 가져갔다.

"이제 참지 않아도 돼. S를 먹어버려."

미카는 기쁜 표정으로 입을 벌렸다. S의 몸은 그 안으로 사라졌다.

"전부 끝낼게."

나는 다시 현관문을 나섰다.

✳

8월 4일 오후 여섯 시 13분.

태양을 정면으로 보며 다이조는 상수리나무 숲 속을 걷고 있었다. 앞에 보이는 가랑잎들이 지는 해를 받아서 주황색으로 반짝였다. 쓰르라미의 맑은 소리가 어두워지는 하늘에 빨려들듯이 울려 퍼지고 있었다.

이별을 아쉬워하듯이 다이조는 한 걸음 한 걸음 천천히 걸어갔다.

"동물 사체 손괴죄라는 게 있을까……?"

그러한 죄명이 있는지는 모른다. 어떻든지 간에 한동안 구류될 것이다.

"그건 이미 각오하고 있는데……."

설령 자신이 경찰에 구류된다고 해도 걱정할 사람은 없다. 딸은 어차피 연락도 하지 않고 기후(岐阜)의 농업대학에서 맡은 일 년 동안의 아르바이트도 마침 오늘 아침으로 끝났다. 의뢰 측인 연구실 사람들에게 폐를 끼칠 일은 없다.

지금 경찰서에 가려던 참이었다. 다이조는 전화로는 안 되겠다고 생각을 고쳐먹었다. 상대의 모습이 보이지 않으면, 자꾸만 달아나려고 한다. 본론에 들어가기 전에 적당히 얼버무리고 전화를 끊어버리는 자신의 모습을 쉽게 상상할 수가 있다. 하지만 미루면 미룰수록 경찰 수사는 진척된다. 아마 자신의 이름이 수사망에 떠오를 날도 그다지 멀지 않을 것이다. 그러면 이미 늦다. 조금 전에 미치오라는 소년에게 이야기한 것과 같은 내용을 빨리 경찰에게도 설명해야 한다.

그건 그렇다 하더라도.

—도쿄 할머니도 할아버지가 그렇게 하신 거예요?—

설마 죽은 사람이 나왔을 줄은 몰랐다. 그 노파는 살해를 당해 다리가 부러진 채 입에 비누가 들어 있었다고 한다. 아무리 생각해도 모방 범죄다. 다이조가 하지 않았다면, 누군가가 다이조가 죽은 개와 고양이한테 한 짓을 흉내 내서 노파에게도 같은 짓을 한 것이 분명했다.

"그래도 일부 책임은 나한테 있는 건지도……."

앞을 바라보았다. 항상 보이던 백엽상이 길 옆에 외로이 서 있었다. 그 안을 두 번 다시 들여다볼 일은 없다.

"아아, 이것도 보내줘야 하는데."

다이조는 바지 주머니에 손을 넣어 백엽상의 열쇠를 만지작거렸다.

백엽상 옆에 도착해서 잠시 걸음을 멈췄다. 난쟁이 별장 같은, 다리가 네 개 달린 하얀 상자를 멍하니 바라보았다.

이게 잘 하는 걸까?

의문이 가슴속을 스쳐지나갔다.

자신의 범행이 드러나기 전에 경찰에 출두해서 자수한다. 그 사실만 볼 때는 마치 옳은 일처럼 생각되었다. 그런데 다이조의 목적은 어디까지나 자기 보호였다. 다이조는 경찰에게 어디까지나 조금 전에 미치오에게 얘기했던 사실만 이야기할 생각이었다.

—너에게 이렇게 말을 해서 경찰에게 이야기하는 연습도 되었어.—

다이조는 미치오에게 그렇게 말했다. 그 말은 진심이었다. 처음에 자신을 의심하고 집으로 찾아온 그 소년을 일부러 집 안으로 들여서 이야기를 한 목적도 거기에 있었다. 자신이 구성한 시나리오를 아이에게 한번 설명을 해두면 막상 경찰에게 이야기할 때 더듬거리지 않고 말을 할 수 있을 것이라고 생각했다.

그런데 정말 이게 옳은 걸까?

고개를 갸우뚱해봐도 결론은 얼른 나오지 않았다.

태양은 더욱더 낮아졌고 쓰르라미가 우는 상수리나무 숲은 점차 빛을 잃어가고 있었다.

주머니 속의 열쇠를 만지작거리던 다이조의 손가락에 뭔가 딱딱한 감촉이 느껴졌다.

"그 애한테 이걸 돌려줬어야 했는데……."

다이조는 주머니에서 그것을 꺼냈다. 초등학생이 가슴에 다는 명찰이었다. S의 집 앞에서 다이키치한테 공격받는 자신을 도와주었을 때 미치오가 떨어뜨린 것이다. 그 애가 가버린 다음에 다이조가 주웠고, 나중에 돌려줄 생각으로 주머니에 넣어두었다.

명찰을 들여다보며 이름을 읽었다.

"마야 미치오(摩耶道夫)라."

석가모니를 낳은 어머니 이름도 마야였다. 부처님을 낳은 자. 신을 낳은 사람.

"머리가 좋은 그 애한테 잘 어울리는 성인지도."

다이조는 엷게 웃었다.

발길을 돌렸다. 집을 향해 왔던 길을 되돌아가려고 했을 때…….

"다행이다. 여기 계셨네요."

어디선가 목소리가 들렸다. 갑작스러운 소리에 다이조는 고개를 들었다.

"댁에 갔더니, 안 계셔서요. 혹시 여기 계실까 싶어서요."

"너는……."

앞에 서 있는 사람은 미치오였다.

"왜 여기까지 나를……?"

미치오는 입가에 웃음을 머금은 채 가만히 다이조를 응시했다. 오른손에 주둥이를 묶은 하얀 봉지와 뭔가가 들어 있는 병을 들고 있었다. 병은 지난번 비 오는 날 역에서 마주쳤을 때도 들고 있었다. 석양빛에 반사되어 안은 잘 보이지 않는다.

"할아버지, 경찰에 전화하셨어요?"

다이조는 고개를 저었다.

"지금 직접 경찰에 가려던 참이란다. 전화는 그만두기로 했고……. 결심이 흔들릴 거 같아서 말이지."

"그래요."

어쩐 일인지 미치오는 안도의 표정을 지었다.

"그럼 아직 안 늦었네요."

그 말을 듣고 다이조는 고개를 갸우뚱했다.

"도대체 뭐가 안 늦었다는 거냐?"

미치오는 다이조가 묻는 말에 대답하지 않고 천천히 길을 따라서 다가왔다.

"저요, 하마터면 할아버지한테 속을 뻔 했어요."

다이조는 말없이 소년의 표정을 살폈다. 미치오는 살짝 입을 벌리고 미소를 짓고 있었다.

"할아버지, 아까 저한테 거짓말 하셨잖아요."

"내가 무슨 거짓말을……?"

"다시 살아날까 봐 무서워서 죽은 개와 고양이의 다리를 부러뜨렸다. S를 위해서 개와 고양이를 죽이는 일을 말리지 못했다……." 미치오는 풋 하고 웃었다. "완전 거짓말이에요. 그럴 리가 없어요. 조금만 생각하면 알 수 있었어요."

다이조는 자신의 몸이 뻣뻣해지는 것을 느꼈다.

"S가 죽인 개와 고양이가 다시 살아나는 게, 왜 무서운데요? 다시 살아난다고 해서 할아버지한테 무슨 원한이 있는 것도 아니잖아요. S가 무서워한다면 몰라도 왜 할아버지가 무서워하는데요? 이상하잖아요."

"설명하지 않았냐? 나는 어릴 때, 어머니의 시신이 살아나는 공포를 겪었다고······. 그래서 시체가 되살아나는 게 무섭다고 하지 않았냐?"

미치오는 다이조의 얼굴을 들여다보는 것처럼 하면서 조그맣게 속삭였다.

"오호, 그럼 할아버지, 할아버지의 엄마 시체하고 개와 고양이의 시체를 똑같이 생각하는 거네요?"

"아니, 그게 아니고. 내 말은, 그러니까······."

다이조는 당황하여 뭐라 할지 생각했다. 그 순간, 미치오의 입술 양끝이 쓱 올라갔다.

"역시 그랬어요. 할아버지는 거짓말을 하셨어요."

"뭐라고?"

"한번 떠본 것뿐이에요. 내가 그렇게 말하면 할아버지는 어떤 반응을 보일까, 궁금해서 해본 말이에요. 할아버지, 방금 논리적으로 설명하려고 하셨잖아요. 그건, 다시 말해서 할아버지의 공포가 가짜라는 증거죠. 할아버지가 하는 말이 진심에서 우러나온 솔직한 마음이 아니라는 증거예요. 할아버지의 공포가 사실이라면 여기서 논리적으로 나올 리가 없거든요."

바람이 불면서 주변 잎사귀들이 서로 소리를 냈다.

"그리고 하나 더 있어요. S의 마음을 알았기에 개와 고양이를 죽이는 걸 말리지 못했다는 것도, 좀 말이 안 돼요. 왜냐하면 할아버지는 S가 개와 고양이를 죽이는 이유를 알고 계셨잖아요. 학교에서 친구들하고의 관계가 스트레스가 되어서 그런 잔인한 짓을 했다고요. 그렇다면 그냥 상담을 해주면 되잖아요. 동물을 죽이는 것보다도 이야기 상대가 한 명이라도 있는 것이 S에게는 훨씬 도움이 됐을 거예요. 할아버지도 말씀하셨잖아요. 고민될 때는 누군가와 이야기를 나누는 게 가장 좋다고요."

다이조는 분명히 그런 말을 했다. 그리고 그 말은 다이조의 솔직한 마음이었다.

"아직 하나 더 있어요. 할아버지, 처음에 수문 근처에서 고양이 다리를 부러뜨렸을 때 그 시체를 숨기지 않았어요. 그건 왜죠?"

눈을 치켜뜬 미치오의 시선은 다이조에게 고정되어 꼼짝하지 않았다.

"공포에 사로잡혀 다리를 부러뜨렸다 치고, ⋯⋯보통은 그걸 숨기죠. 그런 곳에 다리가 부러진 고양이 시체가 굴러다니면 당장 소문이 퍼지잖아요. 실제로도 그랬고요."

"나는 당황해서⋯⋯."

"그건 아니에요. 할아버지, 거짓말을 하려면 자신이 한 말은 똑바로 기억하고 계셔야죠. 할아버지는 저한테 말씀하셨어요. 고양이 다리를 부러뜨린 뒤 조금 전까지 미칠 거 같았던 내 마음이 도로 가라앉았다, 고요."

다이조는 말할 수 없이 초조했다. 그 마음을 표정으로 드러내지 않도록 주의하면서 천천히 신중하게 고개를 숙였다.

"할아버지가 죽은 동물을 그 자리에 둔 이유는 S에게 '나는 선물을 잘 받았다'라고 전하고 싶었기 때문이 아닌가요?"

미치오가 자신을 향해서 한 발자국 다가오는 모습이 시야의 위쪽으로 보였다.

"말하자면 이런 거죠. 할아버지는 개와 고양이가 다시 살아나는 게 무서워서 다리를 부러뜨렸던 게 아니에요. 그리고 실은 S를 말리려는 생각도 없었고요. 오히려 S가 개와 고양이를 계속 죽이기를 바랐어요. 그럼 그 이유는 뭘까요? 저, 생각해봤어요. 그리고 답은 하나밖에 없다는 걸 깨달았어요. 다시 말해…….'

다이조는 고개를 들었다. 미치오의 입이 히죽 웃고 있었다.

"할아버지는 죽은 동물의 다리를 부러뜨리고 싶었다."

그 말을 들은 순간, 다이조는 자신의 주변에 쌓아놓은 견고하다고 믿었던 성벽이 소리를 내며 무너지는 것을 느꼈다. 그리고 완전히 그대로 드러난 자신을 의식했다.

그렇다, 미치오의 말은 사실이었다.

"저한테 말씀해주세요."

다이조는 귀를 막고 싶은 심정을 억누르고 미치오의 시선을 그대로 받았다.

"할아버지가 왜 개와 고양이의 다리를 부러뜨리고 싶었는지 가르쳐주세요."

다이조는 눈앞에 있는 아홉 살짜리 소년에게 형용할 수 없는 공포를 느꼈다. 마치 쥐가 맹수를 두려워하는 것처럼 본능적인 공포였다.

잠시 침묵이 흐르고…….

"처음에는 정말 무서웠어……. 시체가 살아나는 게 정말로 무서웠어……."

꿈속의 상대에게 말을 하듯이 다이조는 이야기를 시작했다.

"일 년 전, 여자애가 교통사고를 당한 일이 있었단다. 너도 기억한다고 했지. 나는 그 사고를 목격했단다. 차에 치인 소녀는 마지막 희미한 의식 속에서 엄청난 착각을 했어. 소녀는 내가 자신을 친 범인이라고 믿고 있었어. 그래서……."

다이조는 그때 충동적으로 소녀의 다리를 부러뜨린 사실을 털어놓았다. 미치오의 눈빛이 한순간 날카롭게 번뜩였다.

"내가 한 일을 후회했어. 나 자신이 무서웠어. 어머니의 시신이 살아났다는 그 사실이 이렇게까지 나를 지배하고 있을 것이라고는 생각도 못 했구나. 가만히 있으면 안 된다는 생각이 강하게 들었어. 어떻게 해야 할까? 어떻게 하면 어릴 적의 그 경험을 잊을 수 있을까? 필사적으로 생각했단다. 그리고 나는 결론을 내렸어. 어머니의 시신이 되살아났다는 사실이 나의 착각이었다는 점을 분명하게 확인하자. 그러면 마음속 깊이 뿌리박힌 공포는 분명히 사라질 거라고 생각했단다."

그리고 다이조는 곧장 규슈의 시골로 향했다. 예전에 자신이 살던 마을에서 당시에 있던 일들을 조사하기 위해서였다.

"나는 도서관에서 자료를 하나 발견했단다. 그건 당시 그 지역에서 이루어지던 장례식에 관한 자료였어. 그걸 보고 나는 깜짝 놀라고 말았지."

다이조가 그곳에 살았을 무렵, 그 지역에서는 장례식을 치를 때 일반적으로 죽은 사람을 앉은 자세로 넣었다고 한다. 통 모양의 관에 앉은 상태로 죽은 사람을 넣어서 매장을 했다.

"거기에는 분명하게 적혀 있었어. 죽은 사람을 앉은 자세로 넣을 때, 일반적으로 이미 전신이 굳어 있는 상태다. 그래서 스님과 친척, 아니면 도와주는 사람들이 죽은 사람의 다리를 두드려서 구부려야만 했다, 고 말이지."

"그러면 할아버지가 어릴 때 마당에서 보신 건……."

다이조는 고개를 끄떡였다.

"그건 단지 어머니의 시신을 관에 넣기 위한 작업이었던 거지. 그 여자들은 단순히 장례식 일을 도왔던 것뿐이었어."

"하지만 묻은 다음에 어머니가 살아나셨다는 건요?"

"그것도 자료에 적혀 있더구나."

다이조는 그 내용을 떠올리며 설명했다.

앉은 모양의 관일 경우는 일반적인 누워 있는 관과 달라서 묻을 때 땅을 깊이 파야 한다. 그런데 장의사가 보급되기 전, 주변 사람들이 직접 장례식을 치르던 시절에는 땅을 깊게 파는 일이 쉽지 않았다. 다시 말해, 관을 낮게 묻는 일이 많았다고 한다.

"내 어머니도 그랬던 거겠지. 그리고 충분히 깊게 파서 묻지 못한 시신을 개가 다시 파내는 일이 흔했나 보더구나."

"할아버지의 엄마도 개가?"

"그랬을 거야. 분명히 들개가 파내서 산속에라도 물고 갔을 거야. 다이키치가 S의 시신을 옮긴 것처럼." 다이조는 양손으로 얼굴을 문질렀다. "너한테는 다시 살아난 어머니가 당신을 살해한 상대에게 복수를 했다고 이야기했지만, 그 사건의 진상도 다른 자료를 찾았더니, 바로 알게 되었지 뭐냐. 그건 전혀 상관없는 사람이 저지른 범행이었단다. 범인도 나중에 잡혔고……."

"전부 할아버지가 착각하신 거였네요."

"그래. 애당초 어머니가 살해되었다는 사실 자체도 분명히 내 망상이었을 거야. 말하자면 사실 몇 년, 몇 십 년이나 내 마음 깊숙이 자리 잡고 있던 공포는, 사실 내가 일부러 만들어냈던 거지. 단순한 이야기였던 거야. 그 사실을 알았을 때 나는 어리석었다는 생각과 말로 표현할 수 없는 허무함을 느꼈단다."

그리고 다이조는 그 허무함 속에 어떠한 기묘한 감각이 존재하는 사실을 느꼈다. 머리를 쳐드는 뱀처럼 작지만 위험한 존재감을 지닌 감각. 처음에는 그 감각이 무엇인지 다이조 자신도 알지 못했다.

"그런데 비닐봉지에 들어 있는 그 죽은 개를 봤을 때, 나는 그 정체를 알았단다. 그걸 본 순간, 어떤 욕구가 갑자기 나를 덮친 거야."

"어떤 욕구라뇨?"

"시체의 다리를 부러뜨리고 싶다는 욕구였어."

갑자기 끓어오르는 충동에 다이조는 내심 놀랐던 기억이 있다. 내 머리 어딘가가 잘못된 걸까, 하고 진심으로 의심했다.

"할아버지는 왜 죽은 동물의 다리를 부러뜨리고 싶으셨어요?"

"나도 S와 똑같았던 거지. 공허함과 고독에서 어떻게든 벗어나고 싶었거든. S가 제대로 본 거였어. S가 개와 고양이를 죽였던 것처럼 내 마음도 정상 궤도에서 벗어난 부도덕한 행위를 바라고 있던 거지. 그리고 내가 이 세상에서 할 수 있는 일은 시체의 다리를 부러뜨리는 행위밖에 없었단다."

소녀의 무릎 위에 다리를 힘껏 내려서 관절을 부순 그 악행. 그 행동은 다이조에게 어찌할 수 없는 자기 방어의 수단이었다. 견딜수 없는 공포에서 자신을 구원하기 위한 유일한 방법이었다. 그러나 그 공포 자체가 사라졌을 때, 그것은 단지 자신이 아는 한 가장 크게 상궤를 일탈한 행위로 다이조의 마음에 남게 되었다.

"비닐봉지에 들어 있던 그 개의 다리를 부러뜨렸을 때, 나는 더할 나위 없는 해방감을 느꼈다. 지금도 선명하게 기억나는구나. 관절이 부러지는 그 둔탁한 소리. 그걸 피부로 느꼈을 때의 참을 수 없는 흥분. 나를 덮치고 있는 고독과 허무함이 안개 걷히듯이 단번에 사라질 때의 고양감······."

"그 순간을 S가 봐버린 거네요."

"그래, 봐버렸어. 분명히 그 애는 바로 내 마음을 꿰뚫어봤을 거야. 아아, 이 사람은 나와 같구나, 라는 생각을 쉽게 할 수 있었을 거야."

"그리고 S가 할아버지한테 시체를 선물하는 일이 시작된 거고요?"

"그래." 다이조는 고개를 돌려 S의 집 쪽으로 어두운 시선을 보냈다. "그 애가 개와 고양이를 죽이고 그것이 어디에 있는지를 나에게 가르쳐줬어. 나는 거기서 그 시체의 다리를 부러뜨려 욕구를 충족시켰고. 그리고 그 애도 그걸로 만족해했어. 그런 악순환이 그 뒤로 아홉 번이나 계속되었지······."

다이조는 길게 한숨을 내쉬었다. 대울타리 너머 보이는 S의 집 창문으로 노란색 불빛이 보였다. 미쓰에가 집에 있나 보다. 혼자서 식사라도 하고 있는 걸까? 아니면 S의 시체가 발견된 그날 아침처럼, 마루 근처에서 무릎을 끌어안고 앉아서 우두커니 마당을 응시하고 있는 걸까?

그런데······.

그때 다이조는 기묘한 숨소리를 들었다. 다시 고개를 돌려서 미치오를 봤다. 미치오는 고개를 숙이고 어깨를 떨며 필사적으로 웃음을 참고 있었다.

"뭐가, 이상하냐?"

"이제 그만하세요, 할아버지." 가슴을 벌름거리면서 미치오가 말한다. "이제 거짓말하셔도 소용없어요. 저, 전부 알고 있거든요."

"내가 무슨 거짓말을······."

웃음을 뚝 멈추고 미치오가 고개를 들었다.

"열 번이잖아요. 아홉 번이 아니에요. S는 할아버지한테 모두 합쳐서 열 번 시체가 있는 곳을 가르쳐줬잖아요. 아니면 중간에 끝난 건 세지 않는 거예요?"

"중간에…… 라니?" 다이조는 조심스럽게 반문했다.

"S말이에요." 미치오의 시선은 다이조를 찌르듯이 차갑고 날카로웠다. "S의 시체도 세지 않으면 불쌍하잖아요. 할아버지는 다리를 부러뜨리지 못했지만, 그래도 S가 기껏 준비한 마지막 선물이었으니까요."

목덜미에 쐐기가 박히는 것 같은 충격이었다. 시야에 보이는 어둑한 경치가 갑자기 크게 흔들리며 늘어서 있는 나무와 미치오의 얼굴이 엿가락처럼 흐느적거렸다.

"S의 일은, 나는……."

"모르세요? 거짓말 마세요. S가 그렇게까지 했는데."

미치오가 주머니에서 뭔가를 꺼냈다. 다이조는 눈을 가늘게 뜨고 바라보았다.

바싹 마른 하얀 비누였다.

"S가 할아버지한테 자기 시체가 어디에 있는지 가르쳐주지 않았을 리가 없어요. 잘못해서 다이키치가 움직일까봐 입에 비누까지 물고 목을 맸는데요." 비누를 가지고 손바닥 위에서 장난치며, 미치오는 말을 이었다. "할아버지, 어떻게 해서든 S는 누군가에게 살해당한 것처럼 보이려고 하셨죠. 저한테 그런 이상한 소설 이야기를 해주면서요. 하지만 할아버지는 S가 자살했다는 사실을 그 누구보다도 잘 알고 계셨어요."

관자놀이에 식은땀이 흐른다. 다이조는 그저 미치오를 바라볼 뿐이다.

"할아버지가 말씀 안 하시면, 제가 설명하죠. 7월 20일, S가 죽은 날 아침, 할아버지는 S한테 새 지도를 받았어요. 아까 할아버지가 저한테 보여주지 않은 열 번째 지도를요."

"너는……."

"'마지막 지도'라면서 탁자 위에 S의 집 근처 공터에 × 표가 된 아홉 장째 종이를 놓았을 때, 아직 할아버지의 무릎 위에 종이가 한 장 남아 있었잖아요. 저, 똑똑히 봤어요."

맞는 말이다. 한 장이 더 있었다. 그날 다이조는 분명히 열 장째 지도를 받았다. 아침에 백엽상을 들여다보고 다시 돌아가는데 S가 뒤에서 쫓아와 건네줬다. S는 사각으로 접은 그 지도를 말없이 다이조에게 내밀고…….

"할아버지는 그걸 보고 아마 고개를 갸우뚱하셨겠죠. 왜냐하면 새로 표시된 × 표는 S네 집 위였으니까요."

미치오의 말이 옳았다. 지도가 가리키는 새로운 시체 장소는 S의 집이었다. 아무리 봐도 열 번째 × 표시는 그 애의 집이 있는 곳이었다. 다른 표시들보다 한층 컸다. 다이조가 물어볼 틈도 없이 S는 재빨리 뒤돌아서 왔던 길을 다시 뛰어갔다.

"할아버지는 그걸 보고 처음에는 이렇게 생각하셨을 거예요. 새로 죽은 개나 고양이가 S의 집에 있다고요. 하지만 바로 그건 좀 이상하다는 생각을 했어요. 왜냐하면 할아버지가 어떻게 S의 집에 들어가서 시체를 찾아 다리를 부러뜨리겠어요? 할아버지는 이상하다고 생각하면서 그대로 집으로 가셨어요. 그런데 조금 지나서 아신 거예요. S는 할아버지한테 마지막 선물을 하려고 한다는 걸요. 자신의

시체를 주려고 한다는 걸요. 할아버지는 서둘러서 S의 집으로 뛰어
갔어요. S의 집에 도착한 시간은 열두 시 반에서 늦어도 한 시가 거
의 다 되었을 거고요. 제가 목을 매 죽은 S를 발견하고 이와무라 선
생님과 경찰 아저씨가 S네 집에 출동했을 사이니까요."

분명히 그 시간대였다. 지도가 뭘 의미하는지 알아차린 다이조는
곧바로 집을 뛰쳐나갔다. 정신없이 숲 속을 뛰어서 대울타리에 도착
했고, 목을 길게 빼서 안을……

"S가 일부러 그렇게 밖에서 잘 보이는 곳에서 목을 맨 건 할아버
지가 찾기 쉽게 하려고 그랬을 거예요. S의 시체를 발견한 할아버지
는 할아버지 집까지 가지고 갔어요. 이 상수리나무 숲을 지나서요.
S의 마지막 뜻을 받아들여야 한다는 생각과 사람의 시체를 손에 넣
었다는 기쁨, 반반씩 아니었을까요?"

S를 위해서라는 생각이 강했다. 자신을 이해해준 S를 위해서. 자
신의 부도덕한 욕구를 충족시켜준 S를 위해서……

"시체를 가지고 갈 때, 할아버지는 그 방에 약간 잔꾀를 부렸어요.
다다미 위에 있던 S의 배설물을 닦고, 옷장 손잡이에서 줄을 풀고,
넘어져 있던 의자와 S의 무게로 움직였던 옷장을 제자리에 돌려놨
어요. S가 자살한 걸 숨기려고요."

모두 맞는 말이다. 다이조는 시체를 유기한 사실이 발각될까봐
무서웠다. 그래서 S의 자살 자체를 은폐하려고 했다. 단순한 행방불
명으로 만들려고 했다. 아주 순간적인 행동이었다. 깊이 생각하지도
않고 정신없이 한 일이었다.

"그런데 그런 일들이 모두 소용없게 되었죠. 왜냐하면 이미 제가
목을 맨 S를 봐버렸으니까요."

그때 이미 누군가가 S의 시체를 봤다고는 상상도 하지 못했다.

"할아버지가 이상한 잔꾀를 부려서 이렇게 되어버린 거예요. S의 시체가 사라지지 않았다면 이야기는 그때 끝났을 거예요. 이제 와서 그 얘기를 한다고 무슨 소용이 있겠냐만요."

미치오는 한숨을 쉬었다. 다이조는 '이야기는 그때 끝났을 거다'라는 표현을 이해할 수 없었다.

"S의 시체를 가지고 간 할아버지는 그걸 비닐봉지에 넣어서 어딘가에 숨겼어요. 아마 마당에 있던 그 창고였겠죠."

그렇다. 창고에 집어넣었다.

"그날 아침 일, 기억나세요? S의 집 앞에서 다이키치가 할아버지한테 덤볐잖아요. 저, 조금 전까지만 해도 그건 다이키치가 죽은 개와 고양이 냄새에 반응을 했던 거라고 생각했어요. 할아버지가 죽은 개와 고양이의 다리를 부러뜨렸으니까, 옷과 몸에 시체 냄새가 배어서 다이키치가 반응을 했다고요. 하지만 역시 그건 이상하죠. 바로 그 직전에 다리가 부러진 개와 고양이는 없으니까요. 할아버지가 마지막에 만진 시체가 S의 집 근처에서 제가 본 그 고양이였다면 시간이 너무 지났고요. 아무리 그래도 그 사이에 옷과 몸에서 냄새가 사라졌겠죠. 할아버지는 그날 아침, 숨겨둔 S의 시체 근처에 가셨던 거예요."

정확히 맞혔다. 그날 아침, 다이조는 창고 문을 열고 S의 시체와 마주했다.

다이조는 그날 미쓰에를 찾아가서 S의 죽음이 자살이 아닐지도 모른다고 이야기하려고 했다. 물론 근거 없는 날조된 엉터리다. S가 죽기 직전에 누군가에게 말을 하고 있던 것 같았다는 사실이 문득 떠올라서 타살설을 제기해봐야겠다고 생각했던 것뿐이다. 경찰이 S가 타살이었다는 의심을 품게 된다면, 자신이 저지른 시체 유기가 쉽게 드러나지 않을 거라고 생각했다. S를 죽인 인물이 S의 시체를 가지고 갔다고 의심을 하지 않을까, 라는 계산이었다. 그런데 다이조는 일이 뜻대로 될지가 불안했다. 그래서 다이조는 창고에 넣어둔 S의 시체를 다시 한 번 마주함으로써 자신이 막다른 상황에 처했다는 사실을 새삼 인식하려고 했다. 자신을 질타하려고 했던 것이다.

"아무튼 할아버지는 S의 시체를 숨겼어요. 그리고 개와 고양이한테 했던 것처럼 다리를 부러뜨리려고 했고요. 하지만 도저히 할 수 없었어요. 그건 S가 불쌍했기 때문이에요?"

그렇다, S가 너무 불쌍했다. S는 스스로 목숨을 끊을 때마저 다이조를 동정하는 것을 잊지 않았다. 그 사실을 생각하면 너무나도 가여웠다. 하지만 그러한 마음과 동시에 S의 다리를, 사람의 다리를 부러뜨리고 싶다는 충동이 다이조의 마음속에서 아우성쳤던 것도 사실이다. 상반되는 두 개의 마음이 다이조의 마음속에서 뒤섞이고 부딪혔다. 다이조는 망설였고 혼란스러웠다. 그러는 사이에…….

"할아버지는 S의 시체를 창고에 넣어두기만 하고 아무것도 하지 못하셨어요. 그러는 동안에 비닐봉지에서 S의 시체가 부패되면서 악취를 풍기기 시작하고, 다이키치가 그 냄새를 맡은 거죠. 할아버지가 잠든 사이에 다이키치는 상수리나무 숲을 통과해 와서는 S의 시체를 가지고 가버렸어요."

그날 아침, 창고 문이 열려 있고 거기에 S의 시체가 사라진 사실을 알았을 때, 다이조는 S가 다시 살아난 것은 아닌가 하고 착각했다. 어머니의 무덤을 들여다봤을 때의 공포가 저절로 되살아났다.

다이조는 당황하여 S의 집을 향했다. 그리고 다이오 형사로부터 다이키치가 S의 시체를 물고 왔다는 이야기를 들었다.

미치오는 유감스럽다는 듯이 고개를 흔들었다.

"S의 입에 비누만 제대로 들어 있었다면 그런 일은 없었을 거예요."

"비누……."

"아아, 그렇구나. 할아버지는 아직 비누에 대해서 모르시는군요. 그건 다이키치가 시체를 가지고 가지 못하게 하기 위한 S의 방법이었어요. S는 처음에 자기가 죽인 개와 고양이를 다이키치한테 가져오게 하려고 했어요. 그래서 훈련을 시켰던 거고요. 하지만 할아버지한테 죽은 개와 고양이를 주기로 했으니까, 다이키치가 그걸 가지고 와버리면 안 되잖아요. 그래서 S는 다이키치가 비누 냄새를 싫어한다는 점을 이용하기로 했어요. 시체에서 비누 냄새가 나면 만약 다이키치가 시체를 발견해도 물고 오지 않을 거라고 생각한 거죠."

그랬던 거구나.

다이조는 그동안 죽은 동물의 입속에 있던 비누가 뭘 의미하는지 전혀 알지 못했다. S 나름의 어떤 깊은 이유가 있을 거라고만 추측했다. 그리고 개와 고양이뿐 아니라, 죽은 S의 입에서도 비누 성분이 검출되었다는 말을 들었을 때는 시체와 비누 사이에 S만이 아는 어떤 의식 같은 것이 있다는 생각도 했다. 그런데 그것이, 단지 다이키치가 시체를 물고 가지 못하게 하기 위한 것이었다니.

"S는 목을 맬 때도 입속에 분명히 비누를 물고 있었어요. 하지만 그게 공교롭게도 튀어나가버린 거죠."

"튀어나가……."

"그래요. S가 의자를 차고 난간에 매달렸을 때 밧줄 끝을 묶어둔 옷장 문이 S의 무게로 열리면서 S의 몸은 그만큼 덜컥 하고 내려갔어요. 그 충격으로 기껏 입에 넣었던 비누가 마당으로 튀어나간 거죠."

"마당에 있었구나."

바로 조금 전까지 다이조는 S가 스스로 입에 넣은 비누는 이 상수리나무 숲 어딘가에 떨어져 있다고 생각했다. 자신이 S의 시체를 운반할 때 입에서 빠져나갔다고 말이다.

"하지만 마당은 경찰들이 조사했을 텐데."

"해바라기가 가지고 있었어요." 미치오가 말했다.

"해바라기?"

"커다란 잎 중에 복주머니처럼 오그라든 게 있는데, 그 속에 쏙 들어가 있었어요. 그래서 경찰 수사에서 놓친 거예요. 땅만 조사했던 거죠."

"그렇구나, 거기에……."

다이조는 떠올렸다. 마당에 꽃이 피지 않은 해바라기가 하나 있었다. 진디 때문에 그 잎이 주머니 모양으로 오그라져 있던 것을 자신도 분명히 봤었다.

"S가 죽기 직전에 그 해바라기가 하느님으로 보였다고 말했는데, 정말로 하느님이었을지도 몰라요. 이게 발견되었다면 서로 곤란했을지도 모르니까요."

손에 들고 있는 비누를 찬찬히 바라보면서 미치오는 그리워하듯이 말했다.

S가 말했다?

다이조는 미치오가 한 말의 의미를 이해할 수 없었다.

그리고 '서로'라는 것은 또 무슨 말인가. 이 비누가 경찰에게 발견되지 않은 사실이 다이조에게 분명히 행운이기는 했다. 만약 경찰이 마당에서 비누를 발견했다면 S가 자살했다는 사실은 아무런 의심의 여지가 없게 된다. 왜냐하면 누군가가 자살로 위장해서 S를 살해하고 어떤 연유로 입에 비누를 넣었다면, 범인은 마당에 튀어나간 비누를 다시 입속에 넣었을 것이기 때문이다. 하지만 비누가 입에서 빠져나간 상태였다는 것은 S가 죽을 때 아무도 없었다는 뜻이 된다. 다시 말해 S는 정말로 자살했다고 볼 수밖에 없다.

"이제부터가 중요해요." 미치오는 다시 단조롭고 아무런 감정도 없는 말투로 돌아갔다. "다이키치가 S의 시체를 가져가버렸어요. 그리고 이제 죽은 개와 고양이를 선물해줄 S는 없어요. 그래서 할아버지가 한 일, 그게 중요해요. 저한테는 말이죠."

"내가, 한 일⋯⋯."

다이조는 미치오가 무슨 말을 할지 막연하게 짐작했다. 그 고양이를 말하는구나.

가끔 다이조의 집 마당에 먹이를 얻어먹으러 왔던 그 삼색 얼룩 고양이. 아내가 죽고 바로 모습을 드러내기 시작했기에 다이조는 그 고양이를 보고 아내가 환생했다는 생각도 했다.

그 고양이를 다이조가 죽여버렸다.

새로운 시체를 제공해줄 S는 이제 세상에 없다. 마지막 선물이었던 S 자신의 시체도 다이키치가 가지고 가버렸다. 다이조는 자신의 걷잡을 수 없는 욕구를 도저히 억누를 수가 없었다.

S의 시체가 발견된 아침, 다이조는 S의 집에서 다니오 형사에게 상황을 듣고 집에 돌아갔다. 그때 그 고양이가 마당에 모습을 드러

냈다. 평소처럼 뭔가를 원하는 듯이 다이조를 가만히 바라보고 있었다. 그것을 본 순간, 다이조는 거센 불안과 그 욕구가 솟아올랐다. 눈앞이 순식간에 하얘지고 콧등을 얻어맞은 듯이 순간적인 충동이 자신을 덮치는 것을 느꼈다. 그리고…….

정신을 차리자, 어느새 다이조는 고양이를 집어 들어서 바닥에 내동댕이치고 있었다.

고양이는 딱 한 번 크게 야옹 하고 소리를 지르고 곧바로 숨이 끊겼다.

"너는 그 고양이 일을 말하고 있는 거구나. 내가……."

그런데 미치오는 다이조의 예상과 전혀 다른, 뜻밖의 말을 내뱉었다.

"할아버지는 도코 할머니를 죽였어요."

다이조는 깜짝 놀랐다. 설마 미치오의 입에서 다시 살인 이야기가 나올 줄은 생각도 하지 못했다. 다이조는 세차게 고개를 저으며 부정했다.

"그건 아니야. 정말로 아니야. 내가 아니란다. 나는 사람을 죽이지 않았어. 그건 나와 S가 했던 일을 누군가가 흉내 내서……."

"아니요." 미치오가 다이조의 말을 가로막았다. "저는 사람을 죽였다고 하지 않았어요."

갑작스러운 말에 다이조는 멍하니 입을 벌렸다.

"할아버지의 집에서 제가 같은 질문을 했을 때도 역시 할아버지는 부정하셨어요. 할아버지는 도코 할머니를 죽이지 않았다고요. 하지만 저는 나중에서야 알았어요. 할아버지는 도코 할머니가 누구인지 몰랐던 게 아닌가 하고요."

"누구인지……."

"도코 할머니는 바로 할아버지가 죽인 삼색 얼룩 고양이예요."

순간 무슨 말인지 도무지 이해가 되지 않았다.

"할아버지 눈에는 평범한 고양이였겠죠. 하지만 저하고 미카, 그리고 국수 아저씨에게 도코 할머니는 도코 할머니였어요."

다이조를 바라보는 미치오의 시선에는 강한 적의가 들어 있었다.

"노환으로 돌아가신 도코 할머니가 고양이로 환생한 건 2년쯤 전이었어요. 장례식이 끝나고 며칠 지나서, 국수공장에 한들거리며 들어온 걸 국수 아저씨가 발견했어요. '이 고양이는 할머니가 환생한 거야'라고 아저씨는 기뻐했어요. 저도 보자마자 알았어요. 느릿한 행동하며 얼핏 보면 애교 없는 표정하며, 도코 할머니가 사람이었을 때하고 완전히 똑같았거든요. 그리고 도코 할머니는 예전처럼 그 창가에서 상점가를 바라보며 지내게 되었죠. 그리고 예전처럼 나와 미카의 의논 상대가 되어주셨어요."

다이조는 생각이 났다. 하긴 다이조가 죽인 그 고양이는 어딘지 모르게 노파 같은 느낌이 들었다. 분명히 아주 늙은 고양이였을 것이다. 그렇기 때문에 다이조도 죽은 아내가 환생한 거라고 생각했다. 그러고 보면 아내가 세상을 떠난 2년 전, 마침 똑같은 시기에 그 국수공장에 인접한 집 앞에 '상중'이라는 종이가 붙어 있던 게 생각났다.

다이조는 맥없이 어깨를 늘어뜨렸다.

"그렇구나. 너희가 귀여워했던 고양이였구나……."

그 말에 미치오의 눈빛이 한층 날카로워졌다.

"귀여워했던 게 아니에요."

한숨만으로 중얼거렸다. 그리고 "할아버지는 몰라요"라고 입속에서 우물거렸다.

"나는 모른다……. 그럴지도 모르지……."

다이조의 뇌리에 낯선 세계로 흘러들어온 한 사람의 이미지가 떠올랐다. 그러나 자신과 미치오……, 도대체 누구인지 판단할 수 없었다. 한 마리의 고양이를 아무런 주저 없이 '할머니'라고 부르는 미치오의 세계는 다이조의 세계보다 오히려 훨씬 견고하고 흔들림 없이 확고해 보였다. 똑같은 그 고양이가 고양이 자체이기도 하고, 죽은 아내가 되기도 하고, 또는 잔인한 욕구의 대상물이 되는 다이조의 세계보다도 훨씬 더…….

"어쨌든 할아버지는 도쿄 할머니한테 너무 심한 짓을 하셨어요. 아무 나쁜 짓도 안 했는데 죽여서 다리를 부러뜨렸어요. 시체의 입에 비누를 쑤셔 넣고 일부러 길가의 배수로에 내버린 건 경찰이 개와 고양이를 죽인 범인이 S라는 걸 모르게 하려고 그런 거고요."

"그래, 네 말이 맞다."

미치오의 말에 다이조는 처음으로 분명하게 대답했다. 이제 와서 아무것도 숨길 생각은 없었다.

"죽은 S의 입에서 비누 흔적이 발견되었어. 여기서 만약에 경찰이 개와 고양이를 죽인 범인이 S라는 걸 알아내면 S가 자살했다는 사실도 동시에 밝혀지겠지. 무엇보다 입속에 비누가 있었다는 공통점이 있으니까. 그래서 나는 생각했단다. 이때 입에 비누가 들어 있는 죽은 고양이가 새로 발견되면 개와 고양이를 죽인 범인이 S였다는 사실을 숨길 수 있지 않을까 하고……. S는 이제 이 세상에 없으니까."

"여러 가지 방법을 써서 할아버지는 어떻게든 S는 자살이 아니라, 누가 죽인 것으로 하려고 했어요. 그건 할아버지가 S의 시체를 가지고 갔다는 사실을 경찰들이 모르게 하고 싶었기 때문이죠. 하긴 S가 살해되었다고 하면 S의 시체를 가지고 간 사람이 할아버지라는 사실을 들킬 가능성이 낮아지니까요. 경찰은 S를 살해한 범인과 시체를 가지고 간 범인이 당연히 동일 인물이라고 생각할 테니까요. '수사를 교란'시키는 거죠. 실제로 의미가 있었는지는 모르겠지만요."

의미가 있었을까? 분명히 경찰은 결국 S가 타살되었다는 쪽으로 기울었다. 그런데 그것은 어디까지나 S의 입에서 비누 성분이 검출되고, 마침 그 비누를 마당에서 발견하지 못했기 때문이다. 미쓰에에게 적당히 말해서 같이 경찰서에 S의 타살을 주장하러 갔고, 미치오에게 『성애에의 심판』이라는 소설을 쓴 사람이 수상하다는 등 그럴듯하게 말했지만, 그다지 효과를 발휘한 것 같지는 않았다.

다이조는 자신이 시도한 서투른 잔꾀에 싫증이 나 힘없이 고개를 떨어뜨렸다. 그러자 바로 미치오가 한 손을 다이조의 얼굴 앞에 내밀었다. 손에는 비누가 놓여 있었다.

"이 비누, 경찰이 찾지 못해서 정말 다행이에요."

미치오의 말에 다이조는 속으로 끄떡였다.

다이조는 경찰에 출두해서 개와 고양이의 변사와 S의 관계에 대해 조금 전에 집에서 미치오에게 이야기한 대로 설명할 생각이었다. S의 시체 유기는 다른 누군가에 의한 범행이라고 주장하려고 했다. S를 살해한 인물이 시체를 가지고 갔다고 말이다. 그런데 이 비누가 마당에 있었다는 것이 알려져서 S가 자살했다는 사실이 밝혀지면, 경찰은 S의 시체 유기에 다이조가 관련되지 않았을까, 하고 분명히 의심을 하게 될 것이다. 개와 고양이의 시체를 손상시키고 있던 다이조가 S의 시체를 가지고 갔다고. 그러면 다이조가 자진 출두하는 의미가 없어진다. 왜냐하면 다이조는 S의 시체 유기와 관련된 사실이 드러나기 전에 선수 치자는 생각에서 출두를 결심한 것이기 때문이다. 언젠가 사람의 시체 유기로 체포되는 것보다 동물의 시체를 손상시켰다고 먼저 자수해서 S의 시체 건과는 아무런 관련이 없다고 주장할 계획이었으니까.

"할아버지는 아까 저에게 이야기한 내용을 그대로 경찰에 설명할 생각이신 거죠?" 다이조의 머릿속을 읽은 것처럼 미치오가 말했다. "S의 시체를 가지고 간 일은 절대 말씀 안 하시겠죠. 만약 경찰이 의심을 해도 '시체가 살아나는 게 무서워서 개와 고양이의 다리를 부러뜨렸다'고 해두면 괜찮다는 생각이고요. S의 시체 다리는 결국 부러지지 않았으니까, 그런 시체하고 시체가 살아날까봐 무서워하는 할아버지가 며칠 동안이나 어떻게 같이 지내겠느냐, 할아버지는 그런 식으로 경찰이 생각해줄 거라고 계산하신 거고요."

"그래, 네 말이 맞다."

"역시, 그렇군요. 그런데 도코 할머니 일은 어떻게 할 생각이세요?"

"그것도 말 안 하려고 했단다. 누군가가 우리가 한 일을 흉내 낸 걸로……."

"할아버지, 너무 쉽게 생각하시네요."

미치오는 휴 하고 한숨을 내쉬었다.

"할아버지가 S의 시체를 숨겼다는 걸 경찰은 금방 알아낼 거예요. 도코 할머니를 살해한 것도요. 그걸 어떻게 숨기겠어요. 저라면 그런 반토막 자수 같은 거 안 하고 영원히 모르는 척할 거예요. 모든 사실들을요."

미치오의 말이 맞는지도 모른다. 경찰의 수사력은 그렇게 만만하지가 않다. 경찰이라는 조직이 다이조의 생각대로 움직일 리가 없다.

그렇다. 실은 다이조 자신은 그 사실을 머리 어딘가에서 알고 있었다.

그런데 그렇다면 왜 자기 자신은 미치오가 말하는 반토막 자수를 하려고 하는 걸까? 왜 그렇게 위험한 결심을 한 걸까? 다이조는 스스로에게 물어보았다. 그러자 어떤 단순한 대답이 바로 떠올랐다.

"할아버지는요." 미치오가 속삭이듯이 말했다. "단지 도망치고 싶은 거라고요."

다이조는 자신의 몸이 뻣뻣해지는 것을 느꼈다.

"사실은 전부 들켜도 상관없다는 생각이에요. 할아버지가 하신 일이 언제 밝혀질까, S의 시체 일로 언제 경찰이 찾아올까, 그런 생각을 하며 바들바들 떨면서 지내는 것보다 오히려 경찰한테 잡히는 게 낫다고 생각하고 계세요. 하지만 갑자기 모든 걸 고백할 용기가 없어서 반토막 자수를 생각해내신 거죠. 그게 아주 좋은 생각이라는 것처럼 억지로 강요하면서 할아버지 자신에게 변명하고 있는 거예요."

다른 사람이 자신의 마음속을 정확하게 꿰뚫어보는 말을 듣는 건 무서운 일이었다. 더구나 상대는 아이고, 자신은 일흔을 넘은 노인이다.

"하긴, 그 말이 맞는지도 모르겠구나."

다이조는 더 이상 아무 말도 할 수가 없었다. 갑자기 자신의 존재가 몹시 한심하게 느껴져서 고개를 들 수도 없었다.

그렇긴 해도…….

다이조는 미치오의 의도를 알 수 없었다. 이 아이는 자신이 아는 다이조의 죄를 경찰에게 알릴 생각인 걸까? 아니, 그렇게 보이지는 않았다. 왜냐하면 이 아이는 S의 입에 있던 비누가 경찰 눈에 띄지 않아서 다행이었다며 기뻐했기 때문이다. 이 비누의 존재가 경찰에 알려지면 S가 개와 고양이의 변사에 관련이 있고, S가 자살이었다는 사실이 동시에 밝혀진다. 다시 말해, 교착 상태인 경찰 수사가 크게 진척된다. 바로 이 비누가 경찰의 시선을 진실로 향하게 하는 열쇠가 된다.

―S의 시체가 사라지지 않았다면 이야기는 그때 끝났을 거예요.―

―이게 발견되었다면 서로 곤란했을지도 모르니까요.―

이해되지 않는다. 미치오의 의도를 아무리 생각해도 알 수 없었다.

해는 기울고 흐릿한 어둠이 주변을 감싸고 있었다. 나무들의 윤곽도, 마주 보는 소년의 표정도 점차 애매해졌다.

"제가 도대체 뭘 하려는지 궁금하신 거죠?"

다이조는 뭔가에 튕긴 것처럼 고개를 들었다.

"가르쳐드리죠. 제가 할아버지를 쫓아서 여기에 온 이유를요."

다이조는 천천히 턱을 당기고 다음 말을 기다렸다.

"저, 이 이야기를 끝내고 싶어졌어요."

"이야기를……?"

"그래요. 너무 복잡하게 얽혀버려서 이쯤에서 끝내려고요. 사실 이렇게 복잡해질 줄은 몰랐거든요. 이제 저도 뭐가 뭔지 모르겠어요."

말을 하면서 미치오는 바지 주머니 속에 비누를 다시 집어넣었다.

"그런데요, 이걸 깔끔하게 마무리 짓는 방법이 딱 하나 있다는 걸 알았어요. 사실은 좀 망설였지만, 역시 해보기로 했어요. 할아버지가 도코 할머니를 살해했다는 걸 확인했고, 그리고 아까 비로소 알았는데, 할아버지는 스미다한테도 너무 심한 짓을 하셨잖아요."

"스미다……."

미치오의 입에서 그 이름이 나오자, 다이조는 소스라치게 놀랐다.

"너는 그 소녀를 알고 있던 거냐?"

"아냐고요? 같은 학교, 같은 반 친구예요. 제 뒷자리에 앉는다고요."

"뒷자리에…… 앉는다?"

기묘한 표현에 다이조는 미간을 찌푸렸다. 스미다는 일 년 전에 교통사고로 목숨을 잃은 소녀다. 다이조가 무참히 다리를 부러뜨린 소녀의 이름이었다.

"스미다도 분명히 할아버지가 보기에는 평범한 꽃일 거예요. 도코 할머니가 평범한 고양이였던 것처럼요."

"꽃……."

"그래요. 하얀 백합이죠. 우리 반 여자애들이 가져다놓았어요."

"너는 도대체 무슨……?"

"더 이상 설명을 한들 무슨 의미가 있겠어요. 어차피 할아버지는 이해 못 하실 텐데요."

어둠은 한층 짙어졌고, 차츰 미치오의 목소리만 울려 퍼졌다.

"하긴 스미다는 할아버지가 죽인 건 아니지만요. 그래도 할아버지, 도코 할머니를 죽인 건 실수하신 거예요. 그건 실패였어요. 왜냐하면 저는 도코 할머니를 아주 좋아했거든요. 도코 할머니는 저와 미카를 그 누구보다도 귀여워해주셨어요. 언제나 의논 상대가 돼주셨고 친구였어요. 진짜 친구였어요. ……그렇지?"

마지막 말이 누구에게 하는 말인지 다이조는 순간 알지 못했다. 미치오의 시선은 오른손에 들고 있는 병을 향하고 있었다. 그러고 보면 그날, 역에서 만났을 때도 이 아이는 가끔 이런 행동을 보였다.

다이조는 눈을 가늘게 뜨고 목을 길게 뺐다.

어둠 속에서 병 안을 보았다.

"너는……"

고개를 들고 미치오에게 물었다.

"왜 도마뱀한테……"

"도마뱀이 아니에요!"

칼날처럼 날카로운 소리였다. 다이조를 올려다보는 미치오는 눈을 크게 뜨고 있었다. 눈의 흰자위가 어둠 속에서 두 개의 도깨비불처럼 빛났다.

"아무도 미카를 도마뱀이라고 부르지 못해요. 아무도요."

다이조는 본능적으로 한 걸음 물러나며, 미치오로부터 멀어지려고 했다. 그런데 미치오는 다이조가 움직인 거리만큼 앞으로 다가왔다.

"할아버지, 여러 가지로 수고 많으셨어요. 이와무라 선생님의 소설 이야기를 꺼내기도 하고, 도코 할머니의 시체 입에 비누를 넣기도 하고. 하지만, 할아버지, 역시 너무 만만하게 보셨어요."

미치오는 오른손에 들고 있는 병과 비닐봉지를 왼손으로 바꿔들었다. 그리고 자유로워진 오른손을 천천히 자기 등으로 돌렸다.

"이야기를 만들려면 조금 더 진지하게 하셔야죠."

다이조는 순간 미치오가 있는 세계를 살짝 엿본 기분이 들었다.

미치오는 오른손을 다이조의 눈앞에 내밀었다.

"문단속은 제대로 하셔야죠, 할아버지."

그 손에는 칼이 한 자루 쥐어져 있었다. 다이조의 집 부엌에 있던 칼이다.

"아까 제가 할아버지 집에 들렀다 왔다고 했잖아요. 그때 잠시 빌렸어요."

"너는 뭘 하려는 거냐?"

"제가 아니에요. 할아버지가 하시는 거예요. 할아버지가 여기서 자살을 하시는 거예요."

다이조는 뒷걸음질을 쳤고, 다시 미치오가 앞으로 다가왔다.

"이게 제가 생각해낸 방법이에요. 이야기를 끝내기 위해서요. 할아버지가 자살을 하면 어떻게 될까요? 경찰은 할아버지가 자살한 이유를 이번 사건과 연관 지어서 생각하겠죠. 그리고 할아버지의 집을 수사해요. 그러면 거기서 뭐가 발견될까요? S의 시체를 숨겨뒀던 흔적이 발견되죠. 열 장의 지도도 발견되고요. 지도에는 여태까지 죽은 개와 고양이가 발견된 장소가 표시되어 있고, 그중 하나에는 놀랍게도, S의 집에 × 표시가 되어 있어요. 경찰은 이렇게 생각할 거예요. 할아버지가 개와 고양이를 죽였고, S도 죽이고, 시체를 숨겼던 사람도 전부 할아버지였다."

칼을 들고 있는 미치오의 오른손이 천천히 원을 그리듯이 되돌아가서 옆에 딱 멈췄다. 어둠 속에서 칼끝이 한순간 하얗게 번뜩였다.

"할아버지, S의 자살을 살인으로 보이게 하려고 꽤나 애쓰셨는데, 설마 그 범인이 할아버지 자신이 될 거라고는 생각도 못 하셨을 거예요."

미치오의 오른손이 재빨리 다이조의 왼쪽 가슴을 향한 것과 동시에 다이조의 다리가 땅을 차며 움직였다. 다이조는 늘어선 나무들 사이로 몸을 날렸다.

어두컴컴한 숲 속을 힘껏 달렸다. 무작정 앞으로 뛰어갔다. 뒤에서 미치오의 발소리가 들린다. 목덜미에 뭔가가 툭 부딪힌다. 하지만 다이조가 도망치는 데 방해가 될 정도는 아니었다. 왼쪽으로, 오른쪽으로 다이조는 일부러 방향을 바꾸며 달렸다. 그때마다 미치오의 발소리는 당황하는 것처럼 흐트러졌다. 다이조는 미치오와의 거리가 점차 멀어지는 느낌이 들었다. 마침내……

쿵 하고 뭔가 쓰러지는 소리. 다이조를 쫓는 미치오의 모습이 보이지 않았다.

다음 순간, 다이조는 뭔가 딱딱한 물체와 충돌했다. 비명이 절로 나오는 것을 간신히 억누르면서 발을 멈추고 그것을 봤다. 앗, 큰일이군. 속으로 외쳤다. 바로 백엽상이었다. 어떻게 된 일인지, 다이조는 처음 자리로 돌아와 있었다.

어떻게 해야 할까? 어디로 갈지 망설였다. 혼란스러운 머리로 필사적으로 생각했다. 먼저, S의 집 쪽으로 가서 대울타리를 넘어 마당으로 뛰어드는 방법이 있다. 그리고 미쓰에한테 도움을 청하는 것이다. 그런데 그때 미치오의 발소리가 다시 들렸다. 주변은 완전히 어둠에 잠겨서 모습은 보이지 않았다. 하지만 분명히 이쪽을 향해 다가오고 있다. 다이조는 순식간에 몸을 돌려 반대 방향으로 도망가려고 했다. 아니지, 잠깐……

다이조는 본능적으로 멈췄다.

발소리를 내서는 안 된다. 낙엽 밟는 소리를 내면 안 된다.

다이조는 그 자리에 주저앉았다. 두 손으로 입을 막고 톱질 소리처럼 반복되는 거친 호흡 소리를 틀어막았다. 미치오의 발소리는 점점 커졌다. 헉, 헉, 헉, 가쁜 숨소리가 분명하게 들렸다. 지금 미치오는 다이조의 바로 근처에 서 있었다. 걸음을 멈추고 호흡을 가다듬고 있는 것 같았다. 다이조는 온몸의 근육에 힘을 주면서 떨리는 것을 어떻게든 견뎌냈다. 미치오가 작게 한숨을 쉬었고, 입속으로 뭐라고 중얼거렸다. 발소리가 다이조의 옆에서 멀어지고, 차츰 들리지 않게 되었다.

그러나 안도하기에는 아직 일렀다. 두 손으로 무릎을 붙잡고 다이조는 일어섰다. 마치 무거운 짐을 들어 올리는 느낌이었다. 다이조는 알고 있었다. 자신은 더 이상 뛸 힘이 없다는 사실을. 두 다리를 움직일 힘이 남아 있지 않다는 사실을…….

오른손으로 바지 주머니를 뒤지자, 손끝에 열쇠가 닿았다.

이 방법밖에 없어.

다이조는 백엽상의 자물쇠를 열었다. 양쪽으로 여닫는 문을 열고 60센티미터 정도 되는 사각의 공간에 몸을 밀어 넣었다. 안에서 문을 닫고 힘겹게 미늘창살 벽에 몸을 기댔다. 온몸을 뒤덮는 이루 말할 수 없는 탈진감. 자신의 숨소리가 어두운 상자 안에 가득 찼다. 만취한 듯이 몸의 중심이 흔들렸고, 다이조는 두 눈을 꽉 감았다. 심장 고동은 마치 격렬한 북소리와 같았고, 관자놀이의 혈관이 거대한 지렁이가 되어 거칠게 꿈틀꿈틀 기어가는 모습이 연상되었다.

기력이 회복되면 이곳을 뛰쳐나간다. 그리고 단번에 숲을 빠져나간다. 다이조는 결심했다.

어떤 악취가 갑자기 코를 찔렀다. 뭘까? 목덜미에 달라붙은 이상한 냄새. 그러고 보면 아까 미치오가 뒤에서 뭔가를 던졌다. 그건 뭐였을까? 다이조는 목덜미를 만졌다. 손끝에 미끈한 감촉이 느껴졌다.

"이건……."

중얼거린 순간…….

쿵 하고 밖에서 뭔가 부딪치는 충격. 이어서 거칠게 득득 미늘창살을 긁어대는 소리. 낮은 신음 소리……. 이윽고 화가 나서 짖는 소리로 바뀌었다. 그 소리와 함께 다이조는 천천히 낙엽을 밟는 소리를 들었다.

"할아버지, 이런 데 숨어 계셨네요." 미치오의 목소리가 조용히 울렸다. "고마워, 다이키치. 이제 됐어. 이제 내가 할게."

다이조는 기계적으로 고개를 돌려 백엽상의 문을 봤다. 눈앞의 문이 천천히 좌우로 열리고 있었다. 두 장의 문 사이에 세로로 기다란 사각의 밤이 보였고, 거기에 미치오의 상반신이 그림자처럼 떠올랐다.

"할아버지가 도망가버릴지 몰라서요. 준비하길 잘 했네요. 조금 전에 제가 부들부들한 걸 던졌잖아요. 그거, 저희 집에 있던 돼지고기였어요. 마당에 있는 쓰레기봉지에서 썩어가는 걸 찾아서 봉지째 들고 왔거든요. 만약 할아버지가 도망가면 다이키치한테 찾아달라고 하려고요. 방금 저요, S의 집에 가서 다이키치의 줄을 풀었거든요. 그랬더니, 정말 깜짝 놀랐어요. 다이키치가 엄청난 속도로 달려가잖아요. S의 훈련, 역시 완벽했어요."

이제 와서 후회한들 무슨 소용이 있을까. 개와 고양이의 다리를 부러뜨린 일, S의 시체를 창고에 숨겼던 일, 미치오를 집 안에 들여서 사건에 대해서 이야기한 일, 그리고 더 이상 도망갈 곳 없는 백엽상에 뛰어든 일. 이제는 어느 하나도 돌이킬 수 없다.

바로 그때였다. 픽 하고 낙엽을 차는 소리가 들리고 그와 동시에 미치오의 그림자가 밑으로 사라졌다. 짧은 외마디 비명 소리. 다이키치의 신음 소리. 낙엽이 마구 흐트러지는 느낌. 다시 울려 퍼지는 미치오의 소리. 이번에는 틀림없는 비명 소리였다. 도대체 무슨 일이 일어나고 있는 걸까? 백엽상 안에서 다이조는 약간 몸을 일으켰다. 그때 두 장의 문 사이로 다시 미치오의 윤곽이 나타났다. 그리고 그림자는 재빨리 한 손을 다이조에게 내밀었다. 다이조가 반사적으로 상체를 젖힌 순간, 미치오의 몸은 거칠게 뒤로 넘어갔다. 미치오의 손이 백엽상의 바닥을 두들기다가 갑자기 뚝 끊겼다. 다시 문 사이로 손바닥이 나타나는가 싶더니, 다섯 개의 손가락이 먹이를 빼앗긴 짐승처럼 거칠게 난동을 부렸다. 그 손가락 끝이 약간 벌어져 있던 문을 내리쳤고, 그 기세에 문이 쾅 닫혔다. 혼란스러운 머리로 다이조는 대충 상황을 파악했다. 다이키치가 미치오를 공격했다. 아마 자신의 먹이를 미치오가 뺏는 거라고 생각했을 것이다. 지금 뛰쳐나가야 한다. 아니다. 이곳을 나가면 안 된다. 서로 상반되는 생각이 다이조의 뇌리에 번갈아 스쳐 지나갔다. 이윽고 백엽상 밖에서 어떤 커다란 물체가 땅에 넘어지는 소리가 났고…….

모든 소리가 갑자기 사라졌다.

땅을 어지럽게 밟는 소리가 끊겼고 비명 소리도, 짖는 소리도 더 이상 들리지 않았다.

다이조는 어둠 속에서 가만히 숨을 죽였다. 자신의 숨소리만 들으면서 계속 문을 노려보았다.

마침내 무슨 소리가 하나 들렸다.

"아아……."

다이조는 자신도 모르게 목 깊숙한 곳에서 소리를 냈다. 득득 득득 미늘창살을 긁는 그 소리.

"다이키치……."

다이조는 개의 이름을 곱씹듯이 불렀다. 공포와 절망, 그리고 곤혹감이 소용돌이치던 머릿속이 태풍이 지나간 바다처럼 온화함과 차분함을 되찾고 있었다. 물결치는 파도가 사라지고 거기에는 한 척

의 작은 배처럼 하나의 감정만이 남아 있었다. 바로 순수한 안도감
이었다.

몸을 일으켜서 문에 팔을 뻗었다. 공포의 여운 때문에 아직 떨리
는 손으로 문을 살짝 열었다. 그 틈으로 살며시 목을 내밀었다. 여름
밤의 공기가 얼굴을 감싸고 흙냄새가 코끝을 간질였다. 그리고 다이
조는 돌처럼 굳어버렸다.

땅에는 다이키치가 쓰러져 있었다.

고개를 돌렸다.

득득 득득…….

미치오가 칼등으로 백엽상 모퉁이를 긁고 있었다. 칼끝에서 푹 소
리가 나고, 다이조는 왼쪽 쇄골 위에 타는 듯한 감촉을 느꼈다. 목소
리는 나오지 않았고, 대신에 쇠 맛이 나는 따뜻한 거품이 입에서 부
글부글 흘러나왔다. 미치오의 얼굴이 획 하고 왼쪽으로 움직였다. 그
것이 자신의 몸이 기울어졌기 때문이라는 사실을 알아차렸을 때, 다
이조는 이미 머리부터 낙엽 위로 넘어지고 있었다.

흙냄새. 어머니의 무덤을 들여다봤을 때 맡은 그 냄새.

다이조는 의식이 흐릿해지는 순간 낯익은 둔탁한 소리를 들었다.

바로 다리를 부러뜨리는 소리였다.

하지만 부러지는 것이 자신의 다리인지, 어머니의 다리인지, 알 수
없었다.

10

할아버지

해 질 녘, 마당에 있는 쓰레기 봉지를 열고 미카의 저녁거리를 잡고 있는데 현관에서 시동 소리가 들렸다. 나가봤더니 우편배달부가 탄 오토바이가 멀어지고 있었다. 손 안에서 발버둥을 치는 파리가 도망가지 않도록 주의하면서, 나는 우편함을 들여다봤다. 엽서가 두 장 있었다. 한 장은 스미다의 1주기 소식이었다. 그러고 보면 여름방학이 끝나고 조금 있으면 스미다가 세상을 뜬 지 딱 일 년이 된다.

다른 한 장은 S의 엄마가 나에게 보낸 엽서였다. 작고 서툴지만 정성스러운 글씨로 S의 사건이 곧 해결될 것 같고, 분명히 S도 천국에서 기뻐하고 있을 것이라고 했다. 문장 마지막에 곧 다른 곳으로 이사를 갈 예정이라는 말이 다른 글자보다 작게 덧쓰여 있었다.

두 장의 엽서를 들고 집으로 들어갔다. 복도에 있는 벽시계는 평소처럼 여덟 시 15분을 가리키고 있었다. 오래전에 멈춘 그대로다.

326

그러고 보면 S가 죽은 그날, 저녁을 먹을 때 아빠가 복도를 보며 이상하다는 표정을 지었었다. 그때 아빠는 이 시계를 보았던 건지도 모른다. 멈춰 있던 시계 바늘이 움직이기 시작했다고 생각했던 것이다. 우연히 그때 시간이 정말로 여덟 시를 넘었으니까.

계단을 올라가서 방으로 갔다.

"미안, 미카야, 늦어서."

일주일 전, 상수리나무 숲에서 다이키치한테 물린 오른손이 아직 완전히 낫지 않아서 파리를 잡는 데 시간이 걸렸다.

"괜찮아. 오빠도 그동안 많이 힘들었을 텐데."

미카의 말투는 어딘지 모르게 어른스러웠다. 어제 장난삼아 미카한테 화장을 해주었다. 빨간 펜으로 눈 위에 가늘게 선을 그었다. 미카가 어쩐지 그것을 의식하고 있다는 느낌이 들었다. 억지로 어른처럼 말하고 있는지도 모른다. 사실은 일주일 전 그날, 나는 미카에게 이 화장을 해주려고 휴지통 속에서 빨간 펜을 찾고 있었다. 그런데 S의 작문과 '우리 마을'지도 등이 나와서 일이 엉뚱한 방향으로 흘러갔고, 어제까지 까맣게 잊고 지냈다.

나는 병 속의 미카를 내려다봤다. 파리를 덥석덥석 먹는 행동도 이전보다 의젓해 보였다. 머지않아 이 병도 다른 것으로 바꿔야 할 것 같다. 지금은 뚜껑 한가운데 노란 튤립이 커다랗게 찍혀서 아주 어린아이다운 귀여운 디자인이기 때문이다. 이제 미카도 싫증 났을 테고, 일단 집 밖에서 너무 눈에 띈다. 그래서 언젠가 이와무라 선생님이 자기 집 현관 근처에서 이것을 봤을 때, 내가 똑같은 병을 가지고 있었다는 사실을 금방 떠올렸을 것이다.

"아차, 그걸 찾아봐야지."

책장 앞으로 갔다. 도감 세트에서 『곤충』이라고 쓰인 책을 하나 빼내서 페이지를 넘겼다.

"뭐 찾아?"

미카가 파리를 우물거리면서 말했다. "할아버지." 나는 도감에서 시선을 떼지 않고 대답했다. 메뚜기, 아니야. 방울벌레······, 아니지만, 비슷해. 이 페이지 근처에 아마······.

"찾았다, 이거야!"

나는 소리를 질렀다. "뭔데?" 미카가 물었다.

"꼽등이래. 음, ······옛날에 아궁이 옆에서 많이 살았대. 오호······."

사진과 함께 설명이 있었다. 나는 찬찬이 읽어 내려갔다. 귀뚜라미와 가까운 종족, 날개가 없어서 울지 못하고 야간에 활동하며, 잡식성이지만 동물성을 즐겨 먹는다고 적혀 있다.

"동물성이면 뭐지? 작은 곤충이면 되려나?"

잘 이해가 가지 않았다. 처음에는 시험 삼아 이것저것 줘보면 된다. 그러다 보면 할아버지의 취향을 알 수 있다.

나는 도감을 책장에 꽂고, 커튼이 흔들리는 창가로 갔다.

"할아버지, 배 안 고파요?"

"응? 아아, 괜찮단다. 그렇게 신경 쓰지 않아도."

창틀에 놓인 병 속에서 할아버지가 대답했다. 할아버지는 얼마 전까지만 해도 S가 있던 잼 병 안에 있다.

"이렇게 깨끗한 방을 준비해주고, 게다가 식사까지 신경 써줘서 고맙구나."

할아버지는 기다란 더듬이를 꿈틀거리면서 대답했다. 할아버지의 목소리는 S도 그랬던 것처럼, 사람이었을 때보다 조금 높았다.

"그래도 제대로 먹지 않으면……."

"오호, 너는 상당히 친절한 데가 있구나. 그렇다면 내일부터는 식사를 부탁해볼까? 물론 미카의 식사거리를 찾으러 갈 때 겸사겸사 해주면 좋겠지만."

"그러면 내일 아침, 할아버지 것도 뭔가 잡아올게요."

내 말에 할아버지는 기쁜 듯이 웃으며 구슬 같은 동그란 눈을 반짝거렸다.

할아버지하고 잘 지낼 수 있을 것 같았다.

그날 정오가 조금 지났을 무렵, 나는 할아버지를 발견했다. 마당에서 미카의 점심을 찾고 있을 때, 우연히 나한송의 밑동에 웅크리고 앉아서 나를 가만히 올려다보고 있는 할아버지를 보았다. 내가 말을 걸자, 할아버지는 "잘 지냈느냐?" 하고 인사를 했다. 그리고 "나도 다시 태어났단다"라고 덧붙였다.

구부러진 허리와 갈색 피부하며 사람이었을 때의 특징을 그럴듯하게 남긴 채, 할아버지는 다시 태어났다. 미카와 S, 도코 할머니, 그리고 스미다 때와 똑같았다.

"매일 텔레비전에서 할아버지에 대해 이야기하고 있어요."

나는 병 속의 할아버지에게 알려줬다.

"오오, 그래? 뭐라고 하더냐?"

"전부 할아버지가 했다고요."

그 뒤로 다니오 형사와 다케나시 형사를 한 번도 만나지 않았다. 그래서 상수리나무 숲에서 할아버지가 죽고 난 다음의 경찰 수사에 대해서는 직접 듣지 못했지만, 매일같이 보도되는 텔레비전 뉴스를 통해 대강은 알고 있었다. 물론 경찰은 모든 사실을 발표하지 않는지,

뉴스는 하나같이 독자적인 예상과 추리를 섞어서 사건을 보도했다. 그래도 그 내용은 경찰의 견해와 거의 일치한다는 생각이 들었다.

할아버지는 N마을의 여기저기에서 개와 고양이를 죽여서 다리를 부러뜨리고 입에 비누를 집어넣었다. 이유는 아직 밝혀지지 않았다. 그리고 할아버지는 근처에 살던 S의 시체를 집으로 가지고 가서 입에 비누를 집어넣었다. 역시 이유는 모른다. 할아버지가 S를 살해했는지, 아니면 S는 자살을 했고 할아버지는 단지 그 시체를 가지고 가기만 한 것인지도 아직 밝혀지지 않았다. 그 다음에 할아버지는 '근처 상점가에 있는 국수공장의 고양이', 다시 말해 도코 할머니를 죽이고 이전에 죽은 개와 고양이한테 했던 것처럼 똑같이 다리를 부러뜨리고 입에 비누를 넣었다. 그리고 마지막으로 상수리나무 숲에서 'S가 기르던 개'를 칼로 찔러 죽이고 그 시체에도 똑같은 짓을 했다. 하지만 그때 할아버지는 자신의 죄가 얼마나 무거운지를 깨달았다. 할아버지는 'S가 기르던 개'를 죽인 것과 같은 칼로 자신의 목을 찔러서 자살했다.

대체로 이런 내용이었다.

"아하, 역시 언젠가는 밝혀지는구나. 역시 일본 경찰이야." 할아버지는 감상을 털어놓았다. "나쁜 짓은 할 수가 없어."

"체포되기 전에 자살한 것은 옳았던 거 같아요. 왜냐하면 교도소보다 이 병이 더 좋지 않아요?"

내 질문에 할아버지는 "두말하면 잔소리지!" 하고 외치며 뒷다리 두 개로 높이 뛰어올랐다. 동그란 머리가 병뚜껑에 쿵 하고 부딪혔다. 그 모습을 보고 나와 미카가 웃었다. 할아버지도 창피한 듯이 웃었다. 할아버지의 병은 창틀 위에서 저녁놀을 받아 오렌지색으로 반짝였다.

진정한 결말

　나흘 뒤는 종전기념일(한국의 광복절―옮긴이)이었다. 아침 뉴스에서 태풍이 접근하고 있기 때문에 간토 지방에서 예정되었던 여러 행사가 연기되었다고 전했다. 그런데 낮 뉴스에서 태풍은 예상을 뒤엎고 상륙 직전에 급격하게 속도를 늦추어서 한밤까지 날씨가 좋을 것이라고 했다. 실제 저녁을 다 먹고 방에서 창밖을 내다봤더니, 구름이 깔려 있고 바람이 약간 불기는 했지만 비는 전혀 내리지 않았다.

　창틀에 두 팔을 괴고 구름이 깔린 밤하늘을 바라보았다. 바다를 거꾸로 뒤집어놓은 것처럼 빙글빙글 펼쳐지는 잿빛 구름을 보고 있자니, 종업식 날이 생각났다. 그날 교실 창문으로 본 하늘은 딱 이것을 밝게 한 느낌이었다. 그때 나는 책상 구석에 미카를 그렸다. 하치오카는 악어라고 했지만.

　창틀의 내 오른쪽에는 미카와 할아버지의 병이 나란히 있다. 두 사람 모두 유난히 얌전했는데, 태풍 전의 바람 소리에 귀를 기울이고 있는 것 같았다.

　지난 나흘 동안 할아버지가 진디를 좋아한다는 사실을 알았기 때문에, 그날 할아버지의 식사는 아침, 점심, 저녁 모두 진디였다. 할아버지는 맛있다는 듯이 먼저 배부터 덥석덥석 여러 마리를 먹어 치웠다.

　미카의 밥은 여전히 파리였지만, 그날 저녁만은 하얀 나비를 줬다. 저녁에 마당 구석에서 날다가 지쳤는지 잔디에 몸이 반쯤 파묻힌 채 비틀비틀 걸어가고 있는 나비를 발견했다. 날개를 집어서 쉽게 잡았다. 그다지 건강해 보이지 않았기에 미카가 별로 좋아하지 않을지도 모른다고 걱정했지만 기뻐하며 맛있게 먹었다.

창에서 눅눅한 바람이 들어와서 옆으로 젖혀둔 노란색 커튼을 흔들었다.

"태풍, 올까?" 나는 누구에게랄 것 없이 말했다.

"글쎄, 어쩌려나." 할아버지가 중얼거렸다.

"바람 소리, 무서워." 미카가 조용히 말을 받았다.

10년하고 조금 더 전······.

어디서 뭐가 죽은 걸까? 지금의 나로 태어나기 전에 나는 어떤 모습이었을까?

문득 그런 생각이 들었다.

아주 오래전에 일어난 전쟁에서 원자폭탄으로 많은 사람들이 죽었다고 한다.

모두 뭘로 다시 태어났을까? 다시 사람으로 태어난 사람도 있을까? 텔레비전에서 많은 사람들이 강에서 등롱을 띄워 보내는 광경을 봤다(선조, 익사자, 연고가 없는 망자 등을 공양하는 의미가 있다—옮긴이). 아이도 보였고, 어른도 보였다. 어쩌면 그중에는 자신도 모르는 사이에 예전의 자신을 위해서 등롱을 띄워 보내는 사람이 있을지도 모른다.

아니, 그건 아닐 거다······.

그럴 확률은 분명히 엄청나게 낮다. 없다고 해도 될 정도로 말이다. 일단 이 세상에는 많은 나라가 있고 수많은 사람들이 있으니까. 곤충, 동물, 물고기도 있으니까.

"엇······!"

나는 한 가지 의문이 떠올랐다. 내 주변의 누군가가 죽고 다시 내 주변에 나타날 확률은 도대체 어느 정도일까?

처음 품은 의문이었다.

"오빠, 뭘 그렇게 혼자 중얼거려?"

"아냐. 아무것도."

사실은 아무것도 아니지가 않았다.

나는 어떤 사실을 깨닫고 있었다.

바람 속에 은색 선 같은 가는 빗방울이 섞이기 시작하자, 나는 창문을 닫았다.

계단을 올라오는 발소리가 들렸다.

"미카야, 코하고 잘 시간이에요."

엄마는 여전히 노래하는 말투로 방문을 열고 들어왔다.

"네, 그래요. 여기 누워서 눈을 감으세요. 미카는 참 착하구나."

나는 아직 자고 싶지 않았기에 창 앞에 선 채로, 엄마가 굿나잇 키스를 하기 위해 침대 아래 칸에 쭈그리는 모습을 가만히 지켜보았다. 쪽 하고 언제나처럼 끈적끈적한 소리가 들렸다. 엄마는 일어나서 내 얼굴을 힐끔 곁눈질하더니 불을 끄고 다시 방에서 나갔다.

"저기, 미치오." 할아버지가 불쑥 말을 건넸다. "나는 너한테 여러 가지 궁금한 게 많구나. 네 마음을 생각해서 지금까지 아무 말 안했는데, 이번 일에 대해서 역시 신경 쓰이는 일이 몇 가지 있어서 말이지."

"어떤 거요?"

나는 약간 의외라는 생각으로 할아버지를 돌아봤다.

"먼저 S에 관해서야." 할아버지는 굼실굼실 몸을 약간 움직여서 자세를 바로잡았다. "뉴스에서 S는 자살인지, 타살인지 모른다고 했어. 하지만 그건 사실 자살이었던 거 아니냐?"

그 질문에 나는 나도 모르게 고개를 갸우뚱했다.

"그런 걸 왜 저한테 물으세요? 저도 뉴스에서 들은 거 말고는 아무것도 몰라요. 제가 아는 건, 할아버지가 개와 고양이를 죽였고, S의 시체를 가지고 갔고, 도코 할머니와 다이키치를 죽이고……."

할아버지는 아무 말도 하지 않았다. 동그란 두 개의 눈으로 그저 나를 가만히 응시했다.

창밖에서는 바람이 거세졌고 창문이 덜컹거렸다.

"좀 하면 어떠냐, 오늘 밤은?" 마침내 할아버지가 입을 열었다. "오늘 밤, 너한테 들은 것들은 금방 잊기로 약속할 테니. 절대로 나중에 문제 삼지 않고, 너한테 다른 질문을 하는 일도 없을 거야. 네 이야기에서 벗어나는 일은 앞으로 절대 입에 담지 않을 생각이야. 태풍처럼 오늘 밤만의 이야기로 끝낼 것을 약속하마. 지나고 나면 다 조용해지잖니. 오늘은 너에게 특별한 날이 아니냐? 그러니까……."

할아버지는 입을 다물었다. 다시 침묵이 계속되었다.

나는 오랫동안 망설인 다음…….

"좋아요." 한숨을 쉬고 고개를 끄덕였다. "그렇게 궁금하면 가르쳐드리죠. 그 대신 정말 잊어버려야 해요. 이런 적 한 번도 없었거든요."

할아버지는 알았다고 했다. 나는 말을 계속했다.

"S는 자살했어요."

"역시 그런 거였냐?"

"그래요. 제가 자살하게 했어요."

할아버지의 기다란 더듬이가 흠칫 한 번 움직였다.

"자살하게 했다……? 어떻게?"

"별로 어렵지 않았어요. 단지 부탁했어요. '죽지 않을래?'라고요."

할아버지는 할 말을 잃은 것 같았다. 잠시 정적이 흘렀다. 이윽고 들려온 할아버지의 목소리는 많이 가라앉아 있었다.

"왜 그런 말을?"

"연극 발표에 나가고 싶지 않아서요." 나는 할아버지에게서 시선을 돌리고, 어두운 천장을 올려다봤다. "여름방학이 끝나면 학년 전체가 연극 발표라는 걸 하거든요. 저는 S와 한 팀이 되었어요. S는 웬일로 즐거워 보였어요. 하지만 저는 견딜 수 없을 정도로 너무 싫었어요. 왜냐하면 강당 무대에서 많은 사람들 앞에 선 채 스스로 만든 연극을 해야 되거든요."

"그래서, S한테 자살해달라고 했다는 거냐?"

할아버지는 내 말이 믿기지 않는 모양이었다.

"그래요. S가 없어지면 연극을 안 해도 된다고 생각했어요. 그래서 저는 종업식 날 아침, 학교 가는 길에 S의 집에 들렀어요. 여덟 시 전이었을 거예요. 저는 S한테 상황을 이야기하며 죽어달라고 부탁했죠. 하지만 솔직히 S가 정말로 자살할 거라고는 생각하지 못했어요."

"S는, 그때, 뭐라고, 했지?"

할아버지는 띄엄띄엄 말했다. 상당히 놀란 모양이다.

"한마디밖에 안 했어요. S는 딱 한마디만 저한테 말했다고요."

그날 아침의 광경이 선명하게 떠올랐다. S는 사시인 눈으로 나를 똑바로 바라보고 있었다. 그리고.

―내가 죽었으면 좋겠어?―

S는 이 말밖에 안 했다.

S가 그렇게 또렷한 목소리로 말을 하는 것을 나는 그때 처음 들었다. 평소 우물우물하고 상대한테 잘 들리지 않을 정도로 말을 했던 S를 생각할 때, 도저히 상상할 수 없을 만큼 분명한 어조였다. 누군가가 들었을지도 모른다는 생각에 순간 당황했을 정도였다.

그때 S의 표정은 슬퍼 보이기도 했고, 화가 나 보이기도 했다.

"저는 그 말에 고개를 끄떡였어요. 그리고 더 이상 아무 말도 하지 않고 S의 집을 나왔어요. 학교에 갔는데, 아무리 있어도 S는 오지 않았죠. 종업식이 끝나고 교실로 돌아갔는데도 S는 보이지 않았어요. 저는 어쩌면 저 때문인지도 모른다고 생각했지만, 그저 몸이 안 좋은 것뿐이라고 바로 생각을 고쳐먹었어요. 제 부탁을 설마 S가 정말로 들어줄 거라고는 생각하고 싶지 않았고, 원래 S는 몸이 약해서 학교를 쉬는 날이 많았거든요. 그때 이와무라 선생님이 누가 S의 집까지 가서 숙제하고 유인물을 전해주라고 하셨어요. 저는 제가 하겠다고 했어요."

"그건, 왜지?"

"잘은 모르겠지만, 아마 두 가지 이유였을 거예요. S를 만나서 사과하고 싶다는 마음과 S가 자살을 했는지 안 했는지 확인하고 싶은 마음이요."

"오호라, 사과하고 싶은 마음도 있던 거로구나."

"그러니까 잘 모른다고 했잖아요."

그때의 마음을 잘 표현할 수가 없었다.

"그래, 그래. 아무튼 너는 S의 집에 간 거구나. 그래서 마당에서 들여다봤더니, 거기에 S가 목을 매고 죽어 있던 거고."

"네. 그래서 저는 바로 학교에 돌아가서 알렸어요."

나는 그 뒤에 일어난 일을 떠올리면서 천장을 보고 숨을 내쉬었다.

"그러고는 정말 장난 아니었어요. 제가 얼마나 많이 놀랐는데요. 이와무라 선생님하고 형사 아저씨가 저는 분명히 봤던 S의 시체가 아무 데도 없다고 하시잖아요."

"그 일은 재미있었지."

"전에도 얘기했지만, 할아버지가 그런 짓만 하지 않았어도 이야기는 거기서 끝났을 거예요. 같은 반 친구 S가 목을 매고 자살했습니다. 이게 전부였을 테니까요."

"그런데 S의 시체가 사라진 바람에 일이 이상하게 흘러가버렸다는 거로구나."

"할아버지 때문에 그 뒤로 정말 많이 바빴어요. 이와무라 선생님이 S를 죽이고 시체를 가지고 간 범인이 되기도 하고, 개와 고양이를 죽인 범인도 되고……. 미행을 했더니 그런 사진을 보게 되고. 그 와중에 할아버지는 갑자기 소설 이야기를 하질 않나, 다이키치는 S의 시체를 찾아오질 않나, 도코 할머니는 살해되질 않나……."

나는 할아버지를 향해 몸을 틀었다.

"실은요, 중간에 S가 저한테 한 번 충고를 했어요."

—이제 이쯤에서 그만두는 게 나을지도 몰라.—

내가 이와무라 선생님한테 『성애의 심판』을 들고 있는 것을 들켰을 때의 일이다. 학교에서 집으로 돌아가는 길이었다.

—더 이상은 너무 위험해.—

"왜 그 충고를 듣지 않은 거지?"

"중간에 도망가고 싶지 않았어요. 이야기를 계속하기 위한 좋은 방법이 분명히 있을 거라고 생각했어요. 하지만 결국……." 또 한숨이 흘러나왔다. "마지막에는 뭐가 뭔지 모르겠더라고요."

"음. 그리고 결국 나를 모든 일의 범인으로 만드는 걸 생각해낸 거로구나."

"그런 거죠. 이야기를 처음부터 다시 만드는 건 처음이었어요. 하지만 그것 말고는 이야기를 깔끔하게 마무리 지을 방법이 도저히 생각나지 않았거든요."

"하지만 참으로 엄청난 짓을 했구나……."

할아버지는 감개무량해하는 소리를 냈다. 그리고 "아, 그래" 하며 말을 계속했다.

"뉴스에서는 다이키치의 다리가 부러지고 입에 비누가 들어 있었다고 하던데, 네가 한 거냐?"

"그래요. 할아버지를 죽인 다음에 다이키치의 다리를 부러뜨리고 입에는 해바라기의 잎에서 찾은 그 비누를 집어넣었죠. 그 덕분에 할아버지의 시체와 다이키치의 시체가 상수리나무 숲에서 발견되었을 때, 경찰은 바로 할아버지가 그동안 개와 고양이를 죽인 범인이 아니었을까, 하고 생각했던 거 같아요. 뉴스에서 그랬어요. 그리고 똑같이 입에 비누가 들어 있던 S의 시체에 대해서도 할아버지와 관련이 있다고 생각했대요. 순간적으로 생각했던 건데 성공적이었어요."

"우와……."

할아버지는 놀라움과 감탄이 섞인 소리를 냈다.

"그때 겸사겸사 할아버지의 옷과 바지 주머니를 뒤졌어요. 뭔가 곤란한 게 들어 있으면 안 된다고 생각해서요. 그랬더니 제 명찰이 나와서 깜짝 놀랐어요. 그거 할아버지가 가지고 있던 거네요."

"그래. 내가 가지고 있었단다." 할아버지는 자랑스럽게 말했다.

마침내 태풍이 접근했는지 낮고 굵은 바람 소리가 창밖에서 들려오기 시작했다. 간혹 창문에 커다란 빗방울이 부딪히는 소리가 섞였다.

"미치오, 조금만 더 가르쳐주겠냐? S가 거미가 돼서 네 앞에 나타났을 때, 왜 그 애는 너한테 자신은 살해된 거라고 했을까? 그리고 왜 자기 시체를 찾아달라고 너한테 부탁을 했던 걸까?"

무슨 말인지 질문이 잘 이해가 가지 않았다. 할아버지의 질문은 계속되었다.

"왜냐하면, 일부러 이야기를 복잡하게 만들 필요가 있었을까? S가 거미가 되어 나타난 건 그렇다 치고, 그 S가 자신은 사실 타살이라느니, 시체를 찾아달라느니, 그런 말을 할 필요는 전혀 없었을 텐데. 하지만 너는 이야기를 그렇게 끌고 나갔어. 왜 그렇게 한 건지, 그걸 알고 싶구나."

잠시 생각한 다음에 나는 대답했다.

"그런 거, 잊어버렸어요."

"아니, 기억하고 있어."

할아버지는 바로 말을 되받았다. 마치 자신이 진짜 답을 알고 있는 것처럼……

"너는 기억하고 있어. 잊어버렸다는 건 거짓말이야."

할아버지는 전혀 물러설 기미를 보이지 않았다. 나는 하는 수 없이 대답했다.

"제가 그렇게 한 이유는 S가 할아버지한테 죽은 개와 고양이를 선물한 이유하고 같아요."

"그렇다면?"

"단지 저는 불쌍한 S의 도움이 되고 싶었어요. S가 뭔가를 부탁해주기를 바랐어요. 그리고 그 바람을 들어주고 싶었어요. 그래서 S가 살해당한 걸로 해서 자신의 시체를 찾고 싶어 하는 걸로 했어요. 그게 다예요."

그러자 할아버지는 "하하" 하고 건조한 목소리로 웃었다.

"제법 그럴듯한 걸. 하지만 나는 그런 거짓말에는 속지 않는단다."

"거짓말이……."

"네가 말 안 하면 내가 할까? 너는 자신이 한 짓을 인정하고 싶지 않았던 거야."

나는 그 한마디에 등줄기가 싸늘해졌다.

"너는 S를 자살로 몰아넣었어. 하지만 그 사실을 인정하고 싶지 않았던 거야. 다시 말하면 잊고 싶었던 거지. 그래서 그런 이야기를 생각해낸 거야. 내 말이 틀리냐?"

할아버지의 소리는 드럼통 안을 향해서 소리친 것처럼 귓속에서 크게 울려 퍼졌다.

어느새 나는 할아버지를 힘껏 노려보고 있었다.

계속 노려보면서 말을 내뱉었다.

"모두 그렇잖아요."

할아버지는 내 다음 말을 기다리는 듯이 가만히 나를 바라보았다.

"저뿐만이 아니에요. 모두가 자신의 이야기 속에 있잖아요. 자신만의 이야기 속에요. 그리고 그 이야기는 항상 뭔가를 숨기려고 하고, 또 잊으려고 하잖아요."

한번 터져 나온 말은 그칠 줄 몰랐다. 나는 정신없이 할아버지에게 쏟아냈다. 머리에 피가 솟구쳐서 눈 속이 아플 정도였다. 말없이 나를 응시하는 할아버지가 보기 싫었다. 화가 났다. 나는 숨 쉬는 것도 잊어버릴 정도로 가슴속에 있는 것들을 목에서 토해냈다.

"모두 똑같다고요. 저뿐이 아니에요. 자신이 한 일을 모두 그대로 받아들이며 사는 사람은 없어요. 어디에도 없다고요. 실패를 모두 후회하고, 돌이킬 수 없는 일을 전부 돌이키려고 하고, 그러면서 어떻게 살아요? 그래서 모두 이야기를 만드는 거예요. 어제는 이런 걸 했다, 오늘은 이런 걸 했다고 생각하며 살고 있어요. 보고 싶지 않은 건 보지 않도록 하고, 보고 싶은 건 확실하게 기억하면서요. 모두 그렇다고요. 저는 다른 사람들하고 똑같은 걸 한 것뿐이에요. 저만이 아니에요. 모두가 그렇게 하고 있다고요."

같은 이야기를 반복하고 있었다. 슬프지 않았고 후회하지도 않았다. 나는 그저 쓸쓸했다. 목을 맨 S의 모습을 떠올렸다. 나를 노려보는 엄마의 얼굴을 떠올렸다. 졸려 보이는 아빠의 눈을 떠올렸다. 도쿄 할머니와 이야기를 나누는 나 자신, 미카와 함께 웃는 나 자신을 떠올렸다.

"그래, 알았어." 할아버지가 맥 빠진 소리로 말했다. "이제 그만해라. 네 말이 옳구나."

그리고 할아버지는 더듬이 끝으로 멍하니 눈앞에 있는 유리를 더듬었다.

"오빠, 울어?"

미카가 잠이 덜 깬 소리로 물었다. 나는 고개를 저었다. 하지만 눈물은 멈추지 않았다.

"더 이상 이야기하기 싫으냐?"

할아버지가 물었다. 나는 아래를 쳐다봤다. "괜찮아요." 잠시 망설이다가 대답했다.

"오빠, 왜 그래?"

"아무것도 아니야. 할아버지하고 이런저런 이야기를 하고 있었거든."

"뭔가 싫은 소리 들었어?"

"아니야. 할아버지는 그런 말 안 하셔. 그죠, 할아버지?"

"응? 아아, 그럼. 그렇고말고."

어두운 방 안에 바람 소리만이 감돌았다.

고개를 들고 벽시계를 봤다. 바늘은 벌써 열한 시를 넘어 있었다.

그때 갑자기 계단 아래에서 뭔가 깨지는 소리가 들렸다. 이어서 엄마의 히스테릭한 목소리가 울렸다.

"엄마, 또 아빠한테 소리 지르고 있어." 미카가 불쑥 말했다.

"저기, 미치오⋯⋯." 할아버지가 중얼거리듯이 나에게 물었다. "엄마에 대해서 알고 싶구나. 네 엄마는 대체 왜 저렇게 되셨는지."

그 대답을 하려고 했을 때다.

─너는 입만 열면 거짓말이잖아. 거짓말만 하고 남에게 폐만 끼치고.─

불현듯 귓속에서 엄마의 말이 되살아났다. 내가 목을 매 죽은 S를 본 날, 엄마가 나를 내려다보고 했던 그 말.

─사실을 말할까?─

─엄마는, 선생님한테 연락이 와서 S의 이야기를 들었을 때 생각했단다.─

─네가 ⬜⬜⬜⬜⬜⬜고.─

마지막 말은 그때 내 귀에 들리지 않았다. 내 마음이 듣기를 거부했다. 나 자신을 지키기 위해서. 나 자신이 부서지지 않기 위해서. 하지만 나는 알고 있었다. 엄마가 무슨 말을 했는지, 사실은 알고 있었다. 생각해내려면 언제든지 할 수 있었다.

"그건 저 때문이에요. 엄마가 저렇게 된 건……."

나는 할아버지의 질문에 대답했다.

"너 때문이라고……? 왜지?"

"제가, 거짓말을 했거든요."

―네가 □□□□였다고.―

"어떤 거짓말인데 그러냐?"

"3년 전, 엄마 생신 때 저는 꽃을 사 왔어요. 작은 피튜니아 화분이요. 저는 그걸 몰래 현관 신발장에 숨겼어요. 엄마는 그때 방에 계셨어요. 아빠가 주문한 2층 침대에 맞는 이불을 사기 위해서 매트의 치수를 재고 계셨죠."

―네가 □□□죽였다고.―

"신발장 안에 화분? 왜 하필 그런 곳에?"

"연출이에요. 며칠 전부터 생각했던 연출. 신발장 안에 화분을 숨기고 2층을 향해서 소리쳤어요. 힘껏 숨을 들이쉰 다음에 말했어요. '불이야! 신발장이 타고 있어요!'라고요."

―네가 □□시 죽었다고.―

"아하, 너는 그렇게 하면 엄마가 기뻐할 거라고 생각한 게로구나."

"엄마가 얼굴이 새파랗게 돼서 방을 뛰쳐나왔어요. 저는 그 모습을 올려다보면서 히죽거리고 있었죠. 엄마는 엄청난 기세로 계단을 뛰어 내려오다가 발을 헛디뎌서……."

―네가 또다시 죽었다고.―

"구르신 거로구나. 아하. 그런데 그걸로 너한테 그렇게까지……?"

"그때 엄마 뱃속에는 아기가 있었거든요. 아직 한 달 반인 아기가

요. 하지만 엄마가 계단에서 구르는 바람에 아기가 죽었어요."

이번에는 할아버지도 아무 말 하지 않았다.

"병원에서 의사 선생님이 애써주셨지만, 잘 안 됐어요. 로비에서 기다리던 아빠를 의사 선생님이 진찰실로 부르셨죠. 저도 따라갔어요. 의사 선생님은 아빠한테 설명하셨어요. 뱃속의 아기는 죽었고, 엄마는 두 번 다시 아이를 가질 수 없게 되었다고요. 아빠는 우셨어요. 그래도 저한테 열심히 네 탓이 아니야, 네 탓이 아니야, 라고 말해주셨어요. 하지만 엄마는 아니었죠."

"미카, 한 번 죽었어요." 미카가 유난히 밝은 목소리로 끼어들었다. "하지만 바로 다시 태어났어요. 오빠를 만났어요."

할아버지는 "오호"라고 한 다음, 나에게 물었다.

"너와 미카는 어떻게?"

"병원에서 아빠가 의사 선생님한테 부탁을 드렸어요. 죽은 아이를 한 번이라도 보게 해달라고요. 의사 선생님은 안 된다고 거절하셨어요. 하지만 엄마가 실려 왔을 때 찍은 사진이라면 보여줄 수 있다고 하셨죠. 우리는 그걸 봤어요."

지금도 선명하게 기억했다. 검은 배경에 흐릿하고 하얗게 떠올라 있는 신기한 모습. 작은 손발이 좌우에 두개씩 있고 엉덩이에서는 기다란 꼬리가 뻗어 있었다.

"아직 제대로 된 사람 모습은 아니었다고 의사 선생님이 설명해주셨어요. 제가 마당에서 미카를 발견한 건, 그 뒤로 며칠이 지나서였어요. 병원에서 본 사진하고 똑같아서 바로 알았어요."

"오빠, 잠깐 봤는데도 미카를 알아봤지?"

즐거워하는 미카의 말에 나는 고개를 끄떡였다.

"아하, 그렇구나⋯⋯." 할아버지는 신음하듯이 말했다.

"하지만 저 말고 아무도 미카를 환영하지 않았어요. 아빠는 완전히 무시하고, 엄마는 언제나 미카를 죽이려고 해요."

"죽여?"

"그래요. 한여름인데, 방 창문을 못 열게 한다거나, 제가 잠깐 나간 사이에 미카의 병을 일부러 햇볕이 드는 창가에 두면서요. 미카가 더위에 약하다는 걸 아시거든요. 그렇게 미카를 죽이려고 하세요. 직접 때려잡거나 버리지 못하시니까요."

"왜 못 하시는 건데?"

"아무래도 뒤가 켕기는 거겠죠. 왜냐하면 엄마는 엄마가 저하고 똑같은 짓을 한다는 걸 아시니까요."

"똑같은 짓이라, 음. 그건⋯⋯."

그때 계단 밑에서 다시 엄마가 악을 쓰는 목소리가 들렸다. 알아들을 수 없는 길고 긴 말이 이어졌고, 그 말이 끝났나 싶으면 바로 다시 반복되었다. 여전히 아빠의 목소리는 들리지 않았다.

"이제 됐죠?"

나는 할아버지를 봤다.

"저, 이제 피곤해요. 이런 이야기, 역시 더 이상 하고 싶지 않아요."

"흠⋯⋯, 그렇구나."

할아버지는 한동안 잠자코 있다가 천천히 입을 열었다.

"마지막으로 하나만 물어봐도 되겠냐?"

나는 그때 웬일인지 할아버지가 나에게 뭘 물어보려는지 알 것 같았다. 그리고 그 질문이 바로 할아버지가 정말 물어보고 싶었던 것이라는 사실을 어떻게 된 일인지 이미 알고 있었다.

"말씀해보세요."

할아버지는 나에게 아주 단순한 질문을 했다.

"너는 이대로, 만족하냐?"

역시 내가 예상했던 질문이었다.

"이대로, 만족하냐?" 할아버지는 되풀이했다.

나는 눈을 감았다. 방이 어두웠기에 아무것도 달라지지 않았다. 크게 숨을 들이켰다가 뱉어냈다. 머릿속에 들릴 리가 없는 유지매미의 소리가 들렸다.

"만족하지 않아요."

나는 대답했다. "그래." 할아버지는 약간 쓸쓸한 목소리로 말했다.

"그러면, 어떻게 해야 할까? 이대로 만족하지 않는다면?"

"부숴야겠죠."

"뭘 말이냐?"

"이야기를요."

"이야기를 부술 수 있겠냐?"

"할 수 있어요. 간단해요."

나는 천천히 일어섰다. "오빠." 미카가 불안한 목소리로 불렀다. 어두운 방을 가로질러 책상 옆에 걸어둔 책가방에 손을 집어넣었다. 비닐봉지를 꺼내서 얼굴 앞으로 들었다.

"오빠, 안 돼."

"괜찮아, 미카. 금방 끝날 거야."

"오빠……"

나는 비닐봉지에서 불꽃놀이 세트를 꺼냈다. 불꽃놀이 막대를 한꺼번에 여러 개 꺼내들고 왼손에 쥐었다. 오른손으로 라이터에 불을

켰고, 불꽃놀이 막대 끝에 가까이 가져갔다.

"오빠, 그만해!"

"미카야……." 할아버지의 목소리가 미카의 소리를 덮었다. "미치오 스스로가 선택한 일이란다. 미치오가 스스로 결정한 일이야. 잠자코 지켜보자꾸나."

"하지만."

두 사람이 그런 대화를 주고받는 사이에 불꽃놀이 막대의 화약은 찌릿찌릿하고 작은 연기를 내뿜고 있었다. 그러다가 막대들은 어느 순간 일제히 피어올랐다. 여러 개의 불꽃놀이 막대가 만들어내는 빨강, 노랑, 분홍색의 불꽃이 격렬한 소리를 내면서 어두운 방 한구석을 선명하게 비추었다. 나는 그 빛에 눈이 침침해졌다. 손으로 얼굴을 가리면서 나는 삼색의 불꽃을 창문에 걸린 노란색 커튼으로 가져갔다.

"오빠, 안 돼!"

미카가 소리쳤지만, 그때는 이미 커튼에 불길이 타오르고 있었다. 밑에서 시작된 불은 순식간에 위로 번졌고, 기다란 불길은 내 눈앞에서 바싹 마른 부드러운 천 전체에 금방 퍼졌다. 마치 얼굴이 직접 타고 있는 듯이 뜨거워서 나는 저절로 뒤로 물러났고, 몸을 뒤로 젖혔다. 미카가 높은 목소리로 뭐라고 소리쳤지만, 너무 빨라서 알아들을 수 없었다. 할아버지는 바닥에 둔 병 속에서 엄청난 기세로 계속 뛰어오르고 있었다. 뛸 때마다 머리가 병뚜껑에 부딪혀서 탁탁 소리를 냈다. 할아버지는 위아래로 완전히 똑같은 움직임을 계속 반복하면서 그 타이밍에 맞춰 즐겁게 소리를 지르고 있었다.

"잘한다, 잘해. 아주 잘했어. 이게 네가 할 수 있는 마지막이었어!"

그러다가 할아버지는 큰 소리로 웃었다. 아하핫, 아하핫, 아하핫, 아하핫, 하고 병뚜껑에 머리를 부딪치면서 정말 우습다는 듯이 웃고 있었다. 불꽃놀이 막대 끝에 있던 불꽃이 어느새 꺼져들고 있었다. 나는 들고 있던 그 막대를 종이가 가득 찬 휴지통에 내던졌다. 휴지통은 금방 타올랐다. 처음에는 작은 불길이었지만, 얼마 안 있어 화산처럼 커다란 불길을 토해냈다. 창 쪽에서는 커튼에 붙은 불이 하얀 천장을 시커멓게 물들이면서 오렌지색 혀를 사방으로 동시에 날름거렸다. 그 사이에 창 옆의 벽지가 내 쪽을 향해서 축 늘어지면서 가장 흉악한 검붉은 불길이 되어 타오르기 시작했다. 나는 불꽃놀이 세트 속에서 새로 몇 개를 꺼내 그 끝을 불붙은 벽에 밀어 넣었다. 푸지직 소리를 내며 바로 선명한 녹색 불꽃을 뿜어냈다. 방 안은 금세 엄청난 열기에 휩싸였다.

"미안해, 미카……."

숨을 쉴 수 없었다. 코 옆으로 뭔가가 흘러내렸다.

"그동안 고마웠어, 미카야."

그때 우당탕하고 계단을 올라오는 발소리가 들렸고, 문이 벌컥 열렸다. 그쪽을 보자, 열기로 일그러진 공기 너머로 잠옷 차림의 아빠와 엄마가 눈과 입을 크게 벌리고, 그 자리에 자지러지는 모습이 보였다.

"뭐하는 거냐!"

먼저 소리를 지른 사람은 아빠였다. "미카야!" 그리고 엄마가 비명을 지르며 침대로 뛰어갔다. 나는 그 얼굴 앞에 불꽃을 내뿜는 불꽃놀이 막대들을 들이밀었다. 엄마는 꺄악 비명을 지르며 상체를 뒤로 젖히더니, 경악하는 눈으로 나를 쳐다봤다. 하지만 엄마는 포기하지 않았다. 내 팔을 뿌리치고 토할 때 같은 신음 소리를 내면서 뛰어들 듯이 침대로 온몸을 던졌다.

"미카야!"

"아니야, 엄마." 나는 엄마에게 말했다. "그건 미카가 아니에요."

얼굴을 획 돌린 엄마의 표정은 사람이 아니었다. 두 눈은 치켜 올라가고, 입술은 뒤집어져서, 얼굴 전체에 추한 주름이 만들어졌다.

나는 들고 있는 불꽃놀이 막대들을 엄마가 가슴에 안고 있는 것을 향해서 내밀었다. 엄마는 전혀 예상을 못 했기 때문인지 즉각 반응하지 않았다. 하지만 자신의 가슴속에서 불길이 활활 타오르는 사실을 깨닫자, 길게 피리 같은 비명을 지르며 그것을 침대로 던져버렸다. 갈고랑이 모양으로 구부린 두 손으로 자신의 양 볼을 움켜쥐었다.

"미카야!"

"그건 미카가 아니에요. 엄마가 낳은 미카가 아니라고요. 내 여동생도 아무것도 아니라고……."

불길에 휩싸여 침대 위에서 점차 검게 타들어가는 그것을 내려다보며 나는 말했다.

"그냥 인형일 뿐이야."

내 목소리를 듣지 않겠다는 듯이 엄마는 날카롭게 비명을 지르며 설레설레 고개를 흔들었다. 두 팔을 뻗어서 타오르는 인형을 집으려고 했다. 하지만 인형은 이미 입고 있는 잠옷에 프린트된 토레미짱의 무늬마저 보이지 않을 정도로 거세게 타오르고 있었다. 두 손으로 인형을 탁탁 두드리며 어떻게든 불을 꺼보려고 하는 엄마의 어깨를 아빠가 뒤에서 안아 일으켜 세웠다.

"안 되겠소. 빨리 도망가요!"

그리고 내 얼굴을 돌아보고 "너도 빨리!"라고 짧게 말했다. 하지만 나는 고개를 저으며 한 걸음 물러났다.

"저는 안 가요. 그러기로 했어요."

불길은 한층 거세졌고 물결치는 듯한 화염 소리가 방 안을 가득 메우고 있었다. 뜨거운 열기에 온몸의 피부가 벗겨지는 느낌이었다.

"아빠하고 엄마, 두 분이서 도망가세요. 저는 여기에 남을 테니까요."

나는 커튼이 다 타버린 창틀에서 미카가 들어 있는 병을 들어 올렸다.

"같이 있자."

—같이 있을게.

미카가 순순히 대답했다.

아빠는 기진맥진한 엄마를 안고 이를 악물며 충혈된 눈으로 나를 똑바로 바라보았다. 망설이는 모습이었다. 그 얼굴은 거북하고는 거리가 먼, 필사적으로 가족을 생각하는 표정이었다.

"아빠, 빨리 도망가세요. 시간이 없어요."

내가 그렇게 말한 순간…….

"너!" 아빠의 품속에서 엄마가 갑자기 얼굴을 들고 나를 노려보았다. "너 때문이야! 언제나 너 때문이야! 너만……."

엄마는 몸을 일으켜 바닥을 차며 나에게 덤벼들려고 했다. 하지만 뒤에서 아빠가 거칠게 엄마의 어깨를 잡아당겼다. 그 기운에 엄마의 몸이 홱 돌아갔다. 아빠의 오른손이 엄마의 뺨을 철썩 한 대 때렸다. 아빠가 말없이 나를 응시했다. "빨리 가세요." 그러면서 나는 한 걸음 물러났다.

"저, 싫지 않았어요."

눈앞의 모습들이 흔들거리기 시작했다. 온몸의 감각이 둔해져서 이제 서 있기조차 어렵다는 사실을 깨달았다.

"이 집, 싫지 않았어요. 아빠도, 물론 엄마도, 싫어하지 않았어요."

두 사람의 얼굴이 이쪽을 향하고 있는 모습이 보였다. 하지만 어떠한 표정인지는 잘 보이지 않았다. 눈물 때문인지, 의식이 멀어지고 있기 때문인지, 우리 사이에 있는 공기가 열로 일그러져 있기 때문인지도 알 수 없었다.

"마지막으로 하나만 가르쳐줘요."

나는 두 사람에게 묻고 싶었던 것이 있다는 사실을 떠올렸다. 화염 소리가 주변을 감싸고 있어서 내 목소리가 두 사람에게 들리는지 알 수는 없었다.

"알아요? 나, 오늘로 열 살이에요."

두 사람의 모습이 내 눈 속에서 엿처럼 흐물흐물 구부러졌다. 어떻게든 두 사람의 대답을 들으려고 나는 두 다리에 힘을 줬다. 하지만 바로 무릎에 힘이 빠지는 것을 느꼈다. 유지매미 소리가 귓속을 지나갔다.

"미카······."

뜨거워진 병을 가슴에 안고 나는 동생의 이름을 불렀다. 방 전체가 천천히 왼쪽으로 회전했다. 오른쪽에 커다란 충격을 느꼈고 온몸의 감각이 점점 사라졌다. 그래도 나는 눈만은 감고 싶지 않았다. 흐릿하게 일그러진 시야 속에서 아빠와 엄마가 내 쪽으로 손을 내미는 모습이 보였다. 엄마의 입은 그때 분명히 내 이름을 부르고 있었다. 3년만이구나, 라고 마지막에 생각했다.

"왠지 믿기지 않아. 여기에 우리 집이 있었다는 게."

미카의 말에 나는 고개를 끄떡였다. 그 순간, 목과 등의 화상 자국이 쿡쿡 쑤셨다.

"어이구, 미치오, 괜찮니?" 아빠가 걱정스럽게 물었다.

"응, 괜찮아요. 많이 좋아졌어요. 다리 삔 것도 많이 좋아졌고. 이제 일주일이나 됐는데요."

"집은 다 타버렸지만, 엄마는 그래도 다행이었다고 생각한단다. 미치오와 미카도 이렇게 무사하잖니."

그리고 엄마는 "그렇죠?"라며 아빠에게 동의를 구했다. "그렇고말고." 아빠도 힘주어 대답했다.

사실 그때 엄마가 창문을 열지 않았다면, 그리고 아빠가 우리를 창밖으로 던지지 않았다면, 나와 미카는 지금쯤 어떻게 되었을까?

우리는 타버린 집 앞에 있었다. 시커멓게 되어 뼈대만을 남긴 채, 완전히 다 타버린 우리 집은 거대한 바비큐 세트 같았다. 어수선하게 쌓인 쓰레기더미 속에 냉장고와 식기장, 그리고 2층 침대의 프레임 같은 것이 군데군데 머리를 내밀고 있었다. 저녁놀 때문에 마치 그 물건들이 지금도 타고 있는 것처럼 보였다.

"앗, 오빠, 저기 봐! 개수대 옆!"

미카의 말에 나는 고개를 돌렸다. 미카가 무엇을 발견했는지, 바로 알았다.

쓰레기더미에서 불쑥 튀어나온 부엌 개수대 옆에 뭔가가 오렌지색으로 빛나고 있었다. 바로 석양빛을 반사하고 있는 빈 잼 병이었다.

조금 망설이다가 나는 말했다.

"저건 그대로 두자. 안됐지만 어차피 타서 검게 눌었던지, 다 말라 버렸을 테니까."

"할아버지, 이번에는 뭘로 태어날까?"

"글쎄, 뭘로 태어나실까?"

나는 벼룩이 아닐까 생각했지만, 미카한테 벼룩이 어떤 생물인지 설명하기가 귀찮아서 말하지 않았다.

"미치오, 이제 그만 갈까?"

"네."

아빠의 말에 나는 그 자리를 떠났다. 크게 한 번 심호흡을 하고 발을 내디뎠다.

"오늘 저녁 어디서 만나기로 했는지 확실히 알고 있니? 정말 혼자 괜찮겠어?" 엄마가 걱정스럽게 물었다.

"괜찮아요." 나는 짧게 대답했다.

간사이(關西)에 사는 친척이 오늘 저녁 일곱 시에 데리러 오기로 되어 있었다. N역 택시 승강장. 만나기로 한 장소다. 장례식이 끝나고 몇 번이나 확인했기에 장소와 시간도 틀림없다.

길을 걸어가면서 나는 문득 발밑을 쳐다봤다.

태양은 우리의 바로 뒤에 있었고, 아스팔트에는 기다란 그림자가 뻗어 있었다. 하나뿐인 그림자는 S와 함께 저녁 무렵의 학교에 들어갔을 때 봤던 그림자와 똑같았다.

머리를 흔들고, 고개를 든다.

괜찮아. 나는 다시 한 번 입속으로 되뇌었다.

'이야기'는 부조리한 시공간이 만들어낸 일상이다

"전에 분명히 읽은 책인데 무슨 내용인지 도무지 기억나지 않는다."

많은 독서가들의 남모를 고민이 아닐까? 나도 직업상, 일 년에 수백 권의 소설을 읽지만, 읽었다고 해서 전부 다 기억하지는 못한다. 대부분의 소설은 아주 희미한 느낌만 남기고 모두 망각의 수렁으로 빠져버린다.

그렇다고 해서 자신의 기억력이 나쁘다며 한탄할 필요는 없다. 생각해보면 작가가 아무리 진지하게 쓰고 싶고 표현하고 싶은 것이 있다고 해도, 그것이 독자들에게도 똑같이 중요할 확률은 필시 아주 낮을 테니까. 때문에 작가가 호소하는 것과 독자가 추구하는 것이 잠시 일치할 때 발생하는 '감동'이라는 이름의 심리적 화학 반응은 더없이 귀중한 것이다. 소설을 꾸준히 읽는 행위는 그런 기적과도 비슷한 만남을 추구하는 편력이 아니고 무엇이겠는가.

미치오 슈스케의 『해바라기가 피지 않는 여름』은 나에게 결코 잊을 수 없는 소설이다. 솔직히 호불호가 나뉘는 소설일 것이다. 공감이 되는가, 안 되는가도 독자들 사이에서 의견이 갈릴 것이다. 그러나 정말 마음에 남는 소설은 그런 게 아닐까? 생각건대 『해바라기가 피지 않는 여름』이라는 소설을 읽고, 등장인물들의 따끔따끔한 통증과 그들의 비뚤어진 세계관을 공유한다는 건 실은 독자 자신을 둘러싼 현실을 새로운 곳에서 다시 바라보는 일이기도 하다. 그 작업도 역시 독서의 즐거움에 포함된다는 사실을 인정할지 말지는 독자에게 달려 있다.

『해바라기가 피지 않는 여름』(2005년)은 제5회 호러서스펜스 대상 특별상 수상작인 『등의 눈』(2004년 수상)에 이어진 미치오 슈스케의 두 번째 장편이다.

미치오 슈스케는 2008년 5월까지 일곱 권의 장편 미스터리를 간행했다. 그중 네 번째 작품 『새도우』(2006년)는 제7회 본격 미스터리 대상을 수상했고, 다른 작품들도 각종 연간 베스트 10 기획 등에서 높은 평가를 받고 있다. 또 단편 「별똥별을 만드는 방법」은 제59회 일본추리작가협회상 단편부문 후보에 올랐다. 현재 일본의 젊은 미스터리 작가 중에서 가장 기대를 모으고 있는 실력파라 할 수 있다.

이 책은 그가 독서계에서 가장 주목을 받게 된 출세작이다. 부조리한 일이 연속되는 환상소설 같으면서 일종의 사이코서스펜스이자 마지막에는 모든 수수께끼가 풀리는 본격 미스터리로 착지한다. 그만큼 모든 방법으로 읽을 수 있는 다면성을 가진다(토머스 트라이언, 다케모토 겐지, 아야츠지 유키토를 계승하는 앙팡테리블[무서운 아이들]소설로도 높이 평가할 수 있다). 갓 등단한 신인의 두 번째 작품인데도 일찌감치 제6회 본격 미스터리 대상 후보에 오를 만큼 『해바라기가 피지 않는 여름』은 대담하기 짝이 없는 시도와 그것을 뒷받침하는 수준 높은 기교가 양립하는 소설이다.

주인공 미치오(나)는 부모님과 여동생 미카와 사는 초등학교 4학년생이다. 그가 사는 N마을에서 개와 고양이를 살해하여 다리를 부러뜨리고 입에 비누를 쑤셔 넣는 불길한 사건이 빈발한다. 여름방학을 앞둔 종업식 날, 미치오는 담임인 이와무라 선생님의 심부름으로 결석한 같은 반 친구 S에게 숙제와 유인물을 전해주러 그의 집을 찾는다. 거기서 미치오는 목을 매고 죽은 S의 시체를 보게 된다. 그런데 학교에서 이와무라 선생님이 경찰과 함께 달려갔더니, 시신은 어느새 사라지고 없다. 이윽고 미치오 앞에 S의 환생이라는 거미가 나타나서 "내가 뭣 때문에 자살을 하는데? 나는 살해당했어"라고 주장하며 범인이 누구인지 밝힌다. 자신의 시체를 찾아달라는 S의 부탁에 미치오와 미카는 진상을 파헤치기 시작한다…….

우선 이 책은 죽은 사람의 환생을 다루고 있다는 점에서 눈길을 끈다. 데뷔작 『등의 눈』은 고전적인 탐정소설 형식을 취하면서 합리적 결착과 초자연적 결착의 기로에서 독자들을 혼란시키는 작품이었다. 하지만 이 책은 처음부터 평범한 합리적 세계관과는 언뜻 보기에도 동떨어진 이상한 세계로 독자들을 안내한다.

환생이라는 현상을 다룬 것은 이색적이긴 하지만, 미스터리 역사에서는 드문 일이 아니다(오랜 미스터리 팬이라면 해외나 국내에서도 선례를 찾을 것이다). 하지만 이 책은 환생을 전제로 하는 다른 세계만이 갖는 게임의 법칙에 따라 수수께끼가 풀리거나 전개되지 않는다. 그렇다고 해서 마지막에 "정말 환생이었나……" 하며 불가해한 여운을 풍기며 끝나지도 않는다. 주인공은 (가정환경은 좀 특이하지만) 일단 평범한 초등학생이다. 그의 가정에는 어떠한 종교사상도 깔려 있지 않다. 그런 담담한 일상 속에 S의 죽음을 계기로 '환생'이라는 현상이 커다란 이물질처럼 굴러 나온다.

S의 죽음, 시체 소실, 그리고 동물 살해……라는 수많은 수수께끼

에 둘러싸인 채 주인공은 끊임없이 추리를 펼쳐나간다. 하지만 진짜 수수께끼는 마지막까지 드러나지 않는다. 오히려 동반된 많은 정보를 독자에게 숨기고 있다. 따라서 독자들은 책을 읽으면서 다양한 의문을 품게 된다. 예를 들면, 여러 등장인물들이 별다른 위화감 없이 환생을 받아들이는 이유는 무엇인가? 여동생 미카가 세 살이라는 나이에 비하여 말과 행동이 유난히 어른스러운 것은 부자연스럽지 않은가? 어머니는 왜 미치오를 미워하고 미카를 편애하는가? 그러한 횡포를 부리는 엄마에 비해 아버지는 왜 그다지도 무력한가? 신비한 능력을 가진 도코 할머니의 정체는 무엇인가? 미치오의 1인칭 부분과 병행하여 서술되는 3인칭 부분에서 등장하는 노인 후루세 다이조는 무엇을 알고 있는가……?

이 책의 가장 큰 매력은 공정함과 공정하지 못함의 경계선에서 줄타기를 하면서 이러한 위화감을 단숨에 해소한다는 점이다. 그리고 여기서 드러나는 모든 진상의 키워드는 바로 인간의 주관이다. 본래 본격 미스터리는 1+1=2인 것처럼 모든 사람들이 객관적으로 이해하면서 해결되어야 한다. 따라서 본격 미스터리에서 주관을 다룬다는 것은 아주 어려운 일이다. 그런데 쿄고쿠 나츠히코의 데뷔작 『우부메의 여름』(1994년)이 커다란 화제를 불러일으키면서, 이후의 본격 미스터리는 수수께끼를 푸는 범위 내에서 주관의 문제를 다루는 것을 하나의 흐름으로 인정하게 된다. 자신에게 보이는 세계와 타인에게 보이는 세계는 반드시 동일할 수 없다는 회의가 작품 배경에 깔리게 된 것이다. 그것을 본격 미스터리 장르의 위기로 파악할 수도 있다. 하지만 주관적으로 바라본 일그러진 세계 역시 어떻게 다루느냐에 따라서 오히려 본격 미스터리의 가능성을 넓힌다는 사실을 우리는 쿄고쿠 나츠히코나 야마구치 마사야의 뛰어난 작품에서 분명히 인지할 수 있다. 1990년대 중반 이후의 이 같은 미스터리 흐름에서 미치오 슈스케의 작품들, 특히 이 책은 주인공의 주관을 중시하면서 합리적인 수수께끼의 해결을 구축한 뛰어난 야심작이라 하겠다.

작가의 뛰어난 문장력 덕분에 독자들은 작품 속 주인공의 비뚤어진 주관을 객관적으로 검증할 수 있다. 범상치 않은 구성력 또한 이 소설이 본격 미스터리와 양립하는 데 일조한다. 결국 주관을 모티브로 한 본격 미스터리는 문장이나 구성 면에서도 최대한으로 기교를 부린 인위적인 소설일 수밖에 없다는 뜻이다. 인위적인 소설과 현실성의 연출은 양립할 수 있다. 저자는 이 두 가지가 양립할 수 없다고 생각하는 진부한 소설관에 반기를 든다. 그는 본격 미스터리는 인간을 그리는 데 가장 유효한 수단이라는 말을 자주 언급한다. 여기서 '인간을 그린다'는 것은 확고부동한 일상을 의심하지 않는 사람들과 그들의 눈에 보이는 세계를 그리는 것을 의미하는 게 아니다. 저자의 소설 속 등장인물에게 현실 세계는 항상 주관과 오해, 그리고 환상에 좀먹히는 약한 존재일 따름이다.

슈스케의 소설에는 인간의 생각과 착각, 잘못 듣는 것들이 진상을 가로막는 경우가 비일비재하게 등장한다. 우리 인간이 사소한 생각에 쉽게 좌우되고, 보지 않았는데 보았다고 생각하고, 하지 않은 행위를 했다고 생각하는 존재라는 사실을 독자는 인정사정없이 철저히 깨닫게 된다. 2006년에 발표한 『해골의 손톱』은 거듭된 착오가 낳은 비극을 외부의 시각에서 그린 소설이지만, 『해바라기가 피지 않는 여름』은 그 모든 것을 내부에서 그리고 있다. 이런 의미에서 『해골의 손톱』과 『해바라기가 피지 않는 여름』은 표리일체라고도 할 수 있다. 작가는 이 책에서 있을 수 없는 일들이 빈발하는 환상적인 설정을 바탕으로 조리와 부조리의 사이에서 흔들리는 실제 인간 모습을 그리고 있다.

인간은 자신이 생각하는 것보다 현실과 환상이 훨씬 복잡하게 뒤엉킨 그레이존에서 살아간다. 특히 어두운 감정에 짓눌릴 때, 인간은 아무리 단단히 각오를 해도 본능적으로 도망칠 곳을 찾게 된다. 비록 그 장소가 타인이 보기에는 삐뚤어진 곳일지라도 본인에게만큼은 분명한 현실이다. 미치오와 그의 가족, 다이조 노인도 모두 그러한 세계에 매달려서 간신히 연명하고 있다. 두 사람의 형사를 제외한 모든 등장인물들은 이성과 광기, 그리고 현실과 환상이 서로의 영역을 침식하는 가운데 생활을 영위하고 있다. 그들에게는 타인에게 지극히 불안정하고 부조리하게 보이는 시공간이 바로 일상이기 때문이다.

하지만 그들의 어리석으면서도 슬픈 언동을 남의 일이라며 잘라 말할 수 있는 인간이 실제로 얼마나 될까? 텔레비전은 환생이나 수호신의 존재를 주장하는 프로그램을 빈번하게 방송하여 시청률을 높인다. 아무리 즉물주의자를 자칭하는 사람일지라도 사랑하는 사람이 죽으면 후생의 안락을 기원할 것이다. 그럴 때 환상은 아주 쉽게 현실 속으로 침입한다.

꿈과 환상에 기대게 되는 것은 어떤 의미에서 인간이 나약하기 때문일 것이다. 하지만 동시에 그것은 인간 표현의 근원이기도 하다. 현실이라는 영역, 육체라는 한계를 초월하려는 의사야말로 인간을 다양한 표현으로 끌어내는 원동력이기 때문이다. 영혼불멸이나 환생에 희망을 맡기는 것도 인간이 유한한 일회성의 존재라는 사실을 초월

하려는 것이다. 초자연적 현상을 믿지 않는 현실주의자들도 소설을 쓰거나 그림을 그리고 혹은 배우로서 다양한 역할을 연기할 수 있다. 현실 속 자신에게는 불가능한 타인을 만들어내어 연기하고 이야기를 꾸미는 것, 그것은 바로 자신의 인생이 아닌 다른 생을 경험함으로써 인간의 한계를 극복하려는 애절한 행위에 다름 아니다.

현실이 불확실하다 보니, 각자가 엮어내는 이야기의 강도가 현실 자체를 규정하기도 한다. 미치오는 "이야기를 만들려면 조금 더 진지하게 하셔야죠"라고 범인에게 말한다. 그런데 엮어낸 이야기들은 종종 편안한 피난처가 되기는커녕 자기 자신을 속박하기도 한다. 때문에 미치오는 결국 스스로 이야기를 끝내게 된다. 『해바라기가 피지 않는 여름』이 한때의 유행이나 경향을 뛰어넘은 보편적인 소설로 완성된 것은 이처럼 인간과 이야기의 관계를 철저하게 파고들었기 때문이다.

2008년 5월, 미스터리 평론가
센가이 아키유키(千街晶之)

우리는 모두 자신이 만든 이야기 속에 있다

여름방학 종업식 날. 주인공 미치오(나)는 선생님의 심부름으로 결석한 S의 집을 찾아간다. 끼익, 끼익. 이상한 소리가 들린다. S는 목을 매고 죽어 있었다. 하지만 그 충격도 잠깐, 그의 시체는 홀연히 사라진다. 일주일 뒤, S는 '어떤 것'으로 모습이 바뀌어 나타나더니, "난 살해당했어"라고 호소한다. 미치오는 여동생 미카와 함께 S의 원통함을 풀기 위하여 사건의 진상을 좇기 시작한다.

한 페이지를 넘길 때마다 커지는 위화감과 의문. 미치오와 미카는 왜 이렇게 어른스러운 걸까? 미치오의 엄마는 왜 미치오를 미워하는 걸까? 도대체 누가 시체를 가지고 간 걸까? 왜, 무엇 때문에? 정말 타살일까? 아니면 자살⋯⋯?

그 의문을 풀기 위해서, 자꾸만 페이지를 넘기게 된다. 주인공이 소년이었기에 약간은 만만하게 생각을 했는데, 결말을 향할수록 이야기는 어지럽게 전개되고⋯⋯. 그리고 마지막에 모든 것이 밝혀졌을 때, '앗!'하고 놀라지 않을 수가 없다.

인간은 외롭거나 슬퍼서 견딜 수 없을 때, 자신보다 약한 존재에게 그 감정을 배출한다. 약자는 그 배출구로 희생된다. 또 자신의 잘못을 깨닫고 괴로울 때 자신이 만든 세계로 도망쳐 들어간다. 그리고 자신의 주관으로 세상을 바라본다. 보고 듣고 기억하는 일들을 제멋대로 비틀어버린다. 이 소설은 그처럼 나약한 인간의 모습을 형상화했다.

그래서 그런지, 결말이 주는 임팩트가 아주 강하다. 기분 좋은 결말은 아니지만, 왠지 모를 쓸쓸한 여운이 남는다. 미치오와 그의 가족들은 어떤 삶을 살게 될까?

"모두가 자신의 이야기 속에 있잖아요"라고 외치던 미치오의 말이 귓가에 맴도는 것 같다.

환생을 받아들일 수 있는 사람, 인간 개개인에게 잠재된 광기를 인정할 수 있는 사람, 그리고 미스터리 애독자에게 일독을 권한다.

2009년 9월
김윤수

외로움살해자

윤재성 장편소설

지금, 외로우십니까?
연락주십시오. 당신의 외로움을 죽여드립니다.

– ㈜ 외로움살해자 소속 우수 외살자 윤 필 대리

"외로움살해자를 만난 당신은, 이제 외롭지 않을 겁니다."

㈜외로움살해자의 우수 외살자 윤 필 대리는 입사 이래 외로움 살해에 실패
해본 적이 없다. 막 의뢰 하나를 끝낸 그에게, 3단계짜리 중증 외로움 환자인
'김 미'의 의뢰가 들어온다. 외로움 살해를 시작하기 전에 담당 외살자인 윤
필을 만난 김 미는 단언한다. "제 외로움은 죽이지 못할 거예요. 그러기 전에
제가 죽을 테니까."
이 고객의 생각이 어떻든, 고객 42명의 외로움을 문제없이 살해해온 윤 필은
김 미의 '살해'에 착수한다. 고객의 증상을 파악하고, 병인을 찾아내려 주변
을 탐문하고, 24시간 고객의 곁에서 외로움과 싸우던 윤 필은 마침내 외로
움의 기저에 가 닿는 데 성공한다. 윤 필은, 과연 43번째 고객인 김 미의 외
로움을 죽일 수 있을 것인가.

Misty Island

월요일이 없는 소년

황희 장편소설

제1회 대한민국 전자출판대상 '대상' 수상작
완전판 단행본으로 출간!

엄마의 전화를 받고 눈을 뜬 곳은 토요일의 버스
현실도 꿈도 어차피 모두 지옥, 엄마의 전화를 받으면 사라질 허상…

트랜스젠더인 고등학생 은새에게 현실은 지옥이다. 그녀의 성 정체성을 이해해주던 유일한 사람인 엄마는 몇 년 전에 교통사고로 죽었다. 아버지는 집에 예배당을 차려놓고 신도가 은새와 엄마 둘뿐인 목사 행세를 하는 사이비 광신도다.

몸은 남자, 마음은 여자인 열아홉 '소녀' 은새는 일요일 이른 아침에 편의점에서 여섯 번째 희생자가 발견되었다는 뉴스를 듣는다. 뉴스 화면에 뜬 낯익은 희생자의 얼굴을 본 은새의 머릿속에 지난 토요일 밤에 그녀의 집 욕실에서 목격한 영상이 플래시백처럼 펼쳐진다. 곧이어 발길이 향한 지하철역에서 전철에 투신하려는 남자를 구하고 난 은새는 교통사고로 죽은 엄마의 전화를 받는다. 그리고 곧 자신이 이상한 일에 말려들었음을 깨닫는다.

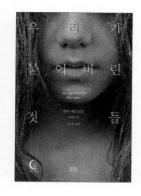

Misty Island

우리가 묻어버린 것들

앨런 에스킨스 장편소설 | 강동혁 옮김

출간 즉시 쏟아진 찬사와 주목, 20년 경력 변호사의 첫 작품!!

★ 로즈버드 어워드 '최우수 미스터리 데뷔작' 수상!
★ 배리 어워드 '최우수 페이퍼백 오리지널' 수상!
★ '미스터리피플' 선정 2014년 최고의 데뷔작
★ 〈서스펜스 매거진〉 선정 2014년 최고의 책/최고의 데뷔작

조 탤버트는 알코올중독에 조울증 환자인 어머니와 자폐증이 있는 동생으로부터 탈출해 대학으로 도망쳤다는 죄책감을 안고 사는 대학생이다. 한 인물을 인터뷰해 전기문을 쓰는 과제를 위해 요양원을 찾아간 조는 마치 운명에 이끌리듯 30년 전 이웃집 소녀를 살해하고 창고에서 시신을 불태운 잔인한 살인마, 칼 아이버슨을 만난다. 그는 암 말기로, 세 달 정도 남았을 임종을 앞두고 조에게 '마지막 증언'을 하고 싶다고 한다. 조는 칼이 털어놓는 과거의 이야기를 듣고 놀라운 사실을 알게 되고, 이웃집의 매력적인 여대생 라일라와 함께 이 살인사건에 연관된 이들이 묻어두고 살았던 것들을 파헤치러 나선다.

Misty Island

사라진 이틀

요코야마 히데오 장편소설 | 서혜영 옮김

존경받는 고위 경찰이 아내를 살해했다.
남겨진 단서는 "인간 50년"이라는 문구와 미완의 자백뿐.
진실은 모두 그가 사라진 이틀에 숨어 있다.
그 이틀 동안 대체 무슨 일이 벌어졌는가.

2년 전부터 알츠하이머 증세를 보인 아내를 목 졸라 죽인 카지 소이치로 경감.

맑은 눈빛에 온화한 성품, 후배들에게 존경을 받아온 그가 아내의 사체를 사

흘 동안이나 방치한 끝에 경찰에 자수한다.

카지는 왜 아내를 죽인 후 곧바로 자수하지 않았을까?

아내의 사체를 모른 척하고 도쿄 최대의 환락가에 간 이유는 무엇인가?

행방을 감춘 이틀 동안 카지는 대체 무슨 일을 벌였는가?

살인사건의 진실을 좇는 경찰, 검찰, 신문기자, 변호사, 판사 그리고 교도관.

이들은 자신들이 속한 조직의 음모에 휘말리며 '적은 내부에 있다'는 사실을

깨닫는다.

사라진 이틀을 필사적으로 좇는 이들 앞에 마침내 아무도 예상 못 한 진실

이 드러나는데……